一九五三年一月出生于湖南省。一九六八年初中毕业后赴湖南省汨罗县插队务农，一九七四年调该县文化馆工作，一九七八年就读湖南师范学院中文系。先后任《主人翁》杂志副主编（一九八二年）、湖南省作家协会专业作家（一九八五年）、《海南纪实》杂志主编（一九八八年）、《天涯》杂志社长（一九九五年）、海南省作协主席（一九九六年）、海南省文联主席（二〇〇〇年）等职。

主要文学作品有：短篇小说《西望茅草地》《飞过蓝天》《归去来》等，中篇小说《爸爸爸》《鞋癖》等，散文《世界》《完美的假定》等，长篇小说《马桥词典》《日夜书》《修改过程》，长篇随笔《暗示》《革命后记》，长篇散文《山南水北》《人生忽然》；另有译作《生命中不能承受之轻》《惶然录》。

曾获中华优秀出版物奖、鲁迅文学奖、萧红文学奖、华语文学传媒大奖年度小说家奖、美国纽曼华语文学奖等重要奖项，另获法兰西艺术与文学骑士勋章。作品有四十多种译本在境外出版。

大题小作

对话、访谈集

韩少功 著

上海文艺出版社
Shanghai Literature & Art Publishing House

自序

眼前这一套作品选集，署上了“韩少功”的名字，但相当一部分在我看来已颇为陌生。它们的长短得失令我迷惑。它们来自怎样的写作过程，都让我有几分茫然。一个问题是：如果它们确实是“韩少功”所写，那我现在就可能是另外一个人；如果我眼下坚持自己的姓名权，那么这一部分则似乎来自他人笔下。

我们很难给自己改名，就像不容易消除父母赐予的胎记。这样，我们与我们的过去异同交错，有时候像是一个人，有时候则如共享同一姓名的两个人、三个人、四个人……他们组成了同名者俱乐部，经常陷入喋喋不休的内部争议，互不认账，互不服输。

我们身上的细胞一直在迅速地分裂和更换。我们心中不断蜕变的自我也面目各异，在不同的生存处境中投入一次次精神上的转世和分身。时间的不可逆性，使我们不可能回到从前，复制以前那个不无陌生的同名者。时间的不可逆性，同样使我们不可能驻守现在，一定会在将来的某个时刻，再次变成某个不无陌生的同名者，并且对今天之我投来好奇的目光。

在这一过程中，此我非我，彼他非他，一个人其实是隐秘的群体。没有葬礼的死亡不断发生，没有分娩的诞生经常进行，我们在不经意的匆匆忙碌之中，一再隐身于新的面孔，或者是很多人一再隐身于我的面孔。在这个意义上，作者署名几乎是一种越权冒领。一位难忘的故人，一次揪心的遭遇，一种知识的启迪，一个时代翻天覆地的巨变，作为复数同名者的一次次胎孕，其实都是这套选集的众多作者，至少是众多幕后的推手。

感谢上海文艺出版社，鼓励我出版这样一个选集，对三十多年来的写作有一个粗略盘点，让我有机会与众多自我别后相逢，也有机会说一声感谢：感谢一个隐身的大群体授权于我在这里出面署名。

欢迎读者批评。

二〇一二年五月

目录

访谈

时间〇二〇〇二年十一月

地点〇苏州大学文学院

大题小作

——韩少功、王尧对话录

个人解放

直接面对“中国问题”

韩少功　我从北京来，说要到苏州去，北京的很多人就知道是参加“小说家讲坛”活动。可见这个活动已经很有影响，对当代文学的教学研究，起了一个很好的作用。以前似乎没有人这么做过。

王　尧　也有，但没有这么集中和大规模。我在讲坛开幕时的致辞和后来为“小说家讲坛”丛书写的序言中都提到，这个讲坛的设立，是为了彰显小说家们被遮蔽掉的意义，同时也想冲击一下体制内的文学教育。

韩少功　对作家做一个深入和系统的研究，引导学生去理解作品，理解这一段文学史，是很有意义的。据我所知，很多外国的读者和研究者也关注这批作家，但苦于把握不住研究的途径和线索，而你们整理的这些演讲与对话，可以说提供了一个非常现成的渠道，构造了一座很好的桥梁。你们的计划是雄心勃勃的。能够坚持到现在这一步，说实话，有点出乎人们的想象。

王　尧　在办讲坛的过程中，我都觉得有些问题还要展开讨论，不仅是创作的问题，也不仅是创作的思想文化背景问题。我们在今天，如果还想做一个知识分子的话，不能不面对九十年代以来的种种现象以及现象背后的东西。坦率说，我是有焦虑的，现在用这个词也许不合时宜。我觉得，我们需要表明我们的人文立场，包括困惑。我知道，你在九十年代初就开始做这样的工作。

韩少功　说老实话，能够听到你提出这问题本身就令人高兴。

新时期不是简单地复活“五四”

王　尧　现在反思八十年代也成为知识界的一门功课。在九十年代初期大多数知识分子大概都开始回望八十年代，尽管视角并不一样。我印象中，你对八十年代的反思是比较早的，我读到你跟别人的一个对话，题目就是《反思八十年代》，其实此前你的好多文章中已经有了这样的思想。无疑，八十年代是中国二十世纪一个非常重要的年代，一个很了不起的年代。八十年代直接面对的遗产是“文革”，九十年代面对的直接遗产是八十年代，九十年代在延续，又在变化。重回八十年代，是对九十年代的另一种勘探。

八十年代初期知识分子在思想解放运动中起到了重要的作用，但知识分子思想模式的转换却有个过程。尽管我们期待“文革”历史早些结束，但对新时期的到来并没有足够的思想准备和理论准备，八十年代是匆忙的，许多问题被忽略。实现现代化，是一个共同的想象，刚才您也提到。在这个想象中，我们当时对西方不是非常清楚，对中国问题也是模糊的。因此运用西方话语也成为“现代化”的内容，模仿西方曾经是一批知识分子的思想动力。当时在西方的现代性刺激生长出的文化现象，成为八十年代重要的景观。所以我觉得对当时的许多问题有必要重新看。作家也好，思想家也好，当他自己能够重新来认识这样一段历史，重新来感受自己曾经有过的这样一种经验，他就不可能不回到中国的历史，回到自身经验来考虑这样一些问题。

韩少功　中国知识界在八十年代初产生了关于现代化的想象。民主、科学、市场经济、人道主义等构成了这个想象的要点，来自西方世界的小说、电影、音乐、绘画、日用商品等，构成了这个想象的感性依托。当时中国人还数着布票和粮票，处在处处冒烟的计划经济当中，思想罪的危险和恐惧也仍在人们头上高悬。但从总体来看，民气依然旺盛，上下有一股心劲，对未来并不缺乏热情的理想。人们当时根本无法想象后来遭遇的那些问题，比如全球经济一体化与民族文化多元性的缠绕。

王　尧　总有些问题是无法回避的。那时，许多人是把“现代化”等同于“美国化”西方化。想象，既有精神的，也有生活方式的。谈到中国与西方，现代和传统，常常会大而无当，所讲的话也都是大同小异。

韩少功　当时大家最喜欢讨论“传统”与“现代”，一听到“现代”就有点热血沸腾。其实新中有旧，旧中有新，“咸与维新”以前也玩过，本身就不怎么新了。追求“现代”很多年以后，现在来看看，三陪女是不是“现代”？贪污行贿是不是“现代”？绿色食品是不是“现代”？旅游业的那些民俗村和民间工艺是不是“现代”？中国秦代以前就有繁荣的商业，《史记》里有记载，那么市场与商业是不是“现代”？……但我们在八十年代为这样一些假问题浪费了太多的纸张和精力，开了太多的研讨会和报告会。

王　尧　现在好多人还在讨论这样的话题，把文章做得很大，把话也说得很满。我也曾和一些作家、学者讨论这个话题，包括和比我更年轻的学生们讨论这个话题，最终都是不了了之。所以话题不能离开问题。我现在理解你所说的那句话：我并不特别关心理论，只是关心理论对现实的解释。讲到八十年代，我们可能首先要回到五四，那是现代中国的思想元点。八十年代中国知识分子想恢复和弘扬的是伟大的五四传统，五四是新时期另一种意义上的“潜文本”。我们当时引为自豪的是，八十年代文学接续的是五四新文学传统。

韩少功　八十年代重申“德先生”与“赛先生”，可以说是五四的复活。“四人帮”的本质，开始被说成“形左实右”和“极右”，后来被说成“极左”；开始被说成“资产阶级”与“修正主义”，后来被说成“封建主义”，有一个知识与话语的转换过程。一旦确定了“封建主义”这个核心概念，人们就很容易把新时期的改革，想象成欧洲十八世纪的启蒙主义运动，想象成五四运动前后推翻清朝贵族王朝的斗争。与此相关的一整套知识轻车熟路，各就各位，都派上用场了。

但八十年代并不是五四的简单重复。如果我们仔细观察一下，可以发现半个多世纪的历史还是留下了深深的思想年轮。比如五四时期一方面是大力引入西方文明，另一方面也有反对帝国主义列强的强大声音，但这个声音在八十年代几乎消失，倒是“美国梦”大放光彩。比如五四时期有“劳工神圣”的流行观念，读书人到民间去是最新潮的举动，但工农兵在八十年代已悄悄贬值，倒是门第观念重新复活了。我就看见过好几篇文章，它们对贵族和士绅制度在中国的瓦解表示惋惜，说很多文化人没有贵族出身，肯定成不了什么气候。再进一步，喜儿拒绝黄世仁而嫁给大春，成了流行小报上的笑料。

王　尧　八十年代是匆忙的，使许多重要问题被忽略，被掩盖。实现现代化是中国人一个共同的想象，这个想象中的西方面目模糊，中国问题也不是很清楚。从今天的立场上来看，西方话语是当时现代化想象的主要内容，西方现代性的刺激和渗透是八十年代重要的文化景观。

各种新思潮组成反“左”联盟

韩少功　八十年代文学上的表现首先是“恢复”，即恢复“文革”以前的社会主义现实主义，恢复更早时期就出现过的现代主义，等等。这当然都是西方话语，不过前者是从苏联进口的，后者是从欧美进口的。所谓伤痕小说、反思文学，等等，还有沈从文、张爱玲、废名等边缘作家的浮出水面，显示出文学解冻的边界已经越过十七年，甚至超出了主流意识形态警戒线，导致后来一次次急刹车。

王　尧　“伤痕文学”本身就曾引起激烈的争论，承受着巨大的政治压力，直到很多年以后才得到默认。当时“伤痕文学”的提法是贬义的，现在的文学史叙述中它是个中性词。你对此可能有过亲身体会。

韩少功　我写过一篇小说，揭示农民和农村的悲剧，在《人民文学》诸多编辑和老诗人李季的支持下发表了。不料后来被苏联广播了，在台湾转载了，被“帝修反”当作中国革命失败的证据。一些正统人士便批判这篇小说，甚至取消它的评奖资格，即便它在读者推选过程中的得票率很高。当时我在湖南省，一反“自由化”我就成了敏感人物之一，就有明枪暗箭夹枪带棒的事情。这就是当时的气氛。很多作家比我承受的压力还要大得多。

王　尧　但那时候的文学也成了最受关注和影响最大的领域，现代化想象和启蒙主义思想通过文学得到了迅速的传播。

韩少功　当时一个比较有趣的现象，是各种新思潮组成了反“左”大联盟，联盟之内不同的思想资源，不同的利益立场，虽然已有分歧，但仍统一在改革的旗帜之下。比如，党内有一些理论家提出人道主义的马克思主义，与知识界里老派的自由主义，与知识界里新派的现代主义，其实不是一回事，也展开了交锋，但不管是使用哪一套西方话语，要干的还是同一件事，那就是批“左”，批“文革”，走民主和科学的道路。不同理路只是不同角度，共同的价值核心是对人的重新肯定，对个人的重新肯定。

王　尧　刚开始，我们并不习惯用现代主义的方式来肯定人性并且恢复人性的权利。

韩少功　老派自由主义主张解放人性，提倡人道，追求“大写的人”，但新派的现代主义认为“人对人是豺狼”“他人即地狱”“潜意识即恶”，把人道主义看成是虚伪和可笑的乌托邦，用萨特的话来说，是一种“绝望”的人道主义。两者构成了欧洲现代人文思潮内在的紧张和冲突，但对于中国的八十年代来说却都是新话题，都是违禁品。“清除精神污染”的时候，实际上把这两家一锅煮。

王　尧　那时关于现代主义的争议，带有鲜明的意识形态性质。

韩少功　后来出现缓和的转机，从伤痕文学到现代主义，官方接纳了文艺界的一些意见，意识形态限度逐步放宽。胡乔木开始猛批人道主义，不久就沉默了。

王　尧　世界上并没有一个统一的现代主义，从政治立场上来说，欧洲的现代主义的旗下确实左、右翼都不乏其人。

韩少功　从人生态度上来说也是这样，“同姓不同名”的现象很多。北岛在诗中说“卑鄙是卑鄙者的通行证，高贵是高贵者的墓志铭”，还很有一点英雄主义。但后来的王朔说“我是流氓我怕谁”，颇有一点流氓主义和颓废主义。但很多人认为这都是现代主义，区别仅仅在于：北岛的现代主义属于八十年代，王朔的现代主义属于九十年代，体现了不同时代的社会风气。

王　尧　英雄主义、理想主义曾经是八十年代的重要旋律，怀念八十年代的人常常为八十年代而激情动容。

韩少功　未来是玫瑰色的。当时对社会主义的想象，对资本主义的想象，都充满着激情。与我同时代的那些大学生，当时谁想到什么“下海”？很多人都是揭竿闹文学，揭竿闹艺术，要为真理献身的样子。我在国外碰到几个艺术家，他们也怀念八十年代，说那时候西方国家反苏也是有理想主义的，要捍卫民主和追求自由呵。所以艺术很受尊重，办展览，出画册，得到政府和社会很多支持。倒是冷战一结束，资本主义也俗了，眼里只有石油和军火，文化开支大大削减。他们这些反苏艺术家跟着前苏联一起受穷。我碰到的一个东德老作家也是这样。他原来是异议人士，一心揭露社会黑幕，有一股理想主义激情。没料到八十年代一结束，当局垮台了，所有档案都公开了，你的揭露变得纯属多余。他无所事事又丢了铁饭碗，只好去编色情杂志聊以谋生。

王　尧　八十年代前的西方资本主义确有一繁荣发达的新阶段，与中国拉大了差距。中国人打开国门，很自然把自己的未来与西方世界联系起来。

从个人主义到利己主义

韩少功　一九八六年我到美国跑了一趟。哇，美国的程控电话、二八六电脑、飞机汽车、文明礼貌、环境卫生，把人震晕了。我看了一个美国的疯人院，觉得比中国的省长住宅还要舒适。从飞机上往下看，美国像一张五彩照片，中国则是一张黑白照片，那些灰蒙蒙、乱糟糟的城区，只能让人偷偷想到一个词"满目疮痍"。当时像我这样的读书人肯定不少，经历了社会主义的一系列灾难，对社会主义产生了深深怀疑。所谓思想解放，就是一腔热情向往美国。把"人性"等于"欲望"，把"欲望满足"等于"经济发展"，把"经济发展"等于"市场经济"，把"市场经济"等于"资本主义"，再把"资本主义"等于"现代化"和"美国化"。无数的等号把这些概念连接起来，形成了一种新的意识形态公式链，形成了一个强大的逻辑思维定势。

王　尧　"人性"是这个等式链的起点。

韩少功　人性的解放，对个人利益和自由的追求，是当时清除贫困的强大动力。个人主义是市场经济与民主政治的人格基础，是某种社会制度的心理性格内化。农民承包土地，工人超产有奖，作家享受稿酬，都体现出当时对个人价值的重新肯定和重新利用。《中国青年》杂志开展由"潘晓"引起的大讨论，提出"主观为个人，客观为社会"，可以看作这一潮流的自然结果。在这个潮流中，文学与个人主义最具有天生的亲缘性。文学不像科学，从来不大关注什么普遍性和客观性，不喜欢众口一词，不喜欢紧密团结齐步走。科学家说女人是一种生理性别；但文学家可以把女人说成是花，是水，是月亮，是土地，可以把女人说成神或者妖，说成可爱的或者可怕的，总之可以各执己见，莫衷一是，公说公有理，婆说婆有理，不必服从任何公共法则。张承志说："艺术就是一个人反抗全社会。"说的是哲学和美学，但个人主义者们听来就特别顺耳。"自我"这个词最开始在文学圈流行，后来成了青年人中一个使用频率最高的词。

王　尧　谈到个人主义，这倒确实是欧洲启蒙主义的核心概念之一，对于中国文化传统来说是较为陌生的，很多人把个人主义等同于利己主义，有些伦理学家一辈子研究的是集体主义，一碰到个人主义就义愤了。

韩少功　要说伦理上的个人主义，先秦时期的杨朱有一点，后来很快就边缘化了。佛教中的小乘有一点，后来也很快边缘化了。中国文化传统主流不大关注个人，关注人是借助"国"与"家"这样的整体性单元，是关注人与人的关系。"仁"就是"二人"，是人际相处的道理。"君臣父子"也是强调各自的责任，不怎么强调各自的权利。比较而言，庄子，老子，还有魏晋以后的玄学，强调个人的超脱和自由，有点个人本位，但止于哲学和美学上的个人，在伦理与政治上是很低调的，很暧昧的。中国农耕社会里强大的家庭制度和国家制度，还有人多地少这一基本制约到宋代以后的日趋严重，导致生态危机和社会危机的空前加剧，可能都是中国文化传统远离个人主义的原因。到二十世纪初，西方的个人主义闯了进来，胡适、鲁迅、闻一多等都受其影响。当时的自由主义、社会主义、民族主义，其实都以个人主义为出发点。国家解放是个人解放的另一种表达，国家与个人并不矛盾。但这只是读书人的一种理想化的解释和设计。随着救亡和革命的到来，集权手段在严酷的冲突中似乎比较有效，个人在实际运动中变得更加没有立足之地。丁玲与王实味在延安只是闹了点温和的个人主义，就挨的挨批判，掉的掉脑袋。

王　尧　到了“文革”时期，“斗私批修”，“狠斗私字一闪念”，个人的合法性完全取消。

韩少功　西方的阶级理论和国家理论在中国极端化了，应该说受到本土的思想资源与现实条件的牵引。

王　尧　回头来看，我觉得有很多问题不能不提到。一个是关于“宏大叙事”问题，中国的一些后现代主义者认为需要解构宏大叙事，对“私人写作”“小女人散文”一类评价很高；还有一个是先锋派文学的问题。这样一些问题，你作为亲历者有什么新的看法？

韩少功　中国式的“宏大叙事”颁发了很多“历史规律”，制造了阶级神话和国家神话。苏联文学还多少保留了一点人情味，中国文学到后来连这一点都越来越少。柳青、李准、浩然、周立波对农业合作化的叙事，抓住了一些有意思的问题和材料，但很多结论存在疑点。出版社想给老舍出全集，出不了，为什么？老舍后期的大量作品过于政治化，对历史的描述和解释有很多硬伤。在这种情况下，你说的“小女人散文”和“私人写作”也好，还有什么先锋文学也好，在“文革”以后纷纷冒出来，作为对“宏大叙事”的矫枉过正，是有积极意义的，起码促进了文学生态的平衡，使个人的视角得到恢复。在个人视角之下也可能写出糟糕的东西，但没有个人的视角本身就糟糕，是更大的糟糕。

王　尧　个人的解放改变了中国社会和人生的方方面面。

韩少功　我在法国碰到过一次中俄经济学家开会讨论改革。中国的经济学家们抱怨中国的问题很多，投机倒把呵，走私贩私呵，外汇黑市呵，套取计划物资呵。俄国的经济学家们一直没吭声，最后感慨地说：我们的问题，就是没有你们所说的那些问题。当时从总体上来说，中国的改革开局良好，个人欲望在良性区间运行，就像人体内的红血球没有超标，恢复到正常值。物质与精神是兼顾的，利益与尊严是统一的。右派平反了，同时给他补发工资，于是尊严与利益同时得到了。农民分到了责任田，说话也硬气了，不需要看干部的脸色了，也是尊严与利益的好事成双。当时有一个小说家何士光就创作了这方面的作品。

王　尧　何士光写了《乡场上》。

韩少功　随着经济商品化与市场化的压力增强，人们在利益竞争中开始面临一些新的难题。有时候人们会突然发现，尊严与利益不能兼得，而是冲突，必须取舍。对于很多边缘化了的弱势群体来说，尊严突然又变得十分奢侈了。有时候，你要想得到利益，就得去当“三陪”或“二奶”，就得去长官那里低声下气，甚至得设计骗局六亲不认地“宰熟”。你要是不想这么做，还想保持自己的尊严，你就可能赚不到钱。这种两难大家并不愿意明说，但都在肚皮里暗暗打着官司。这是从八十年代后期悄悄出现的变化。发展经济被看成“个人利益最大化”，而“个人利益最大化”在中国的捷径甚至是投靠权力或者资本。在批判“文革”中重建起来的社会公正及其道德标准，再次受到新的威胁。到九十年代前期，连“道德”

“精神”“理想”这些词在文学界都几成人民公敌，一有提及便必遭围攻，一些官方机关报也参与其中，现在想起来不能不让人有些感慨。一个健康的社会，对弱者应该多强调权利，对强者应该多强调责任。当政治、经济、文化精英们一哄而起唾弃道德责任的时候，就有些邪门了。

王　尧　人们抵达人性这个价值核心的路径是不一样的。中国知识分子后来出现分化，实际上也由这个价值核心开始。在一个文化转型期，主流意识形态的约束力在社会中减弱，传统价值观念通常会被颠覆，伦理秩序的重建在中国可能还要有段时间，如同法制建设一样。

韩少功　中国没有宗教传统的制衡，个人主义在这片土壤里很快就成了利己主义，排除了个人的尊严、自由、道德甚至功名这样一些精神因素，只剩下肉体欲望，比方说，为了五块钱就可以下跪，为了五十块钱就可以杀人。以前老百姓至少还讲点因果报应吧？现在一个个村的在党支部领导下做假药，做假酒，谋财害命，心安理得。也不怕雷公电母了。其实西方的资本主义是以宗教为支撑的，就像共产主义也是以宗教为支撑的。在个人利欲后面，在达尔文、亚当·斯密、霍布斯、尼采、弗洛伊德的后面，有德国人韦伯说的那种“新教伦理”，有那种勤奋耐劳、制欲戒奢、敬天守法的“资本主义精神”打底。宗教改革的时候，教士们提出“劳动是最好的祈祷”，于是宗教逐渐世俗化了，大家都努力劳动发家致富。在法庭上手按《圣经》发一个誓，证人就不能讲假话。哪像现在很多中国人，只要没有在现场抓一个正着，就可以眼睛都不眨，红口白牙编故事。大家都习惯于讲假话的时候，民主与法制都会变形，市场交易成本也会大大增加，成为经济发展的障碍。

王　尧　你写过一篇小小的杂文，叫《个狗主义》。

韩少功　当时是想当个人主义的补天派，给个人主义设一个道德底线，说人应该把自己当人，也把别人当人。对这一问题并没有往深里想。

王　尧　信仰问题也是我们亲历的问题。我觉得这不单是个道德危机、诚信危机的问题，贫困所滋生出来的问题在中国已经形成一个怪圈，文化也好，制度也好，包括政策，都有一些怪圈。八十年代关于现代化的想象遭遇到这些问题后就有挫折感。我觉得，到了八十年代末，知识分子的挫折感增强了。

韩少功　中国是一个穷国，人均资源相当缺乏，生存危机一直处于高压状态，道德失控更是雪上加霜，是替代性资源的进一步流失。从这个意义上来说，我常常怀疑自己在八十年代追捧个人主义是不是太轻率了？是不是玩过头了？也怀疑五四以来的几代知识精英们对道德建设是否都太掉以轻心？革命时代是以政治代替道德，效忠就是模范。市场时代是以经济代替道德，发财就是英雄。这两种道德教育都是意识形态化的，使道德建设实际上成了空白。两面夹击之下，伪道学和伪礼教似乎是打倒了，但欲望是一列没有制动闸的火车，很快就冲出了轨道。老百姓家里以前经常供着“天地君亲师”的牌位。一个世纪以来，最早是“君”的这一块烂掉了，就是说官场腐败了，但问题还不算太大。现在腐败向下扩展到“亲”和“师”，即家庭与学校这两个基础性结构，这就烂到根子上了。

社会改革遇到了文化障碍

王　尧　在八十年代中期以后，社会均衡发展开始遭遇到种种问题，而如何处理这些问题，知识分子本身也不像八十年代初那样具有共识。就像你刚才所讲的，在这种情况下现代化的想象不够用了。所以，八十年代进入九十年代的方式也在知识分子的想象之外。由于文化激进主义的出现，中国人对待自己的文化传统缺少虔诚和敬畏的心情。但是还是有一些敏锐的知识分子在八十年代中期开始立足本土来回应西方的现代性。譬如“寻根文学”思潮的产生。在这里，我想提到你对“文化寻根”的认识。现在的文学史几乎有一个定论：韩少功是“寻根文学”的倡导者。我知道，这个问题你已经讲过无数次。你认为“文化寻根”与自己有些关系，但从来不用这个口号，寻根只是你考虑的问题之一，而不是全部。我想知道你是如何进入这一问题的。

韩少功　到八十年代中期，改革已经遇到了文化障碍。我读大学时参加过一次学潮。但我在学潮中发现叛逆者与压制者有共同的文化积习。有两件事尤其让我印象深刻：一是学生们强烈要求首长来接见大家，肯定学潮是“革命行动”；二是事情刚开始，学潮内部就开始争官位，排座次，谋划权力的分配，比如说以后团省委和团中央的位置怎么安排。你完全可以看出，所谓民主派青年的脑子里还是个“官本位”，把官权是很当回事的。他们所反对的东西，常常正是他们正在追求的东西。政治对立的后面有文化上的同根和同构。我对此感到困惑，怀疑一场政治手术能否解决这样的文化慢性病。我开始意识到，我们不能像伤痕文学、反思文学那样，把人仅仅看作是政治的人，还必须把人看作文化的人。

王　尧　这是个重要的变化，一些现代化的想象开始有调整和修正，是后来在文学上回应西方现代性的开始。周作人说他心中有两个鬼——流氓鬼与绅士鬼，这百年来，许多中国人心中也有两个鬼，政治鬼与文化鬼。

韩少功　“寻根”跟我的一篇文章大概有点关系，实际上当时考虑到这一层的远不是我一个。阿城、李杭育、李陀、李庆西、郑万隆、贾平凹等也写过一些文章。大多是一些有知青经历的人，可见大家在“文革”中的生活经历正在事后发酵。张承志和张炜从没有写过这方面的文章，但张承志对西域文化的研究，张炜对儒家经典的研究，都做了很重要的实事。后来很多报刊约我再写，我没有答应。弄出一个流派在我的意料之外。我觉得流派是不存在的，就像以前的“荷花淀派”“山药蛋派”之类也都十分可疑。大家的想法各异，“寻根”这个提法浓缩了很多意识，也掩盖了很多分歧。

王　尧　你这里所说的意识和分歧主要是哪些？

韩少功　有的倾向于继承中国文化传统，有的倾向于否定中国文化传统。介于这两者的兼容状态也有。更重要的是，当时很多人“寻根”的旨趣在于佛家与道家，可以看作对现实困境中如何实现个人解脱的美学回应，阿城就是一个例子。这与后来在全球化浪潮中发掘本土文化资源的积极进取，也有很大的距离。就是说，关注中国文化传统的哪一个层面，要达到一个什么样的目的，人们各怀心思，从来不是一个声音。

王　尧　这些分歧不仅在“寻根”者内部存在。“寻根”的提出实际上使新时期以来关于中国文化发展路向的思考有了一个聚焦点，分歧所反映的问题几乎是世纪性的。

韩少功　在我的记忆中，当时对“寻根”的批评主要来自两个方面。贺敬之当时是中宣部副部长，有一次到湖南开会。湖南文联主席康濯传达他在会上的讲话，说现在有些青年作家提出“寻根”，“寻根”是对的，但革命文学的根在延安，怎么寻到唐朝汉朝去了？怎么寻到封建主义文化那里去了？这是一种不正确的趋向嘛。另外一些青年文化人，像刘晓波等，则认为“寻根”完全是“文化保守主义”和“文化民族主义”，与现代文明的方向背道而驰。他们说，中国文化这根大毒根斩断都来不及，还寻什么寻？我当时就处于这两面夹攻的处境。有个台湾作家还问过我，说你们是不是要像美国黑人作家的那样寻根？你们不是移民作家，有什么根可寻呢？只能让人哭笑不得。

王　尧　你在《文学的“根”》中说过，需要寻找到异己的参照系，但同时认为以人家的规范来规范自己，以模仿翻译作品来建立中国的“外国文学流派”，前景是黯淡的。

韩少功　当时中国作家对外国文学很感兴趣，有的模仿苏联作家艾特玛托夫，有的模仿美国作家海明威的短句型，有的模仿塞林格的《麦田守望者》那种嬉皮风格，作为学习的初始过程，这些模仿也许是难免的，也是正常的。但以模仿代替创造，把复制当作创造，只会“移植外国样板戏”，可能没什么出息了。还有一种现象，就是某些批“文革”的文学，仍在延续“文革”式的公式化和概念化，仍是突出政治的一套。“寻根”话题就是在这种语境下产生的。八十年代中期，全球化的趋向已经明显，中、西文化的激烈碰撞和深度交流正在展开，如何认清中国的国情，如何清理我们的文化遗产，并且在融入世界的过程中进行创造，成了我和一些作家的关切所在。

王　尧　有些人批评你们的“寻根”本身就是模仿，受到拉美魔幻现实主义的影响。还有人说《爸爸爸》运用了“魔幻现实主义”手法，你觉得恰当吗？

韩少功　我从不否定这种影响的存在，也许就像拉美魔幻现实主义也受乔依斯、福克纳、贝克特的影响，博尔赫斯还深受中国古典文化的影响——只是有些评论家好像不愿往这方面说。一九八四年杭州会议的时候，拉美作家加西亚·马尔克斯有获奖的消息见报，但他的作品没有中译本，没有任何中国作家读过他的作品。在杭州会议上，据我的记忆，与会者谈论更多的是海明威、萨特、尤奈斯库什么的。《上海文学》的周介人先生有一个杭州会议纪要，发表在几年后的《文学自由谈》上，大体上是准确的。人们还可以从那个纪要看出，“寻根”在会上甚至只是一个次要话题。

王　尧　杭州会议是一九八四年秋天，《文学的“根”》发表在一九八五年。你曾经著文回忆说，在杭州会议上，李杭育讲了南北文化的差异，阿城则讲了三个小故事，打了三个哑谜，至于你自己则说了一些后来写入《文学的“根”》一文中的部分内容。现在的文学史研究者对“寻根文学”思潮还缺少综合性的研究，包括史实的考证。我想，杭州会议大约可以算是个“前奏”，“文学寻根”意识的觉醒应该是在你和阿城等人的文章发表以后。《归去来》《爸爸爸》的写作时间是一九八五年一月，和《文学的“根”》差不多是同时。此后，文学创作是有所变化，“寻根”逐渐成为一种思潮。

韩少功　“寻根”也好，不“寻根”也好，好的东西总是很少，我的好些作品也是水货。在另一方面，“寻根”只是文学问题中的一个，并不是全部。“寻根”的作家也并没有义务天天来寻。好像某一天我说萝卜好吃，有人就说你以后天天只能吃萝卜——有这个道理吗？

开放初期双向的文化误读

王　尧　你担心“寻根”变成一种新的僵化，后来就出现了。

韩少功　有些“寻根”之作变成了跳大神，卖野人头，“风俗民情三日游”，被很多读者怀疑和诟病，也在所难免和合情合理。从我个人兴趣来说，“寻根”是了解过去，但目的是更好地了解今天；“寻根”是了解中国，但目的是更好地了解世界。文化自卑主义是一种弱视症，看不清自己，同样看不清他人。《读书》杂志主编黄平告诉过我一件事：有一本在国外非常走红的书，已经被西方国家的很多大学列为了解中国的必读书。作者是黄平学生时代的邻居。这本书说，作者刚到英国的时候，差点进错了厕所，因为她在中国从来没有看到过裙子，不知厕所门前图标上那个穿裙子的小人是什么意思。作者也从没有在中国看到过鲜花，一到英国就被满地的鲜花给震了。如此等等，当然让西方读者大为惊讶。但黄平说，他父母以前最爱种花，这位小邻居经常来偷花，而且这位偷花小女孩常常穿着花裙子。我们不是她的邻居也知道，即便在“文革”时期，江青也提倡女性穿“布拉吉”，自己还带头穿。我们不是说中国的社会和文化没有毛病，但一个连自己亲身经历都说歪了的人，还能真正了解英国吗？这种捏着鼻子哄眼睛的人，今天可以妖化中国，一旦有了新的利益需要，明天会不会妖化英国？

王　尧　有些误解其实是一种成见使然，讲到本土，讲到文化传统，很容易引起误解，就像李锐说的，被人指责为“文化原教旨主义”。在《文学的“根”》中你说过，“我们的责任是释放现代观念的热能”，而且在发表这篇文章的一九八五年，你自己正在武汉大学英文系进修，对西方语言和西方文化是十分投入的。到一九九七年，你又说过不赞成“文化上的民族主义”。

韩少功　我在国外见到过这样一些“全盘西化”的新派同胞，发现他们其实比我还要“中国”得多，在西方住上几个月或者几年，还是怯于同西方人交往，总是几个中国人扎堆，包饺子，打扑克，聊点中国的电影或者人事纠纷。他们对西方也往往有失望感，比方到了欧洲就会说：“怎么就一点都不现代化啊？也没有多少高楼大厦呵。”与西方女人一起喝了杯咖啡，发现对方根本不会像电影里那样，不会随后就同他上床，于是也埋怨：“她们怎么这样保守啊？一点也不性解放呀。”你说，这些活宝贝对西方有多少了解？他们崇拜一个他们十分无知的西方有什么道理？有意思的是，我从他们嘴里听到的“全盘西化”论最多。

王　尧　当然也有人在“文化寻根”旗帜下去寻找“国粹”。

韩少功　这是西方文化中心主义的另一种表现，眼睛还是盯着西方人，挖一点土特产好让别人大惊小怪。包括有些文化人，出国后本来想治西学，融入西方主流，玩着玩着发现玩不过人家，不被人家接纳和承认，只好反过头来另玩一路，回归国粹，其实是一种生存策略。我读辜鸿铭的时候，总是猜想他在国外肯定受了不少闲气。八十年代末，一个作家代表团到法国，我也是成员之一。刘心武在会上大批中国传统文化，结果差点被当地华人群起而攻，包括那些反共的华人。刘心武可能以为海外华人吃了洋面包，一定会同他一条心，其实对海外华人的普遍心态并不了解。人家在国外处于边缘地位，就靠这个东方文化传统撑住自己的自尊和自信，甚至还得靠它吃饭，你怎么能朝人家的饭碗里吐唾沫呢？有些作家明白了这一点，就玩起另外一套，比如，有个女作家去澳大利亚，一到开会就拿出双绣花鞋，说起绣花鞋和外祖母的故事，说自己在“文革”中如何舍生忘死地保护这个传家宝，让老外来瞪大眼睛惊叹不已。其实从国内去的人一眼就可以看出，那种鞋是从工艺品商店里买来的，与“文革”，与她的外祖母，压根儿就不会有关系。这种把戏只能骗骗老外。

王　尧　阿城离开大陆后，写过一些游记和随笔，还是那种风格。从他创作上来说，他的出国也未必是件好事。

韩少功　他是个聪明人，可能生活中有很多兴奋点，觉得文学不是太重要。我自杭州会议以后一直没有见到过他。

王　尧　刚才我们还提到周介人先生，我没有见过他，但对他充满敬意。我获知他去世的消息时心里很难受。周介人是一个非常让人怀念的老师，当年的文学批评和文学刊物，他起到很大的重要作用。一个杂志常常是和一个或者少数几个人联系在一起的。

韩少功　周介人当时在上海扶植了一大批青年评论家，呼风唤雨，声势浩大，吴亮、程德培、陈思和、王晓明、蔡翔、许子东等一大帮。八十年代是文学创作与文学批评相互促进、相得益彰的一个健康时代，文学批评杂志也非常多。不像九十年代，媒体商业化严重以后，很多地方是记者炒作代替了专家批评。

王　尧　吴亮写过你的文章，像《韩少功的感性视域》《韩少功的理性范畴》等。他是比较准确的评论你创作的一个批评家。

韩少功　他看法犀利，语言活泼，而且很有爆发力和繁殖性。还有一个特点，他认为引用就是思想的懒惰，写作时尽量不引用别人的话，单枪匹马打天下。我对这一点印象很深。

消费主义将会强化腐败

王　尧　当时一些批评家十分活跃。还有北京的黄子平、季红真等，也是周介人非常喜欢的。黄子平说，创新是条狗，追得人不能停下来小便。这里的创新主要还是指向西方学习吧。我曾经就一个问题向李陀老师请教，他在回答我的邮件中说道："一说及八十年代，必要套用现代主义的概念，认为用现代主义或现代派文学做线索来描述当代文学的发展是理所当然的，其实这样做十分可疑，因为如此根本不能说清中国文学写作的独特性（以及这种写作和中国历史之间关联的独特性）。"八十年代的文学流派并不是那样的壁垒森严。你在《杭州会议前后》中提到，后来我也听蔡翔说到这件事：当时《上海文学》对马原的小说《冈底斯诱惑》没有把握，就把稿子带到会上，请你和几位作家“把握”一下，你们投了重要的赞成票，给予大力支持。这是件有意义的事，不仅是先锋文学发生过程中的一个重要细节，而且也见出当时文坛的宏大气象，就像你说的：差异中有共同气血的贯通。

韩少功　作家们互相支持是当时很普遍的风气。残雪的第一个短篇小说，也是我推荐到长沙一家杂志上去的，我的一位大学同学在那里当主编。我的写作也得到其他很多作家的支持与帮助。那时没有什么门户之见。门户之见是事后一些批评家想象出来的。

王　尧　所以你批评有些批评家喜欢在文学上编排团体对抗赛，把“寻根文学”和“先锋文学”看成保守和进步的“两条路线”的尖锐斗争。

韩少功　很多外国的汉学家也跟着这么说，有一本汉学家的书，煞有介事地编出什么从“杭州会议”到“香港会议”的故事。其实都夸大了。现实生活不是电视连续剧，不可能那么情节分明地起承转合。

王　尧　先锋文学探索是在中国语境里产生的，是中国现实生活所孕育的，从更深的层面说，它与西方的先锋文学不完全是一回事。尤其到了九十年代，这种区别越来越明显。

韩少功　西方先锋文学所针对的，是西方发达国家的社会，一个资产阶级体制化的社会。所以很多西方先锋作家带有左翼色彩，是支持共产党或者社会党的。现代主义在美国发展到嬉皮士运动时，其主要诉求是要民权，要自由，反对教育商品化，反对帝国主义战争，拒绝接受资产阶级政治、法律、伦理的体制规范，思想基点上可能是非常个人主义的，但同样有很强烈的左翼色彩，马克思、毛泽东以及法兰克福学派是他们经常运用的思想武器。

但是在中国，先锋文学的针对物是“文革”，是社会主义过程中的灾难。更重要的是，在这一个反叛的过程中，很多先锋对资产阶级倒是充满了向往，所以与萨特、加缪、布莱希特这一类共产党员有很大的区别。

我在法国参观过勃勒东的故居，那太豪华了，又是城堡又是别墅，一个人孤独地住在那里，不神经兮兮的也不可能。而我们的先锋作家们，当时可能还窝在一个小胡同里，像样的房子也没有，想找个情人也可能挨整。他们与西方同道会有同样的痛苦吗？会有同样的想象和向往吗？到了九十年代，“全民皆商”的时候，很多先锋作家当资本家去了，就是自然的结果。很多没有“下海”的先锋作家，也热烈拥抱商品化、市场化、资本化这个时代潮流，什么现代主义，什么后现代主义，各种文本里都隐藏着对金钱的渴望和崇拜。

王　尧　到八十年代后期，世俗化成了先锋文学的重要标志。

韩少功　非先锋文学也世俗化了。有一位才华横溢的现实主义中年作家，号召大家像当年参加土改、合作化一样去当老板，说“下海”就是新时期的革命，就是作家深入生活的最前线。有一本美国的书说，苏联的私有化是斯大林主义式的，说得有点道理。中国过去是全民炼钢，全民打麻雀，全民造反有理，现在是全民皆商，连法院、军队、政府也办公司，谁都不敢落在时代的后面。是不是有点“文革”的风格？是不是有点“全国山河一片商”的风格？这在短时期内可能使经济运转加速，但也伏下了危机。柏拉图说：优质的社会一定是人们各司其职和各精其业的社会，工人不安心于工，农民不安心于农，学者不安心于学，政治家不安心于政，这样的社会一定腐败和危险。但我们在八十年代都觉得外面的世界很精彩，我也到海南去蹚了一下浑水。不光是作家，官员、教授、医生、和尚、气功师、科学家也一样“心不在焉”，条条大路通世俗，条条大路通享乐。

王　尧　这个观感差不多也成为你和同人后来创办《天涯》的方针：既要与消费文化划清界限，拒绝那些拜金的、势利的、跟风的庸俗的文字，又要与所谓经院文化拉开距离，排除那些实质上内容空洞、心智贫乏的文字。

韩少功　陈思和在一篇文章里提到，有的青年公开表示：现在如果“四人帮”在台上，老子肯定要投靠上去！这真是八十年代留下来的一个莫大讽刺。如果说经过八十年代一个民主自由空气浓厚的时期，到了九十年代，官僚腐败在很多地方反而更加严重，那么消费主义刚好提供了基础和环境。消费主义毒化民心，涣散民气，使民众成为一盘散沙，追求正义的任何群体行为都不可能。这是腐败者最为安全和放心的局面。有一个房地产老板对我说过：现在爱党和反党都不严肃了，没意思了。因为有些人跑到他的公司里，说我是“六四事件”中受迫害的，你得同情我，你得出钱。另一些人也跑到他的公司里，说我们是来推销“四个坚持”教学录像带的，你得支持我，你得出钱。在这种情况下，你还能对他们的政治标签较真吗？政治也商业化了。这种风气是八十年代留给九十年代的一笔沉重的遗产。在一个社会道德机体正在逐步溃烂的时候，姓“社”姓“资”一类理论上的争论，其实已经不那么重要。土壤已经毒化，你种什么苗可能都不灵。

王　尧　这也是九十年代人文精神讨论的一个背景。在八十年代与九十年代的差异中，我们重新回到八十年代的文化语境中，对八十年代的文学或许会有新的认识。因为有了八十年代文学，二十世纪中国文学史的下半部才显得厚重，八十年代的文学也改变了后来中国思想文化界的格局。现在对八十年代的启蒙话语有各种各样的争议，不知道你对这一问题如何看。

韩少功　从我个人的经历和教训来说，八十年代的启蒙取得了成果，但也有缺陷，在敢于接受西方资本主义成果的情况下，一些焦虑和急躁情绪在所难免，“摸着石头过河”的实践也需要一个过程。知识界主流用金钱的乌托邦反对革命的乌托邦，用右的教条主义反对左的教条主义，思想认识走了弯路，但所针对的问题却不能说不存在。出发点是对的，落脚点可能不对。生活是最好的教科书。到了九十年代以后，很多中国人才会从生活经验中产生新的问题意识，一次再启蒙在知识界悄悄蓄积能量。

王　尧　新的社会深层矛盾不断撞击知识界那个想象的共同体，一些在八十年代形成的共识后来出现缝隙，许多问题的讨论没有呼应和交集，这也反衬了八十年代知识分子处理现实问题和思想文化问题的简单化倾向。作为八十年代的目击者，我在回望八十年代时也心潮澎湃。那个时候，我们还没有想到我们会如何对待作为精神遗产的八十年代。其实，九十年代中期的那场人文精神的讨论，在深层上是对八十年代思想路向的一次检讨。知识分子不能不对自己充当什么角色做出新的选择，包括对思想资源和知识资源的选择。

韩少功　那是后来的事情了。八十年代是一个天真的早晨，九十年代才是一个成熟的正午。

社会重建

主义可以“同名不同姓”

王　尧　现在回头看，知识分子从八十年代到九十年代的步伐是仓促的，包括在思想模式的转换方面。九十年代初期的知识分子，对现实的回应不像现在这么从容，有些忙乱。

韩少功　当时国内有“六四风波”，国外有苏联的解体和东欧的易帜，很多人处于一种茫然状态。

王　尧　你在海南主持的《海南纪实》杂志风行全国，但也树大招风，在“六四风波”以后被责令停办，不知道具体的情况怎么样。

韩少功　整肃十分严厉，有的文章甚至把这个杂志与《世界经济导报》与《新观察》列为齐名的“反动”媒体，政治“待遇”给得相当高。我以为又会回到“文革”，但压力没有我预计的大。杂志停刊以后，我饭照吃，工资照拿，不久还能单独出国访问，在法国待了几个月。国外一些朋友也很奇怪，以为我已经“进去了”。经济体制改革也没有我预计中的倒退，倒是借助严厉的政治扫荡，如履平地一路推进。一九八九年前的“价格闯关”，喊了几次都不敢真动，怕老百姓上街闹事。到九十年代初，我跟一个政协的小组下去调查，发现海南省百分之九十的商品已经放开物价，但一点社会反应都没有，真是神不知鬼不觉，顺利得让人难以理解。

王　尧　进入九十年代以后，与国内外很多人的预测相反，中国改革没有停止，而且有一个不断加快的世俗化和市场化进程，九十年代有许多论战实际上与此相关。我很想了解你在这方面的思想经历，也许还有相关的生活经历。

韩少功　我一九八八年到了海南，想利用经济特区的政策条件创造一种新的生活。当时觉得内地的僵化体制令人窒息，未来的生活已经划定了轨道，而海南这本新书有很多未知数，有很多情节悬念，让人有兴奋感。初到海南，我和一些朋友失去了大锅饭，自己谋生存，办刊物，办报纸，办函授学院和排版公司，卷入很多经济事务，人、财、物、产、供、销，事事都得操心。这对我个人经验来说是一次有益的补充。我对金钱的感受从来没有这样具体和直接。没有钱的时候，队伍不容易稳住；有了钱的时候，吃喝玩乐之风大盛，队伍眼看着就要瘫痪和瓦解。有钱比没钱的问题更严重。

王　尧　穷不得也富不得的现象，即使在今天也还存在，所谓守不住穷，耐不得富。九十年代有部电视剧的台词很流行：有钱不是万能的，没钱是万万不能的。我记得你在九十年代初写过一篇《处贫贱易，处富贵难》，说幸福的硬件不断升级，反衬出精神软件的稀缺，大概就是有感而发。

韩少功　公有制约束的欲望突然释放，人性在生存压力的底片上曝光。内地沙龙里、笔会上、主席台上的人格面貌原来大多不怎么可靠。我们的团队本来是个同人群体，人与人之间的关系很平等，很随意，但有了钱以后马上发生微妙变化，权力与利益成了有些朋友不择手段争夺的东西。我当时说过：自命为知识精英的人怎么几个月就腐败了呢？比很多执政党的腐败都快得多，速度也太快了吧？一百本哲学和一百本文学，看来也顶不住几个钱。

王　尧　我在这个阶段也有很深的体会。当时我读你的《夜行者梦语》非常有感触，如你所说：从政治压迫下解放出来，最容易投入金钱的怀抱，从金钱的压迫下解放出来，最容易奔赴政治的幻境。

韩少功　有一次内部头头开会，争论到深夜。有一派要求实行“老板制”，由领导层占有全部收入，其他人只是打工仔，领点劳务费就够了。另一派坚持公有制，分配差距只能按劳动和贡献来决定。前一派说：你们不能搞老一套的大锅饭吧？不能把团体变成假模假式的“教会”吧？我们要“帮会”不要“教会”。我说要“帮会”也行，但帮会也得有帮规，突然废约改制，把人分成三六九等，根据是什么？没有人能拿出这个根据。在那个夜晚，我突然对资本主义有了体会，以前觉得很美好的资本主义，第一次让我感到寒气袭人。也许这就是“世俗化”？但它刚好是要损害和剥夺大多数成员的“世俗”。也许这是要实现“个人解放”？但它刚好是要损害和剥夺大多数成员的“个人”。

选择理论就是选择生活方式

王　尧　听你这一说，我就明白你九十年代的思想来源了。从表面上看，你也是被定位为“自由化”的人物之一，但你切入市场经济的前沿和基本细胞，与当时有些从沙龙到广场的知识分子不一样。我注意到，在这个阶段你指出了蹩脚的理论家最常见的错误，不懂得哲学差不多不是研究出来的，而是从生命深处涌现出来的。这在现在的高等学校仍然是个问题，我们的知识生产缺少生命力，从概念到概念，不能抵达概念之外的具象、感觉、实践。你在九十年代初的这个想法，大概是你创作《暗示》最初的思想源头。

韩少功　当时海南是一个很好的观察点。知识分子在金钱面前的六神无主尤其给我深刻印象。有些人一见人家炒了地皮或者炒了股票，一见人家当老板坐上“大奔”，就觉得自己要被时代抛弃了。值得这么慌吗？马原到一个大学去讲文学，另一个作家就说：“他还去干那种勾当！”好像马原谈文学已经不正常，马原只有谈地皮和股票才正常。这是八十年代启蒙话语带来的一个奇怪结果。那时候，理论界还是启蒙话语当家，但有一部分作家开始有所反应，反对拜金主义，谈精神，谈气节，谈道义的坚守。张承志、张炜、李锐都有一些及时的发言。我在《灵魂的声音》发表以后，收到李锐一封很热情的信。那是我与他第一次交往。

王　尧　张炜、张承志被视为道德理想主义者，保持了八十年代的那种激情。他们与你被并称为文学界“三剑客”。那时大家比较看重你们所持立场的意义。不久，左和右的阵营开始形成，我们姑且用“左”和“右”这两个词来描述。但是，无论是左还是右，都遭遇到了更为复杂的现实问题，这些问题凸显了既有的理论以及思想方法的局限。“人文精神”讨论也是在西方启蒙话语的框架中进行的。

韩少功　就大的方面来说，不管争论的双方或者说是多方，基本上还是共享一个市场经济的甚至资本主义的现代化想象，秉承八十年代知识界主流的共识。问题是新的，解释是旧的。但正如黑格尔说过的：强者不需要道德，道德是弱者的工具。“道德”的重提，“人文精神”的重提，实际上萌动着一种反对弱肉强食的社会关切，虽然局限在启蒙主义的解释框架，但为后来进一步的反思提供了铺垫。

王　尧　那时你比较关心精神问题、灵魂问题，对技术主义和商业主义的批判是毫不留情的，记得你当时用了精神流氓、政治痞子、商业痞子、文化痞子、保守派的痞子、新潮派的痞子等措辞。《夜行者梦语》一书在当时的反响很好，与理论界的“人文精神”讨论形成了呼应。

韩少功　当时是遭遇战，短兵相接，想说得尖锐一些。一尖锐就免不了招风惹事，千夫所指。文学界有些人发起了批判“道德理想主义”运动，大报小报一齐上，《文艺报》与《作家报》等全武行上阵，认为重提道德就是“极左”，就是对抗“市场化”与“国际化”的进步潮流，甚至就是“红卫兵”“法西斯”与“奥姆真理教”。情绪化的攻击破坏了正常讨论气氛。接下来，指控《马桥词典》是“抄袭”“剽窃”“全盘照搬”的舆论大潮，实际上有预谋的思想报复，是封杀不同声音的行为，使我不得不严肃对待。球场上吹黑哨、踢假球了，你如果想继续参赛，那就得想办法自卫。

王　尧　这一事件引起了文学界的众说纷纭，有人提到王蒙与你们一些知青作家的思想裂缝。

韩少功　“马桥风波”的两位当事人张颐武与王干，与王蒙关系不错。北京一位编辑还告诉我，这个事件是经过开会策划的，地点在哪里哪里。但我不相信这个事件与王蒙有什么关系。我与王蒙在思想上有同有异，比如八十年代他不承认规律有多样性，反对我提“二律背反”，我认为他稍左；九十年代他对“道德”“理想”这样的词特别有情绪，我认为他过右。但我对他在当代文学史上的杰出贡献十分敬重，我们的思想分歧并不能改变这一点。我几十年来出版作品，只请一个作家为之作序，那就是王蒙。当时他从文化部长的位置上下来了，一篇《坚硬的稀粥》遭到上纲上线的政治批判，成了个十分敏感的人物。我与他并不很熟，想用请他作序的方式对他表示敬意和支持。

王　尧　“马桥风波”是当时思想争论的最高潮，也是意外的终止。

韩少功　到九十年代后期，亚洲金融风暴发生，俄国私有化改革带来大动荡，发展道路和体制创新问题才成为新的思想焦点，为道德问题讨论提供了新的视野。“道德理想”“人文精神”这一类问题是深化了，但也随之消散了。

打破知识界新的一言堂

王　尧　深化了，也消散了，这个表达很有意思。有些问题，可能没有深化，也就没有消散，譬如人的解放。

韩少功　人性是一个非常笼统和含糊的概念。古人说“食色性也”，其实猪狗也是“食色性也”，可见这只是兽性而不是人性，充其量只是人性的一部分。说希特勒没有人性，不是说希特勒不会饮食男女，而是说他没有良知。如果把良知、道德、理想、社会正义与“人性”对立起来，这样的“人性”意味着什么，当然不言自明。

其实兽性也不完全是自私的。不要说牛马猪羊，就是豺狼虎豹，也不会有组织和大规模的灭杀同类，不会闹出血流成河横尸遍野的宗教屠杀、殖民屠杀、民族屠杀以及阶级屠杀。二十世纪可以说是最为文明的一个世纪吧？但二十世纪的战亡人数，超过了前十九个世纪所有战亡人数的总和。最文明的世纪也是最野蛮的世纪。这到底是“兽性发作”还是“人性发作”和“文明发作”？从普遍主义和绝对主义的角度谈“人性”和“人的解放”，不会使我们更多一点聪明。我们还是把这一类问题放到具体社会环境里来展开为好。

王　尧　所以人性会被解释为一种神话。但我们有时在夸奖动物时实际上是表达对某些人的失望，我们常常会说这人连狗都不如，当我们赋予动物以人性时，是在另外一个维度上把人性视为神话。在人性堕落，人与自然的关系仍然紧张的今天，我愿意维护这样的神话。我曾经旁听过一次哲学专业的博士论文答辩会，答辩的研究生在论文中提出人对动物应当尊重的观点，我认为这个观点是非常普通的，不是什么高见。但参加答辩的一位教授在提问时说：难道动物繁衍传播细菌的权利也要尊重吗？这位教授所提的问题以及提问的逻辑让我惊诧。所以就像你所说的，人性与兽性不能笼统地谈论，也不能抽象地谈论。

韩少功　要防止知识的越位。很多观念在这个范围内是有效的，反之可能是无效的；在这个范围是强效的，反之可能是弱效的。

王　尧　小平同志在九十年代初期的南方讲话，使改革恢复了活力和势头，但很多深层的社会矛盾也从那个时候开始显露。在这以后的一段时期，你在不断关注精神与灵魂问题的同时，好像很快拓展到政策和制度安排的思考上，更多地去发现现象背后的东西。

韩少功　很多事情拉开距离才看得清楚。八十年代也有个人主义，但在特定配置条件下利大于弊。那时候改革是内需拉动型的，全民普遍受益。全社会利义并举，公私平衡，经济发展比较均衡与和谐。农民分到责任田以后，普遍增产增收，农民得到了实惠。城市里就业充分，工厂都开工很足，工人奖金开始增多。我记得我读大学的时候，很多朋友都不愿意读，说在工厂里待得很舒服，工人的收入不比大学毕业生少。我回到插队的农村去看，农民也满足得不得了，说天天可以吃肉喝酒，皇帝的日子也不过如此吧？

当时知识分子的待遇算是差一些，所谓“手术刀不如剃头刀，原子弹不如盐茶蛋”，而且还有时紧时松的意识形态压力。但不管怎么样，四类分子摘帽了，右派平反了，大学重新招生了，出国留学放行了，知识分子还可以评职称，处于一种很受尊重的地位。温铁军认为，从社会均衡发展这一点来看，八十年代前期和中期应该说是做得最好的。但进入九十年代以后，贫富分化开始出现了，地区之间，阶层之间，行业之间，个人之间，都分灶吃饭，吃得有咸有淡有多有少不一样，差距拉得非常的大。人们出现“原子化”趋向，共存共荣的社会纽带在松弛甚至断裂。

王　尧　也许这就是“新左派”思潮出现的背景之一。有些评论家认为你是“新左派”作家。

韩少功　在中国的语境里，“左”很臭，差不多就是“文革”的代名词，你一戴上“左”的帽子就自绝于时代。不过我不在乎这顶帽子，正像我在八十年代不在乎“自由化”的帽子。“新左派”这个词最开始是出现在文学圈子里，到九十年代后期，帽子铺开大了，社会主义的、民族主义的、生态主义的以及后现代主义的思潮，都可能戴上“新左派”的帽子。这时候的“新左派”其实是第二代，与第一代有关系，但没有太大关系。因为第一代在社会思想和社会政策这个层面上有所分化，有些人对第二代“新左派”的很多观点也不赞同。

其实，以“左”和“右”来画线是一种懒惰和粗暴，掩盖了问题的复杂性。比如，说社会主义是“左”，还算是传统上通行的命名，但民族主义怎么是“左”？恐怕也是“右”吧？王小东说，他很欣赏美国的制度，但坚决反对美国的霸权，就是这样一种亦左亦右的态度。“自由主义”这个词也是含义混乱。如果按照一般美国人的理解，“自由主义”刚好是指左翼，指民主党的“第三条道路”，甚至是指乔姆斯基一类激进异议分子，指中下层平民以及少数族裔的立场，而里根和撒彻尔夫人奉行的新自由主义，在美国被知识界习惯性地称为“保守主义”。

王　尧　你对上述两代“新左派”的思想活动，似乎都有过积极的参与。这在作家中不怎么多见。

韩少功　因为操办《天涯》杂志的关系，我在一九九七年编发过汪晖的一篇长文，推动过后续讨论。汪晖这篇文章后来被看成触发知识界大讨论的导火索。其实在此前后，我也编发过很多不同倾向的文章，有左翼的也有右翼的。在我看来，左、右两翼有时候有共同的关注，要解决同样的问题，只是对问题的解释不同而已。比如，秦晖与何清涟也很关切弱势群体，认为权力经济制造了贫困，这一点说得不错；但他们觉得只有彻底的市场化才能解决这一问题，让我持有疑问。尽管如此，我们还是发表秦晖和何清涟的文章。何清涟当时在境内还不太被大家知道。我的主张是不管左派右派，能抓住老鼠就是好派，能解释现实就是前进派。“新左派”对于打破八十年代以来物质主义、发展主义、市场主义、资本主义的一言堂是有积极意义的。贫困问题，生态问题，消费文化，道德危机，国际公正秩序，权力资本化与资本权力化……这一系列问题，如果不是因为尖锐刺耳的左翼批评出现，恐怕很难清晰地进入人们视野，就会在市场化的高歌猛进和莺歌燕舞之下被掩盖。

翻翻那时候的报刊，知识界过于一言堂了。精英们千恨万恨只有一个“文革”，只有一个“极左”，有资本主义一抓就灵的劲头，对无关精英痛痒的问题不怎么打得起精神。王蒙不能接受有人批评市场化，说市场化再不好，总比“文革”好吧？问题是，照这样的逻辑，“文革”再不好，总比日本军队的“三光政策”要好吧？这样还能讨论问题吗？要知道，一小部分精英的现实，并不等于社会大多数人的现实。

王　尧　有些弱势群体可能在市场化进程中边缘化。

对边缘声音应更多一些保护

韩少功　八十年代的启蒙主义说，市场化能带来人道。是的，现在有很多人确实过上了人道的生活，包括恋爱自由了，结婚与离婚也自由了，甚至“小蜜”加“三陪”地“性解放”了。但是不是人人都这样？到城乡弱势群体那里看一看，由于生计所迫，不是男人就是女人出外打工，夫妻分居的现象比计划经济的时代还要普遍和严重，一年到头家不像个家。对于这些人来说，市场化带来的更多是性剥夺和性压抑吧？是不怎么人道的生活吧？他们不去打工行吗？不行，教育、医疗、税费的负担一直在加重，生活支出是刚性的，没有不打工的可能。

王　尧　公共教育与公共卫生这些社会福利事业在九十年代受到了市场化的极大冲击，而且都是在“改革”的名义下进行的，甚至是在“与国际接轨”的名义下进行的。

韩少功　回过头来看，这可能是九十年代重大的失误之一，伤了社会的根基和元气。享受教育和医疗是公民的基本人权，它们怎么可以完全产业化？怎么可以一股脑推向市场？很多欧美国家也没有市场化到这一步。说“发展是硬道理”，不错，医疗产业化以后确实“发展”了，医药工业赚了大钱，医院赚了大钱，医务人员还可以集资上设备，什么CT，什么磁共振，然后一个小病也给你上CT，宰你几百块没商量，然后集资者都乐呵呵地分着红利。但就是在这同一个过程中，社会广大下层居民反而看不起病了，有病只能自己扛着。据我所知，世界卫生组织两年前对世界各国在医疗卫生方面的公正性给予评估，中国已经退步到一百八十八位，倒数第四，比印度、伊拉克、埃及、孟加拉国还要落后很远。那么到底是谁“发展”了？是什么“发展”了？即便不谈社会公正，即便只有经济发展一根筋，当社会的大多数因为失去了医疗保障，有治病的后顾之忧，一点钱都存着不敢花，导致市场需求不正常地严重萎缩，这是有利于“发展”还是阻碍了“发展”？

王　尧　有时候，我觉得左翼和右翼在思想上缺少真正的交锋，没有一个交集点。关于民主问题也是这样，你说你的，我说我的。

韩少功　八十年代的启蒙主义说，市场化和私有化能带来民主。有两个大学生跑到海南打工，热情万丈地进了一家私营企业，后来惊讶地发现，老板根本不把他们当人对待。他们不服气，去同老板理论，问你为什么不把我们当人对待。老板觉得很奇怪：我为什么要把你们当人对待？我出了钱，买了机器，也买了你们，你们就是我的机器。你们不想干就给我滚蛋。这两个大学生事后非常纳闷：不是说资本主义讲民主吗？这个资本家怎么这样呵？想当年，他们在国企干的时候，还可以同厂长和车间主任拍桌子骂娘，只要不犯法，厂里也不能开除他们。

王　尧　西方的民主是大街上可以骂总统，但在公司里不能骂老板。

韩少功　民主政治势在必行，这在知识界没有多少分歧。但民主有很多种。古希腊的贵族民主是压迫奴隶的，法国大革命的民主是放纵暴力的。我们的政治民主是否要以经济民主为前提，是否能在贫富严重分化和强化社会等级制的基础上建立起来，是否需要配置经济和文化资源相对公正的分配，这一点不可不深究，不应该绕过去。当一个人吃不饱饭的时候，没有工作的时候，选票只是幻术，你说他有选举权和被选举权，其实毫无意义。在一个等级制森严的私有化社会里，民主即使有，也不会是大多数人的民主。我参加过一次全国民营企业报刊主编的座谈会。有意思的是，我发现很多主编私下里都有一种苦恼。你不给老总歌功颂德，不给企业粉饰太平，你的饭碗就端不稳。他们以前最瞧不起《人民日报》，但没想到自己来办报刊，比《人民日报》一类媒体更缩手缩脚。你说这算怎么回事？

王　尧　国家和市场这样一个二元对立的概念，也曾经是启蒙主义的核心概念之一。

韩少功　这种对立也许曾经是一部分事实，但与我的很多印象无法吻合。我经常见到一些科长很难找到局长，局长很难找到市长，但有些资本家几乎分分钟可以把局长或者市长叫到他们的餐桌上去。餐桌上这些呼朋引类的家伙，是“国家”还是“市场”？是权力还是资本？我倒是见到过很多“国家”反“国家”的现象，比如，贪官的“国家”反清官的“国家”，部门利益的“国家”反公共利益的“国家”。一些腐败的当权者，比你还恨“文革”，比你还恨“极左”，对革命传统和道德约束嗤之以鼻，一心向往市场化、自由化、西方化这些香饽饽，与奸商们在五星宾馆里扎堆，喝XO，打高尔夫，有一种苦尽甜来的翻身解放感。我们有些朋友可能没有想到，启蒙主义的话语很对他们的心思，包括你说的多党制。他们已经有上千万、上亿的黑钱捏在手里，既准备收买官员又准备操纵选民，根本不在乎任何政治体制。

王　尧　资本权力化，权力资本化，是你经常强调的一个中心问题。

韩少功　即使在欧洲的历史上，国家与市场也不总是截然两分的。当年欧洲有官商冲突，也有官商结合。重商主义完全是国家行为。英国的东印度公司、莫斯科公司、几内亚公司，都是官商一体，甚至拥有外交与军事的特权。美国的计算机和IT产业，一开始也是国家投资和专营的军事工业，做成强势以后才要求自由贸易，才要求其他国家“零关税”，在这一点上连中国台湾都很有意见。因为中国台湾较有优势的芯片和笔记本电脑，进入美国倒是不能享受“零关税”。还有日本、韩国的经济起飞，全都是在国家关税保护之下发展起来的，全都是靠资本与权力的紧密关系实现的。只要不是傻子就可以看出，市场完全“自由化”的说法，让“国家”完全退出“市场”的说法，常常是一些强势国家和强势阶层的经济策略，欧美国家自己也做不到这一点。

王　尧　重新思考社会发展道路，似乎成了你九十年代思想中的一个重要部分，成了你一个新的兴奋点。

韩少功　九十年代后期，我有机会去了一些周边国家。我到印度新德里机场，看到一条大标语：“欢迎你到最大的民主国家来。”口气很牛吧？想一想也有道理，他们比美国和欧洲加起来的人口还多，选举，多党制，舆论自由，确实是民主的制度和氛围。国大党与人民党互相监督，互相竞争，英国给它设计的一整套制度坚持下来了。印度比中国要穷很多，但民主还是行之有效，搞了这么多年也让人觉得不错。但你往深层里看，印度官场的腐败却一点不比中国少，甚至比中国更严重。诗人西川说，他走到哪里都被刁难，不给官员塞点钱就不行。所以说多党制是否一定可以克服腐败？是否一定可以促进市场经济的发展？这里是有疑问的。尼赫鲁大学的校长问我：为什么印度吸引的外资只有中国的一个零头？为什么跨国资本更喜欢共产党的中国？这个问题也是不应该被知识界绕过去。从印度回到新加坡，那里是另外一种情况。新加坡不像是一个民主国家，更像是一个严格管理的大公司，是带有花园和街道以及海关的大公司。西方很多媒体指责新加坡是权威制，甚至是集权制。李光耀说过，一人一票并不好，以后应该考虑给精英人士一人五票，或者一人十票。这算是知识加权制或者资本加权制吧，与民主原则确实有很大距离。在新加坡你不能吃口香糖，也不能随便抽烟，有很多的不自由。新加坡的作家说，你们中国作家多幸福啊，什么都敢写，什么都能写，写得那么黄也没关系，顶多也是落个开除党籍，而我们这里动不动就抓到监狱里去了。但新加坡的经济发展得很好，到处很有秩序也很整洁，从印度来这里简直是一步到了天堂的感觉。

王　尧　俄罗斯的私有化改革后果，在九十年代也让很多中国人深感意外。

韩少功　我有一个大学同学在那里，还嫁了个俄罗斯老公。苏联解体以后，他们周末就去郊区大生产，种土豆、黄瓜、番茄。有些工厂发不出工资了，就发点产品让你自己去卖。私有化运动在这些企业不是促进了市场经济，而是差点退回到自然经济了，退回到了自给自足的生产方式，与启蒙主义的推断并不一致。国民经济一再负增长，如果没有石油撑住，倒退了上十年还不知道哪里是谷底。当年帮助俄罗斯设计私有化运动的美国教授，拍拍屁股跑回美国，写了一本书，承认“休克疗法”完全失败。

克服左、右两种教条主义

王　尧　有一种批评，认为“新左派”更多地关注国外，是照搬欧美左派的理论，甚至是拿西方后现代的药来治中国前现代的病。我想你不会没有注意到这种意见。

韩少功　贫富分化、生态恶化、消费主义文化……但愿这些都不是中国的问题而只是欧美的问题。不幸的是：它们偏偏是身边的现实。我不否认“新左派”里确实也有教条主义，的确也有奇谈怪论。有一种是豪华“新左派”，过着很舒适的日子，并不准备真做什么实事，只是得意于自己的道德造型。他们关心人民是对的，但空谈之下就容易神化人民。比如鼓吹工人治厂，但很多工人要的是少干活多拿钱的大锅饭，你怎么办？想用公有制普遍地取代私有制，但公共权力的腐败和低效如何避免？这一设计对道德的依赖如何落实？对民众道德滑坡和各种陈腐积习是否有些过于低估？还有一种是骂娘“新左派”，眼里熊熊燃烧着穷人的怨气和仇恨。穷人当然有权利怨恨，但建设性的态度不是你死我活，而是大家都活，是顾全大局，否则革命就会表现出狭隘性、偏执性、暴力性，就会用新的不公代替旧的不公，用新的悲剧代替旧的悲剧。那样一些恶性循环的改朝换代，并不具有制度革新的意义，我们在历史上看得多了。

王　尧　要胸怀真诚，要深入实践，要倾听底层的声音，这对于右翼和左翼来说都是同样的要求。从严格的意义上来说，每一种思想都可能走偏。

韩少功　深入实际是一味化解教条的良药。《天涯》上凡是有分量的文章，都是眼睛向下看的，是摆事实讲道理的，以充分的社会调查为基础。比方说温铁军、黄平他们在“三农”问题上的研究，来自几年或十几年的深入调查，有驳不倒的数据和事实。黄平成年累月在贵州、陕西、四川的农村跑，风尘仆仆像个乡镇干部，有时在机场与老婆见一个面，取几件衣服，才下飞机又上飞机。

王　尧　一些学者有“三农”问题上的研究，其意义不可低估。

韩少功　倒是有些为难他们的文章常常在玩弄抽象概念。比如说社会主义有平等，资本主义有自由，这样比较有什么意义？说平等高于自由，或者说自由优先平等，这样的概念折腾有什么意义？我们只能反思现实中的社会主义，或者现实中的资本主义，就像我们只能吃下活生生的萝卜，从来不会有人能吃上一个最理想、最标准、最经典的萝卜。天下有那样的萝卜吗？中国这样一个文化古国和人口大国的改革是没有前例的，别国经验也不能替代中国的经验，人家的药方不一定治得了我们的变异病毒。中国的权力资本化与资本权力化，就是变异性的病毒之一，与欧美列出的病毒样本不一样。

王　尧　以我在苏州这个地方的经历，我感到在九十年代后期，对现代化的目标也有所调整，生态、资源问题都在考虑进去。

韩少功　我从飞机上看，江浙这边的水面大多是黑的。人口这么稠密，GDP 挂帅势必会贻害无穷。这一点连当年的马克思也有所忽视。他生活在欧洲呵，没感到太多生态环境的压力。欧洲工业革命时总共人口不足一亿，又先后向外输出移民六千多万，说英语的人口的三分之一去了美洲、澳洲和非洲。有点污染和破坏算什么？有一些社会理论家最近提出，中国在七十年代末实现了“以阶级斗争为中心”向“以经济建设为中心”的转移，进入二十一世纪以后，应该实现“以经济建设为中心”向“以社会协调发展为中心”的再次转移。所谓“协调”，是指兼顾经济与生态，兼顾效率与公平，兼顾物质建设与精神建设，等等。这种看法不无道理。

王　尧　西方发达国家在这方面既提供了教训，也提供了经验，很多理论是从他们的实践中总结出来的。

韩少功　一战以后，欧洲的古典自由主义向左转，实际上是转变为民主的自由主义，开始重视社会保护和社会福利，缓解劳资矛盾，遏制贫富分化。但到三十年代遇上一劫，市场不灵了，欧洲各国大萧条，失业率猛升到百分之二十至百分之四十，各国封关设卡切断自由贸易，专制寡头一个个登台，民主制度大面积崩溃。怎么办？人们开出很多药方，法西斯主义就是一味药，被希特勒和墨索里尼用上了，变成了第二次世界大战。计划经济也是一味药，当时这个词在英国议会使用频率最高，只是这味药后来被美国用得最好，叫罗斯福新政，采用非市场化的手段，金融管制、以工代赈、国家举债投资，等等，让美国走出了困境。所以西方的资本主义里有社会主义。我在法国一家中餐馆吃饭。老板是台湾人，说法国的高福利养懒了人，工人阶级最难缠，除了罢工就是放假，财政负担不起，于是一再加税，搞得生意人扛不住，他的餐馆也很难赚到钱。他抱怨："法国太社会主义了，哪比得上中国的资本主义。"他的话在中国人听来一定很怪异，也难以接受。但资本主义与社会主义长期来的互相吸收与互相促进，却是难以否认的事实。

王　尧　这些事实的比较改变了你对中国问题的思考，开始把现代化的想象落实到中国本土上来。比起西方的知识分子，我们面临着双重的遗产，社会主义和资本主义，在实现现代化和反思现代性的双重挤压中，中国知识分子在这个时候开始成熟了。

韩少功　九十年代的经济发展成就有点出人意料，九十年代很多社会问题的严重程度也有点出人意料。中国这辆车，好像是跑在一条基础不牢、设备不全的高速公路上，需要有特别高超的驾驶技术，即成功的思想创新和制度创新。经过了一个多世纪的折腾，我们有了你说的双重的遗产，也面临着克服左、右两种教条主义的任务。可惜的是，我们的教条主义积重难返。有时候明明路面上冒出了险情，方向盘、变速器、制动闸吱吱嘎嘎就是不到位。

王　尧　看来，用文学的方式来考察这些问题已经有很大局限。这几年，经济学家、社会学家的著作都很畅销。

韩少功　文学也能做很多事，有些作家就一直在做，而且做得不错。如果说有些作家失去了八十年代的那种激情和敏感，表现出某种庸俗和保守的倾向，主要原因可能是生活过于安逸。中国文学市场这么大，作家们版税拿得多，是最早富起来的一批，住上几室几厅了，家里豪华装修了，在这个那个笔会上吃香喝辣，走到哪里都被文学青年们围着签名和合影。在这样一种安逸的生活环境里，与社会底层的联系可能会日渐疏远。韩愈说文学是“不平则鸣”。有些作家被生活宠得一塌糊涂，好像没有什么可“鸣”。男的搓麻将，女的护肤和购物，就算打起精神读几本书，也缺乏内在激情的驱动。至于深入群众和关切社会，好像太老派了吧？谁还愿意去做那种傻事？

王　尧　《天涯》杂志正是在这种情况下显示了特别的意义。在九十年代文学期刊中，它是很重要的一个杂志，当然已经不是一个纯文学杂志，广义上是一份思想文化杂志。我感到这个杂志可能会取代《读书》的位置。

韩少功　做了一些事情，但没有那么重要。

王　尧　应该说，九十年代后期以来一些重大的思想活动，一些重要命题的提出，都与《天涯》有关系。

韩少功　编辑人员推出一些稿件当然是很用心的，做得也很辛苦，第一任主编蒋子丹几乎放弃了自己的写作，是有所牺牲的。但我们也从中学到了不少东西。《天涯》既是知识界再启蒙的参与者，也是受益者。

王　尧　好的刊物都是兼容性的刊物，同人刊物也不排斥异己，譬如当年的《语丝》。你刚才也提到，《天涯》和左翼右翼的朋友都有交往有沟通。

韩少功　我同编辑部的人讨论，办刊物可能得有两个这样的尺度：第一是百花齐放，自由竞争；第二择优把关，设定底线，每一篇稿件至少要得六十分。不能谩骂侮辱，不能空洞无物，不能信口开河硬伤迭出，要言之有物和言之成理，这就是所谓六十分的底线。底线以下，没有宽容可讲，没有多元化可讲。编辑经常会遇到这种情况：有人写了一篇很臭的文章，然后说我是一家之言，我也有争鸣的权利，这种话是不能信的。多元化如果变成了垃圾化，多元化的日子就可能到头了，就人见人厌了。多元化不应该成为一种神话。

王　尧　要有及格的水准。兼容不等于放弃严格要求，也不等于没有倾向。

韩少功　有一次，一位理论家从香港来海南讲学，主题是自由主义与民族主义。他说西方自由主义是现代性的，说发展中国家的民族主义是反现代性的，因此应该用自由主义克服民族主义。这种理论真是让人听得头都大了。后来我提出疑问：在法国这样一个自由之乡，八十年代后期也通过了两个法案，排斥外来移民，这是自由主义还是民族主义？印度是以自由主义原则立国，至少是自由主义的好学生，但引进外资的思想阻力比中国还要大，与巴基斯坦更是剑拔弩张，这是自由主义还是民族主义？从历史上看，很多时候自由主义与民族主义不过是一体两面。《天涯》主张多元化，但不能支持这样的不实之言。

王　尧　从八十年代的个人主义以及利己主义，到九十年代呼唤公共关怀和社会公正的重建，很多知识分子完成了一个曲折的思想轨迹。但与八十年代不同的是，这种变化对社会公共舆论的影响似乎不如从前，至今也未能成为知识界的主流性共识。《天涯》到现在仍然是边缘的地位。

韩少功　八十年代还只是书斋里的冲突，顶多是潜在利益的冲突，但九十年代的贫富分化以后，知识后面常常有既得利益了。既得利益比潜在利益更具体，更实际，所以冲突也会更加激烈，也更顽强。加上中国社会矛盾多，心理压力大，讨论容易情绪化和偏执化，难以心平气和与深思熟虑。但是随着时间的推移，大多数人还是不难找到共同点的。好在生活比观念更有力量，形势比人强。利己主义曾经在青年人中间畅行无阻，好像是一台潜在的提款机，谁都觉得自己有本事，淘汰出局是其他倒霉蛋的事，与我没有关系。但轮到很多人失业的时候，生意破产生活无着的时候，他们还希望父母、朋友、同事、政府以及全社会用“利己主义”来帮助他们吗？他们会不会对个人与社会的关系产生新的认识？

“现代”不一定有共同的“性”

王　尧　在研究社会问题时，对国情的认识显得特别重要。讨论思想理论问题，也不能离开特定的文化语境。如何解决现在的问题，我们前面说的，坚持人文精神的知识分子是一种思路，后现代主义者又是一种思路。在探讨九十年代时，后现代主义文化现象也是需要正视的。

韩少功　我对后现代主义缺乏足够的知识，没有多少发言的资格。好像是利奥塔说过：后现代主义就是培养一种对差异的敏感。这一点我深为赞赏。用这一思想方法反观后现代主义本身，应该说，后现代主义不是一个统一的什么主义。

王　尧　像西方的学者所说的那样，现代性也有好几副面孔，内部充满了矛盾，当我们把这个概念引进到中国来，并且以此来考察中国的现代性问题时，在我看来情况又更加复杂和特殊，概念之外的东西常常会被忽视。这个时候，现代性理论解释实际问题的力量就被削弱了。

韩少功　我赞成用"现代性"的角度来研究事物，自己也偶尔用一用这些概念，但有时也偷偷地想：西方学者为什么喜欢"现代性""现代主义"以及"后现代主义"这样一些概念？"现代"与"后现代"指称时间，但发生在"现代"的事情千差万别，发生在"后现代"的事情同样千差万别，可能并没有共同的"性"，也没有共同的"主义"。就政治体制而言，中国是先封建后专制，西周春秋时代是封建，秦以后是专制。西方是先专制后封建，罗马帝国是专制，中世纪是封建。双方在同一时间内刚好不同"性"也不同"主义"。《哈利·波特》是现代事物吧？但这本书里运用了传统神话素材和手法，是不是也有古代的什么"性"？共产主义是现代的事物吧？但更早以前，有僧侣共产主义；更更早以前，古希腊学者早就设计过共产、共妻、共子的精英制度——这是不是也有古代的什么“性”？也许西方学术传统太重视时间，习惯于直线的时间观和目的论，喜欢把历史一截截割开，铁路警察各管一段，所以就闹出了这些概念。

王　尧　用大词容易造成很多误解，比如“现代性”作为一个社会概念和作为一个文化的审美的概念也是有区别的，有时候用得越位了。

韩少功　也许“现代性”这个词实在太宏大，说“现代性互相矛盾”，说“反现代性的现代性”，说“现代性中反现代性与现代性的冲突”，又很绕，有点玄，至少应该慎用。在大部分的情况下，我们可能用一些小词更好，比如说“工业化”就是“工业化”，说“民族国家”就是“民族国家”，不一定都往“现代性”上说。

王　尧　有一些学者认为，回到传统文化资源，不过是再一次制造中、西对立，是在完成本土文化权威代言人的同时，也获得了与西方平等对话的权利。在他们看来，五四前后的保守主义和当今的学者，不可能做“纯粹中国”的学者。我觉得这种观点本身倒是以西方视角来观察中国。其实，本来就没有纯粹的东方或者西方，也没有纯粹的传统和现代。回到本土文化不等于拒绝西方，回到传统文化也不等于拒绝现代。

韩少功　就我个人而言，我更注重发言的内容：你的发言有没有真知灼见？说出道理没有？你如果是言之有据，言之成理，那你不管是维护西方的优越地位，还是维护东方的高贵地位，或者是维护不东不西、不三不四的地位，都无所谓。应该注意动机，过于关注动机就是“诛心之论”了，不是正常的思想交流了。

　　在另外一方面，就像你刚才说的，东方和西方能够截然分开吗？我们说西方文明，日本现代化了，算不算西方？印度和北非的人讲欧洲语言，算不算西方？西方有自己的希腊和罗马，但它的宗教和科学，作为西方文明的两大支柱，显然都不完全是西方的土特产。伊斯兰教曾经是欧洲的主流宗教，整个地中海是“穆斯林湖”，但伊斯兰教是从外面输入欧洲的。基督教也是来自中东，以耶路撒冷的犹太教为源头，所以米兰·昆德拉跑到以色列说，以色列是欧洲的心脏，但如今是一个长在体外的心脏，就是这个意思。我们还可以加上一句，这是一个被欧洲当年排犹运动逐出了体外的心脏。那么科学呢，数学是科学的核心吧，但数学遗产既有古希腊一份，也有阿拉伯一份，现在世界通用的数字是阿拉伯数字，不是罗马数字，阿拉伯文化的功劳显而易见。据说“〇”是印度人发明的，所以印度人对西方的科学技术文明也有一份功劳。欧洲早就是一个“杂种”了。当然，欧洲这个“杂种”与中国这个“杂种”可能还有些区别，还可以讨论。讨论东、西方文化的差异也不是毫无意义，但恐怕需要小心翼翼，要严格限定角度与范围。

王　尧　这也涉及我们对全球化的看法。你在一九九七年与萧元的对话中，对“全球文化一体化”这样的提法表示怀疑，现在是否有新的想法？

韩少功　我不相信会出现全球同质一体的文化。两个人的文化都不会完全一样，全球的文化怎么可能完全一样呢？不管到什么时候，人类生存在地理、气候、人种、制度、生活习俗等方面的差异还存在，人们对财富、权力、知识、信息以及交流工具的占有也不会平衡，文化趋同的过程决不可能取消或代替文化趋异的过程。冷战时期，大家讲政治不讲文化。我们支持阿尔巴尼亚“反帝反修”的时候，没有想到那是一个穆斯林国家，政治斗争掩盖了他们伊斯兰教与基督教、天主教、东正教的文化冲突。冷战结束以后，大家讲文化不讲政治了，政治只剩下所谓“文明的冲突”。美国的亨廷顿这样说以后，不仅美国很多人信，穆斯林世界的很多人也信，一闹事，一动武，就是文明之间的“圣战”，就往宗教或者民族方面浮想联翩，而石油、金融、水源、政治制度等方面的冲突，被有意或无意地掩盖起来。现在看来，讲文化与不讲文化，讲文化差异或者文化一体，都很有必要，但也可能有意识形态的理论设套，是借它们来说事。我们得小心一点。钱穆先生说过，只有等中国和西方发达国家的经济水平差距缩小的时候，对文化的讨论才可能心平气和和深思熟虑。我觉得他说得有道理，但还得加上一条：当全球利益冲突相对平缓的时候。

王　尧　那时候讨论的心态不一样了。

韩少功　没有意识形态的干扰。

王　尧　很多人认为全球化是一个不可逆转的进程。

韩少功　问题是“全球化”指的是什么。如果是指全球范围内各种共同体的互相影响，指每一个共同体都不可能完全独立地发展，那没有什么不对，而且这一过程从十六世纪已经开始了。十六世纪以后，我们有了真正的世界史，每一个国家的国别史都只是世界史的一部分，没有当时的非洲和亚洲就没有当时的欧洲，撇开欧洲的作用就说不清当时的美洲和亚洲，如此等等，因此国别史从那时起不再是一个合适的分析单元。就像要认识一个胃，胃不是一个合适的分析单元，必须放到人这个大单元里来认识，才能看得清楚。我们现在中国的史学教育，讲到十六世纪以后还是国别史，是很成问题的。但如果说全球化是指全球的文化趋同，经济和技术共享，还有公正的全球政府，像鄂尔多斯羊绒衫的口号一样：“温暖全世界。”那是另外一回事。也许那是一个理想的目标，听上去不错的目标，但我们离那样的目标至少还非常遥远。

现在西方发达国家热衷于贸易全球化，投资全球化，金融全球化，但中国人可以随便定居到美国吗？不行的，所以没有人口流动的全球化。中国人能得到美国的高技术转让吗？也是不行的，出再大的价钱也不行，有美国的法案管着，所以也没有技术传播的全球化。很明显，现在的“全球化”都是有选择的，民族国家这种体制还有强大的作用，谈“国家的消亡”为时过早。眼下似乎有好几种“全球化”在交织，富国想要原料与人才，穷国想要投资和技术，双方又都想要对方的市场，同床异梦，各有所图，都在做全球化的梦。但梦的不是一个东西，以后会怎样发展，还得看。

王　尧　反对全球化在西方国家也形成了越来越引人注目的浪潮，每年开西方国家七加一的首脑会议，就会有很多人去示威和抗议，还闹出流血事件。

韩少功　投资全球化也损害了西方国家工人的利益，而且这种损害在一步步加剧。资本家把工厂办到中国或印度去了，欧美的失业率就不断攀升。这带来一些新的现象，比如，美国波音、通用等公司的大老板最喜欢中国，但劳联、产联这些工会组织最反对中国。比较而言，在马克思的时代，各国的工人穷得一样，但各国的资本家富得不一样，所以“全世界的无产者联合起来”。现在呢，各国的资本家富得一样，但各国的工人穷得不一样，所以全世界的资产者联合起来——联合起来推进全球化。

王　尧　社会的重建也包括国际社会的重建，包括克服民族主义和国际主义精神的恢复，这可能是一个相当长的过程。

韩少功　需要人类精神觉醒和文化创造的又一个春天，也许还需要新的孔子和耶稣，需要新的达尔文和马克思。我们无法预计二十一世纪会发生什么，没有办法算命。有时候，我觉得全球化就像一大锅中药熬着，熬来熬去，最后不知道哪一味药治了病，不知道哪一味药伤了身。

文化透镜

什么阶级不一定说什么话

王　尧　你在“小说家讲坛”的演讲中提到了符号化生产问题。我想我们可以围绕这个话题再展开一点讨论。因为符号化生产问题，涉及对当下文化形态、文化特征的认识，特别是对文化、经济与社会之间相互关系的认识。我现在体会到，为什么有的学者把符号环境当作人类生存的三大环境之一。九十年代以来，社会经济呈现了符号化的特征，日常生活也在符号化。我们暂且不去说精神领域中的符号化问题，在日常生活中，符号几乎是如影相随。前年我在装修房子、添置家具的过程中，就感觉到，所谓生活，其实就是在与符号打交道。这一现象给我们的生活、思想，包括知识生产都带来很大的挑战。

韩少功　现在很多人提到“电视政治”“概念经济”“眼球文化”等概念，显示出生活正在发生变化。至少在形态上，政治和经济成为一种符号的生产，文化当然更是一种符号的生产。很多传统的理论都因此而面临挑战。比方说需求，以前可以按照人自然生理的要求来估算，一个人要吃多少饭，要穿多少衣，等等，是一个大致恒定的常数。美国经济学家凯因斯曾因此乐观地预言：经济这样发展，人的需求很快就可以满足，到那个时候，经济学就没有什么用了，经济学家也会像牙医一样用处不多了。但这种预言完全落空，原因是人的生理需求可以满足，但心理需求是个无底洞；物质消费虽然有限，但符号消费完全无限。一个人占有五十块名牌手表，显然不是为了计时。一个人占有三台名牌汽车，显然不完全是为了代步。所谓名牌消费，就是符号消费，常常与人的生理需求相关甚少。你要对其进行预测和计划，简直不可能，搞计划经济也就失去了根据。我昨天同你们的学生说：新加坡那么热，那里的贵妇人买一堆貂皮大衣做什么？这样的貂皮生产怎么计划？

王　尧　*传统理论总是把人看作物质的人，所谓“存在决定意识”，“存在”主要是指物质存在。*

韩少功　“阶级”就是这样一个物质化概念。你有一百亩地，就是地主；你只有一亩地，就是贫农或者雇农。这在土地改革的有关政策里确定得很清楚。但物质化存在眼下不一定是人生存在的主体部分，特别是在有些发达和较发达地区，已经让位于符号的、心理的、文化的存在，比方说，主要日常开支不再用于吃饭，而是用于打电话、上网、受教育、旅游、读报刊、听音乐、看电影，等等；即算购买食品，顾客要看品牌是否时髦，看购物场所是否体面，不单看蛋白质和维生素。购房、购车一类物质性压力仍然是沉重的，但广告业空前膨胀，商家越来越多的生产成本投在符号营造上，顾客越来越多的支出花在符号享受上，物质性压力越来越含有精神因素。应该说，这种符号消费在任何社会都有，但在某些现代社会里有比重的提高。在这种情况下，阶级当然仍然存在，但不是唯一存在，什么阶级不一定就说什么话。无产阶级可能说资产阶级的话，资产阶级可能说无产阶级的话，有点阴差阳错。

王　尧　这个问题现在也有新的解释，以前比较多的强调对立的一面，现在注意到了可以沟通和对话的一面。包括社会主义与资本主义的关系也是这样。

韩少功　文化是多来源的，多层面的，多向度的。无产阶级和资产阶级都可以喜欢《红楼梦》，也都可以喜欢牛仔裤，光说文化的阶级性，就说不通。光说文化的民族性，也说不通。需要多个分析角度，包括非阶级、非民族的角度，比方宗教的、性别的、年龄的什么角度。在另一方面，若说文化是普遍人性的产物，把文化看得一身清白和一尘不染，忽略了利益和权力对文化的制约，也是一种天真。意大利学者葛兰西早就提出“文化领导权”或“文化霸权”的概念，把文化看成软政治。在他看来，政权与制度不是政治的全部，文化是政治的广阔舞台和重要战场。当年国民党在中国执政，但“平等”“革命”“劳工神圣”成了读书人的流行语和口头禅，最后连政府高官大部分子弟都“赤化”，青年的蒋经国加入俄共，青年的李登辉加入日共，顺应潮流嘛。文化领导权一开始就在更左翼的党派手里。眼下中国是共产党执政，但就流行文化与流行观念的层面来看，已经与美国没有多少区别，满街都是麦当劳文化和好莱坞文化，商业招牌也大多是“富豪”“帝王”“王妃”一类，革命在社会潜意识领域还剩多少，大家心里明白。这里有激烈的“软政治”斗争，但可能被人们忽略。

电视宣传可以在几天内调整政治潮流

王　尧　知识危机，是九十年代以来的重大危机之一。传统理论不能解释现实问题的现象不是个别的例子，在经济领域也有令人瞩目的现象。

韩少功　你看那个金融大炒家索罗斯，雇佣两个诺贝尔经济学奖的得主去帮他操盘，差不多是炒股“梦之队”，应该没问题吧？但后来亏得一塌糊涂。他发现这个市场完全不可理喻，最高深的经济学也可能栽跟头。报上介绍，今年得诺贝尔经济学奖的那位，特点是把心理学引进经济学，用来分析人们在市场上的非理性行为。其实，“非理性”并不一定是没道理、没来由，只是不合乎传统理论所认定的道理和来由。传统经济理论在很长一段时间内把人定义为“利益理性人”，认为人追求利益最大化，每个人至少都会精密谋划自己的利益，这是一个最基本的理论预设。亚当·斯密就是这么说的，哈耶克也是以这个为前提，有些左翼理论家其实也接受这一点。但现在很多人发现，人不是那么精密谋划利益的。

王　尧　什么是利益，不同的人有不同的理解。

韩少功　制造火枪的技术很早传进了日本，但很长时间没有得到应用，为什么？因为日本武士的荣誉感，使他们更喜欢刀。刀成了一个阻碍新技术推广的符号。美国的牛排经常供大于求，但还是价格最高的肉制品，为什么？因为美国人觉得牛排具有雄性气概，差不多是一个文化代码和概念，于是就一直有高价的魔力。在这种情况下，人们不是唯利是图，倒像是唯感觉是图，唯符号是图。特别是在今天这种传媒时代，人们对利益的理解在三天之内就能发生巨大变化，就像美国前副总统戈尔说的：电视宣传可以在几天之内调整政治潮流。三天之前这个杯子是我的利益，三天之后这个杯子可能根本不是我的利益。

为什么会变？这种变化是不是来自一些文化符号运作？

王　尧　中国的经济学家在理论上是否也有这样的变化？

韩少功　我有一个朋友，叫杨小凯，是一个经济学家。他在“文革”中叫杨曦光，是个很有名的红卫兵理论家。

王　尧　他是湖南人，“文革”时写过《中国向何处去》，轰动一时。我还不知道他改名为杨小凯了。

韩少功　他在美国和澳大利亚当教授，原来是古典经济学的思路，以人的利益最大化为铁律，为基本前提，当然能解释很多历史和现实的现象。后来他得了癌症，在治病的一年多时间内，因为妻子是基督教徒的关系，得到了很多教徒的关心和帮助。他发现一个俗人所看重的利益，一个教徒可能根本不在乎，似乎完全违反利益最大化原则。他们帮助他、关心他，毫无利益可言。如果说这里面也有广义的利益，那么这些教徒的利益只是一种心灵净化，一种情感慰藉，或是一种在天国得到回报的冀望。这就是他们的利益，一种亏损自己世俗利益的“利益”。作为一个经济学家，他突然发现“利益最大化”不是放之四海而皆准的，至少在基督教徒中有大量的例外和反常，有另一种规律在起作用。我不知道杨小凯这一感受是否会带来他理论上的修正，但我相信不关注宗教这一类精神现象的经济学不会有什么出息。宗教也是重要的符号生产。

民间文化的萎缩是文化工业之祸

王　尧　我们在这里谈到的是传统的理论和知识生产面临的挑战，知识创新和理论创新的问题也就包含在其中。当我们发现有些规律已经不适用时，可能不仅是知识、理论本身的局限，还要反思我们的思维方式。这个问题在八十年代大家也谈过，但现在的背景又不一样了。文化工业的兴起，对知识生产、对人的精神生活都带来很大的冲击。就像你形容的，我们现在面临一个庞然大物，一个巨无霸。

韩少功　我几年前写过一些随笔，发表在《读书》和《天涯》上。当时我感觉到这个问题，做了一些粗浅散碎的思考，其实都是对日益逼近的这个庞然大物深感不安，做一些感受和思想的准备。这些准备可能卑之无甚高论，对我个人来说却非常重要。

王　尧　如果不从审美的角度，而是在学理的层面上看《马桥词典》和《暗示》，我觉得也是很有意思的。你的这两本书，都对我们的知识背景和知识谱系作了清理。譬如对语言文化符号的重新认识，对语言等级的批判等。

韩少功　谈符号不能不谈到文化工业，这是一个现代社会的新问题。在很长的一个历史阶段，人类也有文化，也有文化符号，还有文化领域里统治和反抗的激烈冲突，但没有文化工业，没有文化潮流变化在今天这样的速度与规模，权力和金钱也不具有今天这样的文化控制力。以前一首民歌唱出来，一唱就几百年甚至几千年。一个巫教迷信产生了，一传也是几百年甚至几千年。有些服装、建筑、仪式、习俗也是这样，多少还带有些自然和原生的性质，就像野生物种，至少是一种恒定状态。但今天文化潮流日新月异，争强逐胜，常常形成剧烈的反差和震荡，很容易让一些人自我迷失。以前的文化控制也往往只及于社会上层，像儒家正统，一到乡野之地，一到蛮夷之地，就变得十分稀薄，让位于民间文化。但现在还有民间文化吗？还有多少民间文化？在越来越多的地方，民间文化成了所谓大众文化，民歌就是流行歌，民服就是流行服，如果说还有什么宗教的话，最牛的就是“麦当劳”教，“好莱坞”教，香港“四大天王”教。很明显，这个大众文化不是民间文化，不是从民间产生的，恰恰相反，是由文化工业制造出来然后强加给民间的。民间文化的萎缩是文化工业造成的灾难之一。

王　尧　在比较发达的地区，生活的符号化特别成为问题。

韩少功　文化工业对发达地区的影响当然更大。一个澳大利亚医学专家告诉我，从生理学的统计来说，同性恋在总人口中的比例是百分之三左右。但现在欧美有些学校里的同性恋达到三成甚至四成，这就不是生理现象而是心理现象、文化现象、社会现象了。无非异性协调很困难，或者是很多歌星、影星、球星都同性恋，娃娃们也就对照先进找差距，决不落伍。但一旦真同性恋了，假作真来真亦假，这就成了一种真实的生理经验。你还能说它仅仅是符号？

王　尧　符号改写了感觉，进而改变了生理。

韩少功　感觉有很强的传染性。贫困感可能不是来自贫困，而是来自一种描述。孤独感可能不是来自孤独，而是来自一种叙事。连饥饿和寒冷的感觉也可以被符号改写，有些人为了体形美，不是大雪天穿短裙也不觉冷吗？不是半片面包也难以下咽甚至吃下就呕吐吗？这一切贫困感及其他什么感，当然是媒体社会的现象，是小康以及大康社会的现象，在信息闭塞的穷乡僻壤一定比较罕见。我曾借用经济学里的恩格尔系数来描述它，说恩格尔系数百分之五十以下的富裕社会，人们受到符号的干预和强制要更多，因为他们接触媒体的可能更多。

生活与文化互相复制

王　尧　对符号的操纵是与权力、资本、社会地位联系在一起的，某种符号的流行，其背后有种种复杂的因素。既定的符号等级被打破，甚至传统的文化分类也遭到质疑。这个在西方世界中出现的现象，这几年在中国我们也领略到了。在一般的意义上看，这并不是坏事，但是，令人不安的是，在符号的背后，是以利益为基础的新的符号等级的形成。

韩少功　韩国人爱吃狗肉，被欧美人士视为野蛮，一再加以猛烈抨击，甚至要求世界杯足球赛易地举行。但欧洲人吃牛肉、吃羊肉、吃蜗牛怎么就不是野蛮呢？这里就有符号的价值等级，是世界上某个强大而隐形的“精神文明办”规定的。很长一段时间里，有些中国人认为喝可口可乐是跟上时代的，喝茶是落后于时代的，因为可口可乐是美国的象征呵，与高楼大厦、喷气客机、高速公路、牛仔裤、电脑、摇滚乐、〇〇七是相联系的，甚至是对民主制度和市场经济的配套食品，而茶就没有这样的地位。茶也许能让人联想到日本的茶道，在很多人的心目中，日本人虽然有钱，但那张黄皮也不能与欧美人士相提并论。显而易见，制造和确定这种联想空间和意义背景的，主要是广告，包括媒体里各种“软广告”，是可口可乐广告商的形象设计和巨大资金投入，是他们对中国消费者们成功的洗脑。不光是洗脑，洗脑以后也就能换嘴：你喝惯了可口可乐以后，可能真会爱上这种口味。在这里，生活和文化不断互相复制，是一个循环的状态。心理符号转化成生理经验，生理经验又可以转化为心理符号。鸡生蛋、蛋生鸡，你很难追溯到根源，你找不到它在哪里。它是真实的吗？它是虚假的吗？很难说了。但不管怎么说，可口可乐公司在这一过程中赚了大钱。我想，如果一家实力雄厚的大公司不做牛肉而是做狗肉生意，肯定也会全力打造出一个吃狗肉高贵的文化潮流，让很多广告商、记者、学者、艺术家、政治家来为他们冲锋陷阵。这不是不可能的。如果韩国有了世界经济霸权，如果韩国比美国还牛了，肯定就要这样去给欧美人民洗脑，还要逼着他们换嘴。

王　尧　也许我们对一种文化现象，对一种生活方式，并不需要加以指责，但是与之相关的精神问题、灵魂问题是需要关注的，它还涉及部分地区进入第二次现代化以后的诸多社会问题。

韩少功　吃狗肉和吃牛肉，其实都可以。问题是权力和资本为了实现霸权和谋取利益，会有意地制造一些文化潮流，力图控制社会和每个人的人生，这个时候就特别需要一种警惕了。符号性压迫和符号性剥削，同样是压迫和剥削，只是采取了间接的方式。这是我们中国开始进入现代化的转型过程中会遇到的问题之一。不是哪一个行业或者哪一个领域的问题，是牵涉到所有行业和所有领域的问题，当然也值得文学工作者关心。

王　尧　这与符号本身的变化有关。以前通常是语言文化符号，现在是视觉文化符号，以影像为中心的视觉文化符号和语言文化符号无法比拟。

韩少功　眼睛当然是感官之首。中国人就信“眼见为实，耳听为虚”。我们口语中常说“看法”“看问题”“观点”“人生观”，这个“看”与“观”都是指视觉，用得这么广泛，可见人们对视觉最为信赖。英语说“我明白了”，会说成 I see，see 就是“看见”，是“理解”“明白”“懂得”的同义词，可见视觉有其他感觉所没有的特殊强势地位，对心智的刺激和介入功能最强。

王　尧　电子信息比印刷信息传播更快，也是一个新的变数。

韩少功　电子传媒技术已经造成了很多新的后果。比方说，文化的地域性开始削弱了。以前中国文化与英国文化的差别多大呵。但现在中国孩子与英国孩子穿一样的衣服，中国妈妈与英国妈妈同样地担心孩子成天玩电游，教训孩子的腔调也差不多。与此同时，文化的代际性倒是大大增强了，一个父亲可能已经听不懂孩子的常用语，一个弟弟也可能对哥哥喜欢的音乐大为陌生。这种情形在古代恐怕难以想象。这就是说，电子文化因其传播快和覆盖广，正在瓦解空间的壁垒，但同时造成时间的壁垒。以前的文化研究只注意划分“英国文化”与“中国文化”，“湖南文化”和“江苏文化”，以后可能更应该注意划分“八十年代文化”与“九十年代文化”，“老三届文化”与“小三届文化”。社科院以前可能只有“英国研究所”“法国研究所”，以后是不是需要设立“八十年代研究所”与“九十年代研究所”？

学术研究越来越“项目化”

王　尧　在大学里，过去一个老师的讲义可以用到纸张发黄，我和你应该都有这方面的经历，我们的许多老师都是这样。现在不同了，一本讲义不能讲到底，这不仅因为知识更新程度快，传承知识的方式也有了大变化，技术开始介入到大学的知识生产过程中。大学的知识生产已经受到文化工业的影响，有些甚至已经成为文化工业的一个部分。

韩少功　你看在美国以及其他一些国家，每年的富翁排名中，传媒巨头都占有很大的比重，传媒业常常比煤炭、石油、钢铁、农业更有丰厚利润，可见文化已经变成重要的投资领域。教育也成了重要产业，新西兰的教育就是国民经济中的第一支柱，学校成了最大的无烟工业。我在美国加州大学洛杉矶分校，我听那里的教师们说，前不久实行一项新规定，就是开始订单教育，教师让学生吃点菜，开设什么课程是由市场决定的。一门课如果没有八个以上的学生来选修，就会被校方取消。这样一来，计算机、法律、经济这些专业当然大大膨胀，哲学、文学、考古这一类冷门专业可能很快就会消失了，尽管它们对人类的长远利益来说可能非常重要。教育急功近利到了这种程度，邪了。

王　尧　我生活在学院中，感受到文化工业对知识生产、对学术的影响。其实，在这之前，高校知识生产的体制和方式的危机已经出现。我现在比较忧虑的是精神生活的符号化，在种种符号的背后是空洞的灵魂。现在的问题是，一些原本是知识分子或者可以成为知识分子的人，也在用各种符号作面具或者作工具，用来掩盖真实的面目，用来谋取利益。以大学来说，这个现象几乎不是个别的。现在，博士、博士生导师、学科带头人等都成为一种符号。学术的创造变成了一种以符号为等级的秩序，谁拥有了某种符号，谁就拥有了话语权，拥有了相关的利益，而思想和学术的苍白问题则被符号掩盖了。刻薄一点说，在大学里，标志着学术等级的各种符号就像一根肉骨头，大家都抢着啃。学术腐败在很大程度上也源于抢与啃的厮杀。在这种情况下，所谓独立人格与学术自由从何说起。各种巨大的符号体系其实在压迫着知识分子中的许多人，而许多人又不得不去追逐那些符号化的生活。

韩少功　学术研究正在“项目化”。学者动手之前，需要到政府或商业机构的基金会那里立项，然后才可能获得资金，包括雇人、调研、开会、出版、评审以及各种拉拉扯扯的费用。我知道很多人到学术期刊那里花钱“买版面”，真是中国知识界的奇耻大辱。有些学校甚至逼良为娼，哪个老师们拿不到“项目”，就别想得到续聘和晋升。在这种情况下，吃了人家的嘴软，这些学术研究难免不会看权力或者资本的脸色，独立性大大削弱。从全球范围来看，军事科研为什么发展这么快？因为这个行业出得起钱，博士教授就乖乖地都拥过来了。非洲一些常见病为什么没有多少人去研究？因为这些穷国拿不出钱，没有购买力和市场，就无人问津。自然科学尚且如此，社会和人文科学当然更容易走偏。也许有些学者还想当孔子，还想当亚里士多德，说我先忍着吧，先赚下学术生涯里的头一桶金，屋檐下先低个头，等羽翼丰满了再来特立独行。但他一旦上了套，就不那么容易解套了。身边太多这种遵命的或牟利的学术，形成了压迫性的潮流，你扛不扛得住？这是外部的压力。自身内部也有了压力，因为有学术利益呵，自己一开始可能也看不上第一桶金，但学术成果一旦面世，就成了自己的一部分，听到别人的批评和贬斥，总是不那么高兴的吧，甚至会情不自禁地出招自卫，继续用它来糊弄同行或者学生，巩固自己的利益。这就是知识生产中常见的情况。

王　尧　人文学科的教学和研究现在都需要借助数码技术、多媒体技术和网络技术。单一的方式变成了批量的方式，同样是复制，但方式与技术完全不同了。

韩少功　知识爆炸，其实只是间接知识的爆炸，倒可能带来直接知识的减少，带来理论与实践的割裂，也有不好的一面。一个人的在校时间成倍地延长，可能大半辈子就在书本和网络里找知识，接触实践的机会很少，用实践来检验、消化以及创造知识的机会很少。我的一个熟人，五十多岁了，还是个书虫子，在美国读文学博士。他最成功和最伟大的实践，是知道每天可以用什么方式在校园里白吃白喝，每天都能喝上免费的香槟和葡萄酒，满面红光摇摇晃晃。他正在做着文学论文，一直让我怀疑能不能做好。文学若能在这种校园里生长出来，那真是奇了怪了。一个新闻学教授没有办过报刊，一个经济学教授没有做过生意，一个政治学专家没有治过国也没有造过反，这样的教学凭什么值得信赖？知识都是从人家著作里搬来的，大家的脑袋都长在别人的肩上。世界变成一个我们可能无所不知的世界，但也是一个从未深知、确知、真知的世界。我一直觉得现代人的生活不是越来越丰富了，而是可能越来越贫乏了，比方从小学读到大学，然后在一个白领岗位上工作，一辈子就同书本和电脑打交道，是一个最新款式的齿轮和螺丝钉，充其量是台知识留声机和知识复印机。他还要贷款供楼，攒钱买车，结婚生孩子，人生轨迹就这样规定下来了。现在精英们成功的生活就是模式化的生活。现代人很难像我们古人所说的“读万卷书行万里路”，自由地了解这个世界。

王　尧　读万卷书行万里路，是现代人的一个梦想。

韩少功　万里路也能行，但大多是坐上汽车或者飞机，跟着一个打小旗子的导游员，从一个旅游点窜到另一个旅游点，用张承志的话来说，是“一群宾馆动物”。

王　尧　旅游点大多是商业化的，是虚构的现实和历史。

韩少功　游客从美国到中国来，要看中国民俗，旅游公司便设计出一些奇奇怪怪的东西，包括一些从来不存在的假民俗。但游客可能满意了：哦，这个是中国。

传媒面临着道德危机

王　尧　中国人认识中国也受符号的影响。当一个人没有什么经历和体验时，他的想象与认识就要受到符号的限制。有些价值判断上的分歧就是由此形成的，譬如，国外的一些学者和我们看待中国的“文革”，就有大的不同。

韩少功　他们对中国“文革”的了解，大多是受中国伤痕文学一类媒介的影响，缺乏亲历性经验。这种符号复制又可能被中国人自己再复制回来，说旁观者清吧，外国人都是这么说的，事情就错不到哪里去。一套符号经过这样几次折腾，你就不知道它最开始是从哪里错起了。

王　尧　符号的生产过程中间有强大的传媒影响，在谈到符号化生产问题时，一个绕不开去的焦点是“媒体”。

韩少功　媒体本来应该是一个公共领域，应该为公民们提供真实而健康的资讯，但这在实际生活中并不容易做到。有些媒体是官办的，甚至靠行政摊派保证发行量，一切宣传得符合官方口径，对于给官方“抹黑”的资讯就大量压住。还有些媒体是商办的，主要靠广告收入维持，于是就得在广告商那里讨饭吃。有些日本人告诉我，日本有些大媒体可以批评政党，但从不批评丰田、日立这样的大公司，也不能批评这些公司所拥护的政治家，原因很简单：一年几个亿甚至几十个亿的广告收入你不想要了？你找死呵？在一些西方国家，对“政治献金”多少还是有些法律限制的，其出发点是防止政商勾结。但在当代政治生活中，媒体比政党的作用其实更大，却没有一个国家立法来规范媒体，比方说限制媒体的广告收入，限制媒体的股权结构，防止媒体与政客或者奸商的勾结。这是极为不合理的。

与此同时，我们有质量检验的法律和有关执法机构，并且一再提高检验标准，什么欧洲这个标准，欧洲那个标准，保证商品的安全性和优质化。但我们没有类似的法律和执法机构，来确保文化的安全和优质，如果有的话，顶多只是扫扫“黄”，或者防止政治颠覆。这也是一种极为可疑的法律空白和认识空白。谋害精神与摧残肉体是同等罪恶，是同样的反人类罪，但在当代人类社会里，某个机构如果生产面包，必须小心翼翼遵规守法，不能把垃圾当面包。但如果是生产电视片，几乎就可以为所欲为，粗制滥造，掺劣使假，差不多是软性的诲淫诲盗，垃圾也可以卖成钱。社会既没有欧洲的这个标准，也没有欧洲的那个标准，来加以管束。这样的“文化自由”岂不荒唐？是不是已经成了一种神话？这种“自由”，是生产文化垃圾的太多自由，加上权力和资本钳制资讯的不自由，两面夹击，双重失控，构成了传媒道德和传媒质量的巨大危机。但当代人似乎已经满足了这种“自由”。

王　尧　问题是谁“自由”了？在什么事情上“自由”了。

韩少功　我想，人类社会如果还有点出息的话，总有一天能找出办法来，来制度化地淘汰垃圾文化，包括限制媒体的权力化和资本化。最起码一点，一个正常的社会要确保一些主要媒体具有社会公共性，成为真正的公共领域。我们已经生活在一个所谓“信息爆炸”的传媒社会，有关法律和认识应该跟上来。不然的话，人们通过支付每一件商品里的广告成本养活了这些媒体，却听任这些媒体来谋算自己，来操纵自己，在变化莫测纷至沓来呼风唤雨的符号灌输之下任人摆布，甚至任人宰割。

王　尧　这样的说法当然也描述了一些真实的情况，现实中也不是没有这种情况，一些所谓的“真理”是用强势话语制造出来的，但不能反过来说强势话语就是真理的表达。我们需要揭穿生活中的假象，这样即使没有真理的引导，我们也能够把握住价值的东西。

公理化思维一藤三瓜

韩少功　我们的人生非常的短暂，需要真情实感，需要健康的表达和交流。在符号的旋涡中，在文化生产的惊涛骇浪中，我们需要多多少少把握住一些值得信赖和为之感动的东西。这是文化的根本职责。

王　尧　这又涉及信仰的问题。史铁生对此有不少思考，我曾就此和他交谈过。他谈到终极关怀，谈到神性，谈到用精神来应对困境和苦难。

韩少功　铁生是一个优秀的作家，我读他的作品是一篇都不放过。当然，我与他的思考各有侧重，生活经验的背景也不一样，他毕竟是在轮椅上度过来的，而我是从湖南到海南这样一个过程度过来的。据我所知，他这些年关心宗教，对基督教尤有兴趣。有些人看不到宗教在西方现代社会发展中的支撑作用，看不到宗教与科学在西方同源和共生的历史过程，把基督教或其他宗教当作“唯心主义”或“迷信”嗤之以鼻，完全是无知。这也不利于我们利用人类文化的传统资源，改进当前的社会管理和心理管理。但宗教也不是没有毛病，比方说有强烈救世情怀但也有强烈的扩张性和排他性。我们都知道宗教法庭与宗教战争，还有基督教在北美、北爱尔兰造成的流血。铁生尊崇自由和爱愿，但我的自由与别人的自由发生冲突的时候怎么办？爱一条小狗与爱一个邻居发生冲突时怎么办？在这种情况下，光是信仰就不解决问题了。也许就需要一些形而下的思考了，比方说需要各种政治学、经济学、社会学的解决方案。但这并不妨碍我们支持铁生的关切。如果没有自由和爱愿这样的灵魂，任何社会科学也都会成为没心没肺的邪说。现在很多理论生产正是铁生所担心的那样。

王　尧　宗教与法制似乎也有很密切的关系。

韩少功　在欧洲文化传统里，法制就是宗教的人间化，宗教就是法制的天国化。在英译《形而上学》一书中，亚里士多德经常把绝对和普遍的公理称之为“法律”（laws），也称之为“神物”（celestial bodies），显示出公理化思维至少在英语读者心目中，是一头连通法制，另一头连通宗教。宗教、科学、法制，是公理化思维这一根藤上结出的三个瓜。

王　尧　*五四新文化运动以来，中国人最喜欢用科学来反宗教。*

韩少功　其实是不得要领的。英国的李约瑟说过，公理化大传统源于几何学，有古希腊人长于造船、航海以及造房子的知识背景。当时的几何学就是最讲求定规的，比如三角形的勾股定律，放之四海而皆准，还不绝对和普遍？岂能被怀疑？有些公理甚至无须从实践中归纳，可以依靠逻辑来演绎，比如，数学中的虚数，在实践中没有，但就是有用；还有化学元素表，里面有些元素是先验的产物，先有分子式的推演，后来才被实践验证。这些公理还不“神”？这还不是“法”？欧洲人就是靠这些公理活过来的，因此习惯于信规则，讲规则，求规则，守规则，在中国人看来有点“认死理”，有点“一根筋”，其宗教、科学、法制都有共同的风格，其实也就是有共同的文化基因。他们的领导人叫 ruler，就是管尺子的人，管规则的人。相比之下，中国人最不“认死理”。《易》经就是讲变化的经，“易”就是变易。佛学到了中国成了禅宗，也放弃定规，所谓“法无定法”。孔子算是执着和刻板一点，但也说“权”是最高学问，“权”就是权变，辩证，灵活处事。所以中国的领导人叫“掌权者”，是能够把握“权变”的人。

中国人讲孝，但忠孝不能两全时，孝可以放弃。中国人讲忠，但皇帝犯了错误时，可以“格君心之非”，还可以像孟子那样把“弑君”正名为“除暴”。总之是不恪守什么定规，重结果不计较程序，重目的不拘泥手段。孟子还说：大人“言不必信，行不必果，惟义所在”。

王　尧　中国人有古典辩证法的强大传统，所以有人把辩证法变成了变戏法。

韩少功　一般来说，中国人最少教条主义，最少机械论，但体现在社会行为上，就是变通有余，规范不足，就是人治大于法治，德治大于法治。有时简直太没有规矩了，就像毛泽东自己夸耀的“和尚打伞，无法无天”。“无法”，就是没有法制；“无天”，就是没有上帝，即没有宗教。我们现在推进法制建设，除了财政成本高昂是一个难点，另一个难点就是没有“天”，没有足够的文化传统依托，没有全民性“认死理”“一根筋”的习惯和氛围。在这样一个基础上建设法制，恐怕还需要漫长的学习过程，也需要从国情出发，勇于创造有自家特色的管理传统。

文化研究不应该止于进口

王　尧　从八十年代末，一些学者开始注意到文化符号问题。九十年代，蔡翔对广告问题也有过研究，可惜他的那本《回答今天》没有受到重视。

韩少功　蔡翔很早就关注这一问题。在八十年代后期，我记得吴亮也关注咖啡馆，剧场、博物馆，等等，写过一些很有意思的文章。还有南帆，在研究服装、面容、身体、影视、广告等方面也颇有心得，同样没有得到社会足够的关注。在那一段时期，可以看出罗兰·巴特在中国的影响。杰姆逊到中国讲学以后，唐小兵翻译了那个讲稿小册子，使后现代主义理论在中国浪潮初现，也促进了很多学者对这一领域的关注。到九十年代中期，李陀、戴锦华、王晓明等学者在文化研究中强调政治经济学的视角，把很多文化现象置于资本主义全球化的语境里来考察，符号解读中有了更多现实批判的锋芒，似乎离罗兰·巴特已远而离福柯更近。

王　尧　文化研究在大陆学界是方兴未艾，从事文学批评的许多学者在朝这方面转。在你看来，弊端在哪里？

韩少功　文化研究是一个大筐子，什么东西都可以往里面装。在我看来，中国在八十年代已经有了广义的文化研究，但那是在所谓启蒙主义的框架里展开，所以就内容来说，是一味地“崇西贬中”；就学理方法来说，还是“宏大叙事”。《河殇》就是一个典型例子，无非是说西方的海洋文明如何好，中国的黄土文明如何糟。且不说这个结论对不对，这种眼界和方法显然是很有问题的。进入九十年代的中期，文化研究有了更广阔的天地，实际上包括了政治经济学的、文化人类学的、文学艺术等各种角度。但文化研究有个共同特点，也许还是最大的特点，就在于它是一种微观关注，一种细节追求，差不多是一种准文学。这在二十世纪各种宏大叙事严重受挫以后，是一种很自然的替代性学术策略。

当然，这一来也可能遇到新的问题，比方有人把微观细节当成了象牙塔，当成了牛角尖，钻进去就出不来了，不能在描述中展开思考，不能在碎片中建立关联，是以“琐碎叙事”代替“宏大叙事”，失去了改进社会和人生的公共关怀。有人说文化研究是“符号游击战”，这些人却把文化研究做成了“符号游乐场”，就事论事，没心没肺，虚无主义，还可能有巧克力味，是文化工业华丽包装的一部分。我知道一个年轻人在写博士论文，是服装研究，而且是关于女人服装的研究，是关于上海女人服装的研究，是关于上海中年女人服装的研究，是关于上海某一部分中年女人服装的研究，做得倒是很专深，洋洋洒洒几百页，对细节不厌其详。但我不知道他为什么要做这个学问，也看不出他自己能明白这个为什么。

王　尧　自己肯定也做得很苦，很乏味。

韩少功　受“博士刑”呵。去年我在法国参加一个会。一个法国英俊小伙在会上谈街道，从波德莱尔的诗歌说起，再谈到街道的现代性，说街道是公共的又是个人的，是交通又是舞台，如此等等。后来主持人要我评议这个人的发言。我说我没怎么听明白呵，如果说街道有“现代性”，那古罗马时代庞贝的街道怎么说？中国长安在汉唐时的街道怎么说？算不算你的“现代性”？那些没有街道的地方，比方那些在市场经济竞争之下被都市挤垮了的乡村，是不是就不能体现“现代性”？你说街道是个舞台，这没有问题。但我也可以说街道是餐厅，因为好多人在街上吃东西；还可以说街道是战场，因为有些人在街上杀人抢劫；还可以说街道是运动场，因为有些人在街上滑旱冰或者跑步。我说街道的这么多功能怎么统一到你的“现代性”命题下去呢？我留了一句话没有说：就算统一到“现代性”命题下又怎么样？“现代”怎么了？不“现代”又怎么了？我忍住没说。我提问以后，那个法国人支支吾吾。主持人便来解围，说双方都有道理，但互相存在着误解。其实有什么误解？他说街道有现代性，这一点谁误解他了？他也许想找出现代街道的特点，这我能够理解，但像他那样说，只能越说越糊涂。

王　尧　这几年你特别强调理论对现实的解释力量，对文化研究似乎也怀有这样的期待。

韩少功　学问的生命，在于对现实具有解释力，不在于它有多么华丽或多么朴素，不在于它是古老还是新潮。文化研究是社会人文科学转向日常微观领域的一种努力，但这并不是说社会人文科学从此就只是一堆华丽的碎片，可以被任何一个学术花花公子玩了就扔。放弃宏大叙事，只是放弃普遍主义和绝对主义的思想方法，并不是意味着人们不再想大事，不再关注大问题。这就是“游击战”和“游乐场”的区别。

王　尧　你所谈到的不仅是文化研究中的问题了，现在的人文社会科学的研究，有不少类似的现象。其实，如何接通自己的思想经历，对学术研究也是重要的。《暗示》后面的《附录二　索引》就很有意思。现在的文化研究还处于转述西方的话语阶段。我想，经过一段时间以后，中国的学者会辟出一块新天地。这里还有一个问题是学界关注的，那就是文学研究与文化研究的关系。

韩少功　文化与文学，本来就有很近的血缘关系。因为文化研究是跨学科的，是拒绝普遍主义和绝对主义的，这些方法和态度，肯定会给文学研究带来活力，我们已经看到了这种情况。当然，需要区分的是：一种是文学研究，一种是仅仅把文学当作素材的文化研究，两者不是一回事。把文学当作素材的文化研究，与把文学当作素材的政治经济学研究，也是有区别的。有些文化研究者重视政治经济学的视角，没有什么不好，但闯入文学领域以后，“游击战”可能有点滥杀无辜，有点公报私仇，有点只破坏不建设，戴着有色眼镜，凡事都上纲上线突出政治。他们要解构莎士比亚，因为这家伙的作品里有男性霸权主义。他们要打倒索尔·贝娄，因为这家伙的作品里有殖民主义和帝国主义。这样说有没有道理呢？当然有。这种研究有没有必要呢？当然也有。但同是轻视妇女，莎士比亚与三流作家还是有区别吧？

王　尧　严格地说，大多数作家都很难完全避免意识形态的偏见，但一流作家与三流作家永远是有区别的。

韩少功　这些区别就没有意义？就不值得略加关照？一个作品往往是多种因素的合成体。我曾经在文章中打过这样一个比方：萝卜有维生素，还有氨基酸和水，如此等等。但维生素这东西，萝卜里有，垃圾里也有。如果有人只关注维生素，一个维生素主义打天下，那么萝卜与垃圾也没有区别，好萝卜与坏萝卜，大萝卜与小萝卜，也统统没有区别。这样的文学研究肯定会让我们吃坏肚子，吃出人命。从我个人的喜好来说，文学研究最好还是要有点中医式的态度，总体把握，辨证施治，不能今天单卸一条胳膊，明天单割一个胃，我的手艺治得了哪一种病，就专冲着哪一个部位去，也不管那个部位有病没病，有大病还是有小病。中国古人在文学研究方面有一些总体把握作品的经验，恐怕还值得文学研究者们继承。一些好的文论和诗论，文学研究者恐怕不能不读。

王　尧　在这一点上，你好像还挺保守的。大众文化研究现在很热闹，李陀也一直在倡导。

韩少功　我说的与李陀提倡的并不矛盾。事实上，《天涯》杂志发表过很多文化研究的文章，还开设了有关专栏，请李陀当过主持人。但编辑们也退过很多这方面的稿子。文化研究是一个新领域，新方法，但并不是什么金字招牌，不是 VIP 贵宾包厢，同样也会有鱼龙混杂泥沙俱下。我们可以宽容一些，可以理解各个研究角度难以完全协调，难以完全兼顾，有时候顾此失彼，也可谅解。但我们总得有一个更高的要求。现在，文化研究的模仿和移植应该叫停。我们需要更有深度、更有高度，也更有中国独创性特色的成果。

学我者生，似我者死

王　尧　已经经历了八十、九十年代，我们不能再过分地想象西方和迷信西方。

韩少功　学我者生，似我者死。中国在某些方面可以做得更好，保持自主性和创造性也是对西方文化以及其他文化最好的学习。

王　尧　我注意到近年来，包括你在《暗示》当中，对现代西方的一些思想一些说法也是质疑的。

韩少功　《暗示》对西方理性主义传统以及弗洛伊德、哈贝马斯的某些看法持有异议，对虚无主义的符号学也是质疑的，对西方社会还有过一些批评性描写，但这并不意味着什么“反西方”立场。正像我在《暗示》中对中国展开批评的时候，也并不是“反中国”。我不是在对世界文化做全面评价，也没有能力当这个裁判，因此在写作中常常只是记录和描述自己生活感受的某一个层面。我的志趣不是做一个文化史家，如果我关心文化的话，只是文化有助于我了解人，了解一部分人。这是我对自己的定位。从这一点出发，一般来说我不会去全面评价某个学者，不会去全面评价某个思想流派。在一些具体问题上提出看法时，通常会提醒自己想得多一些，说得少一点，留有余地。这不仅仅是一种策略，更是一种我觉得应有的学习态度。

王　尧　思想的空间是很大的。

韩少功　对人类的思考能力不能过于自信。有时候宁可缓一缓，看一看，再琢磨一下。人肯定都会说错话，但错话说得少一点是可能的。

语言拼图

语种规模对文化演进的影响

王　尧　你曾经说过，人只能生活在语言之中，我也觉得语言是人的家园。但在写作《暗示》时，你和自己做了一次较量，“用语言来挑战语言，用语言来揭破语言所遮蔽的更多生活真相”。这是一次转向。确实，挑战语言还得通过语言。我想，我们是不是讨论一下汉语写作的有关问题。我在和李锐的交谈中，感觉到他的语言焦虑很强，他对网络化以后英语成为一种强势语言，对汉语可能造成的一种伤害以及汉语的边缘化，他很担忧。

韩少功　我想这可能是一个暂时现象吧。就电脑输入速度而言，世界上有关方面做过很多比较和测试，包括微软公司也做，发现中文与英文相比较，输入速度不是慢而是更快。这样看来，中文对电脑的适应性，不会比英文差。随着中文软件的继续开发，我觉得中文在信息市场的份额会越来越大。这不是太大的问题。英文当然有强势，不光在网络上，在印刷品方面也是如此。这是历史造成的。第一，英国曾经是“日不落帝国”，再加上美国，两代霸权曾经有广阔的殖民地或者影响范围，全世界说英语的人口多。第二，说英语的国家中有很多富国，特别是美国，购买力强，一以当百，一以当万，不能不被信息产业商垂青，大量编写英文软件也就很自然。第三，正因为英语运用广泛，已经成为一种跨民族和跨文化的二级语言，其文化性减弱，工具性增强，简易好学，规范好用，很适合这个人文危机而经济发达的时代。现在世界上其实有很多种英语，菲律宾的、新西兰的、印度的、南非的、美国黑人的等等，互相并不一样。英语是取其最大公约数，成了一种跨国化英语，已经不是原来作为母语的英语，是借用了英语资源的准世界语，有点像英语简化版。有一个法国人曾瞪大眼睛对我说："英语哪是一种语言？明明只是一个工具。"大概就是说的这个意思。

我们不一定赞成他的激烈，但作为文化的英语，与作为工具的英语，确实不是一回事。那种最大公约数式的英语，那种世界性的、工具性的英语，在相当长的时间内还会保持强势，甚至会无情消灭其他一些弱小语种。

王　尧　*在网络化时代，汉语的危机是否比其他语种强？*

韩少功　我看不出这种危机。如果说有过这种危机的话，最严重时期应该是网络化以前的时代。那时国民党政府，共产党政府，不管政治立场如何不同，都怀疑和否定中文，甚至很多人连带着否定汉语，文化激进主义态度是共同的。它们提出过"中文的拼音化方向"，"中文的拉丁化方向"，考虑或出台过相关改革方案。周边国家的日语、越语、蒙语等等都欧化了，或半欧化了，中国人有点着急呵，怕方块字搭不上现代化的车呵。但现在的情况不是这样。八十年代我到美国，发现华裔家长们大多禁止孩子们讲中文，好像中文是病毒，躲都来不及。九十年代后期我再到美国，发现中文补习学校大大增多，有见识的华裔家长们倒过来了，担心孩子们只会说英语，遇到周末便把孩子往中文班里送。

王　尧　得过诺贝尔奖的华裔科学家们大多说过：双语优势很宝贵，你们千万不要把中文丢了呵。

韩少功　前几天的报纸上说，全世界有两千多万外国人在学校里学习中文。两千多万，吓人的数字，你还能说是“危机”？形势发生这样的变化，不光是因为中国有巨大的市场潜力，外国人都想来中国做生意——这是很重要的原因，但不是唯一原因。另外的原因是，中文的某些优点，包括作为工具的优点，正在被更多的人体会。美国人做过一个统计，英语每年大约要增加一千左右的新单词，大部分是科技单词，这对学习者来说是一个沉重负担。但中文的特点是以字组词，可以用旧字组新词，学新词不一定要学新字，记忆的负担可以相对减轻。“基因”，两个字都是旧的。“激光”，两个字也都是旧的。但组合起来就分别成了新词，意思大致可猜，大致可悟，一个小学生也可一知半解。英语中当然也有 high-way，high-tech，等等，也是以旧组新的词，但相对于中文来说是少多了。一个日本学者曾经告诉我，日语里的“电脑”原来有两个词，其一是中文的“电脑”，其二是片假名，用英语 computer 的音译，就是那种拼音化日语。这两个词并行不悖。但时间长了，日本人倒是越来越喜欢中文词。为什么呢？“电脑”一看就知道是用“电”的“脑”，那不就是计算机吗？不就是很聪明的机器吗？但这个词的片假名只让你知道声音，不了解含义，因此一个没有专门学习过的人，从声音里猜不出 computer 是个什么东西。岂不是更麻烦？你再看化学元素周期表，中文词造得很有条理，脉络非常清楚，部首是“气”旁、“金”旁、“石”旁的，一看就让人大体知道是什么东西，可以猜个八九不离十。“氚”肯定是一种气，“钛”肯定是一种金属。虽然可能读不出，但基本意思不会错到哪里去。当然，这只是些很小的例子，说明中文即使对科技工作来说也不一定是低劣的语言，至少在有些方面还是有长处的。人们可以认为英语也自有其长，但没有理由说表意文字就一定比表音文字全面地差，没有理由说中文一定要走拼音化和拉丁化的方向。

王　尧　近代以来，汉语在亚洲的覆盖面是缩小了。

韩少功　中央帝国的朝贡体系崩溃以后，民族独立总是伴随着语言独立的要求，日本、朝韩、越南等，都是这样脱离了汉语，准确地说，是放弃了汉字，很大程度上走上了欧化和半欧化的道路。其中，日文是煮了一锅夹生饭，一半借了汉文，一半是借了英文及其他西文，没有把欧化进行到底。这种分崩离析有利于文化的多样化，有利于各民族发展自己的特色文明，但也不是没有问题。比如，割断历史：因为这些民族在古代都是用汉字的，现在一旦把汉字丢了，就不容易读古籍了。人们了解自己的历史都需翻译，就像了解外国历史。这方面只有日本还好一点。

王　尧　中国推行了两批简化字以后，很多青年人也看不懂繁体字，但简化字毕竟只有那么多，一个中学生稍微努力一下，也是可以直接读古籍的，至少读《史记》那种通晓平白的古汉语不会太难。

韩少功　另一个问题是，一个民族的语言独立以后，如果语种太小，使用者太少，那么在翻译、出版等方面就会出现大困难，造成知识引进和知识生产的障碍。我到蒙古去访问，发现那里总共只有两百万人口，只相当于中国三四个县的人口规模。他们采用新蒙文以后，借用俄语字母，横着写而不是竖着写了，中国内蒙古的旧蒙文出版物也不适用了，书刊只能靠自己出版。但介绍一本外国的文学或者学术，只能印刷很少的册数，相对的翻译和出版成本实在太高，常常是没法做。这种苦恼是大语种民族所难以知道的。

王　尧　世界的竞争，说是经济综合国力的竞争，其实很大的方面都是知识生产方面的竞争。在一个知识的时代，语言起到很大的作用。

韩少功　这个问题在以前没有引起足够的重视。前些年，据说蒙古人谈判加入世贸组织的时候，一口气同意把关税统统降为零，后来实行了一段，扛不住，又要悔棋，说中国人没有这么降，我们为什么要降？这就是蒙古老乡干的事。奇怪吗？其实不奇怪。图书馆里没有足够的理论和资料，你要他们的经济官员能有多精明？他们接受外来文化相对较少，所以较为单纯和淳朴，喝酒，唱歌，待人很热情，但总体来说，可能少了一些深刻。日本有一亿多人口，比蒙古大多了，但也有很多翻译和出版的困难。我在他们的书店里，看到那种口袋书特别多，把外国的文学与学术都编写成简化版，什么华勒斯坦，什么哈耶克，什么福柯，应有尽有，但大部分不是翻译而是简介，十几分钟或者几十分钟就可以读下来，是小册子，快餐化了。学生们最喜欢，便于拿来做题目应考。很多学者也喜欢，可以用来多快好省地做论文呵。出版商们更乐意，因为出版简介就可以绕过原作版权，不需要付版税，省了钱。这些与语种规模也都是有关系的：你若是个出版商，翻译出版大部头原著就不得不考虑市场，而这个日文的学术市场比英文的、中文的、西班牙文的要小得多，不能不让人谨慎从事。

王　尧　相比之下，中国眼下有十三亿人的市场空间和财政力量，可以建立一支相对完备的翻译队伍，建立较为完备的出版体系以及研究体系、教育体系，有利于对世界各民族文化进行广泛的吸收。

韩少功　除了中国内地以外，还有台湾、香港，还有新加坡以及海外华人圈，翻译和出版可以互相搭车，互相借力，成本就大大降低下去了，知识的引进和生产都较为容易。当然，中国眼下读书人也多浮躁之气，可能要不了多久，学术也会小册子化，口袋书化，万金油化。但船烂了也有几斤钉，即便刨去人口的八成，中国还能剩下三亿人，比很多小语种国家还是会多一些回旋空间。印度、巴基斯坦等国直接用英文。如果说日本的语言欧化是煮了一锅夹生饭，那么印度就是煮了两锅饭：一锅是精英阶层用的英语，一锅是下层百姓用的十几种本土语，主要是印地语。这种两锅饭的状态，虽然不利于内部文化交流和国家统一管理，但至少有一个精英阶层进入大语种，可以在英语那里借力和搭车。印度这些年软件业发展迅速，不能不说是利用了英语的优势。

王　尧　新加坡人口不多，但汉语资源丰富，看它的《联合早报》，就会发现他们使用汉语资源的聪明之处。

韩少功　新加坡以华人为主要族群，与汉语本就有不解之缘。李光耀是聪明人，搞了多年的洋务以后，决心把中文地位给恢复起来。这样他们既有英文又有中文，都是大语种，利用历史文化资源和西方文化资源都很方便，光是这一招就省下了多少开支呵。比方有些书不用自己翻译出版，进口台湾、香港的就行了。我在韩国的时候，听说韩国的知识界也在讨论这个问题，有一派主张韩文直接英文化，另一派则主张韩文退回中文。从知识生产成本的功利角度来说，这些考虑都是很自然的。

王　尧　我在韩国逛书店，根本看不到在国内常见的现象，在国内，哪怕是县城的书店，都有许多西方学术著作。中国对西方学术论著的翻译出版，在世界可能是独一无二的。这与我们的语种和使用汉语的人众多应该有关系。

韩少功　中国读者是很幸运的。中国的翻译、出版部门也是很幸运的，如果是在一个几百万人的小国家，你翻译家和出版家都没有多少事好干。折腾一个维特根斯坦全集或者《追忆逝水年华》的全本出来，只能印个几十本，几百本，不亏死了？

王　尧　好像西方的学术界对我们中国能翻译这么多西方的书，也很惊讶，而且销量这么大。

韩少功　语种规模对文化演进的影响非常大，很多影响可能要今后时间久远以后才看得更清楚。影响当然是多方面的，大也有大的难处。比方说，一个人生活在大语种里，母语基本上够用，走南闯北都不需要换语言，了解国外也可依靠译本，学外语的压力就相对小。这可以解释，为什么中国这样普及英语教育，但因为缺少使用环境，学好了英语的并不多，能用好英语的就更少。包括大学里这么多教授，外语真正好的并不多，写封留学生推荐信，大多是让学生自己代笔，这在国外都是公开的秘密。这恐怕是大语种国家的特色：不是大家不爱英语，是实在难学，实在难以巩固。如果一个人生活在小语种国家，求学、求职、恋爱、看电影、哪怕开个小餐馆，都可能同外国人打交道，一抬脚就走出国门了，没有外语怎么生存？

王　尧　以前说马克思懂得好几门外语，中国人一听都惊奇得不得了。

韩少功　在欧洲的一些小国家，读书人懂几门外语是很多见的，不是太难。比如，拉丁语分裂出来的几种语言，是刚分家的兄弟，血缘近亲，差别不是特别大。据说一个西班牙人碰到一个意大利人，都没学过对方的语言，但连说带比画，就能把对方的意思大致整明白。所以说：大国之民学外语难，小国之民学外语易；大国接受外来学术易——但依赖翻译，小国接受外来学术难——但一旦接受就较为直接。

王　尧　刘禾在美国研究过“跨语际实践”，研究翻译在文化建构中的特殊作用。她在书中提出，不同的语言是否不可通约？将一种文化翻译成另一种文化的语言，这究竟意味着什么？

韩少功　这对于中国这样的大语种国家就特别有意义。因为在这种国家里，大部分人，包括大部分读书人，都是通过翻译来接受外来文化的。翻译过程中可能的误解，以及这些误解带来文化反应，就特别多，也特别耐人寻味。

王　尧　看来大语种文化在全人类的文化建设进程中有特殊的地位，也有特殊的使命和责任。

韩少功　一般来说，小语种的文化容易两极化：要不是封闭，要不就是消失，即被同化掉。现在英语一个个吃掉的都是这些小语种。但大语种文化规模庞大，内部有广阔的翻译和出版空间，既不容易封闭，也不容易被同化，在外来文化的强大冲击之下，最可能进入一个文化嬗变和再生的漫长过程，最后变得似己非己，似它非它。这就是一种正常的文化演进，对于人类文化建设来说，可能是好事而不是坏事。人类文化需要相互交流，也需要多样，多样是交流的前提。很多特殊的文化，很多特殊的人类经验积累，保留在特定的语言里面，虽然在某一段时间里显得无足轻重，但说不定在什么时候，就可能重新释放能量，对解决人类某些危机而发挥独特的作用。

王　尧　记得很多年前，有人提倡世界语。

韩少功　但那种人造语言是工具主义的产物，也明显带有普遍主义的色彩，完全忽略了语言的文化性，干净整洁得连粗痞话都没有。那种塑料语言和蒸馏语言，我觉得是毫无前途的。

王　尧　后来又有人提倡全球英语化，实际上是从语言角度来支持“全盘西化”，可惜对语言仍然知之甚少。

韩少功　湖南的《书屋》杂志就发表过一篇大文章，把中文骂得几乎一无是处，把英文捧上了天，还质问：汉语产生过《圣经》这样伟大的作品吗？其实，《圣经》最初哪是用英文写的？《圣经》诞生的时候，英文在哪里？

不同的文化背景和文化机能

王　尧　汉语在整个世界文化创造和知识生产中的地位和作用是个非常大的问题，我们现在可以从汉语的文学写作特点开始，接近这个问题，慢慢地展开。西方语言学上的变革，带来文学批评和文化上的变化，对汉语的重新理解也会带来众多领域的变化。在这个背景下，再来看汉语的写作，看白话文的历史，以及汉语今后的走向，我们可以看得更通透一点。比方说，汉语有一个很大的特点，就是典故之多，《暗示》提到“言下有象”的时候，谈到这一点。

韩少功　我在那本书里没有展开来谈。其实，典故之多是汉语的重要特点之一，不仅表现出汉语的历史悠久，积累深厚，而且表现出汉文化强于实践性、感觉性、具象性的独特文化传统。成语里常有典故。典故往往是一个故事，一个具体案例，一个提供意义的完整语境，“拔苗助长”“叶公好龙”“愚公移山”“退避三舍”，等等，都是这样。比方说你使用“退避三舍”，虽然你知道它的意思差不多就是“退让”“避让”“忍让”，但这个典故的丰富含义和准确含义，是这些词不能完全表达的。为什么退避？这里面有情感，有感恩报德的来由。为什么不多不少退了个三舍？这里有分寸，有限度，有感情与原则相冲突时的权衡。还有什么叫“三舍”？这里有历史知识，有事物的具象和氛围，可以让人产生现场感和其他联想。这就是说，典故最大限度保存着话语的语境，尽力保存相关判断的实践性、感觉性、具象性，是一种准文学化语言，或者说是一种“活性”语言。一般来说，语言是对事物的一种符号抽象，但在抽象的过程中最大限度地保存和还原具象，始终引导一种对实际生活的关注，就是典故的特点。成语典故潜藏着中国古人特有的一种哲学态度，表现出中国人更善于用实践案例而不是用抽象公理来推动思维。

王　尧　可以与之比照的是，古代欧洲人崇尚公理化，长于概念抽象和逻辑演绎。

韩少功　这在一定程度上促成了他们科学与宗教的兴盛，但如何克服理性主义的弊端，包括如何注意各种话语的语境，这些问题直到最近几十年才得到足够的反省。但一个不懂中文的国外学者，可能很难从语言的角度来展开这种反省。

王　尧　英语中也有成语。

韩少功　是有，但相对于中文来说非常少。英语有一点来自神话或宗教的典故，有一点来自现代俚语中的典故，但总的来说很少，不像中国人，一开口就有一串串的成语，哪怕一个农民也是这样。大家习以为常毫无感觉，但对学习中文的外国人构成了最可怕的障碍。他们一听到你说成语，就发蒙，就一头雾水。口译员们最明白这一点，常常一听到成语就绕过去，或者适当地简化掉。

王　尧　英语倒是有较为严密的语法体系。

韩少功　中国人正是借鉴这个体系，才把文言文改造成了现代汉语。但这个“法治”还没有学到家，在表示时态、语态等方面暂时无法可依，或是立法不严，有较大的模糊空间。中文里有很多弱语法、非语法、反语法现象，受形式逻辑的浸染较浅，很多意思要靠上下文的整体把握，靠词语颗粒之间的关系默契，才能显示出来。报上的体育栏目里常说“中国队大败某某队”，或者说“中国队大胜某某队”，意思居然是一样的，“胜”与“败”都是胜了。不有点荒唐吗？在这里，意思不取决于“胜”或者“败”，只取决于词序安排，还有那个“大”。“大”一下，情绪上来了，意思就明确了，后面说什么都不要紧。据说，陈寅恪先生就瞧不起夹生饭式的现代汉语语法，说《马氏文通》，其实不通。

王　尧　这时候可能是语感比语法更重要。

韩少功　各种语言的词汇资源也不一样。比如，中文里说到颜色，有黑、白、红、绿这一类词。但英语里冒出一个 nonwhite，意思是“非白”。什么是“非白”？黑、红、绿都是“非白”，透明、椅子、老虎、文学等等也是“非白”呵，这个词管天管地漫无边际，岂不是怪怪的？显然，这个词就不是从实践归纳出来的，是用逻辑演绎出来的，就像数学家们可以从实数演绎出虚数，不可实证和较真，但有时候也管用。又比如说吧，大名鼎鼎的 being，几乎贯串整个欧洲学术史，从亚里士多德一直到海德格尔，是一个形而上学的中心词，但对于中国人来说，既难翻译也难解读。它曾经被译成“存在”“生命”“本质”“规定”“是”“在”，还有“人”（human being）……搅成了一锅粥。其实所有这些概念加起来，才是这个 being。前人译莎士比亚时，把它译成“活着”，于是就有了那句著名台词：“活着还是死去，这是个问题。”我译昆德拉的小说时也参照这一译法，于是有了《生命中不能承受之轻》。但昆德拉本人是不同意这种译法的，说 being 既不是“存在”，也不是“生命”。那么 being 的原义是什么？就是“是”。如果要像鲁迅先生提倡的硬译，哈姆雷特那句台词应该是：“是还是不是，这是个问题。”昆德拉的书名也应该改成《关于是的不能承受之轻》。

王　尧　这当然只能让中国读者费解，因为中国人不习惯这样说话，也不怎么关注这个“是”。

韩少功　虽然也有过实事求“是”的说法，但“是”一般只作联系动词“我是人”，就是这样用的。“是”有时候也用作代词，比方“是人”，相当于“斯人”，意思就是“这个人”，但在现代汉语里基本不这样用了。可欧洲人不是这样的，“是”对他们的意义太重要了。他们习惯于追求公理呵，习惯于三段式的形式逻辑呵，习惯于形而上地寻根究底呵，因此事物的所“是”，比事物本身更高级、更重要、更神圣。事物的“是”也不是自明的，“是”的逻辑依据和合法程序需要严格查究。就像要领取一个上帝颁发的身份证，不然事物就没有意义了，就不合理法了，就值得像哈姆雷特那样焦虑万分了。这样，他们的这个“是”独立了，静止了，本身成了一个东西。成了一个常用名词，甚至可以带上冠词，可以翻译成“这个是”“这个在”，“此是”“此在”。这个东西甚至是一切形而上学的出发点和落脚点，大部分哲学都是围绕事物的“是”展开。

如果说中国人只是求解事物“是”什么，是一种实践指向，那么欧洲人则是求解事物的“是”是什么，“是”何以为是，是一种公理指向。换一句话说，中国人重 thing，欧洲人重 being；中国人重 know，欧洲人重 know to know。为了实现这一点，英语词性转化灵活，轻松跳槽，不断向上抽象化和演绎化，be 可以加上一个-ing，可以再加上-ness，可以再加上-self，这样一级级往逻辑迷宫里转化和掘进。难怪外国的哲学那么难懂，那么难译，真是把中国学者一个个往疯里逼呵。

他们的理性主义是这个风格，如黑格尔；后理性主义也是这个风格，如海德格尔。很多书可以几十页不举一个例子，不涉及任何实际，只在抽象概念的天国里长驱直入和苦打苦斗，让一般的中国人实在难以想象。儒家和道家都不是这样的，只有名家，还有西来的佛学，与之有点接近。otherness，oneness，sameness，nothingness，thinghood，nonbeing-ness，for-itself-ness，in-itself-ness……中国人一看到这些词肯定头就大了，正像他们一听我们说成语典故头就大了。

王　尧　以前有人说“美不可译”，看来文化特性也难译。

韩少功　我不知道，是欧洲公理化思维造就了他们的语言，还是他们的语言促成了欧洲的公理化思维，但欧洲文化的遗传特性，在理论语言中表现得特别明显。简单地说，这构成了一张言必有理的逻辑之网，却不一定是一面言必有据的生活之镜。形而上学，理性主义，乃至经院哲学，在这种语言里水土相宜，如鱼得水，似乎只能在这一类语言里，才能获得抽象不断升级和逻辑无限演绎的可能。

王　尧　你这里作的比较很有意思。语言的文化性肯定是一个大课题，现在对中文成语的使用是用减法，当然也是一种文化现象。

韩少功　成语减少，实际上是语言弱化文化性和强化工具性的过程，是当代汉语正在简约化甚至粗糙化的表征之一。我想，我这里的意思不会被误解：我并不是主张一味地多用成语，也不是说英语这一类语言的抽象性和逻辑性有什么不对，更不是说汉语与英语之间只有差异性而没有交集点。这都不是我的意思。我只是侧重地看一看：汉语与英语有哪些不同的文化背景，哪些不同的文化机能。如果我们了解拉丁文、希腊文、阿拉伯文，肯定能把这一问题看得更清楚——可惜我们没有这个能力。

王　尧　语言文字的发展是非常缓慢的。现代汉语也还在生长中，汉语写作新的可能性仍待拓展。即使像鲁迅这样的语言大师，对现代汉语贡献很大，也是提供了汉语写作的一种方式。我们不能认为，现代汉语的使用问题解决了，实际上这是一个错误的理解。因为有了鲁迅，不能说我们现在只能做修修补补的事情，这过于自卑了。

韩少功　我觉得汉语还处于一个再生的初始阶段，鲁迅那一辈只是开始了而不是结束了这阶段。中文是世界上唯一一种延续了数千年而没有中断和消失的大语种，经过了白话文的转型以后，将来对人类社会会起到一个什么样的作用，真是一个我们无法估量的空间，是一个未知数。

王　尧　语言决定了认识世界基本方式的差异，这种差异使中西方文明的特征区分开来。西方人有时不能理解中国的文化现象，他不能用汉语来思考，就进入不了角色。

韩少功　严格地说确实是这样。这正像我们如果不学会外文，也不能更深入地了解外国文化。可惜我们仰慕西方的青年多，真正学好西方语言的少，而且西方语言似乎只剩下一门英语，其他如法语、西班牙语、希腊语、荷兰语就门庭冷落，小语种更是无人问津。我在中国民航去蒙古乌兰巴托的飞机上，听到广播里有英语和日语，但没有蒙语，这种语言歧视真是既无礼又无知。

王　尧　不懂得一个民族的语言，我们看他们的文化就总是隔了厚厚的一层。

韩少功　比如，我们有一个中文词“国家”，把“国”与“家”组合在一起，体现了中国文化中一整套由孝而忠的伦理，一整套农耕文明传统中特有的思想情感，西方人怎么翻译和理解呢？很难。他们曾经把中文词的“面子”，翻译和理解成“荣誉”“尊严”“体面”，等等，后来发现都不大对。最近有一篇文章索性把它译为：mianzi，干脆来个音译，当作一个全新概念。其实，每一种语言里都有一些不可译或者很难译的词，有一些不可译或者很难译的语法现象。恰恰是这些词和语法现象，构成了特定文化资源的宝库，值得译者和读者特别注意。朱光潜先生早就说过这一点。

王　尧　不同的语言确实有着文化的差异，这种差异甚至与一个民族的生存方式有关。即使同一个语种，但是在不同的方言区，区域文化的差异也是明显的，像苏南与苏北就不同。

韩少功　我读古代的书有一个爱好，特别喜欢注意作者举什么样的例子，打什么样的比方，注意这些例子和比方来自什么样的生存方式。我读《墨子》的时候，发现他最喜欢用制陶、造车、筑墙一类活动来打比方，一看就知道这是个工程师、实干家，成天在生产现场转，肯定经常有一身臭汗，与孔子、孟子、荀子那一类白领不一样。我读柏拉图、亚里士多德、贺拉斯的时候，发现他们常常说到牧羊人，羊皮、马、牛肉，很容易从中嗅出游牧生活背景；还发现他们常常说到船、战船、帆、船长、舵、航行、进口、出口、商人，一一透出地中海岸商业繁荣的气息。钱穆先生说，读史一定要读出人，这是对的。我们读语言也一定要读出生活，就像你说的要读出苏南和苏北的生存方式来，如此才能设身处地地了解人文。

王　尧　英语以及其他一些西方语言很讲究时态。

韩少功　可能就与他们的生活实践有紧密联系。我在农村务农的时候，发现农民最不注重星期，也可能忘了年份，但对季节是念念不忘，农事活动严格依照季节进行，二十四个节气是他们最重要和最真实的时间。由于季节是循环的，中国人也就比较容易接受时间循环的观念，在语言中严格区分时态也就不是特别的必要。这大概也可以解释为什么中国人较容易接受佛教的转世轮回说：过去就是未来，未来就是过去，儿孙就是祖辈，祖辈就是儿孙。古希腊和古罗马人没有这种长久的、广泛的、深厚的农耕文明史，其时间意识很可能来自他们其他的生活经验，比如航海的经验。在航海中，时间是在速度与距离中体现出来的。如果距离是直线延长的，那么航行时间也是直线延长的，这一天和另一天，这一个月和下一个月，意味着航线上两个绝不相同的位置，于是过去、现在以及未来不可能相交也不可能循环。这样，这些地中海岸的居民们，特别是与航海联系密切的城邦居民，很可能习惯于一种直线式的时间观念，在语言中严格区分时态也就变得极其自然。

我不能确定语言中时态表达方式的差别就是这样产生的。但我相信语言中的时态不是一个孤立的问题。它一定受制于特定的时间意识，而不同文化里的时间意识，一定与特定的生活经验相关。生活是语言之母。

王　尧　我们可以体会到语言现象和整个社会发展的现象是有关联的。中国人表达时间是很模糊的，说"傍晚"到底是要傍多晚，是靠近晚上，可以"傍"好长时间。陈子昂怎样说，"前不见古人，后不见来者"，是无法言说的时空。所以中国人不会想到写《时间史》一类著作的。

韩少功　欧洲人把时间作为一个特别核心的哲学问题进行研究，对时间的思考是很深的，著作车载斗量。在中国，还有其他一些东方民族，看来是另外一种情况。印度人就不怎么关心时间，只关心永恒。大概就因为这一点，印度人也不大重视历史，历史与神话混杂在一起，不像是历史。

写作时应把语言这类问题忘掉

王　尧　从《马桥词典》到《暗示》，你对语言的认识似乎有了两次转向。你对语言有过深入的研究和思考。《马桥辞典》有了风波以后，你自己说的比较少。

韩少功　谈自己作品总是很乏味，这与风波什么没有关系。

王　尧　从语言写作角度来谈《马桥辞典》《暗示》还是非常有意义的。

韩少功　我的语言意识觉醒得比较晚，写作上也没有什么语言上的特别。我从不单独对语言给予什么计较。总的态度是“用心而不刻意”。所谓“用心”，就是学习和研究语言时要认真；所谓“不刻意”，就是在写作中使用语言时大可放松，大可随心所欲。我相信语言是一个写作者综合素质的体现，需要水到渠成，就像苏东坡说“行于所当行，止于不得不止”，一下笔可以跟着感觉走。一个写作者越是具有思想和审美的个性，他的世界就越丰富；反过来说，他越忠实地去表现这个世界的丰富，他的思想和审美个性就越强大。在这样一个不断互动的过程中，语言是他与世界的联系，当然是一种有限的联系。所谓“我手应我心”，常常不能完全地“应”上。但这也刚好使语言成了一个可以不断创造的过程，从一个语言共同体来说，是一个众人拾柴火焰高和长江后浪推前浪的过程。

王　尧　五四新文化运动以后，中国作家们对白话文写作做出过很多尝试。

韩少功　有些人国学底子好，古汉语是他们的重要资源，我们读鲁迅、钱钟书等人的作品，还可以读出明显的书卷气。有些人受西方作品的影响大，翻译语言是他们的重要资源，巴金、郭沫若、曹禺、徐志摩等人就是这样，写出的作品比较新派和洋派，差不多就是说中国事的欧美文学。还有些人注意从民间语言那里取得资源，吸收俗语，吸收口语，是他们贴近社会底层生活的自然结果。沈从文、老舍、赵树理等人在这一方面尤有特色。汪曾祺说过，他每写完一篇作品，都要拿来朗读两遍，也是十分注意口语化的。当然，资源只是资源，并不能替代创造。不管是倚重哪种资源，不管是追求哪种风格，都可能有生龙活虎的成功者，也可能有面目可憎的模仿者、低能者、粗制滥造者。一个作家最基本的觉悟，就是要对语言有感觉，知道什么是好，什么是糟；哪里该短一点，哪里该长一点；哪里该再揉熟一下，哪里就该朴拙、直白甚至残缺……这里没有一定之规，只能因时、因地、因事而取其宜。写作经验可以帮助一个写作者做出判断，但最好的语言往往又是违反和突破写作经验的，是出乎意料的，是妙手偶得，所以还是没有一定之规。

王　尧　一个写作者不能没有语言意识和语言感觉，也不能没有必要的语言研究和语言训练。

韩少功　但功夫在诗外，功夫在语言外，一味刻意地设计和制作某种语言风格，只能是舍本求末。写作的时候，他甚至应该把语言这一类问题完全忘掉，找到最恰当、最尽意、最有力量的表达就够了。这就像一个人刻意表现自己的美，时时惦记着自己的美，肯定就美不起来，眉来眼去搔首弄姿，倒可能让人大倒胃口。现在有一些说法，说“诗到语言止”，说“文学的全部只是语言”。我赞同这些人重视语言的态度，但怀疑这些吓人的说法，因为我怎么听，也只能听出一种对着镜子千姿百态的味道。

王　尧　《马桥词典》让我们体会到语言在认识过程中起到非常关键性的作用，一些语词不在我们的知识系统中，被屏除在外，反映了我们认识的局限。“马桥”的语言在你的笔下整理出来，让我们看到另外一种人生。

韩少功　《马桥辞典》是对语言的微观调查，当然也会涉及一些语言规律，比方说，你说到的语言与知识系统的关系。语言是生活的产物，因此一个词里经常蕴藏着很丰富的东西，比方历史经验，人生智慧，意识形态，个人情感与社会成规的紧张关系。语言并不完全是自然的、公共的、客观的、中立的、均衡分配的什么东西，而是一份特定的符号档案。我在蒙古的时候，知道蒙古人有关马的词汇特别多，一岁的马，两岁的马，三岁的马，如此等等，都有不同的名字。三岁的公马，三岁的母马，也有不同的名字。这在非牧区是不可想象的事情。我在《马桥词典》里写到一个“甜”，写到马桥人把很多美味都归结为“甜”。为什么会这样？是马桥人味觉迟钝吗？是马桥人语言贫乏和孤陋寡闻吗？可能事情并没有这么简单。从这一个词切入进去，我们有可能走进一个社会的、政治的、经济的、心理的、文化的大课堂。

王　尧　《暗示》则是另外一种方式，是不是可以看成对《马桥词典》的补充？

韩少功　写完《马桥辞典》以后，我感觉有些生活现象从语言分析的这个框架里遗漏了，或者说没法放入这样的框架。比方说“言外之义”，既然在“言外”，你怎么去认识它？它是怎样存在的？怎样进入感知的？这时候我就想到了具象，也想到了语言与具象的关系。我觉得具象分析可能是另一个框架，并且与前一个框架有形成互补的可能。走到这一步，我当然需要展开对语言哲学的反思。

王　尧　语言学，语言哲学，在相当多的一些国家人文学界成了一门显学。

韩少功　大概自维特根斯坦开始，西方很多哲学家把哲学问题归结为语言问题，于是潮流大变，哲学家都成了半个语言学家，被人称之为“语言学转向”。说实话，我写《马桥词典》就是多多少少受到了这一思潮的启发。但构想《暗示》的时候，我缺乏这种依托了，找不到现存的理论路线了。我读过国内外一些资料，没有发现多少用得着的东西。阿尔都塞、拉康、福柯谈到过“非言说”的语言禁区，都只是从意识形态压迫这方面立言，只是我关心范围的一小部分。倒是中国汉魏时期王弼等人的“言象意”之辩，还能给我一点点线索。我咨询过一些专家学者，包括刘禾。她说你这个思路很有意思，可以大胆走下去，最好能写成一本理论书。据她所知，西方学者们在电影、摄影、广告方面都有些具体研究，但统纳到具象这一题目下来展开思考的还少见。我无意做理论著作，也做不了。我还是只能立足于自己的生活感受，只能在不同的文体中穿插，来点不讲规则的游击战。也许中文是一个很方便打游击战的武器，也许笔记体文学也是一个最方便打游击战的武器。我在《暗示》里有点同“语言学转向”拧着干的野心，好像要跳到语言之外，对语言这个符号体系给予怀疑、挑战、拆解，最后追击到逻各斯中心主义这个老巢，重炮猛轰一通。我不大赞成西方学界那个“人——言”的分析框架，倾向于使用“人——符号（象+言）”的框架。

王　尧　但你似乎并不完全认同“眼球文化”“读图时代”这一类说法。

韩少功　视觉只是具象感觉的一部分，并不是我要说的全部。更重要的是，语言和具象实际上不可割裂。我花了很多篇幅来描述它们之间的互在和互动，并不赞同一些所谓反语言主义者的片面和夸张。我喜欢电脑从业者们经常用到一个词，叫“信息压缩”。

王　尧　在一个符号里压缩很多信息。

韩少功　比方把很多编码压缩成一个简码。压缩以后，使用者们可能只记住了简码，只知道简码，对压缩内容和压缩过程完全忽略。我以为语言与具象就是这样一种互相压缩的关系。比方说，“革命”这一个词，不同的人给它压缩了不同的具象。有一个老师曾经要求学生写出他们听到“革命”这个词的瞬间联想，结果学生写出来的各各不一：有红旗，有红军，有父亲，有手风琴，有广场，有官员，有电脑，有黄河，有风暴，还有菜市场……这就是说，“革命”留给这些少年的心理想象是不一样的。这些可能来自父亲对儿子的教训，也可能来自一次美妙的参观旅行，或者是电视里飞速发展的经济建设，如此等等。“革命”这个词被人们频繁使用，但在每个人心中引起的具象感觉千差万别，实际上也就是深层含义的不尽相同。

反过来说，人们也会在一个具象里压缩很多语言，比如，有一件军装摆在面前，有的人会觉得亲切，因为他当过几年兵；有的人会感到恐怖，因为他在“文革”

军管时期挨过整；有的人可能不以为然，因为他知道现在当兵的没有几个钱，比炒期货炒楼盘差远了；还有的人可能喜不自禁，因为他听说过特种兵神通广大的故事，早就想学上几招。这样，很多由语言组成的记忆、知识、故事压缩在一件军装里，使人们产生了不同的心理反应，使这件军装产生了因人而异的符号功能。

在我看来，语言与具象是不同的信息压缩简码，在实际生活中互相激发，互相控制，互相蕴含。这大概才是人类心智活动一个较为完整的图景。言外之义，或者有言无义，或者一言多义，这一类现象也才可以得到大体把握。在现实生活中捕捉和澄清这些关系，是我在《暗示》中要达到的目标之一。

王　尧　如果《马桥词典》是顺应了"语言学转向"，那么《暗示》是对这种转向提出一种反动，是另外的一种转向。这种转向如何命名？

韩少功　有一个老词叫"否定之否定"。从《马桥词典》到《暗示》就是这样一个过程。该怎么命名这后一半？我还没主意。

王　尧　把语言问题和我们变化了的生活实际打通，这对于我们每一个处在这个生活中间的人都有启发，可能是很好的交流的话题。

韩少功　我说出个人的感受，并不保证它能取代其他人的经验。我在附录中强调了这一点，申明这只是一份孤证，法庭无须采信。我关切社会和历史这样的大事，但愿意与普遍主义的、本质主义的宏大叙事保持距离，退回到一种比较个人化的立场，也是一种文学的立场。小说小说，为什么是"小"？因为小说家不是写法律、写政策、写社论，而是个人化的表达，不强加他人。

我并不是方言主义者

王　尧　使用普通话以后，语言作为一种有效的交流工具，使互相隔绝的各个方言区得到沟通。但放弃一些方言以后，很多文化的遗存瓦解掉了。这也是一种损耗。

韩少功　普通话是一个民族国家建制的一部分，所以也常常叫做“国语”，有时也叫做“官话”。其实所谓普通话本来也是方言。当年毛泽东登上天安门，如果一时心血来潮，搞点家乡主义，把湖南话定为官话怎么办？那一来，北方话就成为方言了。所以就语言本身而不是它的社会功能来说，我不承认有什么普通话，只有大方言和小方言的区别。北方话是大方言，湖南话是小方言，如此而已。

王　尧　但民族国家的管理把某种方言变成了普通话，提升为一种法定的公共交流工具，就使这种方言发生了变化。

韩少功　就像英文在世界上的扩张，普通话也在中国境内扩张，而且像英文一样曾经借助国家权力的推动。这样做的好处是交流方便了，但普通话出现了跨方言、跨地域、跨文化现象，在很多地方有文化性削弱和工具性加强的趋势。我们说老舍、邓友梅、林斤澜、陈建功、王朔的北方话很“地道”，又说广东、福建、湖南等地作家写的北方话“不地道”，为什么？因为前者写的实际上是方言，或者说是作为方言的北方话；而后者写的是普通话，是作为普通话的北方话。两个“北方话”不是一回事。前者文化性更强，所以更丰富，更鲜活，更多形象和氛围，更有创新的能量——这都是文化的应有之义。而后者只剩下工具性，文通字顺，意思明白，但是少了很多

"味"，就是少了创新的动力。

王　尧　有些外地作家常常对京城作家既羡慕又不服气，觉得他们在语言上占有天然优势。

韩少功　这是没有办法的，就像印度、菲律宾、南非等地的作家看英国作家，也是没有办法的。这些作家如果想获得普通话的文化活力，一般的办法，只能是从他们的本土方言中去找，从他们的母语中去找。陕西话"养眼"，意思是漂亮、美好，比如说"那个女孩真是养眼"。有点意思吧？广东话说"生猛"，也有点意思吧？这些就是由外地作家引入普通话的方言词。很多外地作家都在做这样的工作。

王　尧　东北的、西北的、四川的作家做得似乎方便一点，但南方各方言区的作家也在努力地做。

韩少功　从世界范围来看，印度、菲律宾、南非等地的很多作家也在这样丰富和改造着英语，使英语变得五花八门。对于保存和发展文化来说，这未尝不是好事。但这种普通话的丰富和改造还是有限的，并不能取代方言。有些陕西的、湖南的、江苏的、广东的笑话，还是无法翻译成普通话，一翻译就没有意思了，不好笑了。可见语言中有些东西是不可译的，就像数学中的质数，与别的数没有公约数，无法进行通分。在另一方面，对普通话的丰富和改造，一般也只发生在文学领域，包括口头文学与书写文学，对文学以外的领域作用很小。就算有作用的话，也是一个滞后和缓慢的过程。现在有很多计算机翻译软件，翻译商务语言、政务语言、科技语言、旅游语言以及一般理论语言，大体还行，就是很难翻译文学。用最好的软件来翻译文学，也不能省力，只能添乱，添大乱，任何一个文学翻译者都不会做这种傻事。因为文学语言不仅仅是工具，更重要的是文化。美国一个研究翻译机的专家说过："翻译机能翻译文字，但不能翻译文化。"我在一篇文章里引用过他这一句话，说明翻译机只能适用于那种最大公约数式的语言，即工具性的语言，对于文化精微处的表达，帮不上多少忙。这不是技术暂时过不过关的问题，是语言的文化性本身具有非逻辑、非公共的特点，与计算机的基本工作原理相冲突。

王　尧　如果语言只是工具，翻译软件当然是可以行得通的。语言不是这样简单的事情。

韩少功　以为语言都可以通过机器来翻译，是工具主义、技术主义、理性主义的信念。白话文运动以后，很多语言学家和语言政策专家都抱有这一种信念，即把语言看成一种纯粹工具。

王　尧　在写作中使用的方言，其文化意义现在需要重新认识。

韩少功　出于专业的本能，我对于一切方言的写作都直觉地表示支持。中国古典小说四大名著，还有《金瓶梅》，里面就有很多方言。我不能想象，如果中国没有四大名著，如果中国没有老舍、沈从文、赵树理、艾芜、周立波这样一些作家，中文会是一个什么样子。当然，全世界的语言是一个多层次的结构。中文是一个语种，内部各种方言是亚语种，在更下的层次，还可能有亚亚语种。不同层面都有相似的问题，比如说，工具性与文化性的关系问题，公共性与非公共性的关系问题，还有精华与糟粕的杂处共存问题。方言可能是地方性的"官话"，也有工具性的功能，更不可能都是精华。我并没有方言主义。我们谈了语言的文化性，但并没有说这些文化不需要交流，不需要借助对外交流的工具，不意味着语言的工具性就是一个贬词。在公共交流和文化特异不能两全的时候，我们不能不做出一些权衡和妥协。这也是我眼下写作的常态。我尽量保全方言中比较精华的东西，发掘语言中那些有丰富智慧和奇妙情感的文化遗存，但我不能写得人家看不懂，必须有分寸地选择和改造，慎之又慎。还好，连《马桥词典》这样的书都翻译了好几种外文，好像外国读者也能接受个大概，使我对这种写作态度更有信心。

王　尧　我们必须看到语言是公共化和非公共化的两面，至少这两个面我们都要注意，我们在不同的领域运用汉语的时候，会有一些区别。

韩少功　当然，写合同与写小说就是运用不同的语言，虽然它们都是方块字。前者显然会更注重公共化的一面。

单一和同质是毁灭的状态

王　尧　现在最容易变得糟糕的是语言。我觉得中国人在这方面压力很大，各种语言产品都在冲击着我们，我们一不小心，就会把语言变成糟糕的东西，变成和自己的感受、自己的心灵脱节的一种东西。

韩少功　有一个法国作家萨娜拉芙女士曾对我说：她研究法国中学生的语言，发现他们的祈使句里没有“假如你”这种虚拟方式了，只剩下“我要”，也就是不委婉了，不谦让了，一个个都自我得咄咄逼人了，有“我”无“你”了。现在电视、网络、广告、卡通片，等等，对语言演变的影响很大，也许应该有更多的人来展开类似的调查，包括调查一下你说过的成语减少现象。我常常看到中央电视台上的字幕出错，有时四个字的成语，居然会错两个字，甚至三个字，弄得意思完全不可解，但记者、编辑、编审就是没有看出来。好像外国人难懂中国的成语，中国人也不懂自己的成语了。美国作家桑塔格说，资本主义全球化比斯大林主义更具有毁灭性，并没有夸大其词。“文革”时期，虽然文化人挨整，但文化人即便关进了牛棚，大多数内心里还是惦记着文化的，老百姓也是悄悄尊敬文化的。我当时在乡下当夜校老师，农民一天累下来，晚上还是踊跃地来读书识字，一个个兴冲冲的。现在呢，虽然教育规模大得多了，高学历的人满街走，但文化在很多人的内心已经灰了，已经死了。黄子平说过，现在书店里书似乎不少，但大多数是“how to”的书，即只管“怎么做”的书：怎么谈判，怎么恋爱，怎么炒股，怎么演讲，怎么公关，怎么修车，怎么美容，怎么留学，怎么搞定你的上级……书上的语言无一不是平白、粗糙以及轻浮的，大多充斥着陈词滥调。这是一个工具书的时代，是知识工具化和文化工具化的时代。文化繁荣的真相其实是文化空白，因为文化已经缺少价值准则和精神方向，已经没有求真、求善、求美的动力，只不过是赚钱牟利的工具。语言的工具主义趋向，只是这个时代潮流的一个部分。

王　尧　从整个历史上来说，文化一方面是趋同化，但是同样还有一个趋异化。

韩少功　同与异是互相依存的。没有异，哪来同？还需要什么趋同？没有同，何以识异和辨异？怎么可能趋异？比方说，没有共同的尺度，怎么能知道你长我短？没有共同的视觉，怎么知道你黑我白？因为一种不恰当的理解和宣传，因为文化单元主义和霸权主义的意识形态，近些年有些人把文化的趋同化抬到了不合理的高度，开口就是“走向世界”“世界文学”“全球一体化”“与国际接轨”，差不多成了一些心急火燎的“接轨分子”。很多中国作家不是走出去了吗？不是走出去已经十多年了吗？他们在国外把英语学好了，说溜了，但那大多只是工具英语，所以反而有了表达困难，有点不中不西的感觉，有点没根没基的感觉，就像一些用普通话写作的方言区作家，告别了方言，学会了简化版普通话，觉得这种话与自己的生活感受还是隔了一层，自己的语言资源在渐渐枯竭。北岛就一直想多回到中国走走，找回对汉语的感觉，加强自己与汉语的联系。当然也有些作家做出另外的选择，比如昆德拉。他索性用法语来写作了。

王　尧　*旅外作家放弃母语写作的，好像欧洲作家比较多，纳博科夫也是从俄语转向英语。但中国作家放弃母语的实在很少。*

韩少功　昆德拉法语写作还不灵的时候，就说过他的每一部作品就是为翻译准备的，因此必须放弃捷克语中一些意义含混的词，虽然是很有意味的词。可见昆德拉一开始就决心投入大语种，决心让自己国际化。这没有什么不好。他为全人类写作的伟大抱负无可厚非，何况捷语是一个较小语种，这样小的出版市场可能不够养活他。但我不知道他的法语能精通到什么程度，能不能与那些法国本土作家一决高低。我也不知道他放弃了捷语中很多文化遗产以后，是否觉得有点可惜，是否觉得这不光是他的损失，也是全人类的损失。作家可以选择任何一种语言来写作，选择任何一种语言也都可能写出伟大作品，因为语言毕竟只是文学的一个因素，不是全部因素。我们既可以寄望于北岛，也可以寄望于昆德拉，以及所有在世界语言版图上流浪的作家。但我们不必相信什么世界语，正如我们不必相信什么文化的全球一体化。

王　尧　如果这个世界只有趋同化的话，如果这个世界失去了语言及其文化的多样性的话，整个文明的前途便岌岌可危。

韩少功　单一和同质是毁灭的状态，不是生命的状态。我们可以想一想，地球若像月亮一样，遍地荒漠，那就单一了，同质了，植物和动物无从区分，土地和河流也彼此无异。那样一片混沌和冷寂之地，还可能是文明的世界吗？

王　尧　其实你对英文并没有成见，曾经到大学里去专门进修英文。你现在还经常读英文著作吗？

韩少功　经常读一点。我在海南省作协主事的时候，给编辑们订了好几种外文杂志。我还抓过一次英文考试，机关里五十岁以下的员工都要参考。试卷归我出。考试及格的人，拿一万块钱奖金。

王　尧　大奖呵！你确实没有语言的民族主义和地方主义。

历史重述

对历史的简化叙事

王　尧　我注意到，近年来你在重新阅读中国典籍。我由你的写作，包括读《暗示》，感觉到你这几年读书是由西转中，或者试图能够融通中西的某些方面。以《暗示》为例，你提到的典籍就有《二程遗书》《淮南子》《论语》《孟子》《荀子》《墨子》《礼记》《左传》《世说新语》《易》《六祖坛经》等。这是否意味着你在重新理解中国思想文化？

韩少功　这个兴趣在八十年代后期就有了，但当时由于工作忙的原因，精力有些分散，没有好好地补上国学这一课。我虽然毕业于中文系，但底子薄，上学时的课程安排也不够理想。要知道，那时候我们七七级学生还得批判流沙河和丁玲，还用一些“文革”时期的教材，直到三年级、四年级时才有所改变。

王　尧　在当时的大学制度中，课程的安排除了意识形态原因外，也与对中国传统的认识有关。五四以来，如何对待传统一直是个问题。说“传统”也许太大太泛了。八十年代文化热，有各种各样的观点，而且言必称孔子孟子庄子，其实我们对传统文化知之甚少的局限在文化热中暴露出来了。

韩少功　任何传统都充满着内部的差异和矛盾，就像我们每一个人，也常常同自己过不去。孔子主张“谋道不谋食”，一会儿又说“学也，禄在其中”，还是惦念着钱。一个人尚且这样，说话没个准，何况一个学派，何况一个文化传统呢。所谓“传统”是这么大，文史哲，儒佛道，从先秦发展到晚清，实在是千差万别和千变万化。所以我们谈传统经常只是大体而言，是简化的叙事。

王　尧　从宽泛的传统具体到中国的经典文化，我们就发现，中国的经典文化并没有在故纸堆中死去，我们今天的生存以及我们的世界观都与经典文化有着千丝万缕的联系。至少，它是我们不得不背靠的思想资源。另外，重返经典也与当前的知识危机有关。

韩少功　李泽厚说过一句话：广义的儒家是中华民族活着的文化心理结构。我当时当编辑，编发他的文章，对这一句话印象深刻。经典文化确实不是什么故纸堆。如果有时我们要翻一翻故纸堆，那也是为了更好地了解今天这些活人，并不是要为死人守灵。一个作家要了解人，不了解人的文化来历和文化状态，不是很没有道理吗？现代中国人对文化遗产批判很多，一言以蔽之：封建文化、落后文化、反动文化，但缺乏深入而全面的研究。即便是封建什么的，你不研究是无法批判的。批判宋代理学的“存天理灭人欲”，几乎是五四以来知识界的共识，其实是制造一大假案。程颐有过明确的解释：“天理”是什么？是“奉养”，即人的正常享受；“人欲”是什么？是“人欲之过”，即过分的贪欲。所以整句话的意思是“存正常享受，灭过分贪欲”。孔子说“惠而不费”“欲而不贪”，也是这个意思，其实没有什么大错。新派文人们望文生义，把它理解为一味禁欲，自然就十恶不赦了。这是把儒学弱智化，其实也是把自己弱智化。

王　尧　中国在文化上的落后，大致是在清朝中期以后。近代以来，寻找中国落后的原因，常常习惯于埋怨我们的传统文化。传统文化成为挨打的屁股。这就像中国人说到穷，常会埋怨祖上不富一样。说到中国的落后，就要说到中国文化。

韩少功　穷地方也有好文化，“礼失求诸野”，“野”不就是穷地方吗？如果说穷国的文化不好，那么该挨板子的首先应该是西方。因为在几千年的历史上，中国大部分时候都比西方富强。邓小平南方讲话，说中国穷了几千年了，不能再等啦。这种强国富民的急切心情可以理解，但说法上有点问题。因为中国在汉代并不穷，在唐代也不穷，而当时西欧、北欧、北美几乎还是不毛之地。中国在宋代以后也有几段时期发展得还不错，虽然整个国势往下走了，但瘦死的骆驼比马大，在十八世纪初还能在欧洲刮起“中国风”，丝绸呵，瓷器呵，茶叶呵，把欧洲贵族们都迷住了，一个个都认为月亮只有中国的圆。在全球航海贸易开始的初始阶段，中国一直是顺差，白银都往中国流，这在著名史学家G·弗兰克的《白银资本》一书里有详细研究。因为中国的货品在西方大受欢迎，而欧洲货品没有多少能让中国人感兴趣。最后，英国东印度公司没办法了，要消除贸易赤字，只好从印度运毒品来，才打了场鸦片战争。回顾这两千多年，若依照发展至上的思路，中国传统文化在大多时候是强势文化和优势文化，有什么丢人的呢？遇到挫折和失败，只是近两百年来的事情。我们当然不必认同发展至上论，不必像阿Q那样夸耀祖宗，但也没有必要因为出于一种意识形态的需要来掩盖历史。

王　尧　五四以后的很多史学观念都是舶来品，有“西方中心主义”很深的烙印。西学之名，据说始于晚明。梁启超《西学书目表》列了算学、电学等二十七门，后来徐维则又扩大到三十一门，现在已经不知道多少门了，中国大学各专业的课程表恐怕是一个比较完备的西学目录。西学的“形象”在中国也就是“西方”的形象。西学东渐改变了近代中国。

韩少功　西学东渐，中国人受益匪浅，包括打破了自己旧史学中的道德主义和神秘主义的框架，但也出现了盲目照搬。比如，教科书曾划定人类的几个历史阶段：原始社会、奴隶社会、封建社会、资本主义社会、社会主义社会，是这么一阶一阶走的。还把奴隶社会锁定在铜器时代，把封建社会锁定在铁器时代。但据钱穆考证，即使在中国奴隶最多的年代，即使把主人收养的门客都算作奴隶，奴隶也只占总人口的三十分之一，怎么能说那是一个“奴隶社会”？为什么西方有一个奴隶社会，我们就一定要有一个？马克思谈到“亚希亚生产方式”，对亚洲历史是搁置的，是留有余地的。把“五阶论”强加到中国头上，是中国人作茧自缚。

如果我没有记错的话，法国直到十八世纪才废奴，英国直到十九世纪才废奴，美国最初的经济发展，就是靠了数以百万计的黑人奴隶办农场，是典型的奴隶制资本主义。与此同时，俄国直到十九世纪，光是保留的男性农奴就有一千多万，给资本主义提供廉价劳动力。巴西、古巴等南美国家的奴隶制，甚至一直残存到二十世纪前不久。这些都是“五阶论”所遗漏了的事实，是绕不过去的疑点。

奴隶制不仅仅是欧洲史的一段。事实上，如果说欧洲文明有什么特色的话，宗教、法制、民主、形而上学等等是特色，奴隶制也是特色之一，一直延伸到所谓封建时代和资本时代，与不同的生产技术和政治体制有过不同的结合。奴隶制不过是人畜关系在人际社会的复制，是一种游牧民族的“牧民”的方式。

重述历史是反思现实的需要

王　尧　你在这些年的文章和谈话里，经常提到这个游牧生活方式与农耕生活方式的不同。

韩少功　要了解欧洲传统，不了解游牧至少是瞎了一半。除了一些沿海城邦，游牧曾经是古代欧洲人主要的生存方式，或者至少是主要生存方式之一。他们为什么吃饭用刀叉不用筷子？这就是牧民习惯，把猎具当成了餐具。为什么最喜欢烧烤的面包和牛排？还是牧民习惯，流动性强，缺少固定的厨房以及锅灶，只好野外烧一把了事。西服为什么最多采用毛呢和皮革？还是牧民习惯，因为这些材料最容易得到，是畜牧产品。还有，他们为什么乐于流动迁移？为什么善于交际以及公开演说？为什么有过骑士阶层而且动不动就决斗？为什么有史诗、歌剧、美声唱法、奥林匹克？为什么娱乐的项目多为骑术、赛马、马戏、奔牛、斗牛、击剑？这一切现象后面都有牧人的影子，有牛马味和草原味。

王　尧　别看西方人早就现代化了，坐上汽车不骑马了，但文化遗传的痕迹还比比皆是。

韩少功　欧洲人最恨别人吃狗肉，与他们对牧羊犬的感情可能是分不开的。美国人喜欢枪，禁枪法案在国会总是通不过，与牛仔们对武器的感情也可能是分不开的，不仅仅是一个自由不自由的问题。有些中国人常常用农耕社会的经验去想象西方，结果就闹出一些误会。有一本走红的书，写到法国皇帝在凡尔赛宫开舞会，与臣民们一起跳舞，于是开始感叹：你看人家多风雅呵，多文明呵。哪像中国的皇帝呢？其实，跳舞是牧民们闲下来时最常见的娱乐方式，就像书法、篆刻、曲艺等等是中国农耕民族的传统，没有什么奇怪。即使那个法国皇帝是个好皇帝，但跳舞也不能成为证明。正像一个法国作家不能因为中国皇帝写诗、编书、写字、修史、唱戏，甚至装模作样地犁一下田，就惊讶万分，就认定中国皇帝比法国皇帝更高尚，或是中国文明一定比欧洲文明优越。

王　尧　这涉及解释学方面的一些问题。我们总是在自己的知识背景中去认识他人，或是从今天的知识背景中去认识传统和理解过去。古与今是个纵向的互相参照。

韩少功　古代欧洲人蓄马蓄牛，结果很自然想到了人，便把人也蓄了，闹出了一个奴隶制。他们看斗牛和赛马不过瘾了，就想看看人是怎样互相斗，这样就有了古罗马的奴隶角斗。在东方，西藏同样有奴隶制的漫长历史，同样是对人畜关系的一种复制。这是农耕文化里不那么主流的东西。

王　尧　每一个制度后面都有复杂和深远的历史因素。

韩少功　我有一个朋友是出版商，不久前说想出版一套新编中国史。他到乡下找到我，与我讨论史学。我说我不是这方面的专家，没有多少意见，但作为一个读者，总的印象是：我们现存的大部分史学教科书是见瓜不见藤，见藤不见根。什么意思呢？就是说：这种史学基本上是帝王史、政治史、文献史，但缺少了生态史、生活史、文化史。换句话说：我们只有上层史，缺少底层史，对大多数人在自然与社会互动关系中的生存状态，缺少周到了解和总体把握。

王　尧　中、西方史学恐怕都有这个问题。

韩少功　钱穆说中国史学重人，西方史学重事；又说中国史是持续性的、绵延的，西方史是阶段性的、跳跃的。这都是很精彩的创见。但他的眼光还是局限于贵族和精英，具有儒家传统中最常见的缺点。他曾经寄望于国民党政府，觉得蒋介石代表了贵族，有正统气象，因此对一九四九年的结局十分困惑茫然，身为历史学家却解释不了这一段历史。

王　尧　“一部二十四史，从何说起？”钱穆写《国史大纲》时首先感到苦恼的就是这一点。

韩少功　革命史学家们算是重视人民大众了。像毛泽东，一看到造反的戏就鼓掌，说卑贱者最聪明，说人民是创造历史的真正动力。但这个能够向下看的史学，眼界还是不够宽广，比如，他们关注的底层史只剩下阶级斗争，造反有理，只是把帝王将相史来了个倒置。郭沫若跟着毛泽东批帝王将相，在“文革”期间批到了杜甫头上，说杜甫是个剥削阶级代表，说杜甫在乡下的房子有“三重茅”，是最舒适的别墅，把阶级斗争搞得太离谱，有点漫画化。

王　尧　在很长一段时间内，史学也是以阶级斗争为纲，虽然也提到生产力，但生态这一类东西很少进入史学研究的视野。这可能与五四以后新史学的代表性人物有关，像郭沫若、吕振羽、范文澜、翦伯赞等都是革命家兼学者。革命史学家虽然也提到生产力，但生态这一类东西很少进入史学研究的视野。在可持续发展理论提出来以后，生态问题在中国的重视程度有了提高。生态观在本质上也是一种世界观，对这个问题有新的认识，而且需要哲学上的思考。现在的史学研究已经包括了生态史的研究。

韩少功　以前的知识精英大多养尊处优，不像底层民众那样，对生态压力感受得更直接和更强烈。生态与文化的关系，生态与制度的关系，生态与阶级斗争的关系，直到工业化后期，直到广大的发展中国家推行西方化时，才成为一个突出的知识难点。全世界都想西方化，但化来化去，大部分没有化成，联合国的报告说，有四分之三的发展中国家反而越来越穷了。就算富了的地方，也不一定成为美国第二，比如海湾阿拉伯国家。这才引起了知识界的思考：制度的移植是不是没有想象的那么容易和简单？是不是还得考虑其他更多的条件？中国人多地少，显然限制了土地制度的选择，也限制了劳动力升值的空间。这就是生态制约制度的例子。中国人最讲人情面子，一熟就和气，就“哥们儿”，就把原则打折扣，极大阻碍了民主与法制的推行。这就是文化制约制度的例子。所以说，人们对现实的反思，启发了人们对历史的重新审视，可以说是一种“今为古用”吧。

王　尧　以古鉴今的过程中，实际上也包含着以今知古。

历史通过发现而存在

韩少功　有外国学者已经说过：一切历史都是现代时。如果我们现代人没有新的知识，就没法开始新的历史发现。历史是通过发现而存在的，是用现代知识这个钻头从遗忘的暗层里开掘出来的。几年前，德国组织一次世界性的征文，题目是“现代性：来自过去的现在，或来自现在的过去”。我和杨炼、于坚当中文评审委员，觉得题目出得不错。

王　尧　你觉得一种新的历史叙事正在产生吗？

韩少功　至少是大有希望吧？我以前喜欢一些英国学者，比方弗雷泽和汤因比。他们是“日不落帝国”的学者，有航海越洋的条件，可以到各个殖民地去游历，在西方学者中可能是最早具有全球意识的。他们的研究一开始可能受到帝国扩张政策的鼓励，研究的结果却引导出文明的多元性，引导出文化相对主义，还有生态学、文化学一类新的知识领域，对西方中心论实际上给予了最初的动摇，与摩根、泰勒等早期的文化人类学家大不一样。法国的布罗代尔在此基础上多了一个政治经济学的批判，有一点生态学和文化学的马克思主义的味道。他写资本主义史，首先从人们的经济生活写起，从人们最基本的衣食住行写起，甚至从物种、家具、疾病写起。你可能觉得他写得有点琐碎，但他推导出来的结论很有力量，也往往让人吃惊。比方说，他很重视人口数量，在《十五至十八世纪的物质生活、经济和资本主义》这本书里，一开始就不厌其烦地加以详细考察论证。

人口当然是构成广义生态的重要因素，特别值得中国这个人口大国的学者们注意。比方说，文景之治、中兴之治、贞观之治，都有战乱带来人口大量减少的背景，人地紧张关系大为缓解是这些“盛世”的基础。又比方我们常说中国人性保守。但《诗经》里有“窈窕淑女，君子好逑”，那时候恋爱很自由呵，而且入了“经”，差不多是最高指示。为什么后来出现男女大防？诸多原因之中，人口剧增恐怕就是重要的一条。清政府“摊丁入亩”，废了人丁税，大家不需要瞒报人口了，统计人口数便爆炸到三亿多，有一说是到了四亿多，其实可能只是以前瞒报的部分浮出水面。这个数字至少是欧洲的五六倍，在有些时候甚至是十多倍。到处都人满为患了，加上从西北地区开始的生态恶化，把玉米这些山地作物引进中国也不够吃了，你还让大家成天男欢女爱怎么得了？《国语》里记载：越王勾践为了强国，为了增加人口，“欲民之多”，便鼓励臣民们“淫泆”，证明了人口与风化之间的关系。而宋代以后日益森严的男女大防，不但有巩固家族制的意义，也可说是当时的避孕术，是不得已的节制生育运动。当时没有避孕药和避孕套呵。至于是否达到了预期效果，是另外一回事。

王　尧　黑死病、伤寒症等成了最大灾难，造成了一次次人口大减，很多地方十室九空，几乎面临着绝种的危险。

韩少功　对，欧洲的人口压力较轻，缺乏农耕社会里普遍的植物知识和中草药知识，死亡率总是较高。在这种情况下，他们的文化相对鼓励爱情和性，就有了生存的合理性。基督教主张节欲，但也严厉反对堕胎，还严厉压制同性恋这种“开花不结果”的行为，在中世纪把同性恋者拉去一个个杀头，也都有了生存利益的背景。以至后来不少同性恋者，常常有一种反基督教专制的叛逆色彩。

王　尧　一种文化的生成和延续有其历史的合理性。恩格斯曾经以中世纪为例，批评了历史是简单中断的观点。

韩少功　不了解当时的生态，包括人口、物种、地理等情况，很可能就冒道德主义的虚火，说传统礼教只是一些居心不良的家伙所为，纯粹是不让我们中国人过幸福日子。这种指责是一种最偷懒的解释。历史上有没有坏人？当然有。但从一个长时段、大范围的历史来看，个人道德因素是很微弱的。大势好的时候，坏君坏臣也会办好事；大势不好的时候，好君好臣也会办坏事。

王　尧　有人担心，注重生态会不会回到地理决定论？

韩少功　任何“决定论”都是片面的、单元的、机械的，比如，地理决定论就忽略了文化、政治等因素对地理的反作用。我在印度的时候，发现街上有很多自由自在的猴子、松鼠、鸟，就像走进了动物园。他们的动物保护和生物多样性要比中国好得多。要说原因很简单：印度宗教强大，教徒们不杀生，连苍蝇和蚊子也不打，不像中国人那么好吃，连青蛙和麻雀都快吃光了。这就是宗教的作用。

也许，印度教以及佛教最开始都是对天灾或者人祸的文化反应，是一种生存方式的被迫调整，但一旦形成以后，就会反过来发生各种影响，包括发生对生态的影响。正是考虑到这一点，我们看历史不仅仅要谈生态，也要谈别的，谈复杂的因果网络。

中国科举制的对外出口

王　尧　中国传统文化是一笔巨大的遗产，也是制约我们现代生存的重要条件之一。现在看来，我们与传统的关系，与世界的关系，需要重新确立。细想一下，如何看中国，如何看世界，其实一直是个问题。如同不可能重新回到五四一样，现在也不可能回到传统，但我们对传统的认识可以从对文化典籍的重新理解开始。在全球化语境下，本土文化的创新再造，肯定不是模仿照搬，需要打掉一些麻木的心理。一个民族连读书人都不相信自己的文化，我觉得这就有点可悲了。当年鲁迅说不读古书有特定原因。

韩少功　那一代人古书读得很好，也用得很好。他们对国民的积弱积愚有切肤之痛，有时说一些过头话，完全可以理解。但鲁迅、胡适等人的国学底蕴使他们超出常人，包括对西方文化有更多洞见，却不一定是他们自己意识到了的。

王　尧　与西方传统文化相比，中国传统文化对世界的观察和思考，方式上有差异，有话语体系的不同，但它们都是对世界性问题的把握。

韩少功　就像太阳的光可以投射到水面上，也可以投射到土墙上。你觉得水面上与土墙上的太阳光是多么不同，形状是多么不一样，但是它们都是对同一种太阳光的不同反射而已。

王　尧　这个比喻很恰当。

韩少功　各个人类共同体出于不同的生存处境和生存经验，会有不同的知识重点，不同的表达方式和话语体系，但都是对人类命运的共同关切，都是生存智慧的结晶。你不能说水面上的阳光才是阳光，其他阳光就不是阳光。在这一方面，我们需要对五四以来某些历史虚无主义和民族文化自卑情结做出必要反省。这不是要当什么国粹派，也不是要与西方争个平起平坐，而是要恰如其分地来诊断社会与人生，包括诊断中国传统文化的弊端。

王　尧　比如，科举制度就是一个很值得反省的制度，但它又不是那样简单的。如果科举制没有一定的合理性，今天的高考可能早就要废止了。现在公开选拔干部也要考试，还是吸收了过去取士的一些方法。

韩少功　我在法国参观拿破仑纪念馆。讲解员对我说，拿破仑法典从中国学来了很多东西，包括借助科举建立了他们的现代文官体制。欧洲以前是贵族世袭制，一个人当官，得有门第。比较而言，那是家族主义，不像中国这样个人主义：只要个人奋斗，就可能考上一个官。从另一方面说，欧洲搞的是阶级主义，不像中国这样，差不多是全民主义：官员来自各个不同的阶级，有利于政府最广泛地网罗人才和凝聚经验。应该说，这样一种制度，从汉代发端，到隋、唐两代定型成熟，保证了中国的社会稳定和繁荣发展。被拿破仑拿到欧洲去以后，与他们传统的民主相结合，更成为西方政治文明的重要组成部分。他们现在还是这样，部长以上的官员靠政治任命，靠选举轮换，但副部长以下的官员是终身制的公务员，是超党派的，是面向全民考举录用的。

我们在五四的时候，在政治上只看到他们“德先生”当家，只看到一个民主选举，看不到与之相配套的其他制度，更看不到西方考举与中国科举的关系，倒是把科举骂了个狗血淋头。当然，该不该骂呢？该骂。问题是该怎么骂，该骂什么。一个制度的功能，是在一系列配置条件下发生的，条件变了，功能也就变了。科举在中国由合理变得不合理，是一系列相关因素变化的结果。

王　尧　民主制与奴隶制脱钩，出现后来的制度演变，在西方历史上也是一系列相关因素变化的结果。

韩少功　中国最早有了纸张和活字印刷，所以出版发达，教育发达，读书人太多。“士农工商”，“士”是指儒士和文士，不是欧洲以及日本那种武士，那种军事贵族。战国时代的读书人还追求“六艺”，其中包括射箭和骑马，是文武兼备的，与欧洲以及日本的武士有点像。到后来就像史学家雷宗海所说的“文弱化”了，“十年寒窗”呀，“一心只读圣贤书”呀，就是戏曲里那些白面书生，除了想做官，就是与小姐眉来眼去地谈爱。这么多读书人都要科举，开始还让皇帝高兴，说天下人才都被我网罗了呵；后来又让皇帝们头痛，因为没有这么多编制，即便设置了好些“员外”，相当于编外干部，相当于今天的巡视员或者调研员，还是容纳不下这么多的读书人。八股文就是在这种情况下产生的。早期的考生可以作诗，考官判分也有较大的主观裁量权。但考生太多了以后，不制定一个八股，不搞出一个模式和程式，就没有统一的和机械的判分标准，就不大容易防止考官舞弊和加大淘汰力度。

王　尧　现在考生太多，为了提高效率和判卷公正，考题也越来越格式化，有统一题库，有标准答案。

韩少功　官僚队伍日益庞大也是这样来的。皇帝怕读书人去帮助农民造反，尽量把他们往官场里收容吧，但官员太多了以后，没有足够的税收来养，于是薪水越来越低，要想活得好一点，就得贪污受贿搜刮民财。皇帝知道大家俸银太少，也只能睁一只眼闭一只眼。官员太多了以后，还必然压制工商业，靠行政特权来与其他精英争夺资源和社会主导权。布罗代尔谈到城市的时候，说西方近代以来的大城市大多是工商城市，阿姆斯特丹、巴黎、伦敦、纽约，等等，过去不是行政首都，相当一部分至今也没有成为行政首都。连日本也是这样，原来的首都在京都，比江户、大阪要小得多，移都江户，即现在的东京，是后来的事情。这与中国很不一样。中国的大都市从来都是官城，长安呵，开封呵，北京呵，都是国家或行省的首都，主要居民是官员，加上准备当官的士，加上官场退休的绅，还有一点附属的生活服务系统。这种“官城”的历史和格局，就是中国缺乏工商传统和强大市民阶层的明显标志，也是中国“官本位”的象征。

王　尧　学而优则仕，精英都往官场里挤。

韩少功　官僚机构膨胀一直是中国的老大难，是个割了又长的毒瘤，是个大泥潭，不管什么政权和制度最终都陷在里面。几天前的报上说，上海、深圳、广州等地的技工非常缺乏，薪水都提到部门经理的水平了，有些岗位还是找不到人手。但我们每年有数以百万计的大学毕业生找不到工作呵，都干什么去了？很多父母和子弟可能还是有个挥之不去的幽灵，就是“读书做官”，就是看不起劳力者。这可能是科举制危害现代社会最明显的一种负面功能。我的孩子从美国来信说：美国的父母们不大一样，看见孩子当上水管工，当上消防队员，只要能挣到钱，能成家立业，都很高兴，觉得是一种了不起的成功。学而优可工，是他们的传统，是他们推进现代化经济的文化优势。

王　尧　美国人的动手能力特别强，有劳动的好习惯。

韩少功　这里又有历史渊源。美国的先民到北美以后，先是战争屠杀，后是带来传染病，把印第安人灭了几千万，整个新大陆空空如也，贩来一些黑人，还是人手不够，所以大家都习惯于自己动手，连一个个总统也当木匠，自己盖房子。他们对机器的极端着迷，既与欧洲的工业化和新教精神有关，也与新大陆的人工奇缺有关。欧洲人习惯于听歌剧，美国人折腾出了电影，因为电影是机器呵，可以省人工和省钱呵。欧洲人习惯于泡酒吧进餐馆，美国人折腾出了麦当劳，因为麦当劳是饮食业的机器化呵，还是为了省人工和省钱。我在好莱坞和迪士尼乐园里最大的感觉，就是娱乐的机器化，音乐、表演、游戏，全是机器制作的，都是玩机器。也难怪欧洲人一直不以为然。什么是美国？这就是美国。从劳动崇拜到机器效率崇拜，就是美国文化的重要特征之一。美国的汽车工业、航空航天工业，等等，其实后面都有一定的文化依托，都有更遥远的生态原因以及其他原因。

发展民主需注意本土路径

王　尧　很多问题都是这样。一个事物是很多复杂因素造成的，在不同的条件之下又有不同的功能。道德主义的批判常常是知其一，不知其二。民主也是一个发展过程，是在一系列复杂条件下的产物。从古代到现代，我们对民主的理解并不一样。

韩少功　在柏拉图那里，“民主”是一个贬义概念。他认为贵族制导致少数人腐败，民主制不过是导致多数人腐败，都不是好东西。当时的民主其实也不是真正多数人的民主，百分之九十的奴隶、妇女以及乡下人没有投票权。这种城邦民主发展到后来的国家民主，妇女、奴隶、乡下人，等等，都有了投票权，并且能够从中受益，是一个伴随着工业化出现的事物过程，有很多相关因素在起作用。中国人逐步工业化以后，人口大量流动了，大家族差不多都解体了，人们的社会联系开始多于家族联系，“君臣父子”式的制度与文化自然也就不灵，民主不能不成为一种新的社会管理方式和公众政治信念。

王　尧　希特勒是通过选举上台的，伊拉克似乎也有选举，前一段时间全民投票，有百分之百的选票拥护萨达姆当总统。这是什么民主制度？可见对民主也得具体分析。

韩少功　中国人要学习运用民主，发展民主必须注意本土路径和本土经验。中国古人没有民主，但有民主因素。设谏官，就是设立反对派。注意“揭贴”，就是倾听民意。朝廷还有过权力制衡机制，在汉、唐时代尤其做得好些。唐代的中央政府下设三省：中书省管立法，尚书省管行政，门下省负责监督，也是三权分立。皇帝的指示，由中书省草拟，由门下省审核。门下省觉得不对的可以驳回，叫做“封驳”，皇帝拿它一点办法也没有。可见集权框架下可以有民主的成分，正如民主框架下也可能有集权的因素。现在有些西方国家，民主选举照常举行着，但投票率越来越低。为什么？因为老百姓觉得竞选资金、传媒宣传等都越来越集权化了，被强势集团暗中控制了，投票也没有什么用，胳膊扭不过大腿。

依托生活解读活的历史

王　尧　在我们的对话中，我感觉到你在谈学术谈文化的时候，还是跟思想联系在一起的。九十年代有人批评后国学，后来引起了关于九十年代重学术轻思想的讨论。王元化、李泽厚先生都发表过意见。大约在一九九四年，李泽厚在给《二十一世纪》的信中说：九十年代大陆学术时尚之一是“思想家淡出，学问家凸显”，他批评王国维、陈寅恪被抬上天，陈独秀、胡适、鲁迅则“退居二线”的研究现象。

韩少功　我觉得学问与思想是知识的不同表达，各有侧重，但从根本上说是一回事，不是两回事。好的思想必须有学问的底蕴，好的学问必须有思想的活力。思想不过是走向现实的学问，学问不过是沉淀在书卷的思想。你说《论语》《孟子》《老子》《庄子》这一类东西是思想还是学问？开始是最简朴的思想，是当时有啥说啥的实践心得，甚至没有什么逻辑体系，只是一些零散的语录体、笔记体、寓言体，东一句西一句的。到现在，这些东西在书卷里沉淀了多年，一经大家引用，一经大家考据和推究，就成为吓人的学问了。

王　尧　古人已经作古，经典穿过时间的隧道承传下来，今人是活着读经典。

韩少功　读经典，重要的不是读结论，而是首先要读出古人是在什么处境中得出了这些结论，以及这些结论在什么情况下可能有效，在什么情况下可能失效。经典也会有盲区，受到意识形态的牵制，并不能够告诉我们一切，但可能留下了一些可供利用的知识线索。中国的汉语本身甚至就是一个了解历史的资料宝库。你看，汉字中有那么多“竹”字旁的字，可见当时黄河流域的竹子很普遍，植被物种是很丰富的。还有“财”“赊”“贿”“赈”“账”等与钱财有关的字，都以“贝”为部首，可见古代中国人使用过币钱。但那么多贝壳是从哪里来的？都是从黄河入海口的山东运过来的？更可能的情况是，那时黄河中、上游也是水域繁多，贝壳并不难找。但后来情况发生了变化。成语“泾渭分明”，说明当时这两条河至少有一条变浑浊了，开始有水土流失了。这都是了解当时自然和社会处境的重要蛛丝马迹，应该在脑子里活跃起来。

王　尧　古人也反对亦步亦趋，“掉书袋子”。

韩少功　我读大学的时候，发现有一个教古典文学的老师，谈现代的电影和小说都十分幼稚，我就怀疑他是否能教好古典文学。因为一个对现实生活毫无感觉力的人，凭什么去想象和理解古代生活？又凭什么去理解和评价古典文学？不了解今人，就不能了解古人。

王　尧　对当代社会和人生如果没有感受，又如何去感受古人？古与今有相通的一面。打开历史之门的钥匙，常常在现实生活里。

韩少功　钱穆在农村生活过，认为农耕社会里“鬼”多，原因是农民习惯于定居，房子一住几代人，家具一用几代人，甚至摆放的位置也很少改变。在这样一个恒常不变的生活布景里，很容易让人回想起往事和亡人：当年的他或者她，历历在目，如何起床，如何梳头，如何咳嗽，如何出行……神思恍惚之际，冒出种种幻觉，“鬼”就来了。我在乡下当知青的时候，农民说城里人“火焰高”，乡下人“火焰低”，所以乡下人容易看见鬼。其实，所谓“火焰高”，就是城里人教育程度高，理性思维加强，生活场景变化多，习惯于流动，搬房子，搞装修，家具换代，能够引起回忆和幻觉的具象场景大量消失，鬼也就不知道到哪里去了。老宅子里容易闹鬼，新房子不大容易见鬼，看来同样符合钱穆指出的条件：长期定居。

王　尧　这是一个很有意思的解释。

韩少功　虽然在钱穆的书里只是一笔带过，但也许比他有些大结论更为重要。我喜欢他这一种依托生活经验来解读历史细节的方法。有人说过，史学就是文学。这种说法不是没有道理。读史学也要像读文学一样，要重视细节，要体验和理解生活。

王　尧　学术如果不介入当代生活是没有生命力的。如何做学术，区分出知识分子与专业人才。近几年来知识分子的话题不断提起，“知识分子写作”“知识分子立场”，等等。你对知识分子目前的状况似乎也不太满意，并有希望知识分子更好的期待。

韩少功　有些记者问我：你是不是知识分子写作？我说我算是公民写作吧，因为我不知道“知识分子”如何定义。据说对“知识分子”有两种理解，一种是法国式的理解，一种是美国式的理解。法国式的理解强调知识分子要关注公共事务，常常要超越自己的专业范围充当社会良知，大概是从左拉开始的传统。美国式的理解则强调知识分子应谨守自己的知识本职，即便关注社会，也要 no heart，只能说点专业话题，甚至应该去掉道德感和价值取向，保持一种纯客观和纯技术的态度。其实中国也有这种类似的区分。在清代，学者们开始做小学，专心训诂，专心考证，一个比一个做得专业，其中很多人其实是为了规避政治风险，不得已而为之。到后来，很多人转向经学和实学，主张经世致用，关心安邦治国的大事，顾炎武、戴震、魏源、龚自珍，等等，是一个长长的名单，有点像左拉、索尔仁尼琴、哈贝马斯以及乔姆斯基这样的公共知识分子了。

王　尧　关于知识分子的定义太多，但基本上是这两种取向。

韩少功　这两种态度本身都无可厚非，关键是看用在什么地方，关键是不要用错地方。更进一步说，有效的公共关怀，需要扎实的术业专攻；有效的术业专攻，也需要深切的公共关怀，两者不是不可以有机统一的。现在我们的现实问题不是在这两者之间做出选择，而是这两方面都做得非常不够。我有一个外甥，先后在中国和德国学物理，最看不起文科生，说："同他们谈话最没有意思：他们知道的我都知道，我知道的他们都不知道。"我在一个大学讲课时介绍了他的猖狂，希望能以此引起文科的警觉，注意到人文知识分子这个称号的信誉危机。

王　尧　莫言差不多是拒绝说自己是知识分子，史铁生也不赞成用"立场"这样的措辞，但我觉得这不妨碍我们称他们为知识分子。

韩少功　王朔最喜欢讥讽知识分子，但他也不是真文盲吧？《天涯》以头条位置发表过他一篇谈大众文化的文章，我觉得那一篇很有见解。他有些小说语言也妙，比如，写一个女人从树荫下走进阳光，"像剑出了鞘"。我讲课时曾引用过这个比喻。

王　尧　相反，一些口口声声说自己是知识分子的人，别人未必把他们当作知识分子，特别是现在有一批高学历的人，其应对现实的立场并不是知识分子式的。

韩少功　《天涯》前几年的经验就很奇怪。那些在我看来知识含量较高的文章，在很多教授博士那里得不到反应，说它们太高深了，看不懂。但这些文章却能在一些小人物那里找到知音，一个县城里的工人，或者一个退休的小学教师，写来的读后感却有感觉，有思想，深得其中滋味。这是怎么回事？那些没有高学历的思考者该叫什么？叫不叫"知识分子"？

王　尧　从思想者的身份来说，我认为他们应该是知识分子。进入九十年代以来，知识界的公共关怀力度好像减弱了。北京大学的陈平原先生提出过“人间情怀”一类的说法，与八十年代那些“介入政治”和“干预生活”的口号相区别，转向一种比较低调和温和的态度。许多学者治学的路径都发生了变化，对现实的关注少了，或者与现实保持一种暧昧的关系。很多知识分子一直在出世与入世之间烦恼。

韩少功　我更愿意区别什么是优质的出世和入世，什么是劣质的出世和入世。我有时觉得很奇怪：中国有如此特殊的传统文化资源，在当前又在如此特殊的条件下进入了现代化的建设，具有西方学者们所不可能有的经验，其实也就面临着知识创新的大好机遇，得天独厚。很多读书人为什么觉得没有什么可干呢？你看一本《我向总理说实话》，是一个前乡党委书记写的，里面就有很多知识创新的题目和素材。我们注意到了吗？

王　尧　当年费孝通先生研究社会学、人类学，也立足“乡土中国”。

韩少功　当年马克思留下了一个理论空白：所谓“亚细亚生产方式”。这“亚细亚生产方式”到底是什么？亚洲人是应该最有发言权的，最应该回答这一点。

王　尧　国内大概从二十世纪二十年代就开始讨论亚细亚生产方式，构成了社会史论战的重要内容。吕振羽当年写过有分量的文章。

韩少功　自从十六世纪以后，西方已经与东方紧密相连，互相依存，是一个共生的整体。如果我们不能有效地解释亚细亚，以前对西方的解释其实也值得怀疑。还有，西方那种资源高耗型的现代化在当前遇到了严重阻碍，因为世界各国都想发展，但不再可能重复西方以前的特殊的机遇和地位，必须探寻一种资源低耗型的发展模式，否则就会陷入日益加剧的生态危机、社会危机以及文化危机。在这个时候，作为一个人均资源从来就很紧张的人口大国，中国的历史经验和教训，是一笔不可忽视的文化遗产。这些方面都有很多学问可做。

现在差不多是“新战国”时代

王　尧　“新儒家”就是重视本土文化遗产的一个学派，在海内外也产生了一定影响，不知你对他们的研究作何评价。

韩少功　我读他们的书太少，没有发言资格。我只在访问哈佛大学的时候与杜维明先生见过一面。当时亚洲金融风暴刚刚过去，“新儒家”挨骂的日子也刚刚过去。韩国的经济有了起色，杜先生很高兴，说韩国的情况证明儒家文化还是有生命力的，是能促进经济发展的。他给我的印象，是对儒家文化一往情深，但过于仰仗于经济效益指标，只在经济发展上押注，是发展主义的思路。儒学为用，资本主义为体，大概就是这样一种东西，与儒家“不患寡而患不均”的基本理念有点拧。

其实，文化的价值并不一定体现在经济发展上。欧洲在经济上玩不过美国，至少现在是这样，但欧洲的文化就不一定比美国的文化低劣。中国人重亲情和人情的传统，肯定不是最有利于经济发展的文化，但这种文化的价值体现在经济发展以外的方面。现在有些中国人下岗了，还能买彩电，打手机，打麻将出手就是十块钱或五块钱一炮，为什么？无非是自己没有了就吃父母的，吃兄弟的，吃七大姑八大姨的，吃老同学和老朋友的，不像有些美国人，一家人上餐馆还 AA 制，各付各的账。中国人的这一套不利于竞争，不利于明确产权，但社会危机到来的时候，倒能结成了一个生存安全网，所谓“通财货”，实现贫富自动调节。你能说这种文化就完全没有价值？就算只是让有些人穷快活一下，快活就不是价值？

王　尧　儒家、道家、佛家的文化都是生存经验的总结，随着生产和生活方式的改变，这些经验不能机械搬用了，但仍可能成为人们创造新经验的资源。

韩少功　现代人常常低估了古代人的智慧。一个法国学者曾对我说，西方的选票政治是少数服从多数，是天平式的，一端压过另一端，少数就是 nothing，贯彻一个“零和”原则。但中国古人是以协商代替投票，多数与少数之间互相包容，是提秤式的，两端保持平衡，贯彻一个“中和”原则。他认为“中和”比“零和”好。我们不一定欣赏他的比喻，也不一定同意他的结论。但“中和”是一种处理社会矛盾的智慧，至少在很多情境下是用得着的。

因为讲“中和”，中国古人虽然也讲富与贫，但没有森严的阶级制度和强烈的阶级意识，科举就是穿透阶级壁垒的，最讲出身的时候，取士也只是排斥“倡优隶卒”，因此大家都相信“将相出寒门”，相信“官无常贵民无终贱”一类说法；中国古人虽然也讲夏与夷，但没有刻板的民族划分和浓厚的民族意识——就像章太炎说的：夏可以为夷，夷可以为夏，只看文化不看血缘。夏与夷都是很弹性的文化概念。这样好不好呢？你可以说不好，明代以后华侨在东南亚一些地方累遭迫害，中央政府不闻不问，根本不愿发兵去保护侨民，与西方国家的做法大不一样。这是因为朝廷有国家意识但缺乏民族意识，出了国的民我就不管了。但你也可以说好，中央政府即便在强大的时候，对周边民族也多是采取“怀柔”与“和亲”的政策，郑和统领当时世界上最强大的舰队，也只是去各个国家送礼品，搞公关，推广中华文明，不像葡萄牙和西班牙的舰队那样到处打、砸、抢、杀。这也是因为缺乏民族意识，脑子里没有民族称霸和帝国殖民这根弦。

王　尧　“零和”偏重于竞争，“中和”偏重于统合。

韩少功　西方的阶级主义与民族主义东传以后，深刻地改变了中国的社会与文化，给中国注入了竞争的活力，包括内部竞争和外部竞争的活力。但随着各种条件的变化，当阶级主义和民族主义走火入魔的时候，光讲“零和”就可能有害了，“中和”观念也许不失为一剂去火降温的良药。

王　尧　中国的知识界应该有自己的话语方式。对有些传统知识的发现和确认，将会改变我们的一些成见。完全从西方理论出发，用西方的概念，可能解释不了中国的历史。钱穆先生的历史研究在这方面也给我们很多的启示。

韩少功　在很长一段时间内，中医在西方得不到承认，因为中、西医的话语方式完全不同。这并不意味着中医就没有价值。美国著名生物学家托马斯等人说过：在抗生素发明之前，西医可说是一塌糊涂。中医的话语方式当然可以丰富和发展，知识局限和功能局限也可以打破，中、西医结合就是一个方向。如果这种改进了的中医还是得不到承认，那也没有什么关系。一种知识能不能得到更多承认，与一种知识是不是有效，不是一个问题。世界上并没有凡知识成果就一定会受到追捧和喝彩的规则，就一定要成为主流的规则。相反，很多知识成果常常是沉睡的、寂寞的。

翻一翻《史记》，就可以知道孔子在他那个时代非常边缘化，只在鲁国、陈国、卫国等几个小国乱窜，还四处碰壁，几乎只是历史角落里微光一闪。有时他很悲愤，几乎想驾一条小船到海上去漂流。像秦国、齐国、楚国这样一些大国，显赫的帝王大臣们，谁理睬过他呢？谁知道过他呢？孔子被挖出来和抬出来，是几百年以后，是秦灭六国以后，大家不想再打仗了，需要一个管理秩序和道德秩序了，董仲舒这些人就寻找历史资源，重新加以包装和推销。

现在的世界，差不多就是个“新战国”时代。宗教和儒学式微了，革命也退潮了，上下交争利，东西交争利。美国，欧洲，日本，俄国，中国，印度，再加上一个什么国，就可以拼成一个新战国“七雄”。大家都在追求富强，都是发展优先，追求利益的最大化。这样下去，将来会不会出现一个秦国？由谁来充当这个秦国？这是一个未知数。会不会出现秦灭六国以外的另一番前景？如果中国变得强大了，能不能有力量控制自己不称霸？不好战？不向其他民族干坏事？这些都更是未知数。但可以肯定的是，随着自然系统和社会系统各种条件的变化，知识主流也不会一成不变。很多历史角落里的微光一闪，可能会在什么时候重新大放光芒。

王　尧　学在民间，学在边缘，情况常常是这样的。

韩少功　但愿如此，但愿民间和边缘真正有学。

文体开放

很多作家把目光投向散文

王　尧　在中国丰厚的文化遗产中，有一个优秀的传统，就是文史哲不分家。读你的《暗示》，我突然想到文史哲不分家的传统。在这个传统中，中国文学的文体，其实是很特别的，譬如散文，还有章回体小说。

韩少功　中国最大的文体遗产，我觉得是散文。

王　尧　我赞成这一说法。现代散文和古代散文的概念是不同的。

韩少功　古代散文是“大散文”，也可说是“杂文学”，不光是文学，也是历史和哲学甚至是科学。中国是一个农耕民族，古人对植物材料运用得比较多，在西汉早期发明了草木造纸，比蔡伦造纸其实更早。甘肃敦煌等地的文物出土可以证明这一点。有了这个纸，所思所感可以写下来。有啥说啥，有叙有议，就形成了古代散文。没有农业就没有纸张，没有纸张就没有散文，差不多是这样一个过程。这使中国的文艺与其他民族走上了不同的发展道路，至少在十六世纪以前是这样。比如，在古代欧洲，主要的文艺形式，先是史诗，后是戏剧，都以口传为主要手段。为什么会这样？主要原因是造纸技术直到十二世纪由阿拉伯人传入欧洲，与中国西汉有一千多年的时间差。我在乡下插队的时候，知道地方艺人们演“乔仔戏”，没有什么剧本，只有一些剧情梗概，由艺人们口口相传，与欧洲古代艺人的情况可能有些近似。

王　尧　古代欧洲也有纸，但主要是羊皮纸。

韩少功　下埃及人发明过一种“纸草”，以草叶为纸，也传入到欧洲，但为什么没有后续的改进？也没有大面积传播？原因不明。羊皮纸是动物纸，又昂贵又笨重，用起来不方便，限制了欧洲古代文字的运用。严格地说，他们那时缺少“文学”而较多“剧艺”，缺少“文人”而较多“艺人”。出于同样的原因，欧洲与中国的诗歌也走着两条路。他们以歌当家，中国以诗当家。歌是唱出来的诗，诗是写下来的歌。歌很自然引导出戏剧，诗很自然催生出散文。我们看《诗经》，大部分作品都是录歌为诗，后来的汉乐府也是这样。到唐诗和宋词，便进一步文人化了，书面化了。中国除了西藏和蒙古这样一些游牧地区，一直没有出现过史诗，其实是一直没有出现过史歌，那是因为中国的历史都写在纸上，成了《史记》或者《汉书》，不需要歌手们用脑子来记，用口舌来唱。我到湖南苗族地区听歌手唱史，觉得倒是与史诗有点相似。但这在中国不是主流现象。

王　尧　现代散文的源流既有英国随笔，也有中国的古代散文。以前周作人比较多的是强调了晚明小品的影响，也就是言志派散文的影响。

韩少功　到了二十世纪，中国从西方学来了一些文艺样式，比如，话剧、电影、欧式小说、阶梯诗，等等，文艺品种目录有爆炸式的扩充，但西方的散文没有给人们太多陌生感。因为类似的东西中国从来就不缺，而且多得车载斗量。中国几乎每张报纸上都设有文学副刊，主要是发表散文，成了一大特色。欧美的报上一般就有个书评版，然后就是娱乐版，很少见到副刊散文。

王　尧　现代散文的发生、发展始终是和报纸副刊的兴起联系在一起的。当代也是这样。

韩少功　最近这些年，像张承志、史铁生这样一些作家，以前写过现实主义和现代主义的小说，玩得算是得心应手，但突然都金盆洗手，改弦易辙，纷纷转向散文。张承志还对我说过：小说是一种堕落的形式。我不知道当年鲁迅是不是有过这种感想，因为鲁迅除了早期写一点小说，后期作品也多是散文。

我当然不会相信小说这种形式就会灭亡，更愿意相信小说今后还大有作为。但我感兴趣的是：为什么我心目中的这些优秀作家都把目光投向散文？这其中是不是有什么道理？中国的散文遗产里包含了丰富的写作经验，包含了特殊的人文传统，我们不能随意地把它抛弃。这不仅是对中国文化遗产，也是对世界文化遗产的一种不负责任的态度。但这样说，恐怕只能是说了一个方面的理由。除此之外还有没有别的理由？甚至更重要的理由？

王　尧　我曾经提出一个看法，散文是知识分子情感与思想最为自由、最为朴实的一种表达方式。现在许多作家写散文，与他们的知识分子身份有关，在目前这样一种情形下，知识分子总要对公共领域的思想问题表达自己的思考，因此选择散文这样一个文体是必然的。俄国的知识分子也曾有这样一个阶段。所以我一直坚持认为，散文创作不能职业化。

中西方不同的传统依托

韩少功　我同意“最自由”和“最朴实”的说法。我在一篇文章里说过：散文像散步，是日常的、朴素的，甚至是赤裸裸的。小说和戏剧倒像是芭蕾步和太空步，相对来说要技术化一些。这里说的小说，其实是指欧洲式小说。这个小说的前身是戏剧。亚里士多德写过一本《诗学》，应该更名为《剧学》，译者似乎不知道当时的"诗"就是指戏剧，尤其是指悲剧。亚里士多德给这些"诗"规定了六个要素：人物、情节、主题、台词、场景、歌曲，你看看，哪里还是"诗"呢？明明就是剧。这六要素，差不多也就是后来欧洲小说的要素，体现了他们的小说是戏剧的嫡传儿子，是一种"后戏剧文体"。

古希腊人是很讲规则的，讲公理的，所以亚里士多德在书中总结戏剧规则，像要制订一本操作手册。比如，一出戏只能有多长，一个作品应该有多少伴唱和序曲，一个舞台上最多只能有三个人讲话，等等，他都作了说明。他还说，坏人做坏事，不会让观众惊奇，所以应该让坏人做好事。好人做好事，也不会让观众惊奇，所以应该让好人做错事。他认为，最好的悲剧，一般是在亲人关系中产生仇恨，或在仇人关系中产生友爱，这样才能激起观众们的"怜悯"和"恐惧"。他的这些规定，很容易让我们想起莎士比亚、易卜生以及高乃依，也很容易让人想起巴尔扎克、雨果、狄更斯、大仲马，还有五四运动以后中国的一些仿制品。这些小说家都是古希腊悲剧的接班人，是亚里士多德的好学生，继承了一种感受和表达生活的"后戏剧"方式。

王　尧　你的《马桥词典》与《暗示》作为小说出现在文坛，总是引起很多争议。这两本书显然与你说的欧化小说有相当距离。

韩少功　《暗示》在中国内地出版时，被出版社定性为“小说”；在台湾出版时，被出版社定性为“笔记体小说”。我都没有表示反对。有人指出这样的文体根本算不上小说，我同样没有表示反对。因为小说的概念本来就不曾统一。如果说欧洲传统小说是“后戏剧”的，那么中国传统小说是“后散文”的，两者来路不一，概念也不一。中国古代是散文超级大国，而且古人大多信奉“文无定规”“文无定法”，偏重于顺应自然，信马由缰，随心所欲。从这种散文中脱胎出来，小说一开始叫笔记，叫传奇，叫话本，后来叫章回小说，是一个把散文故事化、口语化、大众传播化的走向。《三国演义》就脱胎于《三国志》。《西游记》就依托了《大唐西域记》。这样的小说一开始也有些散文面孔，比如《太平广记》一类从唐代开始的大量传奇话本，几乎无法让人分清散文与小说的界线。明、清两代的古典长篇小说中，除了《红楼梦》较为接近欧式的焦点结构，其他都多少有些信天游，十八扯，长藤结瓜，说到哪里算哪里，有一种散漫无拘的明显痕迹。《镜花缘》《官场现形记》都是这样，是“清明上河图”式的散点透视。胡适采用欧洲小说的标准，所以叹惜中国虽然有这么多长篇小说，但没有一部真正像样的长篇小说。

王　尧　把小说分成“后戏剧”与“后散文”两个传统，是一个有趣的提法。这两种不同的传统里，包含着不同的写作经验和写作心态。

韩少功　写戏剧与写散文是不一样的。戏剧只能在人口集中的地方产生，必须通过创作集体的合作才能搬上舞台；散文则可以在偏僻之地产生，一般是由作者单独和寂寞地完成。戏剧是一种现场交流，直接面对着近前的观众；写散文通常是孤灯一盏，独自面壁，读者只是往后的一种可能，有没有，有多少，实在说不定。戏剧的观众里有读书人，也有文盲和半文盲，趣味的公共性必须被作者顾及；而散文的读者只可能是读书人，甚至只是作者所指定的“知音”，趣味的特异性可以由作者充分地坚守，哪怕准备承受“藏之名山”的长期埋没。这些都是很重要的区别。从某个意义上来说，中、西方不同文艺传统的区别，差不多就是根源于散文与戏剧的区别。雅典、罗马有那么多剧场，连一个小小的庞贝古城也有好几个，对于中国文人来说是陌生的。

王　尧　实践者的处境、体会等方面都各有侧重。

韩少功　对文艺功能的认识也就不大相同。亚里士多德强调一是“娱乐”，二是“教育”，用中国话来说叫做“寓教于乐”。剧艺家们面对满场观众时，恐怕自然会有这种服务型的想法。中国古人所强调的，一是“诗言志”，二是“歌咏情”，最像是文学家们孤灯将尽独自徘徊时的想法，是一种表现型的创作主张。前者是以观众为本位，后者是以作者为本位。

王　尧　很多人说过，西方艺术以摹仿为本，中国艺术以比兴为本。王元化先生也是这个观点。

韩少功　其实，摹仿就是舞台演剧的基本套路，比兴就是纸上写诗的主要方法，后来也是散文方法的一部分。

王　尧　那你如何看待中国传统的戏剧？

韩少功　中国的戏剧出现较晚，而且来源于曲与调，比如，徽剧就来源于徽调。戏曲戏曲，戏与曲是亲戚。这种戏曲一般来说有很强的地方性、民间性、市井性、游戏性，不像欧洲戏剧是文艺的主流和正统，也不擅长表现“诸神”和“英雄”这样的重大题材。老百姓说“书真戏假”，“书雅戏俗”，戏是闹着玩的，在文人眼里地位比较低。《四库全书》七万多卷，什么都收录，就是不收录戏剧。晚清以后出现“文人剧”“文明戏”，直到六十年代以京剧为代表的现代戏剧改革，才是用欧洲戏剧观来改造中国戏曲。

我撞上了作品稀缺的年代

王　尧　在《暗示》没有发表前，我听说你在写一部长篇小说。李锐当时对我说，你对文体的要求很高。从《爸爸爸》到《马桥词典》再到《暗示》，你的创新意识是非常自觉的。近二十年来，你一直处于一个比较好的状态，是一个不断突破自己也突破别人的作家。我们俩已经谈了许多问题，今天是不是一起回顾一下你的创作道路。前几次也零星谈到这方面的内容。

韩少功　谈不上文体自觉，这些年不过就是写写看看，看看写写。我的创作大部分时候也不是处于好状态。

王　尧　你的创作开始于知青后期。

韩少功　当时在农村，既不能考大学，也不能进工厂，理工科知识没有什么用，就只好读点文学。除了浩然、赵树理、周立波以外，高尔基、普希金、法捷耶夫、契诃夫、艾特玛托夫，还有一个柯切托夫，写过《茹尔宾一家》和《叶尔绍夫兄弟》的那位，是我最早接触的外国作家。海明威和杰克·伦敦的书读过，但没记住他们的名字，直到多少年后兴冲冲买了他们的书，一翻开才发现，怎么这样眼熟呢？那时候写过一些戏曲节目，写一些通讯报道和公文材料，是上面安排的任务。但如何通过文学表达自己的思想感受，问题已经渐渐进入视线。“文革”结束以后，伤痕文学、反思文学，都有一股苏俄文学的味。作家们向往伤感的英雄主义，加上一点冰清玉洁的爱情，加上一点土地和河流，常常用奔驰的火车或者工厂区的灯海，给故事一个现代化的尾巴。我当时觉得这是最美的文学。

王　尧　新时期初期，有些作家甚至是延续当年的惯性。这在一个历史转折期是很正常的。“解冻文学”是前苏联的一种提法，中国的新时期也可以说是个“解冻时期”。

韩少功　我撞上了一个作品稀缺的时代，一个较为空旷的文坛，所以起步比较容易。那时候写作的人不是很多，文化生活又比较单调，没有电视，没有足球，没有卡拉OK，没有国标舞，全国人民除了看党报就只能看几本文学杂志，十亿人八小时以外的时间，全等着文学去占领。《人民文学》可以发行到一百七十万份，在今天看来是天文数字。我发表一个短篇小说《月兰》，居然收到上千封读者来信，在今天看来也是天文数字。有一个农民在来信中说：我给全村人读你的小说，读得大家都哭了。你想想：那是一番什么样的情景？现在还可能有这种全村人坐在一起读小说的事情吗？当时文学确实起到了思想解放排头兵的作用，从总体上来说，比新闻、理论及其他方面表现得更勇敢和更敏锐，所以差不多每个月都有热点，每个月都有轰动，攻城略地，摧枯拉朽，思想禁区一个个被文学攻破。我想，这样一种文学黄金时期在历史上肯定并不多见。中国在五四以后有过这么一段。这种情况下的文学不仅仅是文学，文学后面有一个全新社会思潮的强力推动，有一只看不见的历史之手。我们可能只是写了几块瓦片，但历史的五彩灯光，使它们在那一刻像钻石一样耀眼。

我想把小说做成一个公园

王　尧　八十年代中期你和一些作家的变化，改变了整个新时期文学的创作路向。当时读《爸爸爸》，觉得不像你以前的作品那样好懂了。原来的现实主义小说中非常注意情节的大起大落，大开大合，写大场面，到了《归去来》《爸爸爸》，有变化。艺术上的新变化应该也跟当时思想的变化有一定的关系吧？

韩少功　到一定的时候，文学的政治和思想能量逐步释放完毕，或者说能量开始向其他层面转移。到八十年代中期，新闻、理论、教育等方面的解冻陆续实现，文化生态趋于平衡，文学一马当先孤军深入的局面大体结束。在当时启蒙主义的框架之下，科学、民主、人道主义，等等，这些节目已经基本出尽，思想井喷的压力逐步减弱。往下还能怎么写？很多人说：写性吧。事实就是这样。性解放成了人道主义最后和最高的一个叙事主题，文学开始进卧房，解裤带了。

但一次能量巨大的思想解放，不光会触及文学的内容，肯定也会触及文学的形式，不光会触及“写什么”的问题，肯定也会要触及“怎么写”的问题。在西方现代主义文学大举进入中国的情况下，很多作家受到刺激和启发，转向文学自身的反省，不满意现实主义的创作方法，不满意“人物”加“情节”再加“主题”这样的小说配方。当时有过关于内容与形式的争论。一些激进的作家认为形式就是一切，呼吁一场形式的革命。如果我们留意一下当时的作品，就可以看出很多实验小说那里，情节破碎了，人物稀薄了，主题模糊了，亚里士多德说过的这“要素”那“要素”都不灵了。倒是有些新的要素成了实验作家们的兴趣焦点，比如说意象，比如说氛围。我记得有一本介绍凡·高的书说过：画家们突然发现空气不是透明的，空气里很丰富的东西，应该把它们画出来，这一点几乎就成了欧洲印象主义绘画运动的起点。可以说，意象、氛围这样一些东西，就是八十年代中期部分小说家突然发现的“空气”。

王　尧　对于一般读者大众来说，这些新冒出来的小说不容易读懂了。

韩少功　人们总是想读懂小说，似乎抱着一种对理论和新闻的期待。湖南老作家康濯说他在国外参观画展，没看懂一幅印象派的画，问讲解员：这是画的什么东西？讲解员回答：先生，这不是什么东西，这是一种情绪。我们看王羲之的字，听贝多芬的音乐，其实也不一定“懂”，但仍会有情绪上的感受。当时很多作家就是要用小说来实现绘画、音乐的效果，至少使小说增添这样的效果。内容退到后台，形式进到前台。理解退到后台，感觉进到前台。陈村写过一篇小说，叫《一天》，或者是《张三的一天》，我记不太清了。小说是这样写的：张三这个人看到了第一盏路灯，看到了第二盏路灯，看到了第三盏路灯……在车间里做了第一个零件，做了第二个零件，做了第三个零件……通篇都是这样，简直单调沉闷得不得了，读起来烦。好，你烦就对了，你觉得单调沉闷就对了。作者要的就是这个情绪，张三这个人物的生活就是这么单调沉闷的。作者把小说的内容变成了形式本身，“写什么”变成了“怎么写”本身，但读者可能不大习惯，觉得这篇小说里什么也没有。

王　尧　《爸爸爸》有寓言的风格，但传统的寓言一般是要引出教训、启示，但《爸爸爸》没有这样单一的主题。

韩少功　我想把小说做成一个公园，有很多出口和入口，读者可以从任何一个门口进来，也可以从任何一个门口出去。你经历和感受了这个公园，这就够了。

王　尧　一些评论家把这篇小说当作“寻根文学”的代表作之一，其实就思想的多义性来说，它似乎更接近西方现代哲学的怀疑主义、相对主义、解构主义，作者对生活与历史抱着一种“测不准”的态度。这种东西在中国文学传统中倒是不太多。

韩少功　所以也有人说这篇小说是“现代主义”的。当时他们对这种风格很偏爱，鼓动我上一条流水线，说接着往下写吧，写十个这样的中篇或者长篇。

王　尧　我想，你自己肯定会犹豫。

韩少功　自我重复不是一件能让人打起精神的事情。更重要的是，先锋小说很快也进入了形式化和模式化，让我有点始料未及。这种小说破了人物、情节、主题三大法统，远离戏剧然后接近绘画、音乐、书法，展现出一个“怎么写都行”的大解放。但这个挑战很快就空心化了。新技术像旧技术一样，再次淹没和封闭作家的心智。仿卡夫卡，仿博尔赫斯，仿加西亚·马尔克斯，不仅在中国而且在世界泛滥成灾。到八十年代末期，几乎任何一个大学生，都可以从衣袋里掏出几首朦胧诗，掏出一篇意识流小说，恭恭敬敬地呈送到编辑面前，无不可以达到以假乱真的程度，实在让人难分高下。荒诞成了一个模式，谁都可以玩一把。冷漠和孤绝成了一个模式，什么鸟都可以玩一把。这反而让我感到深深的困惑。

技术无罪，技术化才不是好事

王　尧　当时“内容”“思想”等几乎成了文学圈内的贬义词，作者们对形式的迷恋到了空前的程度。

韩少功　重形式和重技术是欧洲传统。他们的“艺术”一开始就是指“技术”。在欧洲很长一段时间里，“艺术家”artist与“工匠”artisan、craftsman，是可以互换使用的同义词，在中国人看来很奇怪。如果中国人说哪个艺术家是“匠人”，有“匠气”，简直就是骂人。

王　尧　中国的文化人一般来说比较鄙薄技术。

韩少功　技术不是坏事。李陀一直呼吁作家们重视技术，尤其是一些通俗文学作家不重视技术，在他看来是很奇怪的。我们太容易把自己看作天才，而不看成工匠。我们的文学理论体系算是西方化了，但缺少西方的技术教育和训练，谈技术羞羞答答，不敢往深里和细里讲。你看现在一些西方的电影理论，过了几分钟该干什么，过了十几分钟该干什么，都有成套的规定。在这一传统的惯性推动下，西方的现代派艺术也很快技术化了。法国作家罗布格里耶到海南，与我们谈他的小说与电影，只谈物体发出的声音，说他的成功完全依赖于对声音的关注。听他一席话，你会觉得他是一个录音师。

王　尧　现代派拒绝了旧的技术，但发明了一套套新的技术。

韩少功　技术无罪，技术化才不一定是好事。看有些人的作品，我和一些朋友当时觉得可以写出一本技术手册。比方过了几分钟该荒诞一下，过了十几分钟该朦胧一下，过几分钟该野性一下，或者该绘画感或音乐感一下，可以列出方程式。那时候我们开过玩笑，说可以编一本《现代派诗歌常用两百句》，老百姓读了，都可以出口成诗。

王　尧　你曾经在《夜行者梦语》中，讽刺很多现代派文人成了“技术员”。

韩少功　相比较而言，中国人缺乏对技术的执着和细心，从来都有一种内容主义的倾向。古人说“文以载道”，是道德挂帅的。孔子说“诗无邪”，强调“尽善”高于“尽美”，都是把思想评价摆在艺术评价之前。我们可以看到，从八十年代到九十年代前期，新技术开发运动很快在中国结束，王蒙、史铁生、李锐、莫言、余华、格非、林白、蒋韵这一些先锋作家也告别形式迷宫，不那么奇奇诡诡折腾人了，陆续返回现实生活。《许三观卖血》《北京有个金太阳》这一类作品，大体上又有了平实的面貌，内容重新走向前台。

王　尧　当时出现了“新写实”的概念。

韩少功　大多数先锋作家其实都是广义的“新写实”，现代主义精神融入了一种朴素、冷静、平实的描写风格，不那么张牙舞爪咄咄逼人。但这时候的“实”，是市场化的“实”，带来了另外的问题。一部分文学家迅速世俗化和利欲化，精神逆子们的大举还俗，以声色犬马和灯红酒绿打底。有一篇号称十分“前卫”的小说，居然只是把五星级宾馆里的豪华景象写了个遍，字里行间充满着贪欲，流着哈喇子的那样。还有一本十分“前卫”的诗集，大约有一半的篇幅，是写作者如何在广州和深圳嫖娼，差不多就是把西门庆请入了诗坛。这些作品还得到很多评论家的叫好。连方方、张欣这些最会写“实”和写“俗”的作家，当时也表现出困惑，连一些港台作家也大跌眼镜。

王　尧　你在《夜行者梦语》一文中说，虚无主义与实惠主义在中国组成了精神同盟。

韩少功　在我的感受中，小说不好读了，不解饥渴了，十几页黑压压的字翻过去，脑子里可能还是空的。自己的好些小说也是这样不咸不淡，不痛不痒。读小说成了一件需要强打精神不屈不挠的苦差事，比读理论和读新闻还要累人，岂不奇怪？不管是传统还是先锋的小说，这时候都出现了两个较为普遍的问题。第一，没有信息，或者说信息稀薄。我这里指现实生活的信息，也指审美和思想的信息。小说里鸡零狗碎，家长里短，吃喝拉撒，衣食住行，再加点男盗女娼，无非就是这些东西。人们通过日常交往和新闻报道，对这一切其实已经耳熟能详司空见惯，小说不过是挤眉弄眼绘声绘色再来炒一把剩饭。这就是“叙事的空转”。第二，劣质信息和病毒信息爆发，也可以说是“叙事的失禁”。小说成了精神上的随地大小便，成了某些恶劣思想和情绪的垃圾场，成了一种看谁肚子里坏水多的升级竞赛。自恋、冷漠、偏执、贪婪、淫邪……越来越多地排泄在小说里。有一些戴着红帽子的“主旋律”小说，其实也脏得很，改革家总是在豪华宾馆讲着格言，在美女记者的崇拜之下走进暴风雨沉思祖国的明天。一种对腐败既愤怒又渴望的心态，形成了各种文字窥视和文字按摩。

王　尧　九十年代以来，这一类审美的困惑和道德的困惑在作家中是比较普遍的，不是说作家现在不会写小说了。

韩少功　这不是才华或者方法的问题。很多小说家的内心似乎无法再激动起来，文坛“心不在焉”。以前有一段时间，文学成了政治宣传和道德宣传，是文学的自杀。现在有些作家自诩“纯文学”，好像遗世独立，与政治和道德了无干系，其实也很可疑。一个叫单正平的朋友曾对我说：否定作品的道德性形成了一种很荒唐的成见：据说《金瓶梅》如果是淫书，那绝对是因为读者心术不正；你要是高尚的读者，就读不到其中的淫秽，只能感受到艺术之美。这个假话一直没有人敢正面驳斥。托尔斯泰当年对莎士比亚的指责也许不对，但他评价文学的精神性尺度，值得我们重新思考。

王　尧　需要有一种新的力量来打动心灵。

韩少功　读者也出现了“心不在焉”，就是说，我们叙事环境和受众市场也在变化。当年鲁迅写阿Q，是“哀其不幸怒其不争”，但在很多现代青年看来，阿Q可能纯粹是一个搞笑的料，没有什么可“怒”的，更没有什么可“哀”的。罗中立一幅《父亲》的油画，在八十年代还能激起人们的感动，但在九十年代的很多观众看来，什么糟老头子？纯粹是一个失败者、可怜虫、倒霉蛋，充其量只能成为怜悯对象。我不知道你是否注意过这一类反应。

在我看来，一个新的解读系统正十面埋伏，主流受众对作品的解读已经流行化了、格式化了，使我们的写作常常变得尴尬可笑。以前说“仁者见仁，智者见智”，但现在的很多读者只能“见利”和“见欲”，任何信号都会被他们的脑子自动翻译成一个东西：利欲。利欲就是一切。你就是呕出了一腔鲜血，他们也可能把它当作做秀的红油彩。这是一种什么情况呢？也许就是美国那个杰姆逊说的“无意识领域的殖民化”。意识形态不光是一种思想了，它开始向感觉和本能的层面渗透，毒化社会的潜意识。当然，我得说明一下，我这里不是指所有的读者和观众——我们对受众的丰富性还可以抱有期待。

思想与感觉是两条腿

王　尧　那个时候你断断续续地写过一些短篇中篇，但是成形的还是一些随笔，那些思想随笔在读者中开始有影响。

韩少功　我比较笨，碰到这种情况，没法用小说来实施抵抗，只好逃到散文里去。我发现随笔的好处是可以直言，可以用直言来搅乱受众的感觉流行化和格式化。

王　尧　很多人认为你是一个思想型作家。

韩少功　我原以为这是一个很让人委屈的说法，现在觉得是个很光荣的帽子，有点受宠若惊，担待不起。我曾经以为，感觉是接近文学的，思想是接近理论的。一个作家应该以感觉为本，防止自己越位并尽可能远离思想。所谓“人们一思考，上帝就发笑”，曾经是一个很流行的观点，我也算是马马虎虎地接受了。但是九十年代的文化生态使我对这个问题有所怀疑。我们很多作家在唾弃思想以后，是感觉更丰富了，还是感觉更贫乏了？是感觉更鲜活了，还是感觉更麻木了？翻翻现在的某些小说，人们对自然的感觉，对弱者的感觉，对劳动的感觉，对尊严和自由的感觉，在越来越多的小说里熄灭。连写酒吧泡妞都是一些千篇一律的套路，每隔十页上一次床，每隔三十行来一句“白白的”“丰满的”，所谓个人的、原真的、鲜活的感觉在哪里？

我在家门前见到过一出交通事故，一个老板模样的人开车把一个打工仔撞倒在地。我惊讶的是围观者们的反应。有人说这老板要倒霉了，得赔个八千一万吧？有人说这个打工仔要倒霉了，自己违规骑车撞死了也白撞……但在场的围观者们，没有谁急着要救人，好像对血迹已经没有感觉。或者说，大家对血迹是有感觉的，但感觉不是指向生命，只是指向钱，已经被锁定。

王　尧　除此而外，也有鲁迅写的那种看客心理。

韩少功　在这一地鲜血面前，你分明可以感受到感觉的封闭。你用再多的鲜血，也无法打破这种封闭。一只鸡，看到鸡血也要发抖的；一只羊，看到羊血也要腿软的。但人看到人血的时候只计较钱，这正常吗？这是“回到感觉”吗？在这种情况下，你必须操起思想的快刀，才能杀开一条感觉通道，使人们恢复对鲜血的正常感觉。

王　尧　你的《感觉跟着什么走》发表在《读书》上，对感觉与思想的关系作过一些清理。从那篇文章里，可以多少感觉到你写作随笔的动机，还有写作《马桥词典》和《暗示》的思想源流。从《马桥词典》到《暗示》，你在小说化叙事中加进了很多思想随笔的因素。从手法上看是这样，实际上你是把很多思想和思考发挥了出来，造成这样一种新的文体功能。这不意味着你要做出一篇论文写一篇论著，实际上还是为文学服务，像前面说的那样，是为了拯救感觉，解放感觉，寻找某种新的感觉通道。《暗示》虽然议论很多，但感觉还是那样细致、绵密，被语言遮蔽的许多具象重见天日。

韩少功　那正是我想达到的目标。如果说我在写作中运用了思想，更多的时候只是为了给感觉清障、打假、防事故，是以感觉和感动为落脚点的。我并没有当思想家或理论家的野心。

王　尧　并不在学术迷宫里纠缠，这就是韩少功的聪明之处。

韩少功　我有时候想起古人的一些说法。为什么某种对文艺的怀疑浪潮似乎总是周期性地出现？墨子就不喜欢文艺，说"凡善不美"，认为善与美总是对立的。柏拉图也认为文艺与哲学永远是对头，被钱钟书先生译成"旧仇宿怨"。这样一些"卑艺文"的观念，后来在历史上多次再现。比如，在宋明理学那里还达到新的高峰，连大诗人陆游都不好意思写诗了，一写诗便有点犯罪感，觉得自己不务正业。我们可能不宜简单地以为，那只是几个呆老头子的刻板和迂腐。

王　尧　需要看看他们所针对的是什么样的文艺，什么时代的文艺。

韩少功　对于人的精神来说，思想与感觉是两条腿，有时左腿走在前面，有时右腿走在前面。如果我们把整个人类社会想象成一个人，恐怕也是这样。思想僵化的时候，需要用感觉来激活。感觉毒化的时候，需要思想来疗救。此一时也，彼一时也。在漫长的历史中，每个时代都有文艺，但并不是每个时代的文艺都是人类精神的增长点。我猜想古人们有时会碰上一个文艺繁华但又平庸的时代，一个文艺活跃但又堕落的时代，才有了上述一些怀疑。"卑艺文"之所以成为历史上周期性地出现，原因很可能是文艺本身在周期性地患病，正如思想理论也会周期性地患病。

俄国有个思想家叫别尔嘉耶夫，有幸遇到了一个文艺生机勃勃的时代。他说文学家对十九世纪俄罗斯思想的贡献高于哲学家，他在《俄罗斯思想》一书中引用的文学成果远远多于哲学成果。

叙事方式从来就多种多样

王　尧　因此文体应该永远是敞开的，或是文学向理论敞开，或是理论向文学敞开，边界在不断打破中重新确立，结构在不断瓦解中获得再造。从你的文体实验来看，散文和小说也是可以融合的。我也和方方讨论过这一问题，她说《暗示》只有韩少功能够写，这是小说的一种写法。

韩少功　一种文体的能量如果出现衰竭，文体就自然会发生变化。我看南帆、蔡翔与我也差不多，也在尝试理论的文学化，或是文学的理论化，与有些作家的尝试殊途同归。把理论与文学截然分开是欧洲理性主义的产物，并不是什么天经地义的东西，中国的散文传统就长期在这个规则之外，《圣经》《古兰经》也在这个规则之外。但跨文体只是文体的一种。叙事方式从来就是多种多样的。你深入进去了，知道每种方式都有长有短。世上没有完美的方式，须因时、因地、因题材对象而异。汉赋、唐诗、宋词、元曲，都有盛有衰，有起有落，不会永远是一个丰收的园子，也不会永远是一个荒芜的园子。

王　尧　某些传统小说的因素在你的新作里仍然存在，比如，人物和情节。但似乎你并不时时把它们当成写作的重点，相反，某一个方言词语，某一个具象细节，甚至某一段历史，会占据作品里很大的篇幅。你是否觉得人物与情节已经不足以胜任你的表达，因此你必须经常跳到人物与情节之外来展开叙事？甚至展开了思考与议论？

韩少功　人物与情节一直是小说的要件，今后恐怕还将是小说的要件，将继续承担作家们对生活的感受和表现。但叙事的对象不会一成不变。以前作家眼里只有人物，还有人物的情节，下笔就一场一场往前赶，其余的都成了“闲笔”，甚至根本装不进去，这是受制于我们日常肉眼的观察，受制于我们戏剧和小说对生活的传统性理解，无非是把“个人”当作了人的基本单元。在二十世纪科学与哲学的各种新成果产生之前，我们看人也只能有这样的单元。随着人的认知和感受范围的扩展，叙事单元其实可以大于“人物”，比方说，叙人群之事：王安忆在《长恨歌》的前几章写到“王琦瑶们”，把一群人当成一个角色，有点社会学和民族志的笔法。叙事单元也可以小于“人物”，比方说，叙琐屑细节之事：我在《暗示》中讲过一个动作或者一顶帽子的故事，至于“人物”则暂时搁置。这正像牛顿的世界是以米为测量单元的，是一个肉眼所及的常规物质世界。当更加宏观和更加微观的科学体系诞生，光年和纳米同样成为重要的测量单元，我们的世界就不仅仅是牛顿眼中的世界了。在这样一个新的世界中，大于“人物”和小于“人物”的认知和感受纷纷涌现，我们的叙事会不会有变化？肯定会有的。王安忆写“王琦瑶们”，就是超人物和超情节的写作，事实上，也是她书中最为散文化的部分。

王　尧　跨文体本身也不会拘泥于一式一法，在作家那里有不同的尝试。

韩少功　一般来说，小说有点像日常性的中景摄影，机位已经固定，看人总是不远也不近。散文呢，没有固定机位，镜头可以忽远忽近，叙事单元可以忽大忽小。蒋子丹最近写一本《边城凤凰》，也发现了这个好处。

王　尧　把散文因素带进小说，作为叙事方法的一种，我想一部分读者对此是可以接受的。俄国人以前就不怎么区分小说与散文，只区分“散文”和“韵文”。

韩少功　我发现，没有怎么接受过正统文学理论训练的人，倒是比较容易接受这种不三不四的写法。有一位退休老太太对我说，我的《归去来》《爸爸爸》那一类她都看不懂，也不喜欢，倒是《暗示》能让她读得开心。我问她难不难懂，她说太容易懂了。

王　尧　文体不仅仅是一个形式的问题，文体变化表现出作家眼中世界的变化，表现出作家们知识角度和知识方式的变化。中国的大众太大，需要多种多样的小说。我注意到，经过从八十年代到九十年代的文学潮流，像你这样的一部分中年作家，对社会和政治的关注似乎在重新苏醒，与八十年代作家们急于回到个人的情形构成了一个对比。

韩少功　文学有社会和政治的功能，在某些局部的、短暂的环境里特别是这样。但从一个较长的时间和一个较大的空间来看，文学的具体功利作用又非常有限。世界上已经有几千年的文学累积，但是世界大战要打还是打，歌德和但丁都无法阻止；专制暴君要出现还是出现，《红楼梦》也无法阻止。烦恼、忧郁、堕落、自杀这些东西决不会比几千年前少。我们的文学似乎没有使人心或者人性变得更好一些。当然，这种遗憾，对于哲学和社会科学来说同样适用。但是反过来说，文学的社会功能很有限，不应该成为作家们漠视社会的理由。哪怕是一个个人主义者，若没有深远和广阔的社会关怀，“个人”就只是一具空洞的皮囊。关心个人，是关心社会中的个人。海德格尔说过：冷漠相处也是一种共处，与互不相关是绝不相同的。尼采是一个个人主义者吧？但他若不是焦虑于社会现实，会为自己的一条领带或一次性交突然在大街上发疯吗？现在很多人想当尼采，但心底里只惦记着自己的领带和性交，所以一时半刻恐怕当不成。

王 尧 文学家不能最终改造社会，文学家又不得不关注社会。这好像是一个悖论。

韩少功 是一个悖论。好的文学一定是关怀社会的文学，但好的文学不一定能改造社会，至少不可能把社会改造成文学所指向的完美。一个石子确实能在水面激起水花，但过了一阵水面就会恢复平静。这样说可能过于悲观，可能忽略了激起水花的意义。

中西方文化交流不对称

王 尧 你在国外有过一些访问，根据你的体会，西方的汉学界对中国的这些问题有一些什么反应？

韩少功 我了解的情况不太多。大体印象，是中国当代文学译到国外的还是比较多的，至少比理论的出口要多得多。国外读者关注中国的历史传统和现实变化，一些汉学家热心地推波助澜，成为中外文学交流的桥梁。但林子大了，什么鸟都有。有些汉学家很正派，也很聪明，你同他们打交道会觉得很舒服，交流一个眼色也很会心。人同此心，心同此理。但也有些人热情万丈，却让你找不到什么话题，不知如何开口。比方说，他们把这个作家命名为“中国的卡夫卡”，把那个作家命名为“中国的福克纳”，把你们都评选为欧美文学的优秀学生，就高兴了，满意了。另外有些人，可能真心地热爱着中国，不惜把这个细节说成是“道家”，把那个造句说成“禅宗”，时时都想在你身上找出什么国粹，恨不得你给他们变成一个文学兵马俑，这样他们就高兴了，满意了。

王　尧　所以，东西方对话仍很困难，人家不跟我们对话。

韩少功　从晚清以来，中国关注和研究西学的，大多是中国的一流人才。鲁迅、胡适、郭沫若、周作人、茅盾、傅雷、萧乾、巴金，等等，都从事西方文学的翻译和介绍。梁实秋还说过，希望每个优秀作家都来翻译一本西方著作。我们是在焚香沐浴、五体投地、恭恭敬敬地来学习西方呵。中国文化在西方哪有这种地位？你能想象哈贝马斯或者华勒斯坦这样的大学者来学习汉语？能想象君特·格拉斯或者米兰·昆德拉这样的当红作家来翻译中国小说？在过去很长的一段时间里，汉学只是西方知识界的一个支流，甚至只是一个小小的支流，就像尼泊尔学或者孟加拉国学在我们这里的情况，不像西学已经在中国的知识格局里成了主流。在这种情况下，交流是不对称的，即便看似对称了，两端也各有信号的增放或损耗。

王　尧　对于弱势文化而言，国际文化交流基本上是单向的。国外可能没有像中国这样有一支庞大的翻译队伍，体制也不一样。现代文学史上的许多中国著名作家也是很优秀的翻译家。谈到这个话题，我知道你翻译过威廉·毛姆、多丽丝·莱辛、雷蒙德·卡弗等人的小说，还翻译过散文集。我想请你介绍自己翻译米兰·昆德拉《生命中不能承受之轻》的情况。

韩少功　翻译只是我读书的副产品。这个作品是一九八六年我第一次出国访问的时候，一个美国作家送给我的。后来我向几个出版社推荐过这本书，可能当时昆德拉的名气还不够大，一般的翻译者不大知道他的名字，出版社说没人愿意接手。这样，我只好自己动手，请我的一位姐姐帮忙，她是在大学里面教英文的。这本书在当时的捷克还是禁书，出版社拿到我们的译稿以后，专门请示了外交部有关部门。对方说不宜出版，担心会影响外交关系。后来出版社变通一下，作为“内部出版”物处理，又让我们把书中一些比较敏感的词语或段落作了些删除。比如“共产党”常常被改成“当局”，文字上不那么刺眼。

王　尧　这叫技术处理。翻译界和读者对这些情况并不清楚，后来有人提出一些意见，误解了你们。

韩少功　有些误译是应由译者承担责任，没有什么误解，出手匆忙也不成为理由。但有一些是属于特定历史条件下的变通和妥协，译者没办法承担责任。后来我们这本书在台湾中国时报出版公司出版了一个比较完整的版本，但修订版在内地始终没有面世，因为内地出版社没有拿到版权。好多家出版社都去找昆德拉谈过，据说最后是译文出版社谈成了。有一个叫许均的教授准备依据法文版再译这本书。不久前，他和我有过一次笔谈，发表在《南方周末》上。

王　尧　和中国的伤痕文学比，你觉得昆德拉的小说有什么不同？

韩少功　中国的伤痕文学大多是政治批判，昆德拉多了一条：人性批判。中国伤痕文学大多是讲故事，昆德拉也多了一条：随笔笔法，比如，书中《误解小词典》那一章，就是随笔式的。但他的人物造型能力不是很强，托马斯、特丽莎都是些模模糊糊的影子。

王　尧　中国文学界一直有些人在关注“诺贝尔文学奖”，似乎有一个诺贝尔情结，经常炒作出一些新闻，不知你对这个问题如何看。

韩少功　这是中国文学界缺乏自信心的表现。诺贝尔奖确实奖励过很多优秀作家，但也不是没有过错漏。崇拜这个奖，咒骂这个奖，都是太把它当回事。世界上有这么多奖，热闹一点也好，算是一种阅读代理和作品推荐。但任何奖都不意味着奥林匹克冠军。文学不是体育，也不需要这样的冠军。瑞典是个不大的国家，相当于中国的一个小省。假如青海或者宁夏的十几个教授，占据最高裁判的地位，要评全国性文学大奖，北京和上海的人就那么服气？就不会说三道四评头品足？包括中国文学在内的世界文学，并不会因为这些评奖而发生什么变化，倒是评奖机构的声誉会因为评奖而发生变化，所以评奖不是什么好玩的事，劳累了一番，还承担风险。不久前一个大老板对我说，他准备拿出一大笔钱，折腾一个由中国人主持的世界性文学大奖，奖金要超过诺贝尔奖。我说拉倒吧，你得慎重，别自找苦吃。

王　尧　中国作家可以平常心地看待这个奖。

韩少功　该关心的事太多了，犯不着来操这个心。

此六章对话录曾分别在二〇〇二年至二〇〇四年的《天涯》《当代》《小说界》《当代作家评论》《钟山》等杂志发表，后收入《韩少功、王尧对话录》一书。

访 谈

鸟的传人

——答台湾作家施叔青

问题小说

施叔青　“文革”似乎改变了你的一生。听说你本来志在数理化，是这样吗？

韩少功　“文革”开始，我才十三岁。父亲不主张我读文科，认为那样危险，要我学好数理化，以后当个工程师什么的。我对数理化也很有兴趣，初一就把数学自学到初三。一九七七年考大学前夕，我还一天攻一本，不到十天自学了高中全部数学课，结果一进考场拿下九十七分。这当然是后话了。我下放农村当知青的时候，数理化一点也不管用，全国的大学都关闭了。我只能在乡下编写点黑板报，写写公文材料，自己偷偷写点诗歌，算是自得其乐。一九七四年以后，形势稍微松动，我可私下读到一些优秀文学作品。在这之前，看得到的只有马列文选，毛泽东文选，还有鲁迅一本薄薄的杂文，与梁实秋、林语堂笔战的那些，政治色彩比较浓。当时没有其他的书可看。我自己就抄了三大本唐诗宋词，算是有了手抄书。

施叔青　你自称一九七八、一九七九年的作品是你“激愤不平之鸣”，已经摆脱“文革”时违心的歌功颂德。

韩少功　我从一九七四年开始发表作品。当时政治审查制度很严，自己也缺乏反抗的勇气和觉悟，所以大多作品具有妥协性，顶多也只是打打“擦边球”，用当时圈子里莫应丰的话，叫做搞点“老鼠”战术。有一次我署名“小暑”，就是“小鼠”的谐音。我们那个圈子有莫应丰、贺梦凡、张新奇、贝兴亚等人，大家都迫切期盼创作自由，希望有朝一日能说真话。我当知青时的那个汨罗县，农村生活极度贫困，有一个生产队，社员劳动一天只得到人民币八分钱。这还不算最差的，有的社员劳动一年还要倒赔钱。在那种情况下，违背良心讲假话，实在是很卑鄙。十九世纪俄国和欧洲那些批判意味很浓的文学作品，刺激了我们为民请命的意愿。但直到一九七七年以后，我们才找到了发出声音的机会。

施叔青　你当了六年知青，接触到很多农民，使你体会到“中国文化传统是怎样的与农民有缘”。可否谈谈对农民的看法？

韩少功　农民处在中国社会最底层，朴质而善良，有很可怜的一面。但他们也不是没有缺点。我曾经真心想为农民争利益，支持他们反对腐败官僚，与他们联名贴出大字报。没想到他们太不经事，受到一点压力，马上向干部揭发我，说我是后台和主谋。我当时家庭的政治问题还没解决，这不害惨了我？干部把我抓到台上大会批斗，就是这种出卖的结果。但细想一下，苛求农民也不应该。你可以跑，他们祖祖辈辈在那儿，跑不了。你来去一个人，他们有一家老小在那里。所以他们胆小自有胆小的理由。我并不恨他们。在农村当知青那几年，我还办过农民夜校，自己掏钱编印教材，普及文化知识和革命理论，让他们知道巴黎公社是怎么回事，让他们明白“从来没有救世主”，希望他们有力量来主宰自己的命运。但我后来发现，这种启蒙的成效很小。

施叔青　《回声》里的知青路大为就是你自己吧？

韩少功　有一点影子。这篇小说表达了我对农村生活的一些感受，对“文革”做了一些剖析。“文革”的特点，一方面是最专制的，一方面又是最无政府的。尤其是一九六六年到一九六七年那一段，很乱，谁都可以立山头，谁都可以有枪。我的政治兴趣就是从那时候开始，读马列呵，读托洛次基和布哈林呵。下乡前我什么东西都不要，找母亲要钱，只买了一套《列宁选集》，四大本，十二块钱。这在当时是很贵的。这种政治狂热直到后来才有了变化，起因是一九八一年的大学学潮。那一次学潮太让我失望了。年轻人在学潮中争权夺利，民主队伍内部迅速产生专制，使我对自己的政治产生新的反省。我觉得自己的红卫兵梦还没做完，还以为革命可解决一切问题。这实在太天真了，太可笑了。

施叔青　《人民文学》一九七九年四月号刊登了你早期的精彩之作《月兰》，引起了激烈的争论。不少人说这篇小说很“反动”。台湾电台广播了，你还接到几百封农民来信，那些信都支持你仗义执言农村的贫困。月兰这位农村妇女难为无米之炊的惨状，你写来凄婉动人。

韩少功　其实，我只是写出真实情况，月兰几乎是实有其人。《西望茅草地》中的农场场长张种田也是有原型，是我很熟悉的一类干部。他们文化水平不高，属于山沟沟里出来的马列主义，革命造就的权威使他们看不到自己的弱点，在和平建设时期显得很尴尬。

施叔青　张种田这人物塑造的成功，在于你没把他平面、简单化，不像早期的伤痕文学一样。你写出了他个性的复杂，给人又可悲又可恨的感觉。

韩少功　当然这些作品的毛病也很多：语言夹生，过于戏剧化。我现在回头看，并不满意。青年导演吴子牛曾想把《西望茅草地》拍成电影，青年电影制片厂也立了项。但剧本送到农垦部审查，领导觉得不满意，认为它涉嫌丑化老干部形象，结果给毙了，没通过。这是一九八二年的事，当时很多老干部复出，农垦部觉得不能给他们抹黑。

施叔青　剧本还得先给农垦部审查？

韩少功　我写农场，大农场都归农垦部管，所以剧本必须先通过农垦部的审查。当时的规矩就是这样。你没有办法。不过这篇小说还是获得了一九八〇年的全国小说奖。北京的编辑朋友告诉我，你获奖不容易呵，几次都已经出局了。后来《人民文学》编辑们喊出"誓死捍卫《西望茅草地》"的口号，到最后时刻才把它保了下来。

施叔青　你早期的创作由于题材限制，都是采用现实写实主义的写法。可能这比较配合你当时的文学观？

韩少功　那时候我对文学的理解就是这样。文学就是为政治服务的，是一种很功利、实用的写作，每一篇都针对一个现实问题，有很鲜明的思想主题，有很强烈的理性色彩。

施叔青　是否因为你出道太早，早期作品都带有老右作家的习气，像个马列主义的小老头子？

韩少功　我们知青这一代，还有你说的老右那一代，都是学马列主义长大的，所受的文化教养就是那样，对文学的理解就是那样。投枪呵，刁首呵，旗帜呵，炸弹呵，脑子里就是这样一些词。这应该说是一种时代的局限。当时不只我一个，贾平凹、张抗抗、陈建功、刘心武，等等，都在写问题小说，都写得比较粗糙。但作为一种政治行为，我对此并不后悔。你要知道，作家首先是公民，其次才是作家，有时候作家有比文学更重要的东西。

施叔青　后来由于什么样的契机，才改变了你的创作理念？

韩少功　我读大学时，与莫应丰等朋友一道在大街上和校园里，发动了湖南最早的“民主墙”运动。后来我又参加过学潮。正是这一系列亲身体验，使我对自己的政治行为有所反省。挞伐官僚主义，抗议特权，揭露伤痕，要求民主和自由，这些固然很重要，但政治和革命能不能解决一切问题？在另一方面，具有良好效益的政治和革命，需要哪些文化的和人性的条件？一想到这一层，事情就不那么简单了。恰好在这个时候，国门大开，很多西方的学术和文学作品一拥而入，使我们受到刺激和启发，眼界大开。我希望自己对人性、文化有更多的关注，对新形态的小说有所试验。至于后来把小说写成那样子，则始料不及。

楚文化

施叔青　从一九八三到一九八四年，很多知青作家不约而同地关注自己的文化背景：贾平凹的《商州初录》搜寻陕西古老秦汉文化的色彩，李杭育的葛川江吴越风情小说、张承志的《北方的河》、阿城的《棋王》等，开始一片寻根声浪。你发表于一九八五年的《文学的根》，是最早自觉地阐述这种寻根意向的文章。

韩少功　很多知青作家关注本土文化传统，与他们的经历可能不无关系。他们或是当下放知青，或是当回乡知青，接触到农民和乡村，积累了一些感受和素材。你应该知道，礼失求诸野，很多中国文化的传统是保留在农民和乡村那里的。就算是“文革”中的“横扫四旧”，农村受到的冲击也相对少一些。

施叔青　听说“寻根”是你和叶蔚林一些湖南作家聊天聊出来的，能否谈谈酝酿的过程、当时的时间空间，以及你的心态？

韩少功　这个话题我同叶蔚林聊过，他很感兴趣。我也同外省的一些作家聊过，比如，李陀、李杭育、李庆西、陈建功、郑万隆他们。一九八四年杭州会议期间，还有一些搞理论的朋友也参与其中。大家当时都有同样的感觉，怀疑“问题小说”写到那种程度以后，再往下还怎么写？很自然，大家也都会谈到，文学中政治的人怎样变成文化的人。当时其他领域也出现了对文化传统的关注，比如杨炼和欧阳江河的诗歌，比如谭盾的音乐。谭盾是湖南人，当时到了美国，写作《风》《雅》《颂》那一批作品，技巧是现代的，精神气质又是很东方的，有种命运的神秘感、历史的沧桑感，让我吃了一惊：呵，音乐还可以这样写！

施叔青　有一种看法，中国作家“寻根热”的崛起，是受了美国黑人作家《根》这部作品，以及马尔克斯《百年孤独》的影响。是这样吗？

韩少功　《根》说不上，起码我一直没看过这本书，只在英文课本里读过一段。马尔克斯倒有点关系。杭州会议的时候，马尔克斯已经获得诺贝尔奖，但作品还未译成中文，仅有《参考消息》上一则介绍《百年孤独》的文字，还有他接受德国记者的访谈。我想很多作家都注意到了他的大体倾向，还有他的意义。在他之前，我读过日本人川端康成、印度人泰戈尔，还有美国黑色幽默的作品。我在《文学的根》中都提到这些，指出它们属于那种有根之作。当时“文革”结束不久，中国人面临着一个重新认识“四旧”的问题，接上文化传统的问题，还面临着一个吸收西方文化的问题。我担心那种简单的复制。在我看来，复制与引进是创造的条件，却最终不能代替创造。

施叔青　广义的来说，确实是西方现代文学的引入，才触发了大陆作家的寻根热？

韩少功　可以这样说。没有西方文化的进入，就不会有我们对本土文化的新认识。文化一定要有参照，各自的特点才能显现，所谓有比较才有鉴别。要是没有女人，我们如何认识男人？但寻根并不意味着文化排外。一九八一年王蒙写意识流，北岛的《波动》采用意识流方法更早，一九八〇年已经印在油印册子上了。我对这些新方法都很感兴趣。在北京与北岛第一次见面的时候，我花了五十块钱，差不多是一个月的工资，买了五十本《今天》杂志，到处赠送给朋友们看，包括推荐他的意识流写作。那时候作家开始有世界眼光了。以前是国内没有的，我就写。后来是世界上没有的，我才写。一种从模仿到创新的过程，开始逐步展开了。

施叔青　身为楚人，你重新审视你文学的根，它是深植于楚地的。对楚文化历史的回顾是你回归的第一步吧？

韩少功　湖南历史悠久，民性强悍，在远古是化外之地，属于“北越”和“三苗”的范围。战国时期的楚国就是周天子没有赐封的，没有承认的。楚地的居民，在历史上大多是失败的民族。上古传说黄帝战胜炎帝，炎帝南逃，就逃到了到湘西和黔东。楚文化与中原文化当然有交流，曾被中原文化所吸收，又受到排斥，是一种不够正统的文化，至今主要藏于民间。尤其是湘西的苗、侗、瑶、土家等少数民族，由于躲在深山老林，由于被孔孟之道洗脑较少，保存的古文化遗迹就更多些。那里的人披兰戴芷，佩饰纷繁，能歌善舞，唤鬼呼神，很容易让你联想到《楚辞》。我在一篇文章里说过，人们至今还能从民间活动中体会到楚辞中那种神秘、奇丽、狂放、孤愤的境界。有一种说法，可能是李泽厚说的：楚人崇拜鸟，是鸟的传人，与黄河流域龙的传人有明显差别。

施叔青　据苗族迁徙史歌《跋山涉水》说，他们的祖先是蚩尤，为黄帝所败，蚩尤的子孙便向西南迁移，楚文化流入湘西是有根据的。礼失求诸野嘛，反而少数民族还遗留了楚文化的祭祀、风俗、信仰，等等。

韩少功　“少数民族”是很晚近的说法。在孙中山的时代，中国叫“五族共和”，只有五个民族得到承认。一九四九年以后，划分出了五十多个少数民族，其实这些少数民族以前大多被看成汉族，不过是汉族中所谓开化程度较低的，比如，湖南人就是“蛮”。据考证，湖南土家族就是古代的巴人，从巴蜀之地迁移而来，所以楚文化中也有巴蜀文化的成分。土家族有语言，没文字，历史记忆靠歌舞来表现，一部史歌可以跳上几天几夜，从开天辟地一直跳到大迁徙、战胜野兽、生儿育女，等等。侗族在五十年代以前只是苗族的一部分。据侗族学者林河说，他们至今保留了生殖器崇拜，保留了傩文化，等等。

施叔青　你是不是想找寻一种原始的粗犷之美？你以湘西为背景写了一系列颇有风土色彩的作品，你是如何将楚地文化的因子融入你的小说？

韩少功　有人从《爸爸爸》中读出了湘西背景。其实我的取材不限于湘西，也包括湘东，就是我插队务农的地方。说实话，我一写到乡村，写到山林和河流就比较有感觉，但我不大看得起那种刻意的地域色彩，刻意的奇风异俗。那些东西充其量只是一种表层外壳，是一种包装。最让我感兴趣的还是找寻楚文化的精神，比方那种人神相通、包容天地的境界和情怀。你可以叫它浪漫主义，也可以叫它超现实主义，其实都无所谓。

寻根文学

施叔青　体现你寻根口号的第一篇小说，是一九八五年写的《归去来》。小说的语言、气氛与以前批判现实的问题小说完完全全两样。你是如何走入《归去来》的神秘、犹豫气氛的？

韩少功　这就说不太清楚了。有两个朋友要去乡下，去他们插队的地方看看，我陪着他们去。一到了那里，他们觉得陌生，我觉得熟悉，熟悉者感到陌生，陌生者感到熟悉，这就怪了。我的写作冲动由此而起。回过头看，我以前读了一些庄老和禅宗的书，读了一些外国现代派的作品，可能对《归去来》的完成都有影响。到底黄治先是我还是别人？就像庄子问到底我是蝴蝶还是蝴蝶是我？这种自我的迷失，自我的怀疑，比较符合我当时创作的理想。当然，有些评论家说情节太弱，很多背景细节的点缀也同主题没有关系。不过我觉得主题不一定是思想，不能那样狭窄的理解。一种氛围情调也是能传达主题的，一种主题也可以是感觉性的。又有批评家说，《归去来》里有楚文化的因子。其实这也很难说。楚文化和中原文化并不能完全割断。

施叔青　你提到庄周梦蝶的启发。我注意到有一篇评论却认为，《归去来》对自我的游离，是在大陆开“魔幻主义的先河”。究竟得益于庄周的启发，还是得到马尔克斯的营养？到底是土还是洋？

韩少功　神话不是拉美文学的专利品吧？中国也有很多神话，我无非在作品当中吸收了神幻的因素。其实，更重要的是现实生活感受。不知你是否有过这种体验：我有时候到了一个地方，无端地觉得那里很熟悉，好像我来过那里。这些感觉真实存在于生活之中，未必也是来自拉美？也是什么“洋”货？好比西医里有胃病理论，有心脏病理论，我们可以把它们视为“洋货”，但不能说中国人以前就没有胃病和心脏病吧？

施叔青　《归去来》注重氛围的营造，感性浓，比起理性很强的《爸爸爸》极为不同。后者像是以文学形式来演义一种哲学思想或是文化观。你自己说《爸爸爸》的主题是要“透视巫楚文化背景下一个种族的衰弱”，构思过程中是否主题先行？然后再把题材和细节套进去？

韩少功　我的创作中两种情况都有，一种先有意念，为了表现它，再去找适当的材料和舞台。另一种情况更多见，是先有材料，先有感觉和兴趣，包括自己也说不清楚的冲动，然后在写作过程中来看这块材料如何剪裁，也许能剪裁出一个大致意向。在写过早期的“问题小说”以后，我自觉理性在很多时候帮倒忙，但也不否认，有时候能从理性思维受益。《爸爸爸》的情况是先有素材，比如，那个只会说两句话的丙崽，就是我下乡时邻居的小孩，是有生活原型的，一直让我耿耿于怀。“吃枪头肉”那一段，也是有生活原型的：“文革”时湖南道县的一些农民就杀了一万多人，就是这样吃过人肉。在写作过程中，理性思考当然不完全是稍息，我并不相信那种“自动写作”的说法，作家“鬼画符”的事情不大可能吧？在《爸爸爸》里，把时代色彩完全抹去，把裁缝和他的儿子写成一个保守派，一个改革派，都包含了我的思考和设计。

施叔青　《爸爸爸》主题的多义性，比起你早期《月兰》一类单义性的小说，其深刻程度和多面性的特点很突出。“文革”时期的主题先行、主题鲜明、人物单面，其实是很违反真实人性的。刚才你提到构思过程有理性的干预，动笔创作的时候呢？是一种含混的、说不清的情绪在推动，还是步步为营式的理性设计不时涌现？

韩少功　我的写作并不完全排斥理性。要减少理性的负面功能，最好的办法不是躲避理性，不是蔑视理性，是把理性推到内在矛盾的地步，打掉理性可能有的简单化和独断化，迫使理性向感觉开放。我经常说，写作品不可能没有提纲，但最好的情况是写着写着突破了提纲，写时作者自己几乎失控。我还说过，作家对自己小说材料的掌握和认识，在写作中应该是一个成功的过程，同时也是一个失败的过程。就是说，写到最后，作者有了领悟，还留下茫然，倒可能是一种较好的状态。如果把认识对象了解得清清楚楚了，对一切都有结论了，那肯定不是一种艺术品。

施叔青　你好像不耐烦重复自己，每一篇作品都希望有新的突破，可以到面目全非的地步。

韩少功　有些作家可以用一种模式一股劲写下去，一出作品就是一个批量，但我不行，老觉得一重复就心慌。我希望每写一篇，都有新的发现和新的惊讶。当然，这种写作也不一定就好，实际上很难，往往是力不从心。但我愿意接受新的失败，不愿意接受旧的成功。

施叔青　你曾谈到语言陌生化。题材是否决定所用的语言？

韩少功　题材与语言当然有关系，就像乐器与乐曲有关系。如果你选择了京胡，拉贝多芬可能就不大合适吧？但有些语言意识很强的作家，可用一种语言来处理任何题材，像法国新小说派。这种情况也是有的。还有些作家有几套笔墨，写农村是一套，写都市又是另一套。我羡慕那些语体意识很强的作家，因为语言形式本身就是内容，语言本身就携带了足够的信息，语言本身就暗含了经验、修养、人格，等等。但我得说明一下，我说的好语言，并不是指那种过分雕琢的语言。其实，艺术达到最高境界，形式的痕迹反而消失了，所谓大象无形，入了化境。

作家的素质危机

施叔青　评论家吴亮认为在你的感性世界里，可看出恋母、恋妹的情结，如《空城》等，但《女女女》对幺姑的否定，似乎使你超越这种弗洛伊德式的情结。

韩少功　我对此毫无自觉。

施叔青　《爸爸爸》是关于人类社会历史的思考。以一个部落来象征民族和人类，气势磅礴。《女女女》焦点则凝聚在一个女人幺姑身上。你是否有意识地从整体退缩到个人？

韩少功　我没有刻意的设计，大体上还是有感而发。写《爸爸爸》的时候，要在《女女女》表现的感受和情绪早已存在，只是没找到一个借口，没找到一个载体。后来有了幺姑故事的触发，就有机会表达了。

施叔青　大陆作家以精神病为题材的作品不多，在那极端压抑的社会，不发神经病才令人不可思议，你的《老梦》《蓝盖子》两篇作品都触到神经末梢，读来令人发抖。

韩少功　精神病是个很好的窗口，可透视人的内心深处，把常人掩盖的那部分打开了，因此可看到很多东西。但《老梦》没写好，我并不满意，以后有机会得再改改。

施叔青　近作《故人》写一个衣锦荣归的老华侨，回来要求看他以前的仇人，好像你又走回批判现实的路子。

韩少功　写作经常是因地制宜，好比窑匠看到一团泥，适合做钵子的就做钵子，适合做盆子的就做盆子。《故人》是写复仇心理。一个人从海外回来，同仇人相见，没有任何动作，也不说话，就是看一眼。这一眼看得可说惊心动魄，此时无声胜有声，把所有能做的动作都浓缩在目光里了。我看重的不光是批判现实，更看重这种特有的复仇方式。《谋杀》里也有暴力，但是梦幻化的那种。一个女人去参加不知是谁的追悼会，然后住旅馆，总感觉有人跟踪她，总感觉到自己不安全……为什么会有这样的幻觉？恐怕也是有很深的社会根源吧。从这种小说里，有些读者也可以看出现实批判，但有些读者可能看出的是魔幻现实。这就叫见仁见智。

施叔青　你自称中篇《火宅》（后改名为《暂行条例》，下同）为“改革文学”，其风格的确与寻根这一类作品迥异。以你写《月兰》时期颇有微词的现代主义手法，写出了一种特别的荒诞感，来揭露大陆官场的积弊。看得出你总是在变换手法，尝试小说的各种可能性。

韩少功 我对文体和手法兴趣广泛。最早接触的文学，是鲁迅、托尔斯泰那一类，后来又读过外国现代派小说，比如，卡夫卡、福克纳、塞林格，等等，但也不是都喜欢。比如，法国新小说的西蒙，我就看不下去，觉得太晦涩难读了。我觉得实验性的小说最好是短篇，顶多中篇，长篇则完全没有必要。因为一个作家如果想要玩玩观念，玩玩技法，有十几页就完全可以表现了，没必要写那么大一本来重复。卡夫卡的《绝食艺人》《乡村医生》很精彩，但他的两个长篇我是跳着看的。我倒是爱读一些尤奈斯库的荒诞派剧本。

写《火宅》的动机是出于社会责任感，虽然采取离奇、荒诞的方式，但在假定的大前提下，所有的故事在现实中都有所依据，可以说是假中有真。从这个角度来看，《火宅》在本质上是写实主义作品，同现代派关系不大。

施叔青 刘晓波批评"寻根派"，主张全盘西化，说"中国传统文化全是糟粕"，是理性本位的，必须彻底抛弃之。你当然不同意他……

韩少功 理性本位这顶帽子，充其量只适合儒家这个脑袋。刘晓波是知其一不知其二。老庄和禅宗怎么说？也是理性本位？那些"因是因非"的多元论，与孔孟还是大有区别吧？再说，欧洲文化什么时候就不"理性本位"呢？几个现代派作家，加一个尼采，加一个弗洛伊德，就可以代表整个欧洲文化？说西方文明的主流是非理性主义，这个结论不知有什么依据。我在一篇文章中说过：庄禅哲学中的相对观、直觉观、整体观至今是人类思想的财富，可惜所知者不多。我们要做的，是研究这种智慧何以在近代中国变成空洞无用的精神鸦片，庄子如何变成鲁迅笔下的阿 Q。但你不能因为中国有了个阿 Q，就连坐庄禅，对中国的一切都自惭形秽。

施叔青　比较起来，中国作家似乎没写出重要的大作品，像“文革”那么大的劫难，反映这人类悲剧的作品，实在太微不足道了。

韩少功　中国作家写不出大作品，主要还不是政治环境的束缚。以前这种束缚确实很厉害，但现在应该说还是比较宽松了。我常对一些人说，你要是写出一部今天的《红楼梦》，谁压得住你？就算在中国内地出版不了，你可以拿到香港、台湾去吧？可以拿到日本、美国去出版吧？问题是你拿不出，写不出。所以，没出大作品，主要是作家素质还存在很多问题。这是我们必须有自知之明的，不能怨天尤人。“文革”时右派作家受了苦，其中一部分至今停留在表面的控诉批判，超越不了伤痕，如张承志所说的，一动笔就“抹鼻涕”，没多大意思。其实很多知识分子在“文革”时相互揭发，互相整人，比工农兵还厉害。如果他们真像某些作家塑造的那么先知先觉的话，就不会有“文革”了。我们这一代知青作家也有缺陷和危机，主要是学养不够，心灵也受到扭曲，很多毛病与上一代、上两代作家是一样的。我们继承的文学遗产，大体上来说是两部分：一是苏俄文学，二是中国的戏剧与通俗文学。我们的思维视野和文学创造力因此都受到极大限制。仅仅带着这点学养来投入写作，实在有点仓促上阵的味道。

当然，我相信中国的当代文学能长出大树，相信会有这样的一天。但为了实现这个目标，中国的几代作家还有很多事情要做。

最初发表于一九八七年香港版《施叔青访谈集》，后由笔者加以订正。

胡思乱想

——答《北美华侨日报》记者夏瑜

夏　瑜　有些评论家常常把你看作“寻根派”的代表性作家，你怎么看待这种评价？

韩少功　有一种“寻根”的意向，但不好说什么“派”。一谈派就有点阵营感、运动感，而真正的文学有点像自言自语，与热热闹闹的事没有多大关系。其实，赞成“寻根”的作家也是千差万别的，合戴一顶帽子有点别扭。“寻根”也只是很多问题中的一个，我们谈了根，也谈了叶子，谈了枝干。是不是要有“叶子派”“枝干派”？

夏　瑜　最近的青年“黑马”评论家刘晓波对中国传统文化采取全盘否定的态度，批评了“文化寻根”，也批评了李泽厚。他认为中国传统文化是“理性本位”，是压抑人性的，与西方文化的非理性主义水火不容。你的意见呢？

韩少功　刘晓波批判中国封建传统的急迫心情和叛逆精神，包括他的某些意见，我可以赞同。问题在于，批判东方封建就否定东方文化，那么批判西方封建是否就要否定西方文化？西方就没有封建？就没有奴隶制？就没有宗教法庭？或者说那些东西倒要中国文化来负责？他要解放人性，这也没错。但西方的宗教就不压抑人性？批判宗教对人性的压迫，是否就要把宗教艺术一笔勾销？这样的思路都太简单了。他还说“寻根”就是倒退，但即便是向后看，文学中的题材后瞻与精神倒退好像也不是一回事。欧洲文艺复兴时期的艺术多是取材于希腊、罗马神话，但很难说那是一场倒退的运动。更进一步说，一个有文学常识的人，谈文学是不宜用“进步”和“倒退”这样一些词的。不懂得功利观和审美观是两种不同的尺度，要求文学附庸于功利，用一种即便是十分现代的功利观来统一所有的文学，这本身就不“现代”，与现代多元思维方式相去甚远。

夏　瑜　刘晓波说的“理性本位”主要是指孔孟之道。你是否可以谈谈自己对中国文化传统的理解？

韩少功　中国文化传统是一种复杂的存在，正如西方文化传统也从来不只有一种声音。我就看不出，西方传统文化是如何不“理性本位”的。从古希腊哲学到欧洲启蒙主义，我们能得出“非理性主义”的结论吗？反过来说，中国的庄禅哲学，从来就涉嫌非理性。中国传统文化以孔孟为表，以庄禅为里；以孔孟治世，以庄禅修身。庄禅哲学中所包含的相对观念、直觉观念、整体观念，至今是人类思想的一大笔财富。中国人对此知道的不多，西方人能理解的更少，仅有爱因斯坦、莱布尼兹、玻尔、普理高津、海德格尔等学界大智者，才惊叹东方文化的智慧。我们要做的事，是要使这种文化传统的负面效应转化为正面效应。刘晓波把一种要求社会政治改革的情绪，扩展为文化上全盘西化的主张，是一种思维越位，一种走火入魔。说“中国传统文化全是糟粕”，这是什么意思？让十亿中国人都戒中文、用西语？都禁绝中医、独尊西药？我怀疑这不是他的本意，他们只是借助偏激来增强自己声音的响亮度。我们也许不必过分认真。

夏　瑜　你的《归去来》《爸爸爸》《女女女》一类作品，让有些读者觉得比较难解，不知它们的主题是什么。你能否谈谈对作品主题的看法？

韩少功　打个比方吧：主题可以是思想，是线条的；也可以是情绪，是块面的。当然也可以线面结合，又清晰，又朦胧。有些读者可能已经习惯了结论式的主题，单一性的主题。但《爸爸爸》这一类作品的主题可能是多义性的，甚至不构成什么定论，几乎是一些因是因非的悖论。因此不仅是读者，我自己也觉得难以把握。我对这一点表示抱歉。有时候，小说不一定通向结论，倒是通向一些困境。道家有"齐物论"，佛家有"不起分别"说，也是困境。我有一次在上海说，作者对描写对象的认识过程，在创作中应该是一次成功，也应该是一次失败。于是发现自己迷失了，把读者也引入了一种迷失。但这种迷失是新的寻求的起点和动力。从历史上看，哲学、科学、文学，最终总是发现自己对着一个奇诡难测的悖论。但悖论并不可怕，倒是思维懒惰比较可怕。悖论是逻辑和知识的终结，却是情绪和直觉的解放，通向新的逻辑和知识。

夏　瑜　西方很多现代主义的作品也是比较不易把握，对读者的智力形成了极大的挑战。你认为这种情况是必然吗？

韩少功　我并不偏好眼下某种被视为"新潮"风范的晦涩沉闷，有时为了把思想情绪表现得更强烈，不得已牺牲一点明朗，私心也当遗憾。我想，作者应该尽力做到把故事写得明白。读者读不懂故事，作者应负责任；要是读者读懂了故事却不解其含义，责任恐怕就在于读者自己了，在于读者自己的理解力了。在这种情况下，怎么办呢？如果读者预感到这些作品有含义，觉得这些含义还有些价值和趣味，那就来自找苦吃吧。当然，很多读者恐怕没有费力的必要，他们还有很多重要的事要干，时间很宝贵。

夏　瑜　你怎样看待《爸爸爸》里面那些原始文化的元素？包括那些具有非理性色彩的神话和传说？

韩少功　一切原始或半原始的文化都是值得作家和艺术家注意的。文学思维是一种直觉思维——这不是指具体的文学作品，具体作品中总是有理性渗透的；而是指作品中的文学，好比酒中的酒精——这种文化的元素和基质是直觉的。原始或半原始文化是这种直觉思维的某种历史的标本。随着人类进入科学和工业的时代，整个人类精神发生了向理性的倾斜，直觉思维，或者说非理性思维，被忙忙碌碌的人类排拒了，进入了隐秘的潜意识的领域，在那里沉睡。只有在酒后，在梦中，在疯癫状态下，在幼儿时期，总之在理性薄弱或理性失控的情况下，人们才零零碎碎地捕捉到这种思维的迹象。应该说，古人早就悟到了文学与酒，文学与梦，文学与“痴狂”，文学与“童心”的某种密切关系，但没有深入地探究。列维·布留尔等人研究原始思维，皮亚杰等人研究儿童思维，弗洛伊德等人研究潜意识思维，都有卓著的成果，但没有注意到或没有充分强调它们与艺术思维的关系。其实，这些研究是互有关联的。因为原始时期就是人类的幼年时期，而幼年时期就是一个人的原始时期。它们并没有消逝，而是潜入了人类现在的潜意识里。在这个意义上，开掘原始或半原始文化，也就是开掘人类的童心和潜意识。这正是艺术要做的事。

人类在科学与工业社会里普遍的惶惑不安，正是基于自我的分裂和偏失。人被条理分割了，变成了某种职业、身份、性别、利益、年龄、观念，因此需要一种逆向的回复和整合。人在白天看得太清楚了，需要夜晚的朦胧和混沌。人作为成年人太劳苦了，需要重温童年的好梦。艺术就是这样产生的。艺术是什么？艺术是对科学的逆向补充。

夏　瑜　这么说，你也是赞成刘晓波所说的“非理性主义”？

韩少功　一说成“主义”，就比较容易简单化，容易造成思维越位。其实我们也应该赞成和提倡理性主义。问题在于，在很多人那里，理性和非理性常常用错了地方。比如说，从事常规的经济和科学，是很需要理性的，但在中国的“文革”期间，“人有多大胆，地有多高产”，“敢教日月换新天”什么的，像写诗歌和宗教迷信，很不理性。倒是那时候的文学艺术，却要紧跟党的文件，图解政治理论，弄得很概念化和公式化，毫无非理性思维的一席之地。这叫寒火不清，阴差阳错。

类似的情况还有：有人说中国人公共意识太强，习惯于公天下和大一统，自我意识太少，因此得提倡私利主义或个人主义。其实，中国国民中是私利主义太少吗？那种遍布各个单位人整人、窝里斗的劲头，那种在公共场所大吵大嚷横冲直撞的现象，叫什么主义？问题是私不私、公不公，隐私生活太公共化，公共生活太私我化，也是黑白倒置，阴差阳错。所以，我认为中国文化心理问题不是一个要批儒家、批理性、批所谓社会意识的问题，而是一个改变结构的问题，把各种意识用对地方的问题。文学也是这样。经过十年“文革”，中国作家现在既需要强化理性，又需要强化非理性，滋阴也要壮阳。而且特别要注意的是：不要用错地方。

夏　瑜　现实主义文学追求“客观真实”，但在你的近作中，很多事物变得似真非真，比如《爸爸爸》里的丙崽吃了毒药也不死。你写作时是怎样考虑的？

韩少功　绝对客观的真实大概不会有，这已被物理学证明了。“测不准原理”就是基于这样的发现：一千次观察可以有一千种结果，哪一种结果才算得上“真实”？所以，我们谈真实的时候应注意层次，用不同的尺度，比如，区分一下客观的真实和主观的真实，这样巴尔扎克和马尔克斯都可以说写得真实，史传和神话都真实。不然就谈不清楚了。一个人写作，有时把陌生的生活熟悉化，有时把熟悉的生活陌生化，变假为真，化真入假。《红楼梦》中“假作真时真亦假”，有“甄”“贾”二公。这都是从另一个层次来谈真假，与文学中的虚假造作无关。

夏　瑜　你是“文革”后出道的作家，《月兰》《西望茅草地》等表现了你对“文革”的尖锐批判。请你谈谈对“文革”的看法。

韩少功　“文革”是中国的灾难，是制度积弊、文化积弊、人性积弊的一次集中爆发。但它也是一道闪电，使人看清了很多东西，有利于中国的下一步改革。中国新时期作家，还有他们史无前例的广阔眼界和深入思考，都是“文革”孕生出来的。

夏　瑜　对中国新时期文学的前景，你有什么预测？

韩少功　伤痕文学的时期已远远过去了。比题材，比胆量，比观念，比技巧的热闹也将要过去了，冲锋陷阵和花拳绣腿已不足以为文坛输血了。国内这十年，匆匆补了人家几个世纪的课，现在正面临着一个疲劳期和成熟期。大部分作者将滞留徘徊，可能有很多作家会转向通俗文学和纪实文学，但也会有少数作家坚持建筑自己的哲学世界和艺术世界，成为文学的大手笔。另一方面的情况是，大众传播，或者说电子文化，将对文学产生极其深刻的影响。文字是印刷文化时期的帝王，但现在它的地盘大大收缩了。电子文化更具有全球性、综合性、大众性、快捷性、简约性，等等。人们见多识广而一知半解，可能出现一批批速成的观念、速成的技巧、速成的作者和读者。太速成也就可能浅薄，容易速朽。这对文学将亦祸亦福。当然，这不光是文学的问题，也不仅仅是中国的问题。我有一个感觉，人类文化正面临一次根本性的嬗变，一次意义完全不同的“文化大革命”。电子文化洞开了一个十分刺激十分快活十分危险的精神空间，也将大大重塑人性的状态。

当然，作为一个作者，我不必为未来算命。文学有点像自言自语，作家常常管不了那么多。

一九八六年十一月

最初发表于一九八七年《北美华侨日报》。

穿行在海岛和山乡之间

——答评论家王樽

走简易办案程序

王　樽　您的新书《韩少功王尧对话录》现正在书市热销，我们都知道，您在文坛内向来还是比较低调的，不太喜欢张扬自己，这次是什么原因想到或者同意做这样一本剖白自己的书呢？

韩少功　这本书是一次计划外生产。起初是林建法邀请我去苏州做一个演讲，到了那里以后才知道，他们安排了三天，除了演讲还要给我做一个访谈，希望我加入苏州大学出版社出版的这样一个访谈系列。苏州大学出版社请吃饭，吃了人家的嘴软（笑），没办法，就留下了，同王尧开谈。开始我以为半天就完了，谁知道他准备了好多问题。这样就收不住了，只好哇哇哇乱说。

王　樽　我很喜欢读对话录形式的书，像《番石榴的飘香》《希区柯克论电影》都非常好读。对您来说，好多不好写的问题也可以通过谈话来解决。

韩少功　有时这也是一个省事的办法，要写成文章的话，恐怕要费很多心思和精力。这样一谈呢，像办案走简易程序，提高办案效率。

王　樽　这是您第一本访谈形式的书，应该很轻松吧，做了多久？

韩少功　谈了三天。其实也难，要在这么短的时间内全面坦白，还要让人看了有点用，或者有点趣，不容易。后来他们把文字整理出来，我同他们通过网络频繁联系，进行调整和补充。录音里有些疏漏。我的普通话也不标准，他们听得不太清楚。再有就是谈话难免凌乱，前后有些地方重复。我在修订的时候把同类项合并，做一些梳理。这样，到今年上半年才完成整理。

王　樽　在后来的整理过程中，您想通过这本书告诉读者些什么？

韩少功　我想既然是出一本书，就得认真一些，对出版社、对读者以及自己，都要负责任。书中有些想法，不一定适宜写进文章，更不适宜写成小说，以谈话这种明快简约的方式交流一下可能比较合适。这本书大体分成两部分，一是“经历篇”，是比较经验性的部分，回顾自己生活与思想的历程，偏重于对人生和社会的看法。第二部分是“问学篇”，偏重于一些知识性话题，包括读书和写作的体会，带有理论探讨的性质。

王　樽　语言的问题谈起来很容易流于抽象和枯燥呵。

韩少功　过去有些人谈语言，确实流于抽象。什么语言的好与不好，拿不出具体客观的标准。我这次不谈这个，偏重于谈谈汉语在当代的地位和功能。当然，要谈清这个问题，就必然拿汉语同其他一些语种比较，比方看一看周边国家的情况，看一看韩文、日文、蒙古文、印度英语的情况。再来反观我们的现代汉语，这样也许可以看得更清楚一些。同西方语言比较也是很必要的。但我只懂一点英语，只能说点皮毛。即便如此，通过这样的比较和讨论，汉语的某些特点就慢慢呈现出来了。

王　樽　比较的结果，恐怕就超出了从语言到语言的局限。

韩少功　语言是历史的分泌物，又是历史的显影剂，两者相互纠缠。谈语言免不了要谈到历史。比方中国为什么有统一的中文？欧洲为什么分裂出那么多语种？这后面就有历史原因。你知道，中国人是农耕民族，比较熟悉草木，所以很早就发明了草木造纸。有了纸，文字就容易通过纸写笔载的方式普及全国。相比之下。欧洲人在十一世纪以前主要用羊皮纸，而羊皮纸又笨重又昂贵，文字运用就受到很大的局限。他们更多时候只能用非文字手段去表达思想和情感，比方手舞足蹈呵。这同中国一些少数民族的情况相似，文字不够发达，能歌善舞就是一种合理补充。

缺少文字的约束和主导，表音文字也特别容易改变，很不稳定。比方荷兰语以前只是德语的一支，相当于一种方言，但语言跟着文字跑，变出一整套“方言字”以后，就只能独立成荷兰文了。欧洲很多语种都是拉丁语或日耳曼语的“方言”中变出来的。

我这次访问北欧，发现很多同行的日子比中国作家难过，因为他们的语种太小，出版市场很难养活他们，所以他们大多需要国家帮助，需要各种基金会支持。但他们的音乐、舞蹈、美术等没有这个问题，因为这些艺术门类可以超越语种，不需要翻译，就有了国际大市场。西欧曾经以美术见长，中欧曾经以音乐见长，而且很多大牌艺术家都出在小国家。比如梵·高，比如肖邦。为什么？因为对于这些小国家来说，艺术的市场比文学的市场大，吸引了更多人才。

他们的文学也更喜欢演艺化和舞台化，比如，诗歌上台朗诵，小说上台朗读。中国诗人擅长朗诵的不多，这与欧洲诗人有明显差别。中国小说家更不习惯当众朗读小说，看到欧洲同行常常这么干，往往很奇怪。其实，从史诗到悲剧，人家就有这个口传文化和演艺文化的大传统，上舞台是人家的一碗饭。他们连说话都有表演化传统，耸肩，摊手，用各种手势，表情幅度特别大，身体语言特别丰富，不像中国人说话不动声色。人家生下来就是多了几个演艺细胞。

当然，我不是说欧洲只有艺术没有文学。应该说，十五世纪以后，造纸术和活字印刷术在欧洲发酵，尤其是英语、法语、西班牙语这些大语种，产生了大批优秀作家。我这里只是谈语言对文学和艺术的潜在影响。我们以前似乎不大注意这种影响。

西方的服装与礼仪

王　樽　所有的文化都离不开特有的生存环境？

韩少功　是呵，我们还可以看看服装。中国古人多穿绵绸织品，因为这都是农业出产，很软和，很舒适，官服和礼服都像休闲服，但不够挺括，穿在身上没形，男士一个个都像面团子。欧洲人有游牧产业传统，盛产毛呢和皮革，拿来做服装特别硬挺，线条很分明。欧洲人十八世纪初时兴中国丝绸，但大多是用来打扮贵妇人的，所以男刚女柔，服装美学就这么形成了。中国男人也想穿得挺一点，但身处一个农业社会，在没有足够的毛呢和皮革以前，服装的选择很少，变革缺乏相应的物质条件。

王　樽　看来服装与生产方式，甚至与生态环境都是大有关系的。听孔见说，你对礼仪也有过特别的分析。

韩少功　我小的时候，男同学特别愿意看西方电影，喜欢模仿男主角的派头，觉得他们举手投足都特别帅，风度十分迷人。其实人家的风度不是从天上掉下来的。第一，欧洲有骑士传统。骑士就是军事贵族的延续，一个个都得讲究健美，崇尚体育，男人都练一身腱子肉，像文艺复兴以后那些男裸雕塑。这不像中国古人是儒家当道，是读书人的传统，太文弱了，所谓白面书生和男人女气。第二，欧洲有贵族传统，即便贵族制度解体以后，其文化传统仍然余绪未绝，甚至传染到全社会，深入到大众日常生活，比如，再穷也得听歌剧，听歌剧时要穿晚礼服，这一套习俗连老百姓也学会了。

张承志从西班牙回来，说那里很多酒吧男侍者特别自尊，不苟言笑，说一声“谢谢”，绝不说第二遍。这里面不就有贵族余风吗？什么是贵族？怎么样才像一个贵族？贵族就是遇事不能急，说话不能碎，目光和动作不能乱，待人既不粗暴但也决不亲昵，这都构成了欧洲式风度的内容，甚至是欧洲式礼仪的内容。再急也只能快步，不能随便跑。再累也得硬撑着，不能随便蹲。再乐也不能大笑，口鼻的形状得控制有度。大多数欧洲人从小耳濡目染，已经把这一套规则融化在骨血里。

中国历史上缺乏骑士阶层，也缺乏贵族体系，尤其在近代以来频繁的造反之后，主流礼仪具有反贵族化的方向，差不多是江湖化的。“哥儿们”之间，越粗野越表示亲密，越放肆越表示亲切，一句句国骂就是友谊的证明，否则就是“见外”，就是“酸”。这种江湖化的日常礼仪好不好呢？你可以说这很好，比较平等，亲密无间。但你可以说它不好，不够矜持，缺乏优雅，人与人之间太没距离。

“寒带社会主义”及其他

王 樽 从您的谈话可以感受到，您很重视将读书和实际生活联系起来。你总是从一些生活细节来思考文化，甚至思考社会和政治。

韩少功 读书本是读小书，读生活才是读大书。在这一点上，我欣赏文化人类学的态度，这个学科特别重视民间、实践、田野调查，不光是在书本里打转转。我同这方面的专家打交道，发现他们特别重视生活细节，总是通过了解实际生活来澄清乃至纠正书本上的误差。这一点很让我开眼界。

我以前读过德国理论家韦伯的书。他说新教伦理促进了资本主义，看来也言之成理。但我到北欧跑一趟，发现韦伯只讲了一面。其实在某种情况下，新教也是社会主义的文化资源。你看看北欧国家的国旗，绝大多数是十字旗，黄十字、红十字、白十字，等等，不是法国和俄国的那种三色旗。可见他们以宗教立国，尤其尊奉新教的路德宗。这个教派特别强调扶贫济困，优秀教徒总是要资助几个、几十个穷人，然后教堂为这种善者立碑，相当于设立个光荣榜。在这样一个文化氛围中，社会公平自然成了人心所向，高福利制度就有了大众文化根基。比如，瑞典人的税后收入差距很小，国家把每个人从摇篮管到坟墓，差不多是“大锅饭”。你可以说这种北欧式社会主义是受马克思的影响，也可以说这更是受基督教的影响。

在另一方面，北欧地处寒带，冬天特别冷，如果没有住房和暖气的福利，穷人不光是穷，是根本不能活，肯定会冻死。这种刚性约束在温带地区和热带地区就不存在。因此，我们可以说，北欧和加拿大在西方世界别树一帜，其高福利制度后面甚至有气候因素，差不多是势在必行，大概可称之为“寒带社会主义”再加“新教社会主义”。这与苏联的社会主义，中国的社会主义，拉美的社会主义，可能“同名不同姓”。

光在书本里读，我们对北欧的了解就可能简单化，可能不得要领，只看到“同名”的一面，看不到“不同姓”的一面。

王　樽　现在文坛上流行一种尽量少读书的思潮，有些大腕也在标榜自己不再读别人的书，但您却一直保持着博览群书的习惯。

韩少功　我不像他们那样聪明，不能生而知之。孔子说：学而不思则罔，思而不学则殆。学恐怕还是重要的。

王　樽　您是怎样做到从读书中读出自己的心得和见解的？

韩少功　读书不是要读结论，重要的是读智慧过程，读知行合一的经验。前人也是人，并不是神。对前人的书，我们不必跪着去读，而是展开平等交流，甚至不妨多一点怀疑态度。几千年前的结论就适于我吗？未见得。几千公里以外的结论就适于我吗？也未见得。重要的是，我们要看他们在什么情况下得出来这些结论，然后看这些结论在什么情况下会有效，在什么情况下又会无效。现在有些人开口就是萨特怎么说，海德格尔怎么说，把名人格言贴满自己一脸，吓唬人。这样是不行的，只能把人读傻。

王　樽　现在读书界很流行引经据典的考证。

韩少功　做一篇论文先要列出索引文献，这种要求当然是对的，可以防止剽窃，防止懒惰和粗疏，让作者不光注意问题，还注意到“问题史”。但这并不是说，有了一大堆吓人的参考书，从书本到书本，就可以产生好学问。作者如果不善于从自己的生活经验和社会实践中提炼学问，就可能成为学术留声机。比如，现在“文化研究”很时兴，但有些文章不仅思路重叠，连口吻都难分你我，七八个人的文章都像一个人写的。这就是从书本到书本的病状，值得有关方面注意。

阅读口味不妨杂一点

王　樽　读一些当代很有名的作家作品，也能明显地看出他们的来路，比如，莫言的拉美魔幻爆炸文学、格非的博尔赫斯，等等。但从您的作品中似乎很难看到师承。您受哪些作家的影响比较大？

韩少功　这确实很难说，作家读书就像吃饭，吃下了很多作品，但具体说哪一些鱼肉长了我的哪一个器官，哪一些蔬菜长了我的哪一块骨头，真是不容易说清。就算有人说清了，你能相信？就中国现代文学而言，两类作家我都喜欢，像沈从文、孙犁这样诗性的作家，还有赵树理、老舍那些地方性很强、泥土气息较浓、吸收民间文化的，我也很喜欢。就像文人画和民间画，我都乐意欣赏。至于外国作家，早先读契诃夫和托尔斯泰，后来读海明威、卡夫卡、君特·格拉斯，可能都受到一定影响。

一个人读书的口味不妨杂一点，最好是当个“杂食动物”。我还喜欢读科普读物，读历史和哲学。有个罗马尼亚裔作家说过，只读诗歌的诗人一定是三流诗人，一个只读哲学的哲学家一定是三流哲学家。有时候一本地理学著作或一本生物学著作，可能对我们的启发性更强。这个道理是对的。

王　樽　*您写过诗歌吗？*

韩少功　很年轻的时候写过一点，但写得很臭。现在有时也私下胡诌几句，但没有发表过。在我的阅读中，一极是诗，另一极是理论。前者是感悟性的，特别不讲道理；后者是思辨性的，特别讲道理。这样的交叉阅读有时候很享受。“山南山北雪晴，千里万里月明”。这一句古诗没什么深刻，但打击力很大，可能让你浮想联翩，心里很感动。在另一方面，我从来不觉得理论枯燥。读亚里士多德，读柏拉图，常常喜不自禁摩拳擦掌，觉得很有快感。上帝给了你一个脑子，据说左半脑与右半脑各司其职，分别管理着思想和情感，为什么在两个半脑中一定要废掉一边呢？

王　樽　*如果让您来选一部有史以来最伟大的小说，你选哪一部？*

韩少功　要我回答这个问题，我会非常犹豫。因为小说与小说有很多不可比因素。就像我们很难说哪一件衣最重要，因为从幼年到中年，从春天到冬天，我需要的衣并不一样。契诃夫、陀思妥耶夫斯基、海明威、卡夫卡、苏轼、曹雪芹、鲁迅，等等，都曾让我非常兴奋。但我没法在他们之间比较出一个“最好”来，没有一成不变的结论。

特定条件把有些信号放大

王　樽　在文学史上有个现象，就是有些看起来并不怎么优秀的东西却有很高地位，而一些公认优秀的作品却得不到应有的评价。

韩少功　这是历史的无奈，恐怕也是历史的正常。在文学史上，作家地位主要取决于他们的成就，但也离不开一些偶然机缘的制约。比如，为什么欧洲十七、十八世纪的文学地位那么高？这既与启蒙主义形成主潮有关，也与民族国家的建立有关。拿后一点来说吧，要建立民族国家，就需要确定国语，展开国民教育，然后就要编教材，编字典，于是一些作家的作品被当作国文典范，让全体大、中、小学生们来学习。这就把有些作家的地位拉抬了，把他们的信号放大了。

就像我们五四时期以后的作家，有些并不一定特别好，但因为进入了字典和教材，进入了国民教育渠道，地位就会变得特别显赫，被不容置疑地确定下来。老师传给学生，学生又传给下一代学生，形成一个权威知识体系，其地位不容易推翻。也许现在我们有很多新作家非常优秀，甚至比老一辈作家更优秀，但是他们错过了民族国家建制这个历史性机遇，你再优秀也无法进入教材，因为那里已告“客满”（笑）。文学课本的版面只有那么多，先来后到，客满了，就没办法了。

俄国著名思想家普列汉诺夫说到马克思时，说因为有了马克思，就堵死了其他人成为马克思的道路，哪怕那些人并不比马克思差。我们所说的历史，是人们注意到的历史，是用注意力选择过的历史，而这个注意力会因为一些历史原因向某些焦点集中，把焦点之外很多东西忽略掉。国外有些汉学家不明白这个过程，认为王安忆比丁玲要写得多，也写得好，为什么丁玲在中国文学史的地位更重要？我对他们说，这倒不是丁玲自己折腾出来的，从某种意义上来说，是因为王安忆错过了民族国家建制这班车。

片断体是犹豫的表达

王　樽　您的两部长篇《马桥词典》与《暗示》都采取了断片式的叙事结构，从中可以看出您对传统小说方式的颠覆。《暗示》比《马桥词典》更加走向极端，基本是散文随笔的集成。您为什么会选择这样一种形式来表达？

韩少功　晚清以后，我们的小说开始欧化，结构基本上都是焦点式的，就像西方的油画，而不像我们中国的一些文人画，比如，《清明上河图》那种散点结构。焦点结构特别适用于所谓“宏大叙事”，比方在众多历史现象中筛选出一个线索，筛选出一个主题，然后在这样的框架里演绎历史。也许我比较低能，经常觉得这种框架特别拘束、僵硬、封闭、不顺手，有些想写的东西装不进去，有些能装进去的我又不想要。一个贪官出现了，就必须把这个贪官挖出来，才能算完。一个将军成了主角，其他人物就只能成为配角，想喧宾夺主也不行。情节主线之外的很多东西，顶多就只能作为“闲笔”，点缀一下，没办法展开。这样，实际是小说在控制你，而不是你在控制小说。

故事有它本身的逻辑，顺着这个逻辑往下滚，很可能构成一种起承转合模式。

近半个世纪以来，各种“宏大叙事”受到怀疑，这就出现了一种散碎化叙事，大概从罗兰·巴特就开始有了。现代主义小说不规不矩，把平衡美、完整美这些古典观念抛到一边，与读者的阅读习惯拧着干。但我并不能说散碎就比完整好，不能说“片断体”是唯一正道。不，事情不是这样的。我采用片断体，恰恰可能是因为我还缺乏新的建构能力，没办法建构一种新的逻辑框架。就是说，我对老的解释框架不满意了，但新的解释框架又搭建不起来，所以就只剩下一堆碎片，一种犹犹豫豫的表达。

当然，这里也隐含着宁可犹豫、不可独断的一种态度。历史可能就是这样的，整合、破碎，再整合，再破碎，交替着向前发展。如果我不是太弱智的话，肯定也不会永远停留在某一种叙事方法上。

言人之所少言

王　樽　您在《暗示》中写到了“文革”但似乎写得并不残酷，是出于什么样的考虑？

韩少功　应该说，这本书里的“文革”也不乏残酷，比如，老木的“军装事件”和“逃港事件”，还有一些人的死亡，等等。但一写“文革”就要抹鼻涕，就要捶胸顿足哭天抢地，是一种可疑的套路，恐怕不宜成为这本书的重点。我的重点，是想把“文革”说得复杂一点，言人之所未言，言人之所少言。

比如说“忠字舞”。“忠字舞”是怎么回事？当时为什么那么多人热衷于跳？这里面的原因可能很多。最表面的层次，是当时的奴化教育和意识形态宣传。但下面还有隐秘层次，比方说，那时的娱乐活动匮乏，对不少人来说，跳“忠字舞”就是为了娱乐，与当代青年跳国标舞和迪斯科差不多。又比方说，那时候文化禁闭很厉害，有些人就用“忠字舞”来包装艺术追求，所谓借尸还魂，大红伞下搞点自由化，构成了特定历史条件下的一种文化策略。历史其实就是这样复杂的，不像“伤痕文学”说得那么简单。

不久前，很多人怀旧，唱一唱“样板戏”，唱一唱“语录歌”，有些文化人就绷紧政治神经，拉响政治警报，惊呼“文革”回潮，打一场上纲上线的口水仗。其实事情有那么严重吗？以这种认识来对待历史，来处理现实问题，是不是使我们对人性和文化的认识显得过于幼稚和偏执？我相信，有些“文革”过来人，可能不过是在“忠字舞”的音乐中谈过恋爱，所以现在一听到“忠字舞”就有些感怀，情不自禁地重温青春，如此而已。这与“文革”思潮有多大关系？相反，政治过敏症本身倒有点像“文革”吧？

伟大的作家令人绝望

王 樽 看您的《暗示》，让我想到博尔赫斯在《沙之书》中所描绘的一种书的可能，随便从什么地方翻开阅读，总能找到新的看点。您是否也在追求这样一种似乎总也读不完的效果？

韩少功　博尔赫斯对我很有启发，他的很多作品都有这种开放结构，自循环结构，让终点同时成为起点，让很多地方都有电脑上“点击进入”的可能空间。但我以前说过，启发也常常是害人的，因为有人做在先，你要避开他或者超过他，总是很困难，得费很多力气。所以我曾经同朋友们开玩笑，说糟糕的作家害人，优秀的作家更害人。因为你看到特别好的作品以后，常常会觉得没法写了，用不着写了。

王　樽　在您看来，哪些作家是最害人的？

韩少功　卡夫卡应该算一个吧。在表现冷漠、荒诞、孤独这方面，他是一座难以逾越的大山，因此你写得再好，也可能只是个“中国的卡夫卡”，只能当他的孙子，很难走出他的阴影。

王　樽　因为你两部长篇都运用断片式的写作，人们会说您不擅长宏大叙事。有没有想用比较传统的方式写一部长篇小说的打算？

韩少功　要求一个作家面面俱到，拿十项全能的冠军，恐怕很难。没有一个作家能够做到这样。每个人都是有局限的。泥水匠可能做不了木匠，铁匠可能做不了裁缝。人都要承认自己有所不能，准备有所不为。我过去也写过故事性比较强的作品，虽然没有长篇，但有中篇和短篇。写一部传统叙事手法的长篇小说，在我看来不是什么太难的事，也许哪一天我忽发奇想就会写一个。但会不会写，什么时候写，得看机缘。

好作品总会有知音

王　樽　您曾获得“法国文艺骑士奖章”，法文版小说集《山上的声音》也在法国被网上读者评为“二〇〇〇年法国十大文学好书”之一。法国人为什么喜欢您的小说？

韩少功　得到这些荣誉有些意外。但它只是表明有一部分法国读者喜欢我的作品，不可能是全部或大部分读者。我有法文版的六本书，但大多出现在偏僻书架上，放在东亚书柜的某一角，不容易找到的。我对这一点很清楚，所以没什么可牛的（笑）。即使得奖，也不见得就名副其实，因为评奖总是有一些偶然因素起作用。我有一篇《谋杀》在台湾得过奖，但我自认为比《谋杀》更好的小说，却没有得到台湾的奖。因此一个作品的价值，并不等于社会所承认的价值，更不等于一些评论家或者评奖委员会所承认的价值。

当然，外国读者与中国读者没有根本性差异，都是男女老少，都有生老病死，人同此心，心同此理。所以不要说很优秀的作品，只要是比较好的作品，总会多多少少地找到一些知音。作家们在这方面都应该有自信。

王　樽　据说不久前《马桥词典》英文版在国外的报刊和网站上也颇获好评，但您跟法国似乎更有着一些不解之缘？

韩少功　他们翻译我的书多一点，有时会邀请我去参加一些活动，仅此而已。在西方国家中，法国对第三世界文学更重视，因为他们有文化立国的传统，有浪漫主义和世界主义的文化传统，政府和社会都比较重视文化。如果纽约被看作世界的经济首都，那么很多法国人肯定想为巴黎争一个世界文化首都的地位。这种意识肯定是有的。比如，他们设有国家文化部，据说还是第一大部，位置排在外交部、国防部之前，这在全世界就很特别。美国就没有什么文化部，只有一个新闻署管对外宣传，相当于中国的国务院新闻办，管一管“美国之音”什么的。文化基本上都交给民营机构去做。与中国的文化交流，基本上是由一些大学的东亚系在做。比较而言，法国不但与我，与很多中国作家都有缘，他们翻译中国文学是比较多的。欧洲人从他们的现实利益和历史经验出发，也比较信奉“文化多样性”，把它当作欧盟的基本价值信条。其实这种政策也可翻译成一种政治态度，即对美国单边主义政治隐含着牵制。在这种情况下，法国更重视第三世界的文化，比较顺理成章。

王　樽　在您看来，中法两国在文化习俗上有些什么相似点？

韩少功　中国人好吃，法国人也好吃。他们自己开玩笑，说法国人只有两种，一种是在吃的人，一种是在谈吃的人。还有一条，很多中国人喜欢扎堆聊天，很多法国人也喜欢侃大山、耍贫嘴，泡茶馆，一到下班时间，把大街小巷的酒吧都填得满满的。他们大多不喜欢美国人、日本人的那种紧张生活，甚至将他们讥讽为经济动物。

其实，法国人与中国人的差异也很多。比如，大多数法国人崇尚传统，而大多数中国人蔑视传统。他们是厚古薄今派，一看到老街道、老房子、老家具、老钟表就发烧，就呵呵呵地激动，这与很多中国人一个劲地追捧新潮，刚好拧着。

小儿科的政治思维

王　樽　从您的文章里可以看出，您对时事政治和国际社会都很关注，它们常常成为您治学议论的切入点。

韩少功　时政是生活的一部分，为什么要刻意地不去关心呢？我对一些青年说过，就算你是一个个人主义者，你也得关注社会。你要争取你的个人利益，你能不关注生态恶化吗？能不关注经济动荡和就业形势吗？再往小里一点说，你能不关注你的情人、孩子、父母兄弟、同事朋友吗？他们都生气的时候，你高兴得起来？他们都没饭吃的时候，你在众目睽睽之下一个人就吃得下去？所以一个个人主义者，至少也得关心自己的家庭，关心自己的单位和社区，再往前走小半步，就是关心全社会。这是一个很简单的逻辑。

王　樽　现在的一些时政问题，也像一些文坛论争，闹出公式化和简单化了。

韩少功　中国人其实最喜欢议政，连一个北京的出租司机也像是政治局委员，或者是国务院的编外副总理。乡下三个农民坐到一起，一杯酒下肚，可能就要开一个毛泽东或者邓小平的研讨会。但中国人的议政常常是道德化的，喜欢派发“好人”或“坏人”的帽子。这与我们的文艺作品不无关系。因为以前的很多帝王戏，还有当今很多官场小说和官场电视剧，也多是道德化叙事，是一些好人斗坏人的故事，深深影响了老百姓的思维习惯。

应该说，这是一种小儿科政治思维。一个成熟的民族，应该有政治学、历史学、社会学、经济学、法学等丰富的知识成果，并且有面向大众的知识普及，就像韦伯一类学者在德国做的工作。德国经过两次战败，知识界有深刻反思，有认真的知识建设，决不会满足于“清官”与“贪官”“好皇帝”与“坏皇帝”这样的判断。哈贝玛斯等当代学术人物其实很有政治视野，建立他们的学术体系，与欧盟的长远战略有关系，据说还曾得到德国很多政治人物的有心推动。汪晖告诉我，哈贝玛斯同他们的外交部长过从甚密。他支持北约打南斯拉夫，反对美国打伊拉克，都有国家利益的考虑在内，毫无书生气。

有次我参加一个代表团访欧。会谈的时候，主人方面谈欧盟的“文化多样性”原则，其实这对中国是有利的。但中方主谈代表，一个部级高官，一听就紧张，以为对方在指责中国压制异端。译员也没明白，对当代很多概念相当陌生，结果双方越谈越岔，莫名其妙地紧张对峙起来。我还听说，中国派团参加一些国际会议的时候，很多小国家的代表都踊跃发言，但我方有些官员不能发言，因为他们不知道那些条约是怎么回事，不了解其中的含义、背景以及来龙去脉。这岂不是很可悲的情况？

当今中国正走向世界，不要说老百姓，就是知识界，也仍然存在着对世界知之甚少的现象，真有点让人着急。有些人开口就是“西方”如何如何，我们也应该如何如何。其实，他们在多大程度上了解“西方”？世界上哪有一个标准的“西方”？“西方”是一个非常复杂的存在。你说的“西方”是欧洲还是美国？是西欧还是南欧还是北欧？是否包括日本、北非、南美？我觉得，一直到现在，我们很多官员和知识精英的“西方”观还是一塌糊涂的。这恰恰使我们不能更好地学习西方。

翻译就是精读和有限对接

王　樽　您当年主张“寻根”，对中国文化传统有极大兴趣，其实你也一直在非常自觉地学习西方文化。你翻译的《生命中不能承受之轻》，开了介绍米兰·昆德拉的先河，其影响深远。昆德拉小说中对现实的批判、嘲讽以及思辨色彩，对你是不是有很大影响？

韩少功　翻译就是精读。既然是精读，免不了会受到影响。昆德拉的眼界和手法都不是中国的“伤痕文学”所能及的，政治批判与人性追问熔为一炉，在文体上也有很多创新。但对他的某些思考我并不满足，比如，他对“轻”与“重”的思考过于玄奥和勉强，还有对“BEING”的关注，没有多少过人之见，流于一般。当然，我的不满意也是受影响的方式之一，可以视为一种激发反作用力的广义影响。

王　樽　现在上海译文出版社又出了这部书的新译本，书名稍有改动，叫《不能承受的生命之轻》。您是否看过这部新译本？怎样评价？

韩少功　译者许钧送了他的译本给我，我还没有来得及读。他专事法国文学研究，几乎每年都去法国，是可以信任的专家。我们没见过面，但通过电话和电子邮件有过交流。有些词，其文化内涵和文化背景，确实很不好翻译。比如，书名中的Being，许教授曾说应该译成“存在”而不是“生命”，我说这样译可以，但也不是确译，连昆德拉本人也曾在文章中明确表示过反对。因为Being牵涉到的含义太复杂，不仅是胡塞尔、海德格尔那里的关键词，也是黑格尔、康德那里的关键词，甚至还可上溯到希腊哲学和犹太正教。Being的原义是“是”，亚里士多德《形而上学》通篇讨论的都是这个“是”，比如，什么是“基本的是”，什么是“延伸的是”，什么是“科学的是”，什么是“形而上的是”……绕口绕得厉害。所谓真理，就是探讨“是与不是”的问题。

但中译本无法展示这样深广的意义背景，无法展示这个有关“是”的问题史，因此只能有限对接。哈姆雷特说：“是还是不是，这是个问题。”不过中国人只能把这句话翻译成：“活着还是死去，这是个问题。”目的是方便中国读者接受。昆德拉这本书的书名，也有个方便接受的问题。现在看来，许钧教授思来想去，还是把 Being 译成“生命”，与我的选择相同。可能也只能这样了。我相信我们两人对此都存有遗憾。

戴着镣铐跳舞

王　樽　我看过您翻译的佩索阿《惶然录》，是一本让人很意外的书。当初是什么原因想到介绍这位葡萄牙作家？

韩少功　最早接触佩索阿是一九九六年。当时我去法国和荷兰访问，在巴黎书店里买了他的三本书。我读了以后就纳闷，这个佩索阿确实很棒，怎么就被中国翻译界忽略了呢？回到中国以后，恰巧北大的赵德明教授来海南。他是专门从事西、葡语文学翻译的。我问他，你们为什么不翻译佩索阿？他想了想说，是呵，这么一个重要的作家，怎么就把他忘了？他说有人译过佩索阿的一些诗，但似乎没有人译他的散文。这样，他鼓励我赶快把《惶然录》翻译出来。

王　樽　这本书出版时正值散文随笔风靡书市，但《惶然录》为什么没有火起来？

韩少功　这本书第一版只印了五千册，但影响还是不错。已经有一些书评表示激赏，但发行工作似乎没跟上去。我听说出版社最近要重印。

王　樽　看您的译文，觉得文笔特别优美，且能引人深思，和您个人的文风很相近。有时我想，这可能就是在阅读韩少功吧？

韩少功　这话让我很得意。其实，翻译也是创作，是二度创作，戴着镣铐跳舞，别有一番风味和乐趣。我做翻译的时候，一般都讲究译文的每个字有出处，尽量忠实于原文，不敢随便跑野马。译者的自由主要表现在同义词的选择，词序的有限变动，对气韵和风格的有限设计，还有在松散或紧凑、铺张或简练等方面随机处理。由于理解能力不一样，写作经验不一样，人们可能把同样的意思译出不同的面貌，精气神大异其趣。就拿古汉语与现代汉语之间的翻译来说吧，就拿不同方言之间的翻译来说吧，都是中国话，都是同样的意思，翻译的效果也会不同。有时候意思没怎么错，但没有意思了，没有味道了，效果差异是很微妙的。

棋子在棋盘里才有意义

王　樽　您在主办《海南纪实》时，曾尝试一种新的分配和管理机制，甚至还有纲领性的文件，显示出你有很强的理想成分和政治头脑。您是否曾想过从政？

韩少功　很多年前我对自己的从业选择，有过冷静考虑，想来想去，最后的选择是不从政。我三十来岁就是省政协常委、省青联副主席、州团委副书记，进入“梯队”什么的，应该说有从政机会。但我自知缺乏这方面的素质，也舍不下一种比较独立的生活状态。从政不容易呵，要讲纪律，讲团结，要受得了委屈，要有韧性和技巧，容不得自由散漫习气，甚至话也不能随便讲，玩笑不能随便开。我曾对朋友说过：在一个单位，不是领导剥削群众，就是群众剥削领导。你要先想好：要是你不想当贪官，你就得准备接受剥削。

当主编、当作协或文联主席，当然也牵涉到管理，但管理规模小多了，算不上做官。聊以自慰的是，我在这些岗位上还没出过什么洋相，也增长了一点务实能力。有些作家和学者看不起其他行当，我是不以为然的。条条蛇都咬人。有的作家可以写出大作品，但不一定能当好一个科长。别看他说大话，要他做生意赚回十块钱，就憋死他。

这些经历也许有利于我了解社会，了解人。有些成功者觉得自己很牛，总觉得社会欠他的，不是他欠社会的。其实，个人都是社会产物，个人成功都有赖社会各种机缘。“知青作家”在八十年代成功，不就是因为文坛几乎一片空白吗？要是没有十年“文革”，要是让前辈作家放开手脚一路写下来，还轮得上你们什么事？瑞士语言学家索绪尔在谈语言时有一个比喻。他说每一个词，就像一个棋子，离开了棋盘是没有任何意义的，炮也好，马也好，皇后也好，只有在棋局里才有了意义。其实，一个人也是这样，其意义也是由其他人所决定的。没有哥哥，你就不是弟弟。没有下级，你就不是上级。没有左派，你就不是右派。每一个社会集团的意义也是由其他社会集团所决定的。日军侵华，棋局里多了这一个子，国、共两党的意义就变了。假如那个时候出现外星人，棋局里再多了这一个子，中、日两国的意义又会变了。所以，把个人孤立起来看，他什么也不是，只是个零。你就等着退化和返祖吧，等着浑身长毛当猴子吧。有些个人主义者不懂这一点，过于沉溺于自恋和自夸。

斩断负面的信息和关系

王　樽　《马桥词典》风波之后，您辞去了一些职务，在湖南乡下盖了房子，还喂鸡、种树、种菜，成为文坛令人关注的新闻。你为什么要选择乡下的生活？它对您后来的创作有些什么样的影响？

韩少功　一个人在一个地方待长了，有害关系增多，需要在技术上斩断一下。在当今这个时代，有害信息也很多，需要在技术上适当地屏蔽一下。当然，完全斩断和屏蔽是不可能的，但至少可以技术性地减少一点，就像学生们减负。海南是一个旅游城市，南来北往的人太多，接待任务颇为繁重。我挪个地方，就可以减少一些应酬。到乡下，好多报刊不读了，其实这些东西你看一个月，和看一年，和看几年，感觉几乎是一样的，那你看它还有什么意思呢？还不如不看。

阶段性地住在乡下，能亲近山水，亲近动物和植物，月光一下子也增加很多，比都市里的生活其实更丰富。最重要的是，换个地方还能接触文学圈以外的生活，接触底层老百姓的生活，可以从他们那里获取一些原生性的智慧和情感。在列夫·托尔斯泰看来，这简直就是接近了上帝。

王　樽　你是否觉得接触文学圈或知识圈以外的人对你更为重要？

韩少功　当然是这样。在城市里生活时间长了，尤其是到中年以后，容易出现生活圈子化。你经常接触的就是这些人，到了北京或者上海，见的也是那么些人，无非是几个学者或作家。这就有互相复制的危险。大家读的书差不多，想的问题差不多，连说的话也可能差不多，相当于文化上近亲繁殖，自己对着镜子搞交流。为什么现在有些小说越写越雷同？为什么主人公总是在咖啡馆、卧房、大街这样几个场景里转来转去，连插科打诨都似曾相识一再重复？这里有一个生活模式化的问题，有一个作家们生活圈子化和封闭化的问题。这恐怕不是健康状态。

王　樽　人们通常把作家分成技术型和思想型的两类，很多人把您划入思想型之列。

韩少功　感觉不是万能，思想也不是万能。八十年代以来，有些作家逃避思想，反对思想，针对点是那种意识形态的教条，不是完全没有道理。当时文学界流行一句以色列谚语："人一思考，上帝就发笑。"但这句谚语本身也是思考的结果吧？严格地说，人们不思考，上帝更会发笑吧？按照钱穆的观点，思考与感觉之间并不能截然两分，朦胧的思想就是感觉，明晰的感觉就是思想。一种心理活动是思想还是感觉，全看我们的智能是否聚焦。聚焦区之内的，想清楚了，可以言传了，可以合逻辑了，差不多就是思想。聚焦区之外的，还不太清楚，不可以言传，不大合逻辑，就可归之于感觉。把思想与感觉机械对立起来，是中国文学界一个奇怪的风气。

王　樽　听人说您在处事时也表现出两极，有时很果断，有时又很犹豫。

韩少功　作家习惯于看到人生的复杂性，表达总是不免犹犹豫豫，这是作家之长也是作家之短。要投入行动的时候，过多地瞻前顾后就会贻误时机。九十年代初，我写过一篇题为《词语新解》的文章，里面关于“肤浅”是这样解释的：肤浅是大胆行动的可贵能源，因此历史常常由肤浅的人来创造，由深刻的人来理解。如果换上你的这个话题，我可能要说：犹豫是行动的大敌，因此历史常常由不犹豫者来创造，由犹豫者来理解。

做一个快乐的人

王　樽　您创作了很多小说，还有大量的随笔散文，还成功翻译了昆德拉和佩索阿，又创办过两本颇具影响的杂志。人们说起您，不仅把您当作小说家，还作为思想者、翻译家、社会活动家。在这诸多称谓中，您最看重哪一个？

韩少功　我最想做一个快乐的人。作家不必被写作异化，不必把写生活置于生活本身之上。有些人天生就是一个大作家模样，一辈子就是想奔某个文学高峰，倒是把自己的生活搞得比较病态。还有的人老是惦记着历史地位，对自己的一言一行都特别注意，好像那些都是要进历史大事记的，把自己的日记、手稿、通信精心保存，只等着送博物馆了。这样的作家是作茧自缚。我不愿意做这样的人。我觉得作家首先是人，人的概念要优于作家的概念。第一是做人，第二或者第三才是当作家。

王　樽　在您的眼里，哪些作家最接近您所理解中的“快乐的人”？

韩少功　如果说要有一个标杆的话，我可以提到苏东坡。他这个人兴趣广泛，顺应自然，人生中没有太多刻意和居心。有时他也修修水利，干一点造福于民的事。有时他也当当官，把政治性的策论写得很认真，为此既开罪于新党，也不见容于旧党。有时他还打坐练功，研究食谱或医术，不管做什么都像个大孩子，兴致勃勃，一派天真。他没有什么等级观念，被贬黜海南的时候，与当地的土著交往也很愉快。他的生活本身就是一部书，一部非常好的作品，诗文倒成了副产品。

其实，就中国传统而言，首先是人，其次是文。人文人文，"人"是在前面的，"文"只是"人"的一个痕迹。王阳明说过：人须事来磨，方立得住。一个作家首先要学会做人，学会做事。

淡化自己的作家身份

王　樽　您在八十年代末到九十年代初那一段似乎写得很少。

韩少功　我有两段几乎停笔。一是你说的那一段，二是我当《天涯》社长这一段，都写得很少。不过这没有什么。我没有把当编辑甚至打工谋生看成是一件很痛苦的事，看成一种精力浪费。当编辑也自有乐趣，自有价值。

王　樽　您好像一直在淡化自己的作家身份？

韩少功　至少我不愿意强调这种身份。因为我对写作从无自信心，早年去进修英语，也是打算哪一天写不出了，就找点别的事来干。像生理排泄一样，年年写，月月写，这可能吗？不会把作家写成个疯子？至少写成个怪人？说起来，我对参观一些职业作家的故居、纪念馆之类，一般没有什么兴趣。我不觉得那些生平事迹有多重要，或者有什么特别的理由需要我加以关注。相反，我对有些名满天下的作家是怀疑的，如果不是怀疑他们的才智，有时会怀疑他们的人品，怀疑他们的人生质量。我有时甚至会偷偷同情他周围的亲友：居然与这么个自私的家伙长久相处，难为了呵。

王　樽　听说有人在写您的评传？

韩少功　有两个出版社在组稿。一个是郑州大学出版社，我劝他们不要做了。另一个是广东的一家出版社，编辑和作者发来电子邮件，说要写评传，我也不赞成。但他们后来说是以“评”为主，这一来我就没有理由、也没有能力阻止了。人家要评，你有什么权力封住人家的嘴？

二〇〇三年十二月

最初发表于二〇〇四年《深圳商报》和香港《文学世纪》杂志。

人们不思考，上帝更发笑

——答《韩少功评传》作者孔见

孔　见　你成长的过程中，有哪些记忆让你终生难忘？能否谈谈你最伤感的时期和最伤感的事情？

韩少功　对不舒服、不开心的日子总是记忆深刻一些，尤其亲人的生离死别更是如此。要说最伤感的时期，第一要算“文革”中父亲的去世和家庭变故。卡夫卡对他父亲说过：我之所以在作品里抱怨，就是我不能趴在你的肩膀上哭泣。我也是在那时候失去了一个可依靠的肩膀。第二可能是九十年代初期，当时发生了一些事，使我有被背弃和孤立之感。在那以前，我觉得尼采很难懂。在那以后，我突然觉得尼采不过是通俗的实话实说。

孔　见　新时期文学延续了三十年，有的作家走着走着就另辟蹊径走出了一条新路，但你一直在这条路上走着，保持着一种活跃进取的姿态。我想，这其中除了你始终保持对现实问题的敏感之外，还有一个原因，是你保持着学习的态度，不断寻找新的思想资源，交叉阅读中西方的经典作品。我有一个叫洪小波的朋友是你的读者，他很钦佩你一直保持着精神上的成长。

韩少功　作家的兴奋点很重要。让他兴奋起来的，开始可能是好奇，是名和利，还有生活中积累的冷暖恩怨。我就是这样过来的。到后来，马拉松一样的文学长跑需要持久动力，那就需要信念的定力和思想的活力。我读书并不多，聊感欣慰的是，我喜欢把书本知识与实际问题结合起来，抱着怀疑的态度读书。读书不是读古人的结论。古人再高明的结论拿到今天来也可能是无用的。我们需要读出古人的生活，看他们是面对什么条件和环境提出什么样的见解，以便解决当时的问题，回应当时的现实，这才能体会到他们的智慧。

孔　见　也就是说，任何话语都是面对某种现实和谈话对象而说的，读书必须能够还原这种对话关系来理解所说出的东西，不然就可能把书读死了。因为换一种形势和对象，话就不能这么说了。法无定法，说的也大概是这个意思。

韩少功　是的。除了读书，还有一个关怀半径。有一个作家对我说，他很长一段时间里提不起神，觉得没什么好学的，没什么要说的。我问他，世界上每天发生那么的事情，贫困、压迫、暴力、死亡、伤害、对抗，等等，你都看不见吗？或者看见了你都心安理得？当然，那些事情都可以与你没关系，有关系那是你自找的，是你关怀的后果。这就涉及一个人的关怀半径。如果你的半径足够长，你就是一辈子不停顿，也想不完和学不完，成天有忙不完的事。

孔　见　说到关怀，是一个关键性的问题。对人的关怀是文学的传统，但关怀人是关怀人的什么东西？是物质生活上的嘘寒问暖，欲望上的满足和放纵，还是精神上的升华和进化？是一个值得深究的问题。不好笼统地谈论关怀。

韩少功　这一点问得好，很少有人这样问过。人总是受制于人的基本条件。比如说，在粮食有限的情况下，我吃饱你就吃不饱，你受益我就不受益，因此人都有利己的本能。但人还有恻隐，有同情，有感同身受，看见别人受苦自己也不舒服，这是因为人还有意识和情感等精神世界的活动，成为群体联结的纽带。就物质利益而言，人都是个体的；就精神利益而言，人又都是群体的。这就是人的双重基本条件。没有人敢说他没有自利的本能，也没有人敢说他从无恻隐和同情的心头一颤——即利他的本能。人的自我冲突，或者说半魔与半佛的纠缠，就是这样产生的。

我们看到街面上一些可怜人，但不能停下来一律加以帮助。看到一条流浪狗恓恓惶惶饥寒交迫，也没法把它带回家收留。我们会有一种罪感。在另一方面，在复杂的因果网络里，恶因可能促成善果，善因可能结下恶果。比如，我们帮助一个人，给他一千块钱，但也可能使他变得懒惰，学会了坐享其成。那么这一千块钱是帮他还是害他？总之，一是我们能够做的很少很少；二是我们不知道自己做的是对是错。因此我们会有很多视而不见，会有很多遗憾和欠账，如果说“原罪”，这就是原罪。

但我们也不能滑向虚无主义，不能说佛家“无善无恶”就是纵恶。康德说，道德是“自我立法”，并无什么客观标准。所以关键是你心中要明白：你是不是动了心？你是动了什么心去做这件事？我们对自己大概只能管住这一条。至于社会，从来都不是完美的，也不是完全糟糕的，情况总在历史的上限和下限之间波动，在人性总体合力的上限和下限之间波动。三千多年了，基本上没有出现过理想社会，只是不完美社会的不同变体。这不是什么悲观，是一种现实态度。我们的积极能动性表现在：当社会状况比较坏的时候让它不那么坏而已。我们不能实现天国，但我们能够减灾和止损。这当然只是局限在物质利益分配方面的关切。至于在精神上提升他人，比如，实现“六亿神州尽舜尧”，我觉得是一种美好的奢望。

孔　见　我不能完全同意你的观点。有些人之所以这么去做，做一些不利于人，其实也不利于己的事情，只是因为迷惘和困惑，不知道什么是好的和对的。也就是说是认识出了问题，并非品性的邪恶。因此，需要一种启蒙和警醒。

韩少功　我们也许可以让他的行为符合某种规范，让他逐利时不那么狭隘和短视，但要让他生出佛心和圣心，那是另一回事。外因总是很有限的。《礼记》里说“有来学无往教”。他自己如果没有道德要求，你的主动教育可能一厢情愿。即使有短期效果和表面效果，也不能解决根本问题。前不久我到峨眉山，看到烧香拜佛的信徒很多。我发现有两种人占有很大比例，一种穷人，生活绝望没有着落的；一种是坏人，脑满肠肥但紧张惶恐不安的，需要心理平衡和补偿。前一种人是求利益，后一种人是找心安，离真正的菩萨境界都还太远。我不会歧视他们，但也不会那么书生气，以为他们跪跪拜拜就有了可靠的道德。寺庙对于他们来说，只是内心的应急处理，管不了长远。

在我看来，逐利的理性化还是逐利，比胡作非为好一点，或者说好很多，但不能代替康德说的精神“崇高”。一个人的道德要经过千锤百炼，是用委屈、失望、痛心、麻烦等等磨出来的。把自己锁进一个孤寂庙宇并不是捷径。殿堂其实就在世俗生活中。心里真有了一个殿堂，才扛得起千灾万难。

孔　见　以前的作家，包括现在国外的作家，通常能够公然地讨论自己的理想关怀，这体现一种精神上的坦率。但在今天的中国，这变成了一个最私密的事情，你现在也是避免一种直接的表达。这是为什么呢？

韩少功　我也赞成谈谈理想，但理想不是一种理论，一种观念，而是一种活生生的生活状态和实践过程，很难简化成几堂课或几次讨论。从低标准来说，理想是可以谈的。从最高标准来讲，理想又是不可以谈的。理想通常是个人事务，谈出来就可能强加于人，做起来就可能对异己形成压迫，这就是历史上理想主义运动很容易成为宗教狂热的原因。上帝的事交给上帝，恺撒的事交给恺撒。恺撒要当兼职上帝，总是失败和可怕的，总是难免血腥暴力。这样，我以为，一个人如果不奢望大家都同自己活得一样，就不必经常高调布道，要有节制和容忍。

孔　见　从《爸爸爸》到《山南水北》，你的作品都有神秘和超验的成分，对世界做了一些超现实的想象。这些想象有什么特别的意义？

韩少功　文学中总是活跃着神话元素，因为文学常常需要超越经验常识的边界，实现心灵的远飞。广义的神话，并不一定就是装神弄鬼，只是保留和处理更多的可能性，引导想象力向无知领域深入。一般来说，我不会写人变甲虫，像卡夫卡写的那种；或者写飞毯，像马尔克斯写的那种。我通常是实中写虚，常中写异，在常态中展现神秘，打击人类认识的自傲态度，比如，在《马桥词典》中写到一个成天打农药的人：他渐渐适应了农药的毒性，因此成为一个毒人，到最后，被蛇咬一口反把蛇毒死，吹一口气也可以把飞蚊毒死。其实这里面有经验原型，又有超验的夸张和虚构，似真非真。

孔　见　沿着实线画出一条虚线。

韩少功　生活是已知领域与未知领域的混杂。在写已知事物时，要给未知的纵深留下余地，留下童心、浪漫、超感以及想象力。

孔　见　你到乡下生活好几年了，在农民身上有什么让你感兴趣的品质？他们当中有什么让你深为感触的事情？

韩少功　我不是对农民特别感兴趣，是对很多新派人士不感兴趣的事物感兴趣。眼下有些人，不过是多了几个小钱，多知道一些新玩意儿，就自以为高等华人，实在很可笑。农民缺少一些新学知识，但并不缺少智慧。要知道，苏格拉底和孔子也没坐过汽车，更不懂得电脑和视频，但比眼下的一般白领都聪明百倍吧？曹雪芹没见识过五星级宾馆，但眼下哪个中国作家敢说自己比曹雪芹强？

农民也有知识，尤其有传统性和实践性的知识，只是这些知识在当今社会被边缘化，不被认为是知识。譬如老一辈农民大多懂得如何用草药，但这种价廉物美的知识资源一直被轻视。大多数农民对社会也有切实的敏感，不会轻易被新理论和新术语蒙住，把问题简单化。回顾中国的这几十年，左或右的教条主义政策都不是农民发明的，倒是由一些自以为高明的知识分子折腾出来的，而且一直在农民那里受到抵制。那么是谁更愚蠢？是农民吗？

文明成长离不开大量活的经验，离不开各种实践者的生存智慧。看不到农民智慧的人，一定智慧不到哪里去。正如得意于自己高贵地位的人，内心里其实下贱，还在把金元宝特当回事似的。乡土文明当然也需要改造，但文明是一条河，不能切换，只能重组。袁隆平发明的杂交水稻，不是天上掉下来的。他只能充分利用现有的物种资源，趋利避害，因势利导，择优重组。

孔　见　你的意思是说，要在农民的意识深处去寻找文明的增长点？

韩少功　必须这样。任何成功的社会革新都需要利用本土资源，依托本土路径，外缘结合内因。农民群体确实有很多问题，比如，“乡原”习气，徇情枉法，就是民主与法制的重大障碍。但有些人攻击传统没说到点子上，或者是知其一不知其二。譬如说农民一盘散沙，缺乏组织能力，但以前传统的宗族、会馆、帮会、商号，不大多组织得很严密吗？现在很多大企业做假和赖账，缺乏商业诚信。但我观察农民“买码”，就是买那种地下六合彩，事情本身很荒唐，但荒唐事居然做得这么大。他们巨大而复杂的支付网络却十分高效，各个环节都比较诚信，赖账的事偶有所闻，但比较少。还有一种“打会”，又叫“转转会”，相当于民间互助的融资制度，不需要书面合同，不需要法律公证，但几乎不出现纠纷。因此我们不能笼统地说中国人不诚信，说农民缺乏组织能力，而是要具体分析有关条件和原因。

孔　见　与土地和植物打交道的劳动生活，在什么意义上滋养了你的心灵和文学？

韩少功　文人的知识通常来自书本，不是来自实践；是读来的，不是做来的。这种知识常常不是把问题弄清楚了，而是更不清楚了；不是使知识接近心灵，而是离心灵更远。恢复身体力行的生活，可以克服文人清谈务虚的陋习，把自己的知识放到生活实际和大面积人群中去检验。当然，身体力行的方式很多，下乡只是其中一种。通过这种方式与自然发生关系，与社会底层发生关系，会有一些新的感应和经验。你面对迪厅和酒吧，与面对一座山，感觉肯定不一样。在我看来，后一种状态会让你更脚踏实地，更接近灵魂。

孔　见　现在，表现劳动生活特别是体力劳动感受的作品似乎少见，倒是描写商业消费和权力阴谋的越来越多。

韩少功　题材多样化不是坏事。但很多人享受着劳动成果却鄙薄劳动，深受权势的伤害却仰慕权势，有一种对权贵圈子流着哈喇子的窥探欲。文学不应该这样势利。

孔　见　“文学”有偏于“文”者，也有偏于“学”者。你的文学给予人的更多是“学”的一极，是这样的吗？

韩少功　我没有多少“学”，也不大做学术理论的功课，只是爱琢磨些问题。在我看来，一个作家，缺乏思想能力是很丢人的。一味的情调兮兮神经兮兮小资兮兮，满嘴文艺腔，有点扮嫩和真嫩。中国文学经过了政治挂帅的那一段，大家对思想呵理论呵较为排斥。那意思好像说，人一思考，上帝就会发笑。其实，人不思考，上帝更会发笑吧？试想想，不思考的人会变成什么呢？在历史上，因热心理论而失败的作家不在少数，因思想贫乏而失败的作家同样不在少数。极左时代那些失败的作家，并不是思想多了，恰恰是思想太少了，白长了一个脑袋，把当局的宣传口径当作思想，就像现在很多人把一个脑袋完全交给媒体和市场。

孔　见　纯思想没感觉的思想是一种观念、成见。话又说回来，尽管你的作品追求理与情的融会，但也许是当代文学中具有思想能力的作家太少的缘故，你的作品受人关注的还是思想的方面。你的读者可能从你的文字中获得某种启示，达成某种共识，或改变某种看法，但很少会出现泪流满面、无法安慰的情况。你在表达某种情感时，也相对比较克制，没有过度地渲染。是这样的吗？

韩少功　是有这种情况。我在伏尔泰、维吉尔、尼采、鲁迅等思想巨人面前是小矮人，但在矮人圈里可能误戴一顶“思想者”的帽子。我一直强调文学必须有感情和感动，但常常力不从心，不能把自己写得作呕、痛哭，或者癫狂。这就是你说的最佳状态吧？当然，我对催泪弹式的煽情不以为然，对语言轻浮泛滥也很怀疑。你连一个人物都没法写得鲜活和扎实，你的感觉在哪里？一个好作家应该有所不为，不能依靠穷煽情、穷刺激、露阴癖这一类低级手段。就像下象棋，废了一半车马炮还能取胜。

孔　见　城市生活和女性生活（包括两性关系）是你写作的两个盲区，是你废掉的两个棋子，这是为什么？是你缺少这方面的经验吗？还有什么道德上的忌讳？

韩少功　我对这两方面确实写得较少，因为我找不到太多的感觉，商界、官场、酒吧、时装，等等，尤其让我觉得乏味。作家是多种多样的。你不能要求一个泥匠硬去做木匠，不能强求四川人决不吃辣椒。应该允许作家有偏好甚至偏见。至于道德顾忌？倒谈不上。我在一篇随笔里谈性问题，曾吓住了很多人。他们说你怎么说得这样大胆？

孔　见　《性而上的迷失》是把性当成吃饭穿衣一般的问题来谈，显示你非道学的一面。另外，说到人物，从你笔下刻画出来的，多是猥琐、丑陋和变态，甚至是存在人格和精神障碍的人物，这与你的人生取向恰恰相左。为什么你不塑造一些健康、伟岸、强大的理想人物，以寄托自己对人性和人格的期待？

韩少功　我的理解是这样：鲁迅写阿Q、祥林嫂、孔乙己，等等，并不违背他的人生取向，与他的《一件小事》也不矛盾。作者传达价值观，不在于他写什么题材，在于他如何处理这些题材，因此雅事可以俗说，俗事可以雅说，英雄题材可以写得很恶俗，流氓题材也可以写得很高洁。塑造高纯度的理想人物，能够经得起现代人严格怀疑和解构的英雄，当然是很重要的，也是我的梦想之一。但我在没有能力圆梦之前，写出低纯度、有杂质的英雄，也不失为因地制宜，而且这后一种是我们更常见、更接近、更容易学习的英雄。是不是？我更感兴趣的是一只鸽子、一条狗、一头牛、一个哑巴、一个罪犯、一个莽夫、一个酒鬼、一个家庭妇女、一个有过失的少年，如何突然爆发出英雄的闪光，让我们心生感动。我也许是一个更喜欢在夜里而不是在白天寻找光明的人。

有个外国的批评家倒是说我的作品很温暖，没有现代作品中他常见的阴冷灰暗。这个感觉与你的不大一样。到底谁说得对，我也没把握。

孔　见　他所说的温暖，也许是指你叙述中透露的情怀，特别是对低阶层人群境遇的关注。与某些自由主义者的冷漠和傲慢不同，你一直被人看成是具有“左”派倾向的作家，这种理解有问题吗？

韩少功　我从来都是认人不认派，主张因病立方，因事立言，不要轻信划派站队那一套。在八十年代，权势者很僵化，因此我特别关心“自由”，被人们理所当然划入“右派”“自由化”一列。到九十年代，权势者突然变得很腐化，我就觉得中国更需要“平等”和“公正”，而这些被视为“新左派”的口号。这些帽子和标签都没什么吧？大约在十年前，一位新锐批评家理直气壮地说：谈平等和公正太矫情啦，社会等级化是人性的必然，是历史的进步。在这位朋友面前，在当时贫富分化很厉害的情况下，我肯定要当“左派”了。让高等华人或自我预期高等的华人们有点不高兴，对强势潮流保持批评性距离，应该是我的光荣，是我一生中不太多的正确选择之一。

二〇〇七年七月

此文收入《韩少功评传》，由河南文艺出版社二〇〇八年出版。

一个棋盘，多种棋子

——答意大利汉学家罗莎

性相近而习相远

罗　莎　你的作品被翻成了许多文字。你从八十年代开始就在中国既是作家，又做文学评论，同时还在大学任教，你是一位重要的观察家。我想请你谈谈：你对在意大利介绍中国文学的方法和翻译选择，特别是已被翻译的当代文学作品有什么印象？你两年前参加了一个在意大利举行的中国文学研讨会，在罗马还参观了一个中国作品译本展览，与其他中国作家一起参加了国家图书馆举办的圆桌讨论。按照与会者当时提出的问题和在场讨论，你觉得意大利人对中国文化和文学有怎样的了解？

韩少功　我知道意大利出版了不少中国文学作品。虽然有些出版选择受制于西方口味和市场风向，但这已经相当不易。中国去年仅长篇小说就出版了上千部。一个中国人要全面了解这些作品也力不从心，怎么能苛求外国人比中国人做得更好？如果说我在意大利听到一些肤浅言论，那也不会比我在中国听到的更多。

罗　莎　几年前在中国举办的一个研讨会上，你曾说过中国读者对外国文学的了解程度大大高于外国读者对中国文学的了解程度。有时候，一个中国读者能列出至少五十甚至一百个外国作家的名字，而一个西方读者是不可能举出五十个中国作家的名字的。你认为原因何在？

韩少功　中国在十八世纪以后深陷困局，此后便有一百多年学习西方的热潮，翻译出版西方著作的数量全世界罕见。哪怕在铁幕森严的“文革”，中国也以“内部出版”的方式，出版过几百种西方作品，包括各种反共读物。这就是说，中国人一直在睁大眼睛看西方。这些翻译总体质量不错，得益于中国一流的作家和学者几乎都学习西方语言，都参与翻译。相比之下，西方不大可能有这种情况。我们怎么能想象欧洲一流教授和作家都学中文？都参与汉译工作？双方文化交流不平衡，在很长时间内几乎是“单行道”，这是历史造成的。

罗　莎　意大利的现代汉学研究始于十九世纪。这要归功于那些曾经在法国学习过的知识分子，因为法国在这一领域的研究比意大利早一个世纪。在二十世纪，一些意大利作家和知识分子开始接触中国文化，其中的一些人从英译本将中国文学作品（包括鲁迅的小说，林语堂的杂文和小说）翻译过来。五十年代末期，第一批意大利记者、作家和知识分子访问了中国和一些东方国家，进行了短暂的旅行，然后写出文章和旅行日记，向意大利人讲述和描绘中国。他们中间有卡尔诺·卡索拉（Carlo Cassola），卡尔诺·贝尔纳里（Carlo Bernari），弗兰科·福尔蒂尼（Franco Fortini），库尔齐奥·马拉巴特等（Curzio Malaparte）。七十年代阿尔贝托·莫拉维亚（Alberto Moravia），焦尔焦·曼加内力（Giorgio Manganelli）等也访问了中国。他们都不懂中文，其中的一些人甚至对中国文字感到敬畏和麻烦，正如卡索拉所说“汉字让人感到自己是文盲”，希望早日被拉丁字母所取代。二十世纪对华进行访问的作家当中没有一个人能与所遇到的少数中国作家建立直接接触。我们知道一位意大利著名的记者和评论家姜卡尔诺·威克雷利（Giancarlo Vigorelli），他在五十年代末期认识了诗人艾青并彼此成为朋友。当时还有一位结束了在中国漫长逗留期以后而写了一篇著名文章《我爱中国人》的意大利作家库尔齐奥·马拉巴特。他曾有机会会晤了毛主席，但没有遇见过当时的中国著名作家，只遇见了一批写社会主义现实主义作品的年轻人。某些意大利作家在华旅行中曾有机会接触到巴金和丁玲。八十年代中阿尔多·德·雅克（Aldo De Jaco）还遇见过沙叶新，但他们之间的交流短促而匆忙，此后也没有任何持久的成效。可以这么说，在整个二十世纪，意大利作家与中国作家之间的接触，局限于狭小圈子，对中国文化和文学在意大利的传播几乎没做出什么贡献。

目前，尽管有很多中国文学作品被翻译成意大利文出版，更多被翻成英文和法文，但中国文学还继续被认为是“非主流文学”，也就是说读者还对它不够了解和注意。意大利作家和知识分子对当代中国作家的作品还很少提及。相反，很多中国作家读过并提到了莫拉维亚（Moravia）和卡尔维诺（Calvino）。我认为无论是在意大利还是在其他西方国家，尽管在许多情况下，人们对中国文化的认识常常不够完整和全面，可还太倾向于表达自己的判断。

我知道您参加了一些在欧洲或在欧洲以外国家有关中国文学的大会，并与一些欧洲、美国的读者和汉学家进行过接触。我想问你，你是否觉得在西方人眼中，中国还是那么神秘、无法了解？尽管在世界范围内已出版了大量有关中国的书籍，有些事对于我们西方人来说还是很难理解。您认为西方对中国文化和文学有足够的认识吗？

韩少功　要了解一个国家的文化，靠短期旅行与访问远远不够。而且人们认识异质文化时，包括在进行翻译、出版、评论的时候，容易选择那些自己熟悉的东西，“懂”的东西，容易解说的东西，这就可能形成一种有选择性的半盲。西方对中国的认识泡沫，一种是美化，一种是妖化。前者多见于五十年代和八十年代，后者多见于九十年代以后。知识精英并不是上帝，甚至不是圣人。现实利益关系总是扰乱正常的认识过程，产生各种美化对方（比如，西方需要拉中国一起对付苏联的时候）或妖化对方（比如，中欧之间贸易摩擦和文化碰撞增加的时候）的社会心理需求，使认识发生偏移。这对中国认识西方和西方认识中国，都是同样的难题。依据中国的资讯也不一定可靠，因为在西方政治、经济、文化的强势之下，中国人对自己的解释也常常是混乱与扭曲的。一些垃圾作品可能被多数中国人热捧，一些假情报会受到西方主流社会的欢迎和奖赏——正如几个伊拉克人的假情报不就曾被美国当作发动战争的根据？

中国不会比意大利更神秘，肯定不是一维空间或六维空间的什么怪物。孔子说过“性相近而习相远”。这是指人们在自然本性方面没有太多的不同，但在文化形态方面千差万别，不可能完全对等和重叠。中国正处于剧烈的文化交汇和文化转型时期，其特点是多种逻辑和多套符号同时在起作用。这好比西方是一个棋盘，棋盘上只走象棋，比较容易让人看明白。但中国这一个棋盘上既走象棋又走围棋，可能还混杂了其他棋子，需要我们多一点小心和耐心。

同名不同姓

罗　莎　您觉得为了更好地了解和认识中国，应翻译哪些作品？当代作家还是现代作家的作品？古典文学还是别的？还是我们西方人在与之不同的民族面前的态度应该改变？

韩少功　我觉得主要问题不在于古或者今，重要的是翻译家要好，这样他们才能选择和传达最有价值的信息。中国对于西方人来说比较陌生和另类，是因为西方各国之间具有文化同质性，西方与世界多数地区也有过文化融合，在历史上有过语言（比如，澳洲和南亚）、宗教（比如，非洲）、人种（比如，拉丁美洲）等方面大规模的流动。即使在东方，印度、菲律宾等广泛使用英文，东南亚的基督教和伊斯兰教来自西方，日本的一半文字（片假名）是西文……只有中国一直较多延续着自己的文化特性，包括躲过了西方的殖民化。不难理解，因为这一无法更改的历史过程，中国对于很多西方人来说较多认识难度，中文本身就是难度之一。我觉得现在的情况比过去已经好多了，十年或二十年后可能会更好些——那时候可能会有更多优秀的翻译家。

罗　莎　评论中国作家和中国作品的时候，常常可以听到或读到汉学家这样的评论“某某作家是中国的卡夫卡”或者“中国的福克纳”。中国作家对这样的评论感到高兴吗？你觉得这是利用西方读者已有知识背景来让西方读者接近中国文学的方法，还是一种西方中心主义的表现？

韩少功　类比方法有时候可用，可用来引导和启发人的想象。但类比又不必被人们过于当真，比如，人们不要以为母亲真是一块土地，或者女人真是一朵花。只有思想懒汉才会太依赖类比，把孔子类比柏拉图，把中国革命类比法国革命，于是把世界简化成几个标签，随意地贴来贴去。“中国的卡夫卡”或者“中国的福克纳”有没有呢？这种文学仿制现象肯定有。但是第一，仿制不是什么好事，只是学习的初级阶段，不值得作家和批评家们过于兴高采烈。第二，任何仿制都不是照相和克隆，都有重要的变形和变性，比如，你在很多国家的文学中都可以找到“卡夫卡”的影子，但它们“同名不同姓”，其中的差异也许更值得注意，是更大的认识课题。

罗　莎　我想问一个中国作家经常被问到的问题：从文学和文化的角度来说，八十年代初期西方文学的介绍在中国有哪些影响和重要性？西方现代文学流派对中国作家和读者有哪些影响和重要性？如果有这种影响和重要性的话，在哪些方面表现得最为突出？

韩少功　八十年代中国文学界最活跃的思潮，一是个人主义，表现出对极权社会的逆反；二是感觉主义，表现出对思想控制的逆反。这些都有西方现代派文学的明显胎记。尼采的“酒神”说、弗洛伊德的“潜意识”说、帕格森的“直觉”说，以及后来的解构主义，等等，都曾经在中国有过意义重要的发酵，是包括我在内很多中国作家的兴奋点。有点不幸的是，这一切对中国的影响并不很深，而且在不少作家那里很快变味，与市场消费主义合流。于是，在一个缺乏宗教传统的国家，在本土道德资源也大遭毁弃的情况下，“个人”加“感觉”很快变成了欲望主义，变成精神底线失守，变成了反社会和反理性的极端态度，并且与商业化投机关系暧昧。直到最近这几年，才有一些人开始认识到，对个人/社会、感觉/理性采取二元对立模式，算不上什么聪明。作家因此而出现的自恋癖和自闭症，一旦过了头，恰恰会阻碍文学。你翻开一本小说，里面每十几页就有一次上床，这种千篇一律有“个人”吗？这种陈词滥调有“感觉”吗？从某种意义上来说，我更愿意把这种情况看作是对西方优秀文化的误读和消化不良，比如，卡夫卡的表情从欧洲来到中国，总是出现在一些小奸商的脸上。

罗　莎　*西方某些人批评中国文学不太关注性格刻画，探索研究人物的心灵以及他们的内心深处。您同意这一观点吗？您不认为八十年代末对到处弥漫的个人主义、个性论的兴趣弥补了这一缺陷？*

韩少功　性格刻画在两千年前的《史记》里应该说已有相当成熟的表现。中国传统文学比较缺乏的，一是心理表现，二是情节营构——特别是那种“焦点透视”式的情节结构。以至五四新文学代表人物胡适先生说，中国古典小说没有一本算得上“真正的小说”。我猜想，西方小说在这些方面的比较优势，可能与文明传统有关。比如，西方人在天主教时代习惯于“忏悔”和“告解”，忧心于“原罪”和“救赎”，因此会更多地关注灵魂，更多分析个人内心——而中国除了蒙、藏等地区，是较少这一类宗教活动的，也就失去了很多内心审判的机会。西方人在古希腊和古罗马时代盛产戏剧，因此会在小说中更多运用戏剧经验——而不像中国小说有更多散文痕迹。因此，西方文学进入中国当然是大好事，包括你说的“个性论”，等等，都给中国文学增加了活血，提供了参照和启示。

罗　莎　我认为中国和西方最大的不同在于社会性质，一是集体社会，一是个体社会，看重个人。这对两方的文化和文学发展可能有了很大的影响。

韩少功　中国文化传统重视“人格”，但不大讲“自我”或“个性”，就与你说的这个原因有关。这后面，有农耕历史中长期定居、家族稳定、人口密度高等制约条件，也有现代转型期民族矛盾和阶级冲突空前剧烈等制约条件。在这些情况下，“个人”是必然受到限制和遮蔽的。直到八十年代以后，“个人”才得以合法化，并且成为社会演进的重要动力。至于这一过程导向很多作家的自恋癖和自闭症，是受制于社会和时代的条件配置，比如，遇到了消费主义。这好比一个医学的故事：人们在一种新型病毒面前缺乏免疫抗体，就会生病。也好比一个生物学的故事：有些物种在原产地不是灾难，到了新的地方以后，失去了天敌制衡，就会造成严重的生态危机。中国文学当下最重要的危机是价值真空，以及由此引起的创造力消退。要解决这个问题，仅靠八十年代的“个人主义”和“感觉主义”可能已经不够了，仅靠西方文化的输血也不够了。

罗　莎　在七十年代末特别是八十年代初，中国有一段解冻时期。在邓小平开始了经济改革以后，经济的发展和生活水平有了提高，有人指出“文化大革命”的悲剧事实上对八十年代的文学有着积极影响，因为在那一阶段开始出现了具有一定价值和让人感兴趣的作品。比起很政治化的、缺乏文学价值的毛泽东时代文学（一九四九年以后的文学），八十年代初开始了一段文化和文学复兴时期。你同意这一看法吗？你认为这一灾难阶段（“文化大革命”）实际上对中国文学是颇有益处的吗？

韩少功　从总体上说，七十年代末到八十年代实现文学解冻，构成了五四新文学运动以后又一个文学高峰。“文革”无疑给作家们提供了重要的经验资源，也提供了思想解放的条件，比如，压迫会带来反抗，危机会诱发思考。但这样说，并不意味着“文革”是一件让人高兴的事。历史上经常有一种两难，如古人说的“国家不幸诗人幸”。危机的社会里英才辈出，安康的社会里庸人遍地。我们能怎样选择呢？如果历史可以由我们来选择，也许我们情愿文学平庸一点，也不希望社会承受太多灾难。但实际上我们没有这种选择权。

任何有活力的文化都不是复制品

罗　莎　在中国当代文学史中，诗歌起着一个重要的作用，促使人们思考，推动语言运用方面的革新。依您看，诗歌是以何种方式来影响年轻作家在语言和风格方面的更大尝试？

韩少功　据我所知，我们这一辈作家大多是从写诗开始的，至少有过爱诗的兴趣，善于从诗句训练中体会词语的性能和品相。“诗”在中国古代被奉为“经”，在各种文学门类中具有最高地位，是一切文学作品的灵魂。当然，诗人成为小说家的并不算多。诗与小说，也许是灵魂与肉体的关系，互为依存但不可互相替代。

罗　莎　你们这一代的作家和诗人（除了您，还有莫言、北岛、阿城、王朔，再晚一些的苏童和余华），这些都是改变中国当代文学面貌最有代表性的人物。你们每一个人都是来自中国不同地区的。你们当时相互认识吗？你们之间当时有没有联系？你们当时最常谈论哪些话题？你们当时在文学理论方面有着同样的看法吗？当时你们作家讨论最多的话题是什么？当时你们以为新文学应从何处开始？是从主题的差异开始，还是从更多的自由的表达方式开始？是从艺术风格的尝试开始，还是在毛泽东式语言多年占据主导地位以后，对一种新语言的挽救？这些是你们作家最常讨论的话题吗？抑或这些只是那些官方评论家后来重组的论点？

韩少功　八十年代的文学讨论密度最高，作家们都乐于串门和交流，对你所说的那些话题都有涉及，而且确实有过不少争论，因为现代主义、现实主义、古典主义等在当时组成了文学解放同盟，互有联系又互有区别。我与你说的那些作家因为不在一个城市，只是偶尔见面，没有太多联系。我相信我们对文学会有一些相近的看法，比如，对某个作品优劣的判断，大概不会相差太远。但我们肯定也会有差异，来自不同的人生经验、艺术兴趣、处世态度、政治倾向，甚至地域文化背景。有时候一个作家今天和昨天的看法也不会一样，那就更别说不同作家之间存在差异了。但一般的情况下，记者和批评家也许更喜欢争议不休，更喜欢谈论主义和流派，而大多数作家并无兴趣经常发表理论宣言，也不太愿意把同行之间的分歧大声说出来。因为大家都明白，观念并不是文学，再正确、再高超、再精彩的观念，并不会自动产生好作品。决定写作成败有太多复杂的因素，观念是诸多因素之一，仅此而已。

罗　莎　您提到过在现代主义、现实主义和古典主义之间存在着联系与差异。您能否针对中国那些年的情况来解释一下您想说的意思是什么？除了少数情况例外，我觉得在对社会主义现实主义的排斥和反思过程中以及在新的流派繁荣以后，很多作家，尽管其中有必要的差异，但曾有回到新的现实主义的倾向。这种新现实主义更加接近时代、更加“客观”，对经历的新现实和新出现的问题表达批评和反思。在“新现实主义”复兴的同时，也曾有通过一种新语言以探索新主题的尝试。与古典主义的联系，是通过重新创作和中国古典传统相关的题材而建立的，还是通过创作本世纪初更为现代的题材而建立的？尤其是如何表达的？

韩少功　“主义”都是简化的命名。有时候，我觉得采用中国式“写意”和“写实”这一组概念也许更方便些。八十年代很多小说重在“写意”，把情节、人物、主题这些元素都淡化了，批评家喜欢称之为“现代主义”。到了九十年代，很多作家重在“写实”，又把情节、人物、主题找回来了，批评家们喜欢称之为“现实主义”。这样说可不可以？当然可以，但不必太当真。张炜的《刺猬歌》又写意又写实，叫什么“主义”？我这些年发表的《报告政府》是写实，但《八〇一室故事》《第四十三页》是写意，那么我该戴一个什么帽子？至于古典主义，在我的想法中是指汪曾祺那样的，更多受到中国古典文学陶冶，其作品趣味既不怎么“现代”，也不怎么“现实”，似乎更合适“古典”这顶帽子。当然，这也是一种简化的命名，帽子可以随时摘下来。现在有很多青春小说和消遣小说，表面上看来也“现实”也“现代”，但把它们称之为“现实主义”或“现代主义”都会怪怪的，因为它们与欧洲十八世纪后的诸多伟大传统都相距太远。这些作家也经常虚构古代的故事，但与我心目中的“古典”精神气质同样相距太远。我觉得批评家最好是创造一些新的命名来描述它们。

罗　莎　现在我们谈一下文学评论。在意大利，人们开玩笑地说许多评论家人之所以干这一行，是因为他们未能实现当作家的梦想。在中国，社会主义现实主义似乎过时了，很多人还排斥正统的马克思主义评论，因此也许会产生政治上独立、更加客观的新一代文学评论？比起那些正统的评论，这些更年轻、更独立的评论有何分量？

韩少功　在眼下的中国，所谓“正统的”官方批评已经边缘化，书店里肯定是哈耶克（Salma Hayek）比马克思（Karl Marx）的书要火爆得多，教授们在讲坛上痛斥中国和盛赞美国更是司空见惯——特别是在这次全球经济危机发生之前。但文学批评的情况并不太令人满意。最主流的声音是记者批评，是报纸上巴掌大一块的那种，一天能写出两三篇的那种，几个标签随意贴来贴去。另一种是小圈子里的学院批评，虽然也有一些有分量的文章，但普遍的弊端，一是从书本到书本，缺乏现实感受和思想活力；二是“批评”中的“文学”越来越少，比如，都做成了所谓“文化研究”，只剩下意识形态一个视角。这好比无论拿来白菜还是萝卜，批评家只会分析它们的维生素。问题在于：垃圾也有维生素呵。那么我们的维生素专家们怎么来区分垃圾和萝卜？怎么区分坏萝卜和好萝卜？

罗　莎　一位有名的评论家（刘再复）写道，八十年代中国文学出现的一个有特点的新现象是多元化，即文学的流派和主题开始多样化。从那时到现在，已过去了近三十年。再看过去，你不认为八十年代作家其实都有追随文学主流的倾向（伤痕文学、寻根文学、现代派、先锋派）？是不是很少能听到独特的看法？为什么在现代文学史的各个时期，中国作家都属于某一个主流？为什么集体（家庭、团体）观念比个人观念更强、更根深蒂固？你同意这一观点吗？或者你认为这个观点是错误的和片面的。你对此有何看法？

韩少功　这里有两方面的情况：一是中国很多作家确实喜欢跟风，以前认为真理都在莫斯科，后来觉得真理都在纽约，缺少个人的独立选择。这种情况不是一时半刻就能消除的。二是有些“主流”是批评家和记者虚构出来的，是刻意筛选事实以后的结果。比如，你说的那些“团体赛（伤痕文学、寻根文学、先锋文学，等等）”就很可疑，当时既不“寻根”也不“先锋”的作家也可以列出一个长长的名单。又比如眼下的中国文坛也很难说还有什么主流，但很多批评家和记者不耐寂寞，还是一会儿拼凑一个主义，一会儿拼凑一个流派，在报刊上折腾得人们眼花缭乱。他们可能觉得“团体赛”比“个人赛”更方便于思考和评论。我对此也表示理解，因为二三流的从业者也得吃饭。

罗　莎　另外，那个年代的中国作家很像以前的文人，自己认为都有使命，都要去努力解释，要去教育读者，要承担社会责任。是不是当时很少有人提到文学不一定要承担社会责任而作家们应该去自由地探索？

韩少功　你说的这种情况在八十年代比较多见，但现在情况刚好反过来了。据我对周围的观察，大多数作家是不喜欢谈“社会责任”的。比如，两年前有几个作家提出“底层文学”，提倡关注社会底层状况，结果引来了文学报刊上广泛的嘲笑与讥讽。作家当然都有表达意见的自由权利。不过，如果有些人只是追随时尚潮流，那么无论是承担（比如在八十年代）还是放弃社会责任（比如在今天），其“自由”都打了折扣。

近期不乐观，远期不悲观

罗　莎　*你在一九八五年发表了一篇题为“寻根”的文章，对当时文学状况进行反思，呼吁作家恢复中国丰富的传统文化而不是竭力仿效西方作品。西方文学也恰恰在那一阶段被介绍到了中国，为此还掀起了一股真正的文化热。有人认为在不同的阶段（在一九八五年或是近几年）你站到了保守派一边，首先反对许多人对西方作品表现出的热情，然后在近几年又站在反对描绘内心思想倾向和商业倾向的那一方。在前一阶段，某些评论家主张只有介绍和研究西方的理论，才能使中国文学走出国界和具有世界性。中国是需要革新的，而革新不能来自传统文化。你对此有何看法？*

韩少功　倡议“寻根”的文章发表于一九八五年，但那一年我恰好在某大学进修外语，为后来翻译 Milan Kundera、Fernando Pessoa 一类做准备。所以把“寻根”视为排外，视为反西方，在我看来十分可笑，至少是一种强加于人的曲解。有些非洲国家全盘接受了西方的语言、宗教、教育以及政体，但并没有出现文化复兴，反而有长久的动乱和贫困。这是我们应该吸取的教训。与此相反，欧洲人依托古希腊和古罗马的文化母体，才得以更好地吸收中东的宗教、阿拉伯的数学、中国的科举制度。这是我们应该借鉴的经验。左派在“文革”时期全面排外，右派在市场时代“全盘西化”，在我看来都是文化近视。任何有活力的文化都不是复制品。真正的革新者不会把复制当作创造，不会用输血替代造血，因此不会轻视包括本土文化在内的任何文化资源。这不正是欧洲的经验吗？如果说要学习西方，我想这就是西方最值得学习的一条：在广泛学习的基础上自主创造。与这一点相关，我从来不觉得“保守”是一个贬义词，比如，我觉得西方左派（美国民主党、法国社会党，等等）的政治、经济批判有很多合理之处，但他们在文化上过于“自由主义”而不够“保守主义”，将来很可能因文化这条腿短而摔跤。

罗　莎　文学是了解一个民族的心灵和文化必不可少的一个源泉。关于这一点，我想插句话，自九十年代末，一些旅居海外的中国作家（主要是在美国、法国和英国），吸引了各国读者的注意。我指的是像哈金、裘小龙、戴思杰、虹影、高行健这类作家，也许在中国还不为人知晓或不太知名。他们在风格和修养上各不相同，但其作品都有一个共同点：以第一人称的形式轻快灵活地讲述中国，讲述中国的文化和近代历史。您认为作家移居海外还能向西方人讲述中国吗？此外，您认为对他们的兴趣不断增长的原因，是不是因为他们用其他语言（英文和法文）进行创作？作品能未经很多过滤便到达西方读者面前，没有从中文翻译过来的问题？还是因为他们生活在西方，更了解西方读者的口味，寻找到了一种更适合西方读者的文字和风格？还是因为他们的题材的选择（实际上，他们中大部分人所选择的题材关系到社会问题、贪污腐化、性）对生活在中国的人来说也许太敏感了？

韩少功　你提到的这些作家大多在中国出版了作品，而国内作家眼下也不难把“敏感”作品拿到境外去出版。所以我觉得中国官方和西方舆论虽然立场不同，但都高估了某些“敏感”作品的意义，前者高估了政治意义，后者高估了文学意义。高行健“敏感”，但官方禁得了吗？不说互联网，光是出境旅行者在去年就达到四千万！那么他们在境外或境内阅读高行健有什么不同？更多海外中国人熟悉高行健，甚至经常接触 CNN 和 BBC，是否就被一定被洗脑了？另一方面，现在很多“敏感”甚至“地下”的诗歌、小说、电影通过各种渠道送入西方，它们中也许确有优秀之作，但到底有多少算得上优秀？一个作家仅凭“敏感”的入场券就能身价百倍？至于你说的这些作家在西方受欢迎可能有很多原因，不同读者群体的不同兴趣也是正常原因之一，而这些作家已熟悉了西方群体的兴趣。这没什么不好。我们需要各种各样的作家。意大利餐与中国餐的口味就不一样，以后也不必强求统一。

罗　莎　你的作品，还有其他作家如阿城、莫言、苏童和余华的作品都在国内外获得了很大的成功。这些都证明你一九八五年的断言是正确的。应以批判的方式再认识被遗忘的和毛泽东时代被破坏的文化，应该归中国文化的根，重新找到一个新的生命活力。但是后来又发生了一个变化。九十年代邓小平的经济改革带来了一些成果。中国的经济取得了飞速的进展，生活条件也有了改善。也发生了很大的社会变化，同时出现了跟工业化国家一样的问题（贫、富差距加大，失业、无医疗保障、存在不同程度的腐败），可以看到传统价值的丧失，人们都忙于获得物质财富。这一社会变化从文学的角度来看产生了什么样的结果？

韩少功　很多中国作家对批判极权体制比较有经验，对于全球化和现代化缺乏经验。八十年代以后的"美国梦"，使他们后来对于环境、资源、贫富差距、道德崩溃、民族主义等新问题几乎丧失了反应能力。一个简单的事实是，如果中国要变成美国，那么我们还需要五六个地球。如果人道主义变成了欲望主义，那么人道和人权反而会在无穷的腐败和掠夺中消失。不幸的是，这些都成为某些中国作家的盲区。中国现在遭遇了一个疑难杂症，既有极权主义症状，也有极金主义（我创造的一个新词）症状，没有现存的药方可用。面对这样一个社会和时代，如果要做出更有创造力的文学反应，作家们也许还需要更多的体验和思考，更多的勇敢和智慧。

罗　莎　许多作家，其中包括那些对社会政治问题最有负责感的，从九十年代开始，他们没有因为要过着自己的生活而从政治和社会舞台上退出？评论家陈思和把作家退出的现象称为边缘化。您认为这一现象的出现是不是因为对近代史中的反知识分子运动的厌倦，还是因为对社会和政治问题出现了一个逐渐冷漠的态度？这也是不是因为出现了一个富裕和舒适的新形势？还有某些人在国内外获得了成功？去年马原先生出了一本书《中国作家梦》，书中收集了作者自九十年代开始的对一百多名作家的采访。这本书好像证实了这一看法。几乎所有的采访似乎都不可避免地暴露出一个话题：改善自己的物质生活条件的要求以及一些作家的困难，特别是那些靠写作为生的诗人。这就像一个无法摆脱的想法，您把这称为“金钱主义”，它好像充斥了中国各个阶层。在中国的马路上，我经常听到人们的谈话，令我感到惊讶的是无论男女老少，人们最常提及的似乎是“钱”这个字。这正是中国的情况，还是我们在国外的人还没察觉到、而在中国正产生的某种现象？

韩少功　你说的也正是我忧虑的。九十年代中期我和几个朋友批评“拜金主义”，几乎成了文学界的人民公敌，被老中青众多同行齐声痛斥。有什么办法呢？历史只有走到了尽头，只有遭遇了惨痛灾难，人们才能有所警醒，包括知道金钱之外有更重要的东西。眼下，这一过程在中国还没有完结，在全世界也还没有完结。

罗　莎　王朔在八十年代后期断言中国文学患了一种叫“太严肃”的慢性病，即作家们过于认真，主要考虑怎么面对重大问题。不仅是中国文学过于严肃，而且还常常包括其他的艺术表现形式。王朔的作品被评论家称为“痞子”文学，“商业化的叙事文学”，等等，但是销售量巨大。在不到二十年的时间里出现了卫慧、棉棉，近期又涌现出了郭敬明、韩寒这样的年轻作家，这些年轻作家的作品被称作“商品文学”，他们的作品主要谈论个人的激情、个人的生活，好像除此以外不存在其他事情。不过，这批年轻作家的“商品文学”跟当时的“商业化作品”根本不同。如你在一次发言中所说，我们今天生活在一个“感觉解放时期”，这是个性的再发现和认可。不过，有了这种再发现和认可，应该能够看到很有独创性的文学作品才对。但结果呢，与预期相反，文学作品倒是出现了一种同类现象。你对此有何看法？

韩少功　王朔很有杀伤力，对伪道德和极权政治是一种解毒剂，但缺点是建设性不够。一谈到建设，就得有点严肃，不能只是油腔滑调吧？但不管怎么样，王朔的个性是在丰富社会阅历中发育出来的，看看他的作品和履历就可以知道这一点。如果他的模仿者误把时尚当个性，误把自恋当独立，当然就只会有贫乏和雷同。在这个意义上，王朔的理论害得很多人当不成王朔了。因为所有天才性的感觉，比如，球员、木匠、警察、水手的职业性独特感觉，主要是从他们艰辛甚至"严肃"的长期实践中产生的，不是在酒吧里随便玩玩就能得到的。我们千万不要误解感觉，不要随意自封天才，不要以为感觉天才就这么廉价。

罗　莎　您认为一部好作品应具有什么样的特点？是要具有好的语言、结构、风格，还是内容？

韩少功　面面俱佳当然最好，但实际上这种情况很少，十项全能式的冠军不容易当。一个作家能在某一方面有所创造，拿一个单项奖牌，就已经很不错，就值得我们倍加珍惜了。

罗　莎　近几年中国也出现了跟其他国家一样存在的问题：文学不再像八十年代那样流行，读者对文学也越来越不感兴趣。中国的书店到处摆着教人们"如何在一个星期、三天以内或一夜致富"的书籍，"怎样成为成功的商业人士"，等等。许多诗人放弃了写诗而去写所谓"卖得出去的"叙事文学，另一些人则改行从事电影，还有一些人认为现在是"图像（影视）时代，不再是文字时代"。你的看法如何？你认为再过几年我们又能看到好作品，这只是一个过渡时期吗？现在中国文学不足之处是什么？

韩少功　新兴传播技术出现，是一个不可逆的变化。人们欲望过分膨胀，则是一个可逆的变化。文学眼下正处在不可逆和可逆的双重变化之中。我的看法是近期不乐观，远期不悲观。从根本上说，文学表达人类的情感和思想，只是人类不灭，文学就可以长存。但人类灵魂并不是时刻处于苏醒状态，并不会把价值理性时刻置于工具理性之上。处于经济发展高速和文化价值混乱的中国，情况当然更是如此。其实，欧洲十八世纪至二十世纪的文学繁荣，文学几乎成为上帝代用品的辉煌时期，也不是历史常态。把它描写成历史常态，是史家们的天真或故意造假。但人类的灵魂也不会永远沉睡。当危机逼近，当灾难出现，人类的情感和思想就必须做出有力反应，重新孕育出优秀文学。这是肯定的。作家们不能基于职业利益而期盼危机和灾难，但一个平庸腐败的世界，能有其他结果吗？

二〇〇九年二月

罗莎（Rosa Lombardi），意大利汉学家，翻译家。此文最初发表于二〇〇九年《花城》杂志，同时有意文版本境外发表，由吕晶女士协助翻译。

中国文学及东亚文学的可能性

——答韩国汉学家白池云

白池云　您好。这次能请韩老师来做一个对话，觉得非常荣幸。您深刻的思想和不断的实验精神，对于面对文学危机的韩国文学界来说，也许将提供不少启发。

韩少功　我也很荣幸。

白池云　这次访韩应该不是首次了吧。您对韩国的印象怎么样？和韩国的作家和知识分子有不少的交流吧？

韩少功　这是第二次来韩国。十年前我接受瑞南财团的邀请来过，与韩国作家们交流不是那么多，但学者见了不少，像崔元植先生、白永瑞先生，还有其他一些老师。首尔这个城市很大，管理得很好，充满活力。这里与中国没有多大的时差，食品口味也接近，所以对于我来说有一种在家的感觉。

白池云　老师是湖南人。湖南和韩国的菜有点相近吧？

韩少功　他们问我能不能吃辣，我说，肯定能吃。

白池云　一般韩国人不知道，湖南菜比韩国菜辣得厉害。还有，湖南出了不少有名的现代文学的作家，像丁玲、田汉……

韩少功　还有沈从文。

白池云　对。我去过沈从文的故乡，凤凰，很漂亮的小城。学生时代我在读他的小说《边城》时，不太理解在二十世纪二三十年代中国那么严酷的环境下，怎么会产生这样一幅画儿似的作品，但到了凤凰，疑问就自然消解了。小说里的布景就在现实中。听说，老师您也在湖南乡下居住？

韩少功　已经十一年了，每年有半年住在湖南的汨罗市（县）。那里有一条汨罗江。

白池云　就是屈原投江的地方。

韩少功　我这次就是从汨罗来。从汨罗开车到长沙，有一百二十公里。长沙现在有直飞首尔的航班，但我不知道，还是在上海转机，多费了一些时间。（笑）

白池云　老师是因什么契机回到汨罗江那边去了？

韩少功　十一年前，我要辞职，我的工作单位不同意，最后是双方谈判，各让一步：我不辞职，但他们每年给我半年自由。这样，我就可以阶段性地待在乡下了。我觉得这样做的好处，一是可以劳动，出点汗，接近大自然，对健康也有好处；二是脱离知识分子这个圈子，换一个环境，了解社会底层的生活；三是节省一些时间，因为你在乡下可减少应酬，没有那么多饭局和会议。

白池云　我看到《山南水北》照片中您家附近的自然风景，那个很大的湖，感到很羡慕。

韩少功　下次欢迎你去我那儿走走。

中国文学的大体方位

白池云　谢谢。那我们从现今的中国文学谈起吧。近来，中国作家的写作非常活跃，韩国图书市场上的中国文学虽不能说特别红，但二〇〇〇年以后推出了不少译作，渐渐有了影响。余华、苏童等获得了一些程度上的读者注目。

但问题是，韩国读者不大理解那些作家在中国文学地图上占着什么位置。再说，韩国读者对中国的现代以来的历史和文化背景也没有成熟的了解。因此，我想先请老师讲一讲，您如何看待现今的中国文学？有多大成就？处于什么样的地位？

韩少功　简单地说吧，大概从七十年代末开始，十年到十五年之间吧，是文学在中国特别热闹的一个时期。那时候我们一本小说很容易卖到五十万册。

白池云　那么多？

韩少功　当时刚刚结束“文革”，大家有一种文学的饥饿感。没有电视和网络，报业也不太发达，文学成了中国人的主要娱乐。到了后一个阶段，比如，九十年代后期，文学出版开始出现商业化，畅销书多了，但其中大多是色情呵、暴力呵、小资时尚呵，品质出现下降。还有一些实用类的书，用英文叫“HOW TO”一类：怎么炒股票，怎么谈恋爱，怎么出国留学，等等。这样，通俗读物迅速变成了主流，加上电视和网络的巨大冲击，文学就变得非常小的一块了。用苏童的玩笑话来说：我们的读者是一个零一个零地在减少。（笑）

在这一小块儿里，如果要大致分分类，我不妨用几种颜色来说。第一种，黄色的，是指那种商业化的畅销书，属于吸金功能极强的。第二种，红色的，是指官方特别支持的，大多正面表现革命历史和英雄人物。第三种，黑色的，是指那种特意写给西方人看的，按照西方胃口来订制，包括某些刻意包装的“地下文学”，便于在西方媒体那里做宣传。最后一种，所谓白色的，是指比较纯洁的，接近我们“纯文学”这样一个概念。你说的莫言、苏童等，艺术和思想上有探索的作家，都算是白色的吧。这当然是一个非常粗略的划分，不一定准确。

白池云　现在中国的畅销作家是哪一些作家？

韩少功　韩寒、郭敬明是很畅销的吧。还有些畅销书，你们大概也不会翻译过来，比如，有一个叫木子美的女作家，专写性爱，在中国很有名。还有一本《上海宝贝》，也曾风云一时。

白池云　《上海宝贝》，韩国有翻译。

韩少功　据说中国去年一共出版了长篇小说六千多种，平均每天有十来部出版。这个数量大得吓人。但另一方面，文学与普通人的关系似乎却越来越远。我曾在某大学问一些文学研究生，读硕或读博的，问他们是否读过《红楼梦》，结果只有不到四分之一的举手。我又请谁读过三本以上法国文学，结果举手的依然很少，大概不到三分之一。这个事情如果放在“文革”那种比较禁闭的时期，也是不可思议的。那时候很多中学生，随口说出十本俄国小说或十本法国小说，都不是太难。

白池云　这样的情况韩国也一样。像八十年代那样政治环境非常严格的时候，文学倒很丰饶。我觉得，社会的苦恼和对文学的热情是偕行的。

韩少功　物质主义、消费主义、享乐主义的潮流，挤压了人的精神空间，应该说是主要原因。以前的出版社也要利润，但只求一个总体上盈利，并不一定每本书都得赢利。可是现在不一样，普遍实行“单本核算制”，每本书都得挣钱，而且这个挣钱与编辑的利益挂钩，这就使很多文化生产胎死腹中。诗歌呵、学术呵，是最早的一些灾区。

这种制度不是把文化向上引，而是往下引。在另一方面，电子网络的冲击也是一个技术性原因。现在很多年轻人都习惯于上网，因为这样既方便，成本也低。很多人甚至习惯于“一心多用”，一边听音乐，一边看股票，一边网上聊天。很多人逐渐丧失了沉静和深思的能力，与传统意义上的文学当然变得格格不入。

白池云　可是，从外面看来，好像九十年代以后的中国文学，在世界上的位置渐渐变高了。在此我说的世界主要是指欧美，但韩国、日本也越来越重视中国文学。

韩少功　确实，三十多年来，中国作家的作品在西方得到大量译介。特别是在八十年代，西方把中国看成一个准盟友，共同对付苏联，所以对中国非常热情。当时中国与他们的贸易摩擦也少，经济上不构成威胁。欧洲和美国仍在上升时期，技术转型升级，全社会自信心很强，所以有一些不错的批评家、出版人以及读者群，对非西方的文化非常关注。不过，近年来这一情况好像正在变化，主要是经济摩擦与文化摩擦都在增加，让很多西方人不安。他们可能现在更关注中国了，但心情与八十年代已经有异。比如，他们在八十年代对中国作家说，你们的写作一定要摆脱政治。但他们现在对中国作家说，你们离政治太远了，你们应该更激烈地同当政者对抗。这种变化为什么发生？

白池云　听到您讲的话，我感觉中国在八十年代已经是“去冷战”时期，但在我们韩国的实感中，八十年代还是冷战的延续。中国的“去冷战”比韩国来得早。

韩少功　那时候西方的主要冷战目标是苏联，不是中国。邓小平七十年代初到美国大受欢迎，美国《时代》杂志把邓小平作为封面人物，当作英雄介绍给读者。

白池云　当时中国也有跟美国联盟对付苏联的想法吗？

韩少功　中国与苏联的关系曾经很紧张，发生过小规模战争。毛泽东和邓小平都有过联美抗苏的考虑。

白池云　这么看，反而到九十年代以后，中国的反西方的情绪增加了。一九九六年《中国可以说不》出版。

韩少功　冷战以后，中国知识界的主流是亲美的。你说的《中国可以说不》，当时在知识界其实蛮孤立，甚至曾被官方查禁。但到了最近十多年，主要是西藏问题、新疆问题、苏联解体、亚洲金融危机、美国金融危机，等等，让中国的疑惑者越来越多。比如说西藏，很多中国人觉得汉族实行计划生育，每个家庭只生一个孩子，但少数民族可以多生，于是藏族人口很快从一百多万增加到四百多万，这怎么是“种族灭绝”？西藏地区寺庙和僧侣的密度，超过了任何一个基督教地区，这怎么是“文化灭绝”？但西藏在西方人那里另有一种理解，是他们想象中的“香格里拉”，是这个堕落世界的最后净土，最美丽和最神圣的地方。你们把汉人的语言、饭店、机器、官员、军队送到那里，还在那里宣扬无神论，不是暴力和侵略吗？这样，西方人不理解中国人——特别是汉族人怎么想，中国人也不理解为什么西方人要那么闹。这样的摩擦太多，就导致了就像你说的，本来是少数派的声音，《中国可以说不》的声音，慢慢地变成一个强大的声音。美国皮尤中心的多次民调结果（Pew Global Attitudes）也证明了这一点，比如，中国国民对本国的满意度一度升至百分之八十八，远高于美国的百分之三十九，让很多西方人难以理解。这些数据在网上都可以查到的。

“文革”前后中国文学的激变

白池云　您刚才以四种颜色来概括中国文团的情况，我想把前面三个搁置一下，先谈谈“白色的”文学。因为现在韩国读者接触到的也是这一块。那您对现在的白色文学怎么评价？

韩少功　谈到这一点，我是非常矛盾。中国文学有很好的成长条件。第一，起码它市场很大，十三亿人口，这是作家们的幸运，相对于冰岛的三十万人口，丹麦的四百万人口，瑞典的九百万人口，希腊的一千万人口，中国的大市场也有利于翻译，可以养活大规模的翻译队伍，便于向世界各国学习，包括把日本、韩国的文学引入中国。第二，中国有五千年历史，打打折扣，也有三千年的文字记载史，留下丰富的文化遗产。中国的东西南北还分布了五十六个民族，生活形态五花八门，为作家们提供了多样化的文化资源。第三，中国近一百年来有特别多的灾难，特别多的危机，特别多的痛苦，激进的社会主义和激进的资本主义都留下了很多故事，为文学提供了巨大的素材资源。有事故，才有故事。一个特别管理有系、和平安康的社会其实不容易产生文学的。相反，“不平则鸣”呵，“悲愤出诗人”啊，一个动荡不安、灾难频发的百年，倒可能成为文学生长的强大动力。从这些方面来看，我对中国当代文学寄予很大的希望。事实上，中国也确实出现了一批不错的作家。不过，中国这一百年对自己的文化也伤害太深。

白池云　这不是很矛盾吗？您不是说有折腾和痛苦才是产生好的文学吗？

韩少功　我的意思是，文化需要一种积累，当代中国在这一点上明显不足。第一次大规模的文化自杀是“文革”。那时候读书很危险，独尊革命，罢黜百家，大学全部关门，书店里空空荡荡，可说是一片文化沙漠。第二次大规模的文化自残，是开始市场经济以后，全社会狂热地拜金纵欲，连很多教授也不读书了，商业化了，市侩化了，文化的精神品质下滑。我把前一种情况称叫狂热的“极权主义”，把后一种情况称为狂热的“极金主义”。但它们在伤害文化、否定文化这一方面，有共同的效果。

白池云　既然谈起了“文革”，我想再听一些。您刚才说“文革”时代的学生，读书的修养甚至比现在的年轻人高。可是，当时是那么封闭的时期，他们从哪里找到国外的作品？

韩少功　当然不是全部，我是指一部分人。中国在五六十年代并不像外界想象的那样封闭。那时候有一批很好的翻译家，像译法文的傅雷，译俄文的戈宝权，译英文的萧乾，译意大利文的吕同六，译北欧文字的叶君健，等等，翻译了很多外国文学，在“文革”前都是公开发行的。到了“文革”，当局也翻译和出版了几百种“内部读物”，俗称“灰皮书”，包括很多反共人士的著作，哈耶克、索尔仁尼琴，等等。这些书虽然只卖给高层的干部和知识分子，但实际上很多流散到社会上了。我在一篇文章里就写过中学生们当时偷书、借书，甚至抄书的故事。

白池云　在某一个您的英文采访中，您说中国文学大概二十世纪上半期主要是以苏联文学作为模范，后来与苏联对立起来了，作家开始转向欧美文学。那个转折点，我以为是八十年代。现在听您说，五十年代已经开始接受欧美文学了。

韩少功　“文革”前有各国文学的影响，但最大的老师还是苏联。因为苏联受法国影响大，所以中国读者也连带地喜欢上了法国。在我当知青的时候，雨果、巴尔扎克、莫泊桑、大仲马这些法国名字对于我们来说并不陌生。到了“文革”以后，很多青年人的主要的阅读对象才转向了欧美的现代主义，比如，超现实主义、荒诞派、意识流，等等。这次来韩国开会的高行健，就是八十年代最早介绍西方现代派的主将之一。

白池云　对现在年轻的作家，您有特别关注的吗？

韩少功　我已经注意到一些名字，安妮宝贝、笛安、张悦然，等等，希望他们长成一棵棵大树。说实话，我们这一代作家眼下还有饭吃，完全是因为不少新人还不大争气，对自己要求过低了。我曾接待一个中学生。他把一个U盘给我，请我帮他看看作品。我以为是一个短篇，打开一看，哇，七个长篇小说。第一个是写唐朝的，第二是写明朝的，第三个是写火星人的，第四个是写机器人的……（笑）后来有一个移动网站的技术员告诉我，在他们那个网站，小说成千上万，几乎是论“斤”来卖的。他们就不能写得慢一些吗？不能对自己的要求更高一些吗？

东亚小说传统与现代性

白池云　我觉得，能写下来那么多就已经很厉害了呵。（笑）那么，我们把话转到老师您自己的作品吧。我翻译《阅读的年轮》时，在韩国还少见您的著作。后来，《马桥词典》被翻译了，《山南水北》也被翻译了。跟别的作家相比，您的作品进入韩国读书界晚了一些。坦白地说，我翻译的在韩国没成畅销书（笑），但读过的人都说他们很感动。我曾以为像《阅读的年轮》这样的书，如果作者对中国的文化和历史没有深刻了解，不太容易接近。但情况似乎不是这样，他们是从您的文章里收获了某种感觉。《马桥词典》的文体形式还引发了不少的好奇。那，我先想问一下，您是因什么样的契机，想到了用词典的形式写小说？

韩少功　我中学毕业后当“知青”，在农村劳动了六年，去的地方就是汨罗。我发现那里的方言很难懂。很多年以后，在大学听语音课，看了一张语音地图，才知道湖南的方言确实特别复杂，所谓“十里有三音”。这样，我少年时期就进入了“双语”和“多语”的状态，开始了语言比较学的“田野功课”。语言比较多了之后，你会产生一个很好奇的问题：为什么有些东西在不同语言里找不到准确对应的关系？你翻译过外文书，也有这种经验吧？

白池云　是。有些汉语里的词在韩语没有，而某一个韩语词也没法找到准确对应的汉语词。

韩少功　我去过蒙古，发现蒙古人关于马有很多词，一岁的马有个词，两岁的马有个词，三岁的马有个词……汉语里根本不会有这种情况。这里的原因，就是语言后面有生活，有故事，有人物，有特定的历史和文化。到了九十年代，我再次想到这一点，是因为接触到西方一个重要的哲学讨论，被西方人称作“语言学转向”的，大义是自维特根斯坦以后，很多人认为哲学上问题其实都是语言学问题。我并不是特别赞成这种看法，但这种看法启发了我。

白池云　《马桥词典》的叙事形式，确实跟语言哲学有关系，但这里我觉得还存在另一种试探，就是小说和散文的结合。

《马桥词典》中提到主导性人物、主导性情节、主导性思想的霸权——您所说的应该是西方现代小说吧？依我看来，您想创造一个和西方小说不一样的另类小说。

韩少功　就我所及的阅读范围而言，似乎有两个小说的传统，一个是“后散文”，另一个就是“后戏剧”。东亚很早就有了纸张，比如，晚近出土的“西汉纸”。有了纸张，你可以写字，以至汉代作家们常有几十万乃至几百万字的写作量，都吓死人了。所以那时候教育很发达，文学也很发达，不过当时的文学主要是散文，其次是诗歌。但西方走的是另外一条路，因为他们直到十三世纪才学会草木造纸。在那以前，他们只有羊皮纸，非常昂贵，也不方便，因此文化传播主要靠口传，先是史诗，后是戏剧，都是口传的文学。口传与书写有很多不同的特点，前者面向观众，包括识字的和不识字的，那么作品就必须趣味性非常强，像亚里士多德强调的，必须注重人物与情节，才能把观众紧紧地吸引住，不然演出就无法进行下去。但书面文学不一样，它是给读书人看的，给“小众”看的，甚至只是给“知音”写的。如果没遇上知音，那么宁可将作品“藏之名山”。散文与戏剧不同的诸多功能特点，由此可见一斑。

可以看出，脱胎于戏剧的欧洲小说，大多比较戏剧化，人物、情节、主题，构成了三大要素。而脱胎于散文的东亚小说，从《史记》中的本纪和列传，到《三国演义》，等等，都有散文化的痕迹。中国四大古典名著，在胡适先生眼里都算不上严格意义下的小说，因为他是采用西方文学的标准，几乎是亚里士多德的戏剧标准。

白池云　按照胡适的尺度，《马桥词典》也不算小说吧？

韩少功　肯定不算，因为作品中的人物不连贯，有前无后，或者有后无前。不过，中国《四库全书》里“说部”的百分之九十，恐怕都不能算小说。那又有什么关系？我们完全可以有一种很欧化的小说，但也可以有一种不太欧化的小说，比如，来一点散文和小说的杂交，未尝不可。

白池云　在《灵魂的声音》这篇散文里，您说过小说在逐渐死亡。依我看来，您是通过《马桥词典》这样的尝试，摸索一种突破性的另类小说。

韩少功　在古代东亚，不光是小说、散文不分家，文、史、哲也都不分家的。这有什么不好呢？就像我们的人脑，有时候能把事情想清楚，就用逻辑和理论；有时候没法把事情想清楚，就只能用描绘和细节——差不多就是一种文学了。这种“夹叙夹议”的混杂，其实是非常正常的。恰恰相反，如果一个人成天给别人讲道理，或者一个人成天给别人讲故事，肯定会把所有的人都吓跑。但我们眼下的学科专业越分越细，人才都是所谓“专才”，都在画地为牢，以至一个学者如果说自己是治“哲学”的，就会被人家笑话，被看成骗子；只有你说自己是“搞黑格尔”的，或者是“搞海德格尔的”，对方才觉得你说的是行话，够水平了。这种专而又专、偏而又偏的狭隘，是不是也可能隐藏着重大危险？会不会导致一种僵化和封闭？

白池云　其实文学，尤其是小说，就是多样形式共存的地方。我在读《马桥词典》的时候，就联想到巴赫金的对话理论，据他说，小说里面各种各样的，互相对立的体裁（genre），语言，信念体系在共存。那样的多音性（polyphony），好像在《马桥词典》里活生生地体现出来。

韩少功　事物变化的过程，往往不是一因一果，而是多因一果和一因多果。后戏剧的小说模式，特别是线性叙事逻辑，很容易遮蔽这种复杂性。

白池云　但是对读者而言，《马桥词典》会经常让他们遇到困难。注意到这样断续性，对于很少读书人来说并不容易。前面登场的人物，过了很长时间后再突然出现，读者就搞不清楚他（她）到底是谁。我也是这样，不断回到前面去找那些人物，很困难。要是在韩国出版第二版的话，你一定要加上人物索引。（笑）

韩少功　生活并没有那么完整，某种适度的"碎片感"，其实也是真实的一部分。今天我在街上见到一个人，这个人永远都再见不着了，但是这个人可能给我留下了很深印象，成了我生活的一部分。这种破碎感既然真实存在，为什么要把它统统割掉？

地方，中国文化的解构/重构的轴

白池云　在此，我想回到语言的地方性问题。不仅《马桥词典》，在别的文章里，您都特别重视方言或地方性，对以北方为中心的中国文化，似乎显示出某种立场。比如，你谈到北方"龙"和南方"鸟"的差异，这种解构中心和挑战权威的尝试，与西方的后现代主义有些相近。但我从《阅读的年轮》中，感觉到您又与西方后现代主义保持距离，甚至表现出批判锋芒。所以，我感到有点矛盾：您对后现代主义似乎是一种既拒又取的双重态度。

韩少功　后现代主义者热心于解构中心和颠覆权威，有积极的一面。在普通话这个问题上，Mandarin is the language of army。这是一个英国语言学家对我说的。“普通话”是军队的产物，政治的产物，有一个权力化的过程。因此，普通话的权威地位并不是天然的和必然的，这正如世界上最大“普通话”是英文，与英、美两代全球霸权的历史密切相关。后现代主义的一些方法，可以帮助我们看清这样一些历史真相。但有时候，后现代主义说得太极端了，比方，他们否定一切意义和价值，就太极端，甚至与他们所反对的敌人走到一块去了。绝对的“有”，绝对的“无”，都是绝对。把相对主义绝对化，本身还是一种绝对主义。方言也并无绝对的合理性，因为方言也会有糟粕，对更小的语言群落也有压制功能。

白池云　既然说到地方问题，我想再听一些您与南方文化的关系。中国从古代开始，就有北方的《诗经》，南方的《楚辞》，这样的区分，表示着中国两大不同的文化气质。您的作品，让我联想到《楚辞》所代表的，一种自由奔放、有反抗性的南方文化的气势。

韩少功　中国最早的文化典籍，主要是黄河流域一些文化人记录下来的。那时孔子、孟子主要活动在黄河中、下游地区。秦、汉都建都在西安，也是在北方。那时南方当然也有文化，但大多没有被记录下来。比如，八十年代在中国四川发现了三星堆遗址，有很多精美器物出土，但这样的文化在中国史家那里几无记载。直到宋代，事情才开始发生变化，主要原因是北方的游牧民族，比如，蒙古和突厥强大起来了，把汉人排挤到南方去了。宋代人到南京建都，到湖南办学校，南、北文化才有了深度的融合。

白池云　我不知道这样的区分开来，会不会有点勉强，是看您的文章，让我情不自禁地想，好像您对儒家，没有对道家或佛家亲切。说“反儒家”也许会点过分，但您对老庄和佛家的爱好，似乎构成了您思想和文学的一个重要部分。

韩少功　“儒家”这个概念，有时候是一个大概念，几乎涵盖整个中国古代主流文化；有时候是一个小概念，是指与道家、法家等等相区别的一个学派。现在很多人谈“儒家”，不分大小，不分前后，概念用得比较乱。从汉代到宋代，儒家变化很大。具体到某一个人或某一个派别，外儒内道，阳儒阴法，复杂的情况还很多。在某种意义上，我也赞赏儒家的思想文化遗产，但儒家也有蛮多问题，比方说，他们过于精英主义，主要是关心政治、社会、伦理这样一些东西。在这些问题之外，比如，生命哲学、认识论、方法论等方面，道家和墨家，可能更让我感兴趣。

白池云　巧合的是，道家的老子和庄子，不都是南方人吗？（笑）好像老师对南方文化具有一些特别的感情。

韩少功　我出生和生活在那个地方，在战国时代是“楚”。广义的“楚”还包括长江下游地区，比如，楚霸王的家乡，即吴越一带。小时候，我听老百姓常用一个词，叫“不服周”，意思是不惧怕、不服从。为什么多出一个“周”字？其时，“周”是指周天子，即春秋时代的中央政府。“不服周”就是我南方人要捣乱、要自强、要挑战权威。这个词里所隐含的某种勇气和豪气，我确实很喜欢。

白池云　“不服周”这个词，眼下在日常生活上经常用吗？

韩少功　还经常用。是不是有点无政府主义的味道？（笑）

白池云　韩国文坛最近很热门的话题就是“文学和政治”。文学对社会要扮演什么样的角色？这个问题似有点陈腐，但像今天文学定位很不稳定的时候，我们不得不再次提出来。您的作品不仅仅艺术性高，并且有强烈的批判性。众所周知，在中国的政治环境下，对政府的批评不是容易的。可是，您还是用隐约的方式发出声音。在另一个方面，我特别同意您在《马桥词典》中关于“甜”的说法，就是说西方人分不清中国有各种各样的反抗，都把它笼统地概括于反共。韩国人了解中国的时候，也经常掉入这种陷阱。在这里，我想请您讲得更清楚一点：您觉得西方人所期待的反抗与您的反抗区别点在哪里？或者，您觉得中国作家应该保持如何的反抗精神？

韩少功　权力与资本，或者说极权主义和极金主义，是中国社会的两个毒瘤，两者结合就是权贵资本主义，需要我们努力地抗争和克服。这将是一个长期的任务。但中国与西方确有历史和文化的很多差异，我们的批判必须对症下药，不能简单地照搬其他药方。比如，西方人对种族这个问题特别敏感，特别是犹太人问题，但这样的问题在中国、韩国可能就没那么敏感。同性恋问题，在非基督教地区也不那么敏感。相比之下，中国人对家庭特别重视。前不久，报上有一条新闻，一个男人在车祸中死了，然后他的兄弟和父亲来帮他还债。如果按照西方的法律，他们不必还这些债，每个人的债权债务都和他人无关。这就是西方的“个人本位”。那么，我们怎么来看待这个现象？“家庭本位”也许会带来不少负面的东西，比如，“家长制”“裙带风”“人情社会”，等等，但也有正面的东西，比如，前面说到的还债。如果只是站在西方法条主义的角度，对这个进行嘲笑或指责，就可能无法理解世界历史的多样性。我们现在常常是“左右开弓”，应对两方面的抗争，既要警觉本土的“遗传病”，又要警觉外来的“传染病”。

白池云　《马桥词典》和《山南水北》中，您对老百姓的观察非常敏锐。好像您看到了老百姓那里一种微妙的现象，一种表面上很单纯，不合理，在深层却真切有力的逻辑。比如，他们在国家面前很脆弱，但他们有对付国家的特殊方式。《马桥词典》中有一个好玩的故事，马疤子原来跟从共产党，后来他丢掉部队，遇到了国民党，就跟随国民党。对他们来讲，跟随共产党还是国民党，与政治理念完全没有关系。就像您写的那样，老百姓对一九四八年的记忆，不符合于国家的公式化历史。即使不是顽强的对抗，但好像他们有自己的反抗的方式。而且这样的反抗，和西方人所想象的反政府或反共产党，也有差距。我觉得这个差距虽然微妙，但很重要。

韩少功　生活很复杂，但意识形态很简单。意识形态就是制造一个对一个错，似乎黑白两分。但在实际生活，在老百姓那里，有很多疑难杂症，有很多难于取舍的困境，远远超出了书生们的想象。因此，文学有点好处，它描述一些具体和细节，可以尽量避免冷战意识形态的简单化。

文学该如何记忆“文革”？

白池云　您八十年代的小说，直接或间接地涉及“文革”。从我个人来讲，这些作品给我很大的冲击。第一个原因是其形式上的前卫性和现代性，这个话题等一会再谈。第二个原因是，这些早期作品使我开辟了以前完全没有的另一个视域。即使我这种中国现代文学的研究者，以前说到“文革”，只会联想到《芙蓉镇》那种，描写国家压迫的作品，很沉闷，很压抑。当然老师的作品里也不能说没有阴暗面，但像《飞过蓝天》和《西望茅草地》，非常有意思的是，知青并非完全是国家压迫下的被动人物，似乎也有明显的自我主张。比如《西望茅草地》的主人公，一方面轻蔑那个霸道的农民干部，看不起他的愚忠，但另一方面，对自己的思想也有苛刻的要求。这样矛盾性的人物性格，好像显示您对“文革”抱有另一种看法，有一种分裂的认识。是这样吗？

韩少功　“伤痕文学”的大毛病，就是简单化。电影《芙蓉镇》的作者是我的一个朋友，但我还是要批评，这个电影把“文革”写成一些绝对的好人和绝对的坏人，太幼稚了。可惜的是，西方带着冷战思维的人很容易接受这一类作品，似乎这个世界就是黑白两色。在“文革”中，上层和下层的情况不一样，前期后期的情况不一样，甚至一个派别、一个人都有多面性。一些受害者也迫害别人，这种情况很普遍，并不是奥斯威辛集中营那种景象。你怎么看？有些人是反抗者，但他们的思想资源和斗争手段是不是有很大的问题？他们是受害者，但他们的受害是否被夸大？或者受害之外的一些恶行是否被掩盖了？单是一个冷战思维，是没办法来理解这些事情的。几年前，我曾就此写过一篇文章。

白池云　啊，我看了，是在《Boundary2》（二〇〇八）上的《“文革”为什么结束》是吧？

韩少功　对，我在那篇文章里说到，当时的反抗起码有三种类型，一种是逆反型，比如，开始是拥护“文革”的，到后来自己受苦了，就转而反对了。第二种是疏离型，就像作家王朔写的那些青年，包括一些官员子弟，吃喝玩乐，胡作非为，喜欢西方音乐，虽然远离政治，但也构成了一种间接的反抗。第三种是继承型，就是完全接受“文革”的那一套思想理论，甚至是一些马克思主义者，但激烈地反对“文革”，反对毛泽东的错误。当年的“天安门事件”中，这种人还是大多数。有些西方人按照冷战逻辑，特别不理解这一点，说马克思与“文革”是一回事，信奉马克思的怎么会反对“文革”呢？他们最希望“文革”是他们理解的那个样子。

白池云　《飞过蓝天》的主人公是留在农村的最后一个。那些知青开始抱着理想投身农村，但经过一段时间，他们的理想褪色了，就用各种各样的办法离开农村，只是主人公因为没有关系，就无法逃出去。一位朋友给他写信说“你白长了一个脑袋，如果没本事让干部喜欢你，就让他们怕你，逼他们甩包袱”，这个地方很滑稽。（笑）这好像很接近您的自传性小说。是不是？

韩少功　很多小说里都有我的影子，大多是一些矛盾的多面体。《西望茅草地》也是一样。那个退伍军官，很霸道，很专制，但他又是一个对社会充满热情的人，无私的人。但这篇小说在一九八〇年代引起很多争议。当时很多人不能接受这种复杂的人物。

白池云　这很奇怪吧，从常识来说，老师小说中的这些人物其实更能接近真实情况。在韩国八十年代的学生运动中，人们也经常接触到这种矛盾人物。

韩少功　当时有些官方政策也在鼓励简单化。

白池云　您的那篇《“文革”为什么结束》说道，“文革”虽然是很难以理解的事情，但文学的任务就是要使不易理解的事情变得易于理解。虽然我读的中国现代文学不算多，但您说的那种深度揭示“文革”的作品，恐怕还是比较少。我们最开始接触的是伤痕文学，主要描写知识分子怎么受压迫；然后，像余华的《活着》《许三观卖血记》，涉及老百姓，描写他们怎么忍受“文革”的动荡和灾难。但是，像红卫兵、知青等，总是未能成为主角，充其量只是“文革”的背景。

韩少功　对“文革”的禁忌化和妖魔化，削弱了对“文革”的批判，因此清算“文革”这一历史任务还远未完成。你把它妖魔化，它就变得不可理解了，不可理解了就是认识的失败。尽可能还原事实才是批判者应有的自信。

白池云　对您个人来讲，在您的写作上，“文革”占什么样的地位？

韩少功　“文革”是我笔下的一个重要题材，也是我青春时期印象最深刻的一段时光。我父亲就是在“文革”中自杀的，因此有位台湾作家说，韩先生对“文革”是有发言权的。但我并不赞成用一种情绪化态度来对待过去，包括对待当时的很多迫害者。他们并不是魔鬼，其行为有各种各样的原因。真正给社会治病，就要把这些原因找出来。

白池云　以前，我一直以为知青是受强迫到农村去的，可是看老师的小说，才知道那时也有青年是自愿去的。

韩少功　大部分是被强制下乡的，应该说是不高兴的。但也有一部分青年，受理想主义和英雄主义的熏陶，是自愿下乡的。我当时就属于这一种。因为未满十六周岁，既可以升学也可以下乡，我选择了后者。

白池云　外面的人恐怕不太能了解这样的情况，您的父亲在“文革”当中受压迫，但在那种环境下您怎么自愿下乡呢？

韩少功　说来话长。我父亲自杀，但几个月后就被“平反”，恢复了名誉，而且政府开始给我家发放生活津贴。这样的事情同样发生在“文革”。我对支持我父亲的人怀有感激之心，而且认为自己更应该努力追求社会公正，用革命来实现这种公正。这是我当时的想法。说老实话，“文革”那时候，我有时是魔鬼，同时也是羔羊。学生都不想上课嘛，所以学校停课，学生可以反对老师，让我很开心，也跟着起哄，用一些很夸张的政治大帽子去吓唬老师。这当然是我魔鬼的一面。但我父亲受迫害的时候，我也是一个羔羊啊。甚至我还是一个热血青年，在乡下涉嫌“反革命”而坐过牢，按照伤痕文学的眼光，有点像“英雄人物”了。很复杂嘛。很多中国人都是这样的多面体。

文学的创新，从哪里来？

白池云　我们把话题移到文学的形式实验吧。依我看来，您八十年代的那些作品即使放到现在，也是非常前卫的，比如，《归去来》《爸爸爸》《女女女》等，里面有老庄、魔幻现实主义、意识流、表现主义等，东西方的多种形式很尖锐地变奏。当时好像中国作家们的形式实验都非常激进，到了九十年代反而回归寻常了似的。八十年代为什么会有那种现象？

韩少功　“文革”结束以后，很多作家在审美方面有一个反省，觉得“社会主义现实主义”太狭窄了，需要给予打破，需要多样化和多元化。恰逢国外文艺思潮和作品大量进入中国，刺激了大家，激发了大家创新的兴趣。而且那时作家们没有感觉到市场压力，有较大的自由表达空间，哪怕你写得很难懂，像卡夫卡那种的，也能卖得出去。在这些想法推动下，作家不光考虑“写什么”，也重视“怎么写”，不约而同地做出各种尝试，形成了一种井喷式的繁荣。到了九十年代，一是市场变成一种巨大的压力，挑战大众审美习惯的实验性作品，越来越难以生存了。二是对西方文学的消化基本完成，该知道的都知道了，该玩的都玩过了，作家们开始重新确定各自的定位。比如，我也玩过“意识流”什么的，但最终觉得这种手法不大合适我，就放弃了它。

白池云　莫言、苏童的小说都被张艺谋拍成了电影了。

韩少功　电影是一种高投入的工业生产，对文学逐渐产生巨大影响力。很多小说家都改写电影，或者把小说当作电影的前工序，几乎可以由导演拿着小说直接分镜头。从这里，你可以看出资本的作用，文学的指挥棒有时操纵在投资商的手里。

白池云　一九八五年您提到的“寻根文学”，在中国当代文学史占有非常重要的位置。可是，现在想我觉得这里也有点模糊的地方。一般说“根”，就令人想到传统，但当时您那些作品，哪怕按照现在的感觉看，也算是非常现代的。从这一点看，当时的“寻根文学”的口号，似乎具有一种多义性。

韩少功　传统与现代有时候很难区分。一个基因专家告诉我，最好的物种基因可能是古老的，比如，很多优质物种得到坟墓里去找，到原始森林里去找。但识别、查找、利用这些原始物种，常常又需要最先进的现代基因技术。所以，这些物种是最古老的吗？是。是最现代的吗？也是。

古老与现代在这里是互相缠绕和互相渗透的一种关系。八十年代的“寻根”，涉及本土文化这样一些东西。但“本土化”刚好是现代化的一个现象，是全球化所激发出来的一个东西。如果我们没有对西方的了解，就不可能真正知道亚洲是怎么回事。反过来说也是这样。这就像葡萄牙作家佩索阿说的：我们之所以能欣赏到裸体之美，是因为我们都穿上了衣服。

白池云　还有，您在《昆德拉之轻》等文章里说过，八十年代中国有过拉美热。韩国大概也是在那个时期，出现了关于第三世界的深刻讨论，参照过拉美地区的变革理论和依附理论，有了民族文化的视野。不知道我从哪里看到，莫言也在某个地方也说过自己受到魔幻现实主义的影响。您对此有什么想法？

韩少功　拉美的魔幻现实主义大量运用了印第安人的传统文化资源，包括神话、传说、迷信，等等，对中国作家有很大的启发。这是一个可贵的文学高峰。在它以后，高峰似乎少见。不过，把它理解为第三世界文学，其实不是太准确，因为它是欧洲文学的一个延伸部分，是西班牙语文学的地方版。

为了获得真正的世界性

白池云　像您说的话，魔幻现实主义以后，很长时间没有出现具有全球影响力的文学高峰。最近，因为出版市场的跨国化，大家对文学的世界性越来越关心。可是，新的世界文学，应该区别于以前那种以西方文学为中心的世界文学。

韩少功　你说得很对。以前的世界文学，隐含意义是欧美文学的世界化。而我觉得需要提出一个新的世界文学概念，即全世界各种文学平等对话的新机制，一种同质化和异质化并行不悖的新格局。什么是世界？什么是国际？很多中国人的误解特别大，以为西方就是世界。我估计韩国、日本也有类似现象。就像穷人最容易互相看不起，但大家又都对富人特别看得起。在这种情况下。大家眼睛朝上看，不向旁边看，更不向下看，使大量的经验资源和文化资源无法浮出地表。比如，一个中国人，说起美国头头是道，但他对周边的缅甸、泰国、印度居然一无所知，这是不是很危险？另一方面，“世界文学”绝不意味着一种同质化，而永远是同中有异和异中有同。换句话说，不是所有的文学都变得一样，而是在互相交流的过程中，形成更为丰富、更为成熟的多样。这一点，我可能与有些前人对“世界文学”的理解有所不同。

白池云　我也同意。全球化的风潮滚滚，但我们对邻居国家的理解仍然浅薄。对韩国来讲，隔壁的中国变得那么快，那么大，韩国人对中国的社会和文化的了解，仍然差得太远了。大家还是只看西方。像您说的，打破自我封闭，开放眼界，这样的世界化，不是光看西方，而是东亚区域互相参照。可是，最近东亚文学界有了一种有意思的尝试：韩国的《文学存》，中国的《小说界》，日本的《新潮》，三家联手，在每个国家选两三个作家，给他们提出同一个话题，让他们对此写出短篇，然后在这些三个杂志上同时发表。不知道在中国有没有反应？日本、韩国都有些反应了。我看到苏童、须一瓜、毕飞宇等写的短篇，都很好。这样小小的交流实践，蛮有意义的。

韩少功　这种做法值得提倡。具体的做法还可多种多样。重要的是发出声音，明确目标和方向。旧的世界文学充其量是半个世界文学，甚至假世界文学，因为它只有西方视角，因此对西方的描述和解释甚至错误太多。举个例子吧，美国经济起飞的时候，原油价格大约是一美元一桶。这是西方的真实吗？是，也不是。因为价格这么低，是以世界上绝大多数人不用石油为条件的。相反，一旦日本人、印度人、越南人、中国人、韩国人都用石油了，原油价格就大涨到一百美元一桶。那么，如果我们看不到西方之外的情况，就很难真正理解西方，包括它的生活和社会。所以我说，新的世界文学一定要面对世界的复杂性。这不是什么反西方，也不是什么反东方，只是说建立真正的世界眼光。这对西方肯定也是有利的。

白池云　我最后一个问题，是中国和东亚的问题。恐怕，这话题有点敏感。您的文章中有一篇叫《国境的这边和那边》，大概是您十年前来韩国时发表的。当时您的发言比较有争论性。您说自己不担心中国没有亚洲意识。这里有两个方面；第一是六十年代中国推行过革命输出；另外一点是，如果中国以后强大起来，自然会再次把亚洲纳入视野，但提出哪一种亚洲观，才是更令人担心的。我觉得您说中了要害。就亚洲的历史实感和经验而言，中国与我们韩国有颇大隔阂。比方，韩国人对东亚认同比较容易接受，而中国呢，国土面积大，接邻国家不仅仅是东亚，所以对中国来讲，东亚只是一个部分。这样，相邻的两个国家难以相互认同和信赖。说实话，韩国人中认为中国能成为我们亚洲同伴的，恐怕不多。大部分都觉得中国会成为威胁，有一些担心。

韩少功　中国块头比较大，所以韩国人、日本人不安心，是很自然的。所以就把美国人扯在一块。美国一驻军，中国人心里也不高兴，觉得你老说“东亚”“东亚”，怎么把美国人搞进来了？这个互相信任很难以建立。我觉得东亚团结很重要，但还要讲更大的团结，否则东南亚、南亚的人怎么想？这是第一条。这个团结的真正实现，可能要靠危机，比如，生态危机或经济危机，才能把大家的团结愿望“逼”出来，把一些障碍给克服掉。就像大陆和台湾的关系。这是第二条。

白池云　有这个可能吗？很难吧。因为中国经济肯定会越来越好，你们会遇到困难吗？

韩少功　不见得啊。二〇〇八年以来的全球金融风暴谁知道？下一步又会出现什么？美元会不会崩溃？欧洲会不会出现大问题？伊斯兰世界会出现怎样的变化？……那时没人帮我们，必须由我们东亚人来解决自己的问题，甚至承担世界责任。但中国现在并未准备好。特别是文化混乱、价值空虚、精神迷失，是一个很大的定时炸弹，说不定就要炸掉经济成果，炸掉政治改革的可能性。我们不能以为经济发展了，一切问题都好解决。南美、东欧，都曾经有过不错的经济发展，但说垮也就垮了，说乱也就乱了。东亚人是很聪明的，应该看得更远一些。上次我到韩国来，觉得半岛的北方和南方还处得不错，板门店的展览里没有什么刺激性语言，但为什么这几年反而南北关系越搞越紧张？如何解决半岛问题，不能靠别人，得靠南北方认真地想一想。

白池云　关键的是中、韩两国有体质上的差异。中国表面上是个民族国家（nation-state），但内在的中华帝国机制似乎依然延续，考虑到它的领土规模和多民族共存的特殊情况，这里也许有某种必然性。可是，怎样避免民族主义的反目？这样势力、面积、体质都不太对等的国家之间，怎么样才能建立和平共存的关系？我们对此需要努力一起找出答案。

韩少功　美国和沙特阿拉伯不一样，但能大体相安无事。中国与巴基斯坦差异很大，但也可以处得不错。所以我觉得处得好不好，主要是看能否互相尊重。现在的中国是一个“千面之国”，有黑暗的一面，腐败啊，贫富分化啊，还有你担心的民族主义心态，都是真的。但中国也有积极的一面。我们不是算命先生，很难知道以后会怎么样。我说过，如果中国以后成了一个帝国，到处派军队、搞殖民、行霸权，那你们就要勇敢地反对它、抵抗它、打倒它。这没什么好说的。有良知的中国人也应该参加到这样的斗争中去。如果中国人到非洲去只是买资源和卖商品，不转让技术，那也是利润至上，与殖民主义没多少区别，就很丢人和很无耻。在我看来，转不转让技术，是一个重要标尺。派不派军队去杀人，也是一个重要标尺。我们要用这样一些标尺来观察每一个国家。

当然，从长远来看，民族国家体制最终要退出历史。超越民族国家的架构，比如，跨国公司，以后还可以有跨国大学，跨国文化团体，跨国宗教团体，跨国政治团体……为什么不可以呢？民族国家这种形式本身消亡的时候，东亚会变得另外一种说法了。现在我们一出国，就得有护照，护照上盖了政府大印。但你到网上去看一看，很多共同体（community）是没有国界的，爱音乐的人，爱汽车的人，研究非洲历史的人，等等，有各自的

community。他们互相熟悉，超过了对邻居熟悉。他们互相认同，超过了对同胞的认同。以后我们的世界体育比赛，是不是一定按国别来组团？搞一个白领团队，同蓝领团队比一下怎么样？搞一个同性恋团队，与异性恋团队比一比行不行？这需要我们想象，需要我们创造。比如，写一本没有民族和国家的幻想小说行不行？那时候，赛场上怎么升旗子？怎么排名次？这都是很有意思的，也是文学可以做的事情。

白池云　我也希望我们多有一些您说的文学想象力，能够打破挡住我们之间的许多障碍。你看，我们的访谈时间够长了，谢谢您。

二〇一一年五月

○

白池云，韩国延世大学教授，《创作与批评》编辑委员，汉学家，翻译家。此文最初发表于二〇一二年《湖南文学》杂志，同时有韩文版本在境外发表。

一本书的最深处

——答北京大学博士季亚娅

访谈者按：

一本书到底应该怎么读？阅读者有无理解写作者的可能？我们是否应该探究文本之后那不曾言说的深意？怎样的书能够经受写作者与阅读者面对面的逐字细读？在二人理解的差异背后，这本书将呈现出怎样的微妙、丰富与歧义？

在海口海甸岛燕泰大酒店一楼咖啡吧见到他。有些惊讶，为额发边沿那一两丝锐利的白，有种特别冷峻的棱角感。然而一刹那间无拘无束绽放的笑容，弯弯的眯缝的双眼，会让你感觉到冷峻之后的亲和与坦诚。这一冷一热之间，似乎暗示着他的全部犀利与温情，执着与通达。

是的，在当代中国文坛，韩少功是一个独特的绕不开的人物。纵观八十年代以后的中国当代文学，创作质量能二十余年持续保持高水准的作家，他之外，也就寥寥二三人而已。从反思文学时期的《西望茅草地》到寻根时期的《爸爸爸》，从九十年代的以“语词”为核心的《马桥词典》到本世纪初以“具象”为核心小说《暗示》，他一次次改变自己既有的写作路数，一次次让人思考文学本身的多种可能性，可以说，他的代表作品均呈现出一种独特的思想气质而迥异于那些平庸之作，均是那一段时期里具有启示性意义的作品。这一次的《山南水北》，亦同样是他“挑战自己难度”的心血之作。其笔端呈现出的当代乡村社会的全部复杂与多义性，对乡村人情人性丝丝入扣的精准摹写，挥洒自如的语言与文学架构，以及面对生活本身的那种从容而诚恳的姿态，无不呈现出一种随心所欲而不逾矩的大家气度与风范。

韩少功的意义还不止于此。理解韩少功，作为公共知识分子或者称之为“行动者”的他，与作为作家的他同样重要。九十年代以来，韩少功以《天涯》为平台，参与知识界数次重大论争与话语空间的构建，代表着学院外知识分子所能达到的高度和水准。他以“实践”为核心，提出了一套超越知识界左右区隔的学问构想，与学院派知识分子展开了饶有意味的对话。在某种意义上，与其乡村生活息息相关的《山南水北》，亦可看成这样一种来源于实践生活和个人生命体验的大学问。

选择《山南水北》作为我们这次细读的文本，还有两个最直接的理由：其一是我们的文学教育到底有哪些问题呢？让我们忘记了阅读本身的含义。我们或者在宏大的理论名词中穿行，或者在文本的细枝末节上缠绕，就是读不懂作家的本心。什么时候我们忘记了还有另外的阅读方式？有多久我们没有细读过一本书了？

其二是什么时候我们变得不会思考，或者说离开图书馆和贩卖来的西方理论名词我们就不会思考了？什么时候我们忽略了一种来自生活最本真的智慧？《山南水北》有望呈现给我们的，正是这样一种带着泥土和露珠气味的芬芳的智慧，它与图书馆的灰尘与蠹虫气味迥然有别。

因此，读此书，为重温一种思考方式，一些一直以来在我们视野里延续的问题，一种阅读方法，以及阅读本身给我们带来的全部久违的感动、快乐与宁静。

此书之先

季亚娅　鉴于前面说过的两个理由，我的第一个问题和一种阅读方法有关。其实非常遗憾，我觉得这本书应该在汨罗八景峒您的山居之地来读。因为这本书和您的乡间生活直接关联，它们之间可以说是一种生活方式和一个作家创作的关系。您早年有些非常精彩的文章如《在小说的后台》《主义背后的人》，说的都是这种从一种生活方式了解作家作品的读解方式，即所谓的知人论世。但这种阅读法被文学史忽略了。最近有一本书叫做《一个人的文学史》，是一位文学编辑以亲历者的身份讲述先锋文学发展的历史，我觉得它最重要的也是提供了这些方面的补充。我们的文学史写作漏掉了文本外作家存在与生活方式这非常重要一部分，这样的文学史有问题啊。能请您就阅读的方法先谈谈吗？

韩少功　这个问题是有争论的。像美国的“新批评”，是反对这种办法的。他们会说，文本就是一切。文本本身有传播、解读、衍生、繁殖自己的规律。而且他们还认为对人的了解是不可能的，至少是不可能穷尽这种了解。这个当然有一定道理。不过事情有另外一方面。人为什么要写作？其实就是一种与他人的对话。找一个人聊天，就是广义的口头文学，用书面文字记录下来，就成了我们平时所定义的文学。这种对话在不同语境下，或者在不同习惯下，有些东西是说出来的，有些是没说出来的——需要我们通过还原语境的办法，予以有限的猜测。如果我们以为文字是一切，我们就会丢掉很多在文字中的沉默之处，或者是在文字间隙之中的东西。有些时候，沉默本身就是意义，空白中还有内容。这没说出来的是什么呢？它是通过上下文的联系，有一种气味一样的东西向我们笼罩过来，弥漫开来。这些东西往往同样重要。

当然，一个人要绝对了解另一个人，是天真的梦想。就是同一个词，我们对它注入的情感色彩、经验底蕴都不一样，完全理解便有困难。但是文字毕竟是生活感受的表达，尽管是一个不无简化的表达。为了尽可能探寻文字的意义，对于写作者的了解就必不可少。因为在不同的写作者那里，相同的文字有时候意义不同，反过来说，表面上不同的文字有时候反而表达出相同的意义。而这一切必须根据文本以外人的生活处境、生活经验等，才可能最大化地探知。举一个例子：索罗斯炒股时说“安全第一”，和一个初入道的股民说“安全第一”，两个词的实际意义并不一样，或者说所负载的生活经验并不一样，虽然它们的表面意义完全一样。所以说还是要知人论世。

季亚娅　先问两个大的问题：前一个是阅读方式，这第二个问题与学问和思考方式本身有关：离开了图书馆我们不会思考吗？在您的二〇〇二年长篇小说《暗示》的索引中，您提出了一个非常重要的问题“心身之学”。您说“学问的生命在于对现实具有阐释力”，只有实践中产生的思想才值得信赖，思想则要落实到行动上。这就是所谓“知行结合”。我觉得这是理解您全部思想的一个索引。在某种程度上，《山南水北》这本书的写作本身也是回应那个问题：一种从具体人生经验和当下现实境遇中发现问题的思想方法。这是您一种非常重要的思考方法，也是您区别于很多学院的教授或者文学批评家的所在。我想就这个问题请教您。

韩少功　这个问题尤其在当代特别重要和尖锐。因为你知道，当代相比古代，读书人是数以千万倍地增长。我们的教育很发达，也许要不了多久，一般孩子都至少是本科生。他们有的到三十岁、四十岁，甚至五十岁才开始工作。在很长一段时间内，他们就在书本里面过日子。这在古代是没有的。古代人同文字打交道的时间是非常有限的，除了极少数贵族（季插话：那时候的读书人也是要十年寒窗啊？韩答：很少，人很少）。大约一百年前，北大有多少学生？整个中国就是四五所大学，对吧？

季亚娅　这里有一个教育体制的问题，以前的教育是精英教育，那是不同的。

韩少功　对啊，其他的问题我们不说。我要说的是人和书本打交道的时间大大增多了，何况我们现在的印刷量、出版量如此的大。在五十年代，可能一年就出几本小说，而现在呢，每一年有几千本。这带来一个问题，如果我们仅仅从书本上得到知识或了解世界，知识的原生性就会大大削弱。知识当然可以而且应该传播，但鹦鹉学舌、东施效颦、人云亦云等就是传播的陷阱，就是知识复制过程中的危险所在。到底是书本生产知识，还是实践生产知识？随着生活方式的改变，很多人可能一辈子就待在狭小的书斋或者写字楼，通过媒介了解外面的世界。

季亚娅　还有一个问题，现代社会专业化的分工，使我们不可能从实践中了解全部的知识。

韩少功　对啊，以前有人嘲笑雷锋精神，说他是革命的齿轮和螺丝钉，其实我们每个人都是现代社会的齿轮和螺丝钉（笑）。但我们又忍不住要知道外面的世界，于是乎只有通过媒介和符号。这里面难道没有问题吗？有些教新闻的教授可能一辈子也没当过记者，经济学教授可能一辈子没有炒过股票或做过生意，道德伦理学教授可能一辈子也没做过什么善事，政治学教授可能一辈子也没造过反，也没当过官员，那他们知识的可信性在哪儿呢？所以说……

季亚娅　所以说您就提倡“心身”之学？

韩少功　对。第一，有些知识不一定可靠。第二，即使是可靠的知识，但横移和照搬到另外的语境之下，也可能失效，至少是弱效。因此再正确和再高明的知识，也需要我们在实践中去激活，去检验和筛选，去发展和丰富，否则“读书破万卷”也可能只是出一个书呆子，徒有“口舌之学”。当然，三百六十行，我们不可能全面进入，这个在古代也是如此。但有一些问题是每个人都必须面对的。

季亚娅　那是一些什么问题？

韩少功　比如说生老病死，比如说世道人心，比如说自己和他人的关系，包括与亲人、邻居、同事、公众的关系，等等。这主要是指社会人文方面的事务。现在我们很多人就是坐在电脑面前和虚拟世界打交道，与周围世界的真实关系完全切断了。那么你的赞颂或者憎恶其根据何来？仅仅是在书本世界里流浪与折腾，虽然也能夸夸其谈，但各种激烈的态度后面空空如也。

季亚娅　有一个问题本来想放在后面来问的，听到这句话有感触就先说了：在报社时了解到农村土地私有化的一些情况，和北京的一些朋友说起，他们会非常愤慨地表明立场，但我就想，为什么你们就不下来看一看呢？天天坐在咖啡馆里高谈阔论。这对您刚才的话是一个补充，就是说立场仅仅是表明一种立场而已，背后空空如也，对实际生活一点帮助没有。

韩少功　我们这里也有一个教授，在人大、政协两会期间很激烈地要求取消户口，消除城乡二元差别。这种愿望是好的。但我想说，要做到这一点，城市居民享受的低保就必须覆盖所有农村居民，这要一大笔钱；其二，城市的高中普及也要覆盖所有乡村，以取代乡村目前的初中普及，这又要一大笔钱；其三，城市人口还要与乡村人口享有同样的土地分配权……这三个起码的差别不消除，你的建议岂不是空喊？那么这三个问题的解决，需要可行的对策，要有资金保证。我这样一说，他就懵了。其实他根本不知道所谓二元差别的具体含义，也从未考虑过这些实际问题，仅仅做出一些道德姿态。

季亚娅　您说的其实是对实际问题我们要有具体的解决方案，我最近看到《天涯》上有您一篇《民主：抒情诗还是施工图》，这个方案也可以叫做“施工图”对吧？

韩少功　那篇文章，来源于我单位内部推行民主的一些体会。那时我们搞“群众专政”，每个季度全员无记名打分，奖金、晋级都与打分结果挂钩。这产生了很好的效果。但后来也发现，一旦我们决定某些涉外事务，比方说有钱了，要不要请外面的专家来开个研讨会？要不要支持某些社会公益事业？……到了这时候，民主就不大可爱了。大部分的人都反对：干吗呀，我们的钱干吗不分掉啊（二人笑）？肥水为什么要落外人田？从这些实践体会来看民主，你就会发现它对内与对外的功能不大一样。历史上那么多民主国家，对内能肃贪，对外却好战，就像两次世界大战中的情况那样。有意思的是，我这篇文章发表后，发给国外的一些朋友看，有些老外觉得新鲜，又觉得它有道理。那么我就想，他们研究民主多年，为什么没想到这些问题？唯一解释就是，他们没有机会在一个具体的社会细胞里把民主这东西真格地玩一遍，只是在理论里转，只是知道哪个大师怎么说，哪个前辈怎么说。这样的理论就很可能缺血和无根。

此书之内

季亚娅　好，下面我们来看《山南水北》，这是一本非常好玩的书，有很多来自实际生活的最精妙的智慧。我们都觉得您是很少有的对我们这个时代保持共时状态的作家，或者说对于我们所处的时代您保持少有的清醒（韩插话：清醒也不一定好，难得糊涂嘛）。作为一个诚恳的读者，我的阅读方法是将这些文章从内容上进行简单归类，从全书的语境以及您一贯的创作脉络中入手，争取找出文本背后那些“沉默的不曾言说的东西”。下面找找看？我们进入第一篇吧。

从前、传统与回归

季亚娅　第一篇是《扑进画框》，可能是因为“第一”这种编排，我会努力地从中找出理解全书一些线索，也许这种方式本身有问题。这一篇文章我发现了全书的几个主题：文章开篇您写到对八景峒最初的观感“这支从古代射来的响箭……我今天也在这里落草”？“我感到这船不是在空间里航行，而是在中国历史文化的画廊里巡游”。这里有两个非常有意思的问题：您好像把自己的回归放在一个中国历史文化的大的时空背景里，而在这样的背景下回归是一个朝向文化传统的游历。是不是有这一点？而且这个传统首先指的是文化中非正统的那一部分，因为你会说：

我今天在这里“落草”。我想起《马桥词典》里您描述到罗国的反抗传统，还有九十年代您的散文《人在江湖》里描写到“江湖”这个词与汨罗的关联，您是否再次在强调这些被压抑的或者反抗官方的传统？此文中您提到的第二个传统是劳动的传统：“融入山水的生活，经常流汗劳动的生活，难道不是一种最自由最清洁的生活？接近土地和五谷的生活，难道不是一种最可靠和最本真的生活？”于是，我从这两个维度来理解您为什么要回到八景峒，我不知道我这样的理解是否准确？或者因为它放在第一篇而有所夸大？或者还有其他未曾言说的意义？

韩少功　如果没有这片湖水，我这段议论肯定是不成立的。是这片湖水触发我的想象，这里面有一定的偶然性。但是也许这个偶然的后面也有一定的根由，比如，对江湖好汉的造反有一种隐秘的向往之情。

季亚娅　就是“不服周”吗？

韩少功　湖南人说的“不服周”是一种挑战精神。张承志说，艺术就是一个人对全社会的挑战。文学家不挑战，简直就是不务正业。

季亚娅　为什么对劳动感兴趣？您这本书还有一组和劳动有关的文章，我挑出来都在这儿说一下：《开荒第一天》您写“坦率地说，我怀念劳动”。《月下狂欢》，“劳动的欢乐完全可以从贫苦中剥离出来”。《欢乐之路》，您写到修路的劳动场景与群体欢乐，“我不愿落入文学的排污管，同一些同行比着在稿纸上排泄，我眼下更愿意转过身去，投身生活中的敞亮与快乐”！还有《认识了华子》写一个好炮手，《也认识了老应》写一个好挖土师傅。这两篇文章您讲的是劳动给人的面子和尊严。特别是《开荒第一天》，您谈到了劳动与知识的关系。您说，“一个脱离了体力劳动的人，会不会成为生命实践的局外人和游离者”。而这一点，和《暗示》中以“体”为知识和认识的基础一脉相承。我想请您谈谈劳动与知识的关系，为什么您会有这样的想法，而这样的想法在今天有什么意义？

韩少功　上帝给了人一个大脑，也给了我们一个躯体，人就是应该劳心和劳力结合，或者说有一种平衡。现在社会的这种体制，把人分割成劳动的阶级和不劳动的阶级，或者说，劳动本身又是有等级的，最下等的是黑领，次下等的是蓝领。虽然这种等级制已经延续了几十个世纪，甚至我们没办法改变这个现象。但是没法改变是一回事，你觉得它是否合理，是否有美感，是另外一回事。我一直认为，一个理想的生活方式应该实现人的全面发展，包括劳力和劳心的并举。

季亚娅　您这个好像与马克思谈到共产主义社会很类似，和某些乌托邦社会的理想也很相像。

韩少功　对，还有毛泽东时代的学工学农。这个可以另作分析。但劳动确实是我们生存的第一天职。基督教徒当年说：最好的祈祷就是劳动。新教教徒在宗教改革以后，乘着五月花号海船到达新大陆，都是怀着这样一种信念。一个人可以不去求神读经，但不能不劳动。后来的美国人特别爱劳动，干什么都喜欢自己动手。这不像中国人，只要有一点小钱，就会尽可能雇用仆人，自己裹小脚，留指甲，穿长袍，都是不便劳动的装束，是贵人和假贵人的时尚。

季亚娅　我总结一下：第一，您是对劳动等级差别中的不公特别反感……

韩少功　这是一方面。第二，劳动有利于增强人的务实态度，这是认识论方面的意义。第三，劳动有利于创造人的生命美学，这是审美方面的意义。您想想，一个小白脸，看起来总是不那么顺眼吧（二人笑）？四体不勤、五谷不分、弱不禁风、哎哎哟哟那一类，我就很讨厌。我在文章里面写过：有科学家推测人以后会变得像章鱼一样，有一个大脑然后有很多触须来按电脑键盘就可以了。这不是很可怕吗？何况我们的劳动从来没有消失，只是被掩盖了，由其他人来承担了。只是媒体也好，意识形态也好，常常掩盖这种承担（季插话：这个说得很好），好像我们成天不干活也可以活得很好。

季亚娅　还有您在书中谈到的劳动的欢乐，可以把人从苦难中拯救出来的那种欢乐，请您谈谈。

韩少功　最美味的享受其实是在劳动之后，是以劳动为前提的。你看现在有些孩子，当小皇帝，长大了还是“啃老族”，衣来伸手，饭来张口，他们幸福吗？肯定不那么幸福，对幸福的感受非常浅，非常稀少。最好的美食，肯定是在饥饿之后。最好的休息，肯定是在劳累之后。而这些幸福是很多血吸虫享受不到的。

季亚娅　好像是这样。那接下来——我要检讨这种提问方式，好像是我要强调和突出某些方面——《开荒第一天》中写到的“体”与“认”的关系到底是什么？而且您从前有一篇写墨子的散文，认为墨家的知识是从劳动中得来的。这是否是另一种知识等级的重新建构？劳动中所得来的知识就一定比书本的知识高吗？

韩少功　知识的源头一定在实践之中。异想天开和闭门造车的知识，偶然也有，比方说，欧洲有人提到先验论，说化学元素周期表中的某些元素就是推导出来的，不需要实践。数学上也有这种情况，比如，虚数就是纯逻辑的产物，与物质世界并无对应关系。但这些演绎成功的例证，无不以大量归纳为前提，演绎只是归纳的延伸和衍生，间接知识只是直接知识的延伸和衍生。康德一辈子待在一个小城里，似乎实践范围有限，但他所依托的自然科学和社会人文科学成果，都是他人在实践中获取的。他站在别人的肩膀上才能向上跳，才能关起门来推导他的理论体系。

季亚娅　还有“华子”和“老应”那两篇，虽然您会用一种幽默反讽的笔调来写他们的“有面子”，但骨子里还是很强调劳动本身带给人的尊严感……

韩少功　对，尊严。那些小人物似乎不值一提，其实他们同样掌握着丰富的知识。只是我们常常在知识中建立等级，以为一个股评家或投资家的知识很高明，而把一个乡间的炮手的知识看得一钱不值。但事情是经常变化的啊，美国通用电气公司的老总韦尔奇来演讲，门票炒到一万块钱一张。但他的公司眼下大亏损，百分之九十的公司亏损，那他的知识还值不值钱？其实，知识的价格并不等于价值，一个炮手的知识并不比一个股评家或投资家的低（二人大笑）。文学家为天地立心，关心恒久的价值而不是一时的价格，因此以平等之心对待天下众生，包括很多小人物那里被人歧视、忽略、掩盖的知识。

季亚娅　下面是《回到从前》，这个标题我觉得可以视为理解全书的关键词。我注意到一句话“多年以前多年以前多年以前的那条路”。我想问，这条路是什么？

韩少功　它是乡下那条我们以前经常赤着脚在早上或者夜晚走过

的土路。因为在你年轻时经历过它，它就可能在你的心里烙印得非常深……文章中有些句子不一定出于预谋，有时是跟着感觉走，写到哪里算哪里。三个重复的“多年以前”是突然从脑子里蹦出来的，那就认下吧。

季亚娅　（大笑）其实您知道我问您的是什么，然后您就会告诉我这就是那条乡村的土路。我本来还是给您预备了几个答案的：在二〇〇二年法国的一次演讲里，您谈到您是一个逆行者，在现代化和城市化的进程里，您会掉头去寻找一些东西。比如说传统啊，你一直在说的公平与正义啊。我这种读解方式当然也值得反省，那条路当然也可以是那条土路。但在本文中，三个“多年之前”本身就构成了一种修辞上的隐喻结构。

韩少功　写作有时是没什么道理的，兴之所至，信马由缰。一个作者在写作之初可能会有提纲，但写作时要放松，要随机，不能完全按照提纲去写。

季亚娅　但我们之前谈阅读方式时也说道：一定要回到整个上下文，甚至文本内外来理解一句话。这句话和这篇文本中的另外一些东西构成了一个大的语境。我可以谈谈我的感受吗（韩答：可以啊）？您在《欢乐的工地》中讲到一个观点，在历史叙事中常会有一些被忽略掉或者隐藏掉的“细节”，我们在阅读的时候，尤其是我这种书呆子，常常会读不出那些不曾言说的细节是什么。比如，您在这同一篇文章中提到“又一次逃离的冲动”。我记得很多年前，您离开湖南到海南时，曾撰文说到自己是一次逃离。“又一次逃离”和“多年之前的路”显然构成了一个隐喻群。那么，您能结合“逃离”来谈谈这条“多年之前的路”吗（笑）？“又一次逃离”背后的原因又是什么？

韩少功　我这个人，有点不安分，总是向往一种比较理想的生活。三十多岁时我从湖南来到海南。那时候我觉得内地的生活有一些沉闷，机关里衙门习气太重。我觉得海南岛像一片美丽的新大陆，“生活在别处”嘛。那时从长沙到海口要两天，坐车又坐船，颠颠簸簸的，有流落天涯的浪漫。那时官方许诺一个充分自由的经济特区，还许诺开放市场经济和民间独立办媒体。那不就是一个自由天国吗？但在海南从九十年代待到现在，你又会发现，现实同样是很严峻的，市场体制下既有解放也有罪恶。最让我感慨的，还是这些年知识界的变化。原来我以为经过八十年代新启蒙运动的思潮洗礼，知识精英已经足够成熟。但是后来你会发现，也就是几个蝇头小利，市场的钱，或官场的钱，或西方的钱，就会搞得很多知识分子没心没肺，摧眉折腰，不说人话，总是用堂皇语言来包装自己的投机取巧。怎么就这样啊？以前大家坐在一起还经常谈谈哲学和文学，但现在与一些作家、记者、教授吃饭，都是言不及义，插科打诨，谁不谈钱谁就是犯傻，所以很多次吃饭回家你都会觉得索然寡味（季插话：所以还不如去劳动呢）。这个时候你肯定会有一些反思，会有对自己的不满。反叛也好，挑战也好，逃逸也好，总之你不能不寻找另外一种可能性。

季亚娅　您在这篇文章中还这样说，您不相信上帝，因为他“数十个世纪以来一直推动我们逃离，但从不让我们知道理由和方向所在”。我从中看到的是一种最为深刻的怀疑。您在八十年代就宣称自己是一个怀疑主义者。前几天我看到韦君宜写的一篇文章，说到马克思和女儿的对话。有一句：您最喜欢的格言？马克思回答说：怀疑一切。韦君宜说，怀疑是否革命者的本质？我想问您的是：怀疑在您这儿意味着什么？怀疑是否意味着一种永远批判的姿态？

韩少功　怀疑对我而言，就是寻找生活中的问题，用这些问题去检验我们所热爱、所尊重的知识。我经历过“文革”，在那时尝试过怀疑。那么在一个全球化和市场化的新体制下，怀疑同样是我们思想创新的动力。世界文明史五千年，少说也有三四千年了，有制度和思想的各种变化，但据《全球通史》的那位美国作者说，几乎每一个时代都是百分之二十的人口占有百分之八十的财富。至今还没有一种力量来解决这个问题。那么上帝存在吗？甚至还可以再问：理想是否可能？这不能不让我们有点沮丧，就像我在那篇文章中说的：如果有上帝，他从来只是变换不公，而不是取消不公。但是如果我们放弃怀疑，放弃批判，放弃追求，我们以前的一切就都成了无事生非。有些伤痕文学描写“文革”中党支部书记强奸女知青，知识分子非常愤怒。但现在老板强奸女员工，搞得公司里三宫六院的，很多知识分子倒觉得没什么，还说嫖娼和二奶都是时代进步的表现。那么你们当年何必愤怒？你们最为憎恨的强奸什么时候合法化了？

季亚娅　和您谈了这么长时间，我一直听到您谈到一个词，就是不公不公不公。您是否觉得文学是解决这些不公的一个媒介。

韩少功　文学解决不了什么，但文学可以有限传达一种情绪。传达这种情绪，与没有传达这种情绪，是有区别的。觉得应该有这种情绪，与认定不应该有这种情绪，也是有区别的。我们不必夸大文学的功能，但如果没有文学，这个世界可能更糟。

季亚娅　宗教呢？

韩少功　宗教，哲学，都没有最终解决这些问题，只是说以宗教和哲学进行的反抗，从来没有停止过。我有一次说到“次优主义”，意思是如果我们没有理想的生活，但是我们可以在不理想的生活中间找到一种不那么坏的生活（季问：我还没有看到过，这个发在哪里？韩答：这是一个谈话，发在《南方周末》上）。也就是说，我们不能实现最优，但可以争取次优。

季亚娅　最大的问题是，很多人觉得不平等既然是一条铁律，他就会觉得这是理所当然的，然后怀疑也不需要了。

韩少功　怀疑和反抗也是一条铁律呵。如果没有这第二条铁律，第一条铁律就可能更烂，更恶，更残酷，这就是怀疑论者的积极和肯定。

革命历史的重新讲述

季亚娅　下一篇我挑出来的是《残碑》。我会觉得它是对革命战争历史的另外一种讲述。在这本书里牵涉到这个主题的还有一些，有一篇叫做《老地主》的，我觉得它讲过的是革命伦理与乡村人情伦理的对应和区别。《最后的战士》，被历史遗漏的战争的另外一些真相。《当年的镜子》，关于革命记忆的另一种书写。《另有一说》，抗日史中被隐去的细节。我想问您的是：现在似乎有一种重写革命史的文化现象，如《集结号》《历史的天空》《亮剑》，等等。请您谈谈对这种现象的看法以及原因。

韩少功　以前的文学作品对历史粉饰太多，把历史描写得干干净净，容易培养历史幼稚病。就像我在《欢乐的工地》一章中撰写的公路碑文，其实把很多东西“隐”而不说。小孩子看了一些革命电影，觉得革命很好玩，扮家家一样。这是歌颂英雄吗？实际上是贬低了英雄，因为轻而易举就能胜利，那算什么英雄？其实历史不是那么干净的，总是带泥带沙，带血带泪的，有很多残酷与痛苦。历史人物经常不是在对与错之间选择，更不是在全对与全错之间选择，而是要面对两害相权取其轻这一类难题，所以才艰难，才手上有血。

季亚娅　*您是说因为以前的描写太干净了，所以会有这些重写？可是这种重写它会不会也同样是一种简单化的改写与过滤？*

韩少功　这是另外一个方面。在冷战以后，有些人一窝蜂接受西方意识形态，对革命大加妖魔化，走向了另一种粉饰、曲解以及简单化。似乎天下本无事，革命是一些烂崽和恶魔出来捣乱。其实，在当时的革命以前，天下太不太平了，满世界都太无人性了，翻翻当时湖南的报纸，到处都是民不聊生，生不如死，南军打过来，北军打过去，都是烧杀掳抢奸，人口急剧地减少——这些在地方史料里都有充分的记载。在这种情况下，能不革命吗？不抓枪杆子还有什么活路？红色的割据是其他各种强权割据多年以后才出现的。光是一条，军队不扰民，就足以让共产党在各种割据中脱颖而出，最终赢得民心。对革命大加妖魔化的人，为什么不去说说这些情况？

当然，革命也会充满着很多悲剧因素。因为社会运动可能失控，可能走弯路。覆巢之下，岂有完卵。手术刀一下去，不但割掉一些坏细胞，同样也可能伤害正常的肌体。

季亚娅　您刚才一直讲到历史的全部复杂因素。讲到那个大历史叙事中的“隐”与不见。可是，面对这种“隐”，我常常怀疑一切又无所适从。那个历史到底是怎样的呢？换言之，我们有无可能接近历史的真相？

韩少功　一个是深入地了解，一个是全面地了解。所谓深入，就是说尽量取得第一手资料，不要太相信宣传与传媒，就像我去听当事人和亲历者说。所谓全面，就是兼听则明，知其一还要知其二。

季亚娅　您是说当时“左倾”得势肯定是有它很多原因。

韩少功　当年在北大的教员中做过一次投票，评选当代最伟大的人。得票第一多的是列宁，有一百多票；第二多的是威尔逊，美国总统，只有几十票。两者之间差距很大。那些投票者都是自由知识分子啊，根本没有什么共产党。为什么会有这种投票结果？这是妖魔化所不能解释的。

自然、动物有心、草木有情

季亚娅　下面一组文章是关于自然这个主题的。如《耳醒之地》我觉得是远离城市生活之后所发现的那个无限大与丰富的自然。类似的还有《蛙鸣》《村口疯树》《月夜》《太阳神》《雷击》《CULTURE》《感激》《遍地应答》等等。这些都会涉及人与自然与宇宙与上帝的关系这个命题。这些文章中都使用一种非常感性的语言来描写您内心最细腻的感觉，因此我想请您用理性的语言进行概括。

韩少功　唐诗宋词里就有很多山水与田园。自然是生命存在的一个基本条件，甚至就是我们的生命本身。如果没有这些动物和植物，没有一种生态网络，人肯定不是这个样子。那么对自然的取消，就是对人的取消。对自然的漠视，就是对人的漠视。实际上，现代化一直在割断人与自然的联系，至少从感觉上首先切断这种联系。比如我们每天吃菜，但我们不知道这个菜是怎么生长的，似乎它们是从超市里或者冰箱里长大的。有些小孩子就像我曾写在书里的，一看见鸭子就只叫唐老鸭，一看见松树就只叫圣诞树。

季亚娅　我可以补充一个感觉吗？唐诗宋词里到处说到烟花烟柳，我就不理解，为什么是烟花烟柳了。后来有一次去北京植物园春游，有一个好大的湖，我放眼一看，果然就是那样，隔着湖岸看对面的桃花啊柳树啊，可不就是像烟一样淡淡浮着。然后我分析它有两个条件，一个要成片，一个要有一定距离，但是现在我们不可能这样去看。所以这么平常的比喻都没法理解其妙处。

韩少功　还有一个简单的词：人烟。为什么有人的地方要有烟啊？现在很多小孩子不了解。现在都是烧煤气、液化气，或者用电磁炉，没烟了。有烟就要喊消防队了。这样，很多优秀的文学遗产已经不能进入现代人的感觉。然后，既然我们在生活中已经没有了自然，自杀性的开发也就顺理成章，对天地的友好与敬畏也就难以为继。大家觉得汽车是更重要的，水泥是更重要的，银行与股票是更重要的……一直折腾到空气、饮水、食品都毒化了，这才手忙脚乱。

季亚娅　有一个问题很有意思，您写到“草木有情”，如《蠢树》《再说草木》。之前即使是佛经也不会把草木当成生命来看。但您写到那些植物居然能听懂我们说的话，会因为我们的赞美加倍努力生长，因为我们的批评一气之下不开花结果甚至自杀。哈哈，虽然很违背文学阅读的常识，但我还是想问，这是真的吗？

韩少功　很多东西我们不能用现有知识去处理它。你问的就属于不能处理的多余部分，或者溢出部分。这就是我理解的神秘。当然，科学也在发展，比如，一些植物学专家会告诉你，我们在砍这棵树的时候，如果给周围其他树做“心电图”，会发现它们出现巨大的生理变化……

季亚娅　那我们以后该怎么对待它们？

韩少功　是啊，怎么对待它们，会是一个问题。它们虽然是植物，但也可能是有感觉的，与动物的区别可能只在于没有两条腿，没有一张嘴，但实际上可能也有信息传播方式。它们可能很低级，或者“低级”这个概念并不准确，它们只是用另外的一种方式传递感受，进行联络，谁知道呢？至少释迦牟尼在当时肯定不知道这一点，所以把植物排斥在“有情”之外。

季亚娅　我们中国的古代神话是否意识到这点？经常会有老树成精的故事，这就是以人的情感来体验一棵树的情感了。

韩少功　对，文学经常做这样的事，以想象的方式弥补科学的某些不足。文学的功能有很多，孔子说到“诗”的功能时，最后一条是“识鸟兽草木之名”。那么诗也是一种科普嘛。文学没有禁区，向一切事物敞开，把能解释的和不能解释的、能理解和不能理解的和盘托出，因此它不会回避神秘。这本书里有一章《瞬间白日》，描写黑夜突然明亮如昼。这件事我至今没法理解，请教了很多专家，也没法得到合理解释。但是我是当事人啊，毫无义务要建立一个禁区，把不能理解的事情都给排斥掉。

季亚娅　下面我挑出一组写动物的，这些都写得非常动人。您早年有一篇作品叫《飞过蓝天》，那里面的鸽子晶晶还是理想化的拟人描写。但现在不同，动物是和我们完全平等。在《飞飞》《诗猫》《其中的异犬》《三毛的来去》中，动物的情与理，动物与我们之间类似亲情的关系都有非常动人的呈现。还有一类作品是《养鸡》《小红点的故事》，您观察到人身上某种和动物共通的天性，比如，鸡也有排外天性，“他鸡（人）即地狱”，这和人类的排斥陌生人的天性多么相似。

韩少功　人和动物虽然有明显的分界，其实它的共同性比我们想象的要大得多。比如说，有些成语“垂头丧气”什么的，我以为是描写人的专用词，后来发现鸡呀狗呀都是这样，它们情绪不高的时候都是垂头丧气。还有“趾高气扬”的情况也是。人身上的动物性比我们想象的多。

两篇特殊的文章

季亚娅　有一篇文章我是真的没理解，《很多人》，您好像就是把一篇族谱抄录了一遍。这是怎么回事？

韩少功　当时我看到那个族谱真是很震动，一点也不觉得它枯燥，一点也不觉得它平淡。你想想，这么多名字，都代表着人，代表着一生中很多故事，但一切都在历史上被淹没了，只是留下一个名字。甚至有的人的名字还失考，尤其是那些女的，只是张氏李氏什么的。

季亚娅　对啊。我正准备说这个，女性在族谱里永远就是某某氏，永远处于无名的状态。

韩少功　也许每一个生命都是一部长篇小说，但是我们完全不知道他们。我能做的，就是把这些罗列下来，向类似我这样的人传达这种震撼和感慨（季插话：这个简直就是禅嘛）。你可以想象，我们以后就是这上面的一个名字（季插话：您还是不会的，我说不定连这样的名字都没有了。二人大笑)。历史有多长啊，任何名人都只是名震于一时，任何大数相对于无限来说，都只是零。

季亚娅　还有一篇我认为其实是动物主题中最好的，我把它放在这里说，《待宰的马冲着我流泪》，这篇其实您只写了标题，其下通篇留白。如果说《很多人》是有意味的沉默，这一篇就是有意味的空白。这些空白它是什么？

韩少功　有时候文字苍白无力。我们再自信，也都会觉得自己笨，觉得文字表达不了某种东西。

季亚娅　那是否和禅很像？那些不曾言说的东西可能比言语本身更重要。

韩少功　说出来就不是禅。

在文本中演练“心身之学”

季亚娅　首先可以看看我称之为反对教条主义的一组文章。这其实是文本中无处不在的您的知识观，它听起来很枯燥，但是与文本结合起来却是妙趣横生。《哲学》，农民很害怕书生下来和他们讲理论。农民的理论就是：干部多吃多占就好像牛偷吃了禾，鸡偷吃了谷，虽然不是什么好事，但也不是什么大事。《蛮师傅》说，蛮干也比空谈好。因为实际生活中蛮干往往有很多无奈，比如少钱。您说“就是一个同胞，如果不熟悉乡村这些年的变化，要会心于老篾匠的比喻和概括也决非易事。正像我们不曾亲历西方历史过程，要读懂他们的各种理论，大多只能一知半解”，这还是强调亲历对于历史以及知识与理论的重要。关于这一点还是要请您作一个总结，因为它一直就在您的思想脉络里。

韩少功　任何知识，都是对现实对象的一种简化表述，只是有时简化得多，有时简化得少。如果要是说完整地表达我们对一个事物的认识，那几乎不可能。我们谈论一个杯子，从最开始的颜色、质地、款式到它的分子结构原子结构亚原子结构，可以无限谈论下去，写一本厚厚的书也谈不完。所以有时候我们只能简化，只能对于任何知识都要抱一种审慎态度。我们知道它是有用的，但是它又是片面的，几乎是瞎子摸象的产物。

写《雷击》这一章以前，我认为信神信鬼是迷信，说给母亲做了一件棉袄就会被雷公放过，这怎么可能呢？但到了乡村以后，我才注意到某些迷信的合理性。那个地方几乎无处躲雷，人们也没钱来安装避雷设施。你怎么办？黑格尔说，存在的就是合理的。孝子不遭雷打，是人们面对雷电时的自我安慰。人们没钱购买科学，但自我安慰的权利还是有的吧？给自己壮壮胆还是必要吧？这其实也是心理医生常做的事情。

季亚娅　是啊，这正是我的下一个问题。您从“亲历”和“体认”中理解了这些称之为传统伦理的东西……

韩少功　很多看似怪力乱神的东西，其实是有社会学和心理学的根据的。西藏人为什么宗教感那么强？在那样环境严酷的雪域高原，经常是几十公里内都找不到人，更不用说找到医生了。那么人生了病怎么办？牛羊生了病怎么办？所以他们只能求神。即便神不能治病，但他们因此获得了精神调理，有什么不好呢？批评者既然不能随时给他们空投医生和药品，那么一味地指手画脚之下，是迷信还是“科学”更符合他们的利益？

季亚娅　下面我把《鸟巢》《守灵人》《中国式礼拜》这三篇文章

放在一起来谈。《鸟巢》是从动物生态学来看人的伦理观的形成，不孝有三无后为大是生物界的普遍规律。《守灵人》谈中国人的祖宗观念。《中国式礼拜》谈到传统乡村中国的伦理约束机制。中国人认同祖宗和西方人认同上帝相类似。您说：一旦祭祖的鞭炮声不再响起，那寂静会透露出更多的不祥。这里的思想方法其实和上文所说的类似，就是我们在这种亲历中非常贴心贴肺地理解了这些东西。

韩少功　什么叫传统？什么叫文化？这些就是。欧洲人承接游牧传统，把一个亲人埋在这里，其余亲人就走了，赶着马车到别处寻找水源和牧草。所以他们对祖先不会有我们这样强烈的感情和意识，也不大讲究“游子悲乡”“落叶归根”。我在书中用了一个词：定居。定居者生活在祖先的包围之中，很容易产生一种特殊文化。祖先天天盯着你，你能肆无忌惮地伤天害理吗？中国人，主要是汉区的人，没有发育出西方的那种宗教，而是所谓“慎终追远”，建立了祖先崇拜，祖先与神鬼多位一体，构成了最重要的约束机制。做事要对得起祖宗。自己挨骂不要紧，祖宗挨骂则万万不能，一定动刀见血。中国人的观念就是这么来的。

季亚娅　类似的篇目还有《一师教》。为什么宗教会在农村盛行？您分析的原因，不仅是因为它是一杆“公平秤”，还因为生病了可以不求医与躲避人情债。这些合情合理的分析，源自对一种最底层生活的了解与贴心贴肺的描摹。

韩少功　一个东西的产生总有它的道理。教条主义者最喜欢想当然，不去深究和体察实际生活中隐藏的道理。

季亚娅　这是教条主义者的视而不见，他们根本看不见这些东西。

韩少功　现在医药费居高不下，传教者说入教可以百病自消，肯定会有吸引力。当然，其他原因也不可忽视。比如，大家心灵无依，灵魂空虚，人际关系冷漠，需要找到一个寄托，需要某种归宿感和团体的安慰，这也会促进宗教的发展。

季亚娅　下面一组牵涉到乡村自己的运行逻辑。《老逃同志》讲述的是乡村生活的义道，全村人给客居的逃兵养老送终。《垃圾户》讲述的是狡猾与信用不可思议的结合：某困难户不惜胡搅蛮缠盖一个较为便宜的房子，竟是为了省下钱还赌债。他竟会把还不还赌债的信义看得比房子重要，为此不惜得罪所有帮他盖房的人。如何理解这种价值标准的轻重之分？

韩少功　人都是丰富的存在。一个小人物，哪怕是一个庸人，甚至一个坏人，都未见得像我们想象的那么简单。一个坏亲戚，不见得是一个坏邻居。一个坏领导，不见得是一个坏父亲。这种五花八门的多面体因人而异。一个合格的作家，看事物起码应该比常人更看到多一点，哪怕多不了多少。

季亚娅　义道产生的原因是什么？如何结合生活方式来分析？

韩少功　按照一般的说法，中国人特别容易一盘散沙，但有些奇怪的是，中国人又是人情味特别浓的群体。比方几个中国哥们儿一起聚餐，可能都抢着埋单。但欧美人会非常习惯于 AA 制。中国人又特别擅长窝里斗，三个和尚没水喝，似乎不像欧美人那样擅长建立组织与制度。这是一种特别复杂的文化心理状态。如果我们要讨论国民性的话，与其谈谈阿 Q，还不如谈谈这些东西。这里面隐藏了很多中国特有的文化基因。像《逃兵》里的情况，一个无人照顾的孤老，在西方只能交给教会组织或者社会福利机构，但中国在没有类似机构以前，只能靠民间传统来解决问题。这种传统在从前经常表现为祠堂制度、会馆制度等，比方我是湘潭县的，到北京、上海、武汉、长沙等地遇到困难了，就找那里的湘潭会馆，求得一些帮助。如果有人考上大学了，又没有钱上学，那他也可以求助于宗族，等着祠堂里开会议事，各家各户都伸一把手，凑钱让穷孩子读大学。

季亚娅　很多书里提到，社会主义制度的建立之后这些东西消失了。

韩少功　消失了，是因为我们按照西方的眼光，只承认国家、党团、工会、教会这一类组织的合法，而会馆、祠堂这一类宗族组织是不合法的。其实，很多农民并不习惯西方式的组织，比方孩子没钱读书了，他们不会去找党团或教会，还是去找各位宗亲。这样，简单地说中国农民缺乏组织能力是不公平的，是强压着一群鸡做鸭叫，然后责难它叫得不像。要知道，中国以前某些会馆、祠堂、行帮、票号等，也曾组织得极其严密和效率惊人。这些组织不是没有弊端，中国人建立民族国家和公民社会，也确实需要向西方学习。但我们应该用辩证法的态度，平实看待合理中的不合理，不合理中的合理。

季亚娅　下面一个问题是《面子》，这个很好玩。

韩少功　我这本书里其实很多问题都牵涉到怎么认识中国的乡土社会，有点像田野调查。《面子》也是这样一个问题，中国人好面子，面子有好的地方，有不好的地方。面子原来外国人翻译成尊严，后来他们也觉得不对。现在我看到有的西方文本干脆用音译，叫做“mianzi”（二人笑）。

季亚娅　《欢乐之路》有一个非常生动的细节。村里的三明爹病得快死了，一听说修路捐了一千元钱，理由居然是修好了路，他可以在阴间向早就修通了公路的两位亲家炫耀。这要放在五十至七十年代，一定会把这样的原因隐去，大力宣传其美德。

韩少功　面子是中国人的重要精神文化元素，经常比钱财还重要。有些经济学家说，人性铁律就是利益最大化。我对这一点略有保留，至少认为它不够全面。宗教徒就算不上利益最大化，是心灵慰藉最大化吧？小孩子也算不上利益最大化，是好玩最大化吧？还有一些农民盖那些不实惠和不合用的小洋宅，不过是面子最大化，倒是让自己的不方便最大化了。当然你可以说，面子也是利益的一部分。但是这里的利益观，取决于特定文化制约：在一种文化里面，这种事是有面子的，但在另一种文化中，这种事恰好是没面子的。所以铁律不铁，因文化而变。如果经济学把利益最大化当作铁律，就很可能要犯普遍主义和本质主义的错误。

多义的乡村工作指南

季亚娅　接下来是某一类特殊的农村题材文章，它们是《开会》《非典时期》《非法法也》《气死屈原》《兵荒马乱》《各种抗税理由》，和上一类田野调查式的作品明显不同。它们应该来自农村基层工作者的最实际具体的日常工作经验。我会把它们和赵树理的“农村工作指南”的那一类小说相比较。而且我认为，在中国农村现代化历史进程的不同时期里，最为了解中国农村以及农民心理的作家恐怕就数你们二人。我的毕业论文答辩时，有老师问到

"知人论世"到底是怎么回事，我举了《开会》的例子。如何禁码在我们看来这个没办法解决的难题，贺乡长用了一个在农村的价值观里比天大的理由——您不能骂我娘，轻轻松松占据了道德优势，难题也就迎刃而解。对于这一类的书写我非常感慨。赵树理的写作有很明确的意识形态诉求，他知道他要做什么，他是要给人当成"农村实际工作指南"。您的创作意图呢？您同意这个判断吗？

韩少功　我对赵树理的作品读得不全，也不赞成作家自居老师，把写小说当作写教材。但做社会工作要了解人，与作家了解人有一定的相通之处。从政者要懂一点心理学和文化学。有些读书人下乡，对农民只会讲大道理，讲正道理，经常是讲不通的。有时候小道理比大道理管用，歪道理比正道理管用。我发现能干的农民或者乡村干部都有这个普遍特点：善于讲歪理，只是歪理并不全歪，实际上是歪中有正，隐含和运用着一些重大的潜规则。比方说，那个贺乡长不讲政策讲母亲，迅速掌握话语优势，就是巧妙利用了中国农民的孝道，利用了中国农民的某种思维定势——这还不是天大的道理？

李亚娅　还有《非典时期》，非典时期乡人放鞭炮祭瘟神，理由是礼多人不怪，贺乡长号召大家讲科学："你要是命里有，不放也没事，你要是命里无，放再多鞭炮顶个卵用。"乡长的这番科学道理很让农民信服。这和开会那篇有点像，都可以看成是农村工作手册的。只是因为你本身的学养以及对于整个时代的清醒判断，乃至作家中少有的世界史眼光，使这种理解与温情中透露出另一种思辨的清冷味道。《非法法也》讲到的是法律之外的天理人情。有人偷剪电线导致二人在水田触电而死。但贺乡长找供电公司做替罪羊，争取高额赔偿，理由是既可挽救死者的家庭，又避免了第三个家庭的崩溃。法理大不过人情！如此通达狡黠又智慧，哪里是书呆子想得到的。还有《气死屈原》《兵荒马乱》《各种抗税理由》等等。

韩少功　西方的法律制度移植到中国以后，会产生一些排异现象，很多本土潜规则并不会立即退出历史。我翻《宋史》和《明史》的时候，发现中国古代法律非常有意思，比方说“刑不上大夫”，并不是说当官的可自动免罪，而是说死罪也不杀你，让你去自杀，以免坏了君臣之礼。又比方说亲人作伪证，当然是罪，但可以免刑，因为亲人不作伪证，那还有人味吗？还谈什么孝悌之礼？这些都是中国的特点，是在法律与人情之间尽可能平衡与调适，与西方的法制大为异趣。

季亚娅　但我们经常在一些小说里看到相反的描述，大义灭亲。例如您写过一篇小说《兄弟》，讲述父亲举报儿子的悲剧性故事。

韩少功　现代中国人不讲宋律和明律了嘛，不讲孔子了嘛。孔子在《论语》里说过：有人偷了羊，儿子去举报他，这在你们看来是正直，在我们那儿就不一样，有人偷了羊，儿子替他隐瞒，这才是我们的正直。在孔子看来，如果亲人不包庇亲人，那还像话吗？《老地主》一章里有一句话：新派人物往往注重理论和政策，但是农民不一样，更愿意记住一些细节。从这个意义上来说，农民思维方式差不多是文学的方式。农民擅长直观，擅长形象记忆，擅长以日常的言行细节来判断人物。而且他们为什么不大习惯理论与政策？因为理论和政策很容易把生活简单化，比如用私田数量标准来一刀切，划定“地主”或“富农”——这在农民看来就太简单了。农民在判断人物时几乎都有文学家的眼光。

多义的乡村现实

季亚娅　接下来是《口碑之疑》。它提出的第一个问题是修路带给村人的正面与负面的影响。这个似乎正是现代化两面性的隐喻？我记得您在汨罗乡干部的培训班上曾经讲过。

韩少功　辩证法是中国人的一碗饭，男女老少都会用，甚至用得不露痕迹，比如说“有一利必有一弊”“坏事变好事”“塞翁失马”“因祸得福”等，这种成语和俗语比比皆是。

季亚娅　这篇文章中第二个问题很好玩，农民期盼自己村的大学生毕业后在财政局、公路局等部门工作，到处都有我们的人。这个说的是我们的社会是一个巨大的人情伦理社会吗？

韩少功　人情社会的负面效应就是不讲是非，大乱法度。这正是我们现实的一部分。你觉得匪夷所思，但这对于书中的人物来说，这是顺理成章的，合情合理的，逻辑性很强的。

季亚娅　接下来讲述的是“口碑”的可疑，是历史本身丢失的和隐藏的那些东西。从这个“口碑”的可疑出发，回头我们就会想到历史上的很多判断，也是很可疑的。如果我们不是亲历者，也找不到亲历者，那么是否永远无法知道可疑叙事背后的真相？

韩少功　任何真相都是无法穷知的。所谓了解从来差不多都是一知半解，既取决于史料的有无多少，又取决于我们使用史料的立场与方法。在生态意识强化之前，我们说贞观之治或文景之治，大多都会将其归结为执政者的美德与才智。在生态意识强化之后，我们才会注意到这些大治都有一个先决条件，即人口因战争而大量减少，人口与资源的关系大大缓和。这就是不同的眼光可以看出不同的历史真相。

季亚娅　下一篇讲述的是农村土地问题：《疑似脚印》。这篇文章的上半部分是您应法国某写作协会之邀而写作的，名曰土地，记录下一位失去土地的农民对土地的感情。但后半部分您有一个非常重要的补充：其实这同一个人是非常愿意离开土地从事别的营生的。现实生活总是以这样复杂的方式在呈现吗？

韩少功　人的感情与理智并不是时时统一。主人公对土地有深厚的感情，但在理智层面完全可能背道而驰。这一篇的前半部分与后半部分实际上构成了一种紧张和对峙。这也是表达作者必要的自疑。

季亚娅　这篇文章中提到农村土地私有化这个现实问题您怎么看，或许这个问题与文学的关系不大，我应该去请教这方面的专家？但我觉得这已经是非常普遍的现实问题。

韩少功　文学的价值判断通常是迟到的。文学不需要那么快地对现实做出简单明了的判断，其首要责任要把现实的丰富性和复杂性呈现出来。认识问题就是解决问题的开始，而文学比较擅长这个开始，其余的事由理论家来做可能更好。上帝的事交给上帝，恺撒的事交给恺撒。文学最需要做的，也许是显现生活的多义性。

季亚娅　下面我把两篇文章放在一起，我认为它们是结合乡村经验对“科学”这个命题的反思。《船老板》，他把自己的巫术称之为科学。《卫星佬》科学技术的乡村普及版，这一篇非常有意思。虽然您说所有的总结都会遗漏掉一些东西，但有的东西还是会呈现得更清晰。例如，科学的神话或者它本身的意识形态。虽然我现在很不愿意用这样的词来表达。

韩少功　科学是这个时代的强势话语，而且在这一个世纪以来逐步进入到乡村，和乡村的诸多细节发生关系。船老板热衷于巫术，但喜欢借用科学的名义，你在这里可以看到科学的威力多么强大。另一方面，科学的本土化是一个很生动的过程，“卫星”与“杀猪”的结合不过是事例之一。这里是无知，还是智慧？是野蛮的糟蹋，还是天才的创造？确实耐人寻味。

季亚娅　从前有一种赤脚医生制度是否与此类似。

韩少功　那也是科学本土化和本土科学化的一种互动方式。志在普及科学的人最应该了解这些方式。

季亚娅　船老板真用巫术帮主人找回了那只鸡？

韩少功　是真的，我也无法理解。生活中总会有一些无法了解的谜，等待未来科学的破解。有些巫术也是这样。据说现在很多老师在考试前让学生大喊三声：我是最棒的，然后再去考试。这种所谓心理暗示，恐怕也是一种现代巫术吧？如果它确实有效，用用也无妨，不必计较老师教唆学生吹牛撒谎。

关于文学本身

季亚娅　我们可以过渡到下一个问题：关于文学本身。您的书里有一篇叫做《十八扯》，就是记录乡村夜间的闲聊，它们和事实啊逻辑啊完全没有关系，只要故事本身好听就行，和拉美魔幻现实主义那样飞扬生动的想象很相似。我觉得这一篇可以牵涉到文学本身的一个起源问题。

韩少功　人们讲话有时候不在于讲出什么道理和事实，只是找个乐子，满足自己对惊叹、想象、愉悦、紧张等的需要。在这种情况下，准确和逻辑就不是最重要的。就像一个孩子，还没准备考博士，没准备建功立业，干吗要懂得那么多数理化和文史哲（李插话：懂得这些知识本身是有快乐的）？那是到了一定层次以后才能享受的快乐。当他还不能体会逻辑美和概念美的时候，他一定更喜欢童话。《十八扯》就是农民的成人版童话。

季亚娅　还有一篇，我觉得和这一篇正好相对应。上一篇你说的是文学的游戏本质，这一篇《窗前一轴山水》说的是文学艺术现实主义的根源。您从窗前山水与中国水墨画笔墨意蕴的关系衍生开来，认为所有我们不了解的艺术创造后面一定都有着某种现实的因由。这个和上一点是什么关系？

韩少功　这两点并行不悖，就是说真实与虚构互相渗透，各有其用。即使是荒诞的《十八扯》，它内在的逻辑亦有真实的一面。比如说，某头牛是人的转世，看来荒诞不经，但人们对转世者的同情，含有现实中真切的感情因素，也折射出现实中真切的时代背景……那故事是怎样讲的？

季亚娅　某女人偷吃苞谷挨批自杀了，这头牛的耳朵上似有耳洞，所以他们认为是这个女人转世。

韩少功　对，人们对她有愧疚之心，这种感情是真实的啊。真中有假，假中有真，在艺术中尤其是如此。我们因病立方，因事立言，有时候会把真实感受的重要性多说一点，有时候会把艺术虚构的重要性多说一点，不过是从两个角度看这个杯子，并不是在说两个杯子。

季亚娅　这是一个很大也很重要的问题：您在这本书里是以一种怎样的姿态来面对乡村和传统的？您和乡村的关系是怎样的？例如，我们经常会说到启蒙主义者与乡村的关系，民粹主义者与乡村的关系，但我觉得您和他们都有不同。在本书中，我看到您有时候是一个扶贫义工，跟着村干部出谋划策——因而您了解《开会》那样精彩的智慧。有时候您是一个在土地上的劳动者，与瓜果蔬菜发生关联，当然也会有很多知识分子式的个人思考时刻。您怎样处理您和乡村之间的距离？您是一个旁观者、亲历者或实际工作者？本书中乡村社会所呈现的多层次，有可能正是因为“我”观看的角度不同。

韩少功　我与乡村是一个对话的关系。我是经历了另外一种文化熏陶和训练的人，重新回到乡村。静观也好，参与也好，都是对话的方式。我不喜欢居高临下的启蒙者姿态，但也不喜欢大惊小怪的玩赏者姿态。对话需要“同情的理解”，也需要善意的批评。更重要的，知其然还要知其所以然，这才是有深度的对话。严格地说，这甚至不仅仅是一个关于乡土的书，同样是一本关于都市的书，乡村不过是观察都市的一种参照。在当代社会，“他者”是一个非常重要的问题，是旧问题也是新问题。我们能不能理解他者？怎样才能理解他者？比如，帝国如何理解殖民地？基督徒如何理解伊斯兰？穷人如何理解富人？男人如何理解女人？城里人如何理解乡下人？……现代人正陷入过于膨胀的自我，对各种“他者”日渐盲目，最终也带来了对自我的盲目。其实这都是生活中产生的道理，不是什么高深学问。

个人时刻

季亚娅　在乡村传统这些大主题之外，我会看到本书中有很多个人时刻。我指的是知识分子式的自省、思辨或诗情的时刻。它们游离在现实空间之外，与乡村有关又无关。如《雨读》《时间》《你来了》。《你来了》很有意思，你在文中一直在转述一个来访者对于情感和人生的看法：情感是自伤的利器，情感总在期待回报收入欣慰；因此终了只有两条路：成魔或者成圣——魔圣皆无情，不期待交换。可是在结尾的时候，你说他其实对我这儿的一切都不感兴趣，关心的只是他自己的谈话。这是不是一种反讽？是说他对身外的事情也是很"无情"的？

韩少功　这是一个特别容易让人放弃的时代。我们有时候会觉得，怎么做也对这个世界无能为力。如果我们放弃的话，我们所有的写作和表达都毫无意义。这个时候我们需要另外一种东西，比方说信仰。信仰是不怎么讲道理的，也是不怎么讲感情的，有点没心没肺一意孤行的味道。比如，出家人还能儿女情长吗？还能顾及毁誉恩仇吗？但信仰也有好坏两分：一种是成魔，一种是成圣。

季亚娅　可是信仰里还有一个很重要的因素是它的"情"啊。如果信仰里面没有"情"，信仰如何持续？

韩少功　这里讲得有点深了。最高远的信仰是化大爱为无情，是化火为冰，是化帛为铁，比方绝无多愁善感。也许这种无情，正是对深情和激情的一种最好保护方式，有点像曾经沧海难为水吧。当然这是我个人的看法，你可以不同意。

季亚娅　你文中的那个来访者，问了这些问题之后，他还是对你周围的事情不关心……他已经意识到了这些问题，为什么还是不关心呢？你这里是否有一种微讽的意味？

韩少功　这里没有讽刺。他是一个高人，一个江湖上飘摇而过的影子，完全是目中无人四大皆空的状况。他不需要了解生活是怎么样的。

季亚娅　但是一个文学家必须要了解。其实“个人时刻”和我之前的问的有多少个“我”是相关的。

韩少功　当然，我们都离不开世俗生活，但很多时候我们会有孤独的时刻，有面对自己灵魂的时刻。尤其在乡村漫长的黑夜，有些闪念会油然浮现在心头。这其实是好事，就像练气功偶尔开了“天门”。

季亚娅　最后一组文章，其实也和情感这个主题有关，但与个人时刻有一些差别。我会把本书的最后一篇《在天空》放在这一组的第一篇，它说，记忆是生命的本质，是每个人的贴身之物，这可以视为对这一主题的概括。我选的文章有《相遇》，在一个特定的地点与时刻里看到了当年的我，轮回的命运与时光；《老公路》，一段路的青春记忆。我想问的是这段人生对您而言意味着什么。如果我们抛开那些大的词，比如说，知青、上山下乡、“文革”等，就谈谈那些剩下的非常个人层面的东西。比如说，你会在《秋夜梦醒》讲到旧家具所唤醒的记忆，那些深藏在内心最隐秘处的过去的那些人，因为忘记和丢失了他们，所以我们总是在固执地寻找，在一些往日的印迹与物品中寻找。

韩少功　刚才我们说到无情，其实我有很多牵挂，所以根本做不成圣人。就像很多人又想出世又想入世，总是两难。文学也好，哲学也好，甚至科学也好，最后都会面对一些悖论。在这里自我解围地说一句：也许不能抵达悖论的文学就不是好文学？《红楼梦》是悖论。屈原、苏东坡也是。雨果既是革命党又是保皇党，托尔斯泰既是贵族立场又是平民立场，就是自己和自己过不去。

季亚娅　如果说这个悖论也包括您，它在何处呈现？

韩少功　比如说，印在这本书封底的这一段话："那些平时看起来巨大无比的幸福或痛苦，记忆或者忘却，功业或者遗憾，一旦进入经度与纬度的坐标，一旦置于高空俯瞰的目标之下，就会在寂静的山河之间毫无踪迹，似乎从来没有发生过，也永远不会发生。"如果就从字面上看这是很虚无主义的，但是你读过我这本书以后，你会发现我不是一个虚无主义者。相反，哪怕是一件微小的东西，一个卑微的人物，在我看来都是很伟大的。这里就有一个悖论存在。每一个生命都微小如尘，但你应该把他们或者它们看作上帝，看作伟大的永恒与无限。

季亚娅　我刚才说不用大词，现在想问问大词"文革"，还有"知青"，我们应该如何理解？《墙那边的前苏联》中那些老歌似乎唤起了革命与青春的情感记忆。

韩少功　个人感受的记录而已，没什么微言大义。一部个人史和一部社会史有很大的区别，后者并不是前者的同比放大。一个人爱唱样板戏，可能有个人原因，并不意味着他或者她就一定怀念"文革"。

总结

季亚娅　在本书中，我们拥有一个多层次的"从前"，一个多义的

"乡村"。文本的多义与复杂性，正是一部优秀而深邃的文学作品带给我们的巨大精神享受。请您就这两点再谈谈。比如，在散文《山南水北》中，乡村生活在您笔下有了不同的展现，不同于寻根时期那个"乡村"，也不同于《马桥》中某种以乡村为传统文化寄托的民族主义乌托邦叙事，乡村不再是寓言，它变成乡土本身。您以一个乡村生活参与者的身份书写这些生活，写一己独特的生命体验，有一种对于乡村生活逻辑最为同情的理解，对于万物有灵的关爱，这是一种完全不同的阅读体验，有一种奇异的想象力和超越庸常的精神光辉，但这种超越又不是通常知识分子的精神高蹈，而是非常诚恳低调而亲和。

韩少功　从乡村出来的人有两种态度，一种是把乡村当成一个神话以充作精神寄托，另一种是把乡村当作不堪回首的往事大加厌恶。这两种不同的反应，甚至可以在一个人身上交替出现。事实上，乡村既不是牧歌也不是噩梦。如果它在人们视野里出现这样两极化的夸张，那原因只有一个：就是我们对它的无知，对它的心虚，还有人格分裂时故意拿它说事的居心可疑。

季亚娅　原来我会固执地按照自己的原来的思路来读解。例如，有人会高度赞美这个劳动的从前。但是您的意思其实还是把这些当成一种个人的东西。

韩少功　文学当然是个人化的，是从个人感受出发的，近乎坦白交代和自言自语，不可轻易自诩"人民"或"公众"。但是这种个人化不是自恋，不能自以为是，理应充满着自我反省和自我警示。一个富含社会内容的个人，与一味自恋与自闭的个人，肯定不是一回事。比如说到劳动，当然这是我个人的感受，但为什么我会强烈地感受到这一点？这后面当然有社会和时代的诱因。很久以来，劳动不再光荣了，尽管国家领导人在强调“荣辱观”，包括提倡以劳动为荣，但体制与这一点是顶着的。不管是从企业法还是会计法来看，劳动不参与分红，只有资本才能享受利润。这一整套体制已经决定了劳动是不光荣的，是极为廉价的。这就是劳动重新成为问号的社会背景。

季亚娅　理解本书，还要理解生活方式对一个作家的重要，即个人的生命体验与有意识的“修炼”如何影响到一个人的学问与文学。这点您能再谈谈吗？

韩少功　一个作家出道，最开始是写经验与感受；待到经验和感受释放得差不多了，就写学识和技巧；待到常识和技巧也玩完了，就得写人格和灵魂——或者这样说吧，新的经验和感受，新的学识和技巧，常常需要一种精神去催生。这种精神往往就扎根在一种生活方式中。鲁迅说，血管里流出来的都是血，水管里流出来的都是水，大概就是这个意思。有些作家走一段以后就走不动了，觉得自己没电了，原因往往不是他们没有才华，而是他们缺乏内敛，缺乏顽强，或者利益之外不再有兴奋点，失去了精神的动力和方向。

季亚娅　本书还牵涉一个文体问题：从《马桥词典》到《暗示》到《山南水北》，除了《报告政府》之外，您似乎一直在刻意回避西方小说叙述模式，转而采用散文体的叙事模式，您早就说过，我不写小说要写“文章”。比如，现在很多人写小说，不会像雨果那个时代大段大段议论，大家都尽量不跳出来说话。可是您的作品中叙事和议论会构成一种张力：比如，《土地》，您先讲述这个故事，然后再讲述这个故事之后言而未尽的那些部分，您是故意这样写的吗？

韩少功　不光写故事，而且写故事的产生，这种从舞台进入后台的方式也是有意思的。

季亚娅　怎样的文本是最适合这个时代的阅读的？为什么那么多人不看小说了？

韩少功　信息传播方式多了，娱乐方式多了，这都对小说构成了压力，抢走了小说的地盘。哲学的今天也许就是小说的明天，谁知道呢？但我们也许没法预谋和设计，只能干一行爱一行，不断寻找最贴近心灵的表达方式。就像一个农民，想种地就种地，不管他今后是旱还是涝。

季亚娅　但是这种方式是什么呢？之前好像有很多人都讲过类似的话：现代的感觉需要现代的表述……可是为什么现代派运动过去这么多年以后，前些年会有一个讲述故事的回归，而虽然当时情况好一些，可是现在会依然没有多少人看？最适合现代心灵的表述方式是什么？我觉得应该是诗啊……

韩少功　诗是一种很好的方式，但不能代替其他所有的方式。

季亚娅　现在读诗的人更少。

韩少功　不一定，歌也是诗啊，只是现在好歌太少。再说，一个人的精神需求不会恒久不变。早上我要喝牛奶，晚上我要吃面条，要求是多种多样的。哪怕是最古典的方式，也不一定没有潜能。有一个生物学家告诉我：因为基因技术出现，现在很多原始物种，从坟墓里取出来的什么种子，突然都成了宝贝，成了改良现代物种的希望所在。

所以我们对文学艺术不必特别悲观，只要有人心在，就会有文学，就算成了一颗冷落在坟墓里的种子，也不是没有重新出土开花结果的可能。

二〇〇八年三月

最初发表于《芙蓉》二〇〇八年第二期。

追梦美丽乡村

——答《湖南日报》总编蒋祖烜

蒋祖烜　习近平总书记强调，新农村建设要“望得见山，看得见水，记得住乡愁”，近来美丽乡村建设越来越受关注。您曾两度“上山下乡”，在八景乡下也待了有十五个半年，对于乡村建设、乡村治理，您既是一个参与者，也是一个建设者，还有很多理性思考。从您的角度看建设美丽乡村要有哪些必要条件？

韩少功　虽然我有“上山下乡”的经历，但其实我对农村的认识还很表浅，因为我还拿工资，不能算一个真正的农民，充其量是乡村的半个参与者。以我的观察和体会，农村当然有“美丽”起来的优势条件，比如阳光、水、空气、植被生态都是相对优质的，比城市要强许多。但经济发展构成了很多地方的一个难点。管子说“仓廪实而知礼节”，借用这句话，我们可以说“仓廪实而知美丽”。不首先解决温饱问题，不消除贫困，哪还顾得上“美丽”？这是一个基本条件。

第二是文明教育。同样的人，有的环境意识强，有的就不够；有的人活得富有情趣，有的人就得过且过。最近我发现几位邻居家里开始栽花，庭院里五彩缤纷，再了解一下，发现这几家主人的受教育程度都较高。我以前说过，没文化就是“将就”，有文化就是“讲究”。一个人不满足于吃饱喝足，讲究生活的环境、过程、品质、境界了，那就是文化含量提升了。这些都有赖于精神文明教育的日积月累和潜移默化。

第三是人才队伍。总的来说，农业在眼下还不是一个高附加值的产业，虽然在很多地方已有了突破，出现了不少亮点，但较为普遍的低附加值状态，不可能吸引大多数乡村精英，向城市流失的人才也难以回流。人是主体。事总是靠人办的。如果中青年人才都走了，甚至出现了"空心村"，"美丽乡村"靠谁来建设？"美丽"了又有何意义？只是给老头老太们增加小福利吗？这就牵涉到更大的问题，即"三农"的战略定位和相关人力资源的培育和配置。

最后一点，就是国家的支持，包括国家对城乡一体化的顶层制度设计和建设总图规划。比如说垃圾。国家对城市垃圾是一直纳入管理的，但对农村没有，全靠自我消化。以前农村垃圾少，还好办，大多可降解成有机肥。但现在垃圾突然增多，特别是包装垃圾很难处理。近几年各地普遍建立垃圾桶、垃圾池、垃圾站，可以说治标有了效果，但离治本还很远。最后是填埋还是焚烧？由谁来负责收集和处理？……都不是很清楚，或者说有管理的空白。台湾的垃圾分类处理做得好，但我们这里连城市也大多没做好，比如在街头和公园分类了，到终端又掺和在一起，变成了半截子的"烂尾工程"。这需要系统性的解决方案，光靠农民和地方政府是不行的，一定要有国家的投入和统筹安排。

蒋祖烜　您所说的顶层设计和制度安排的确很重要。目前，美丽乡村建设就已进入了"国家视野"。五月二十七日，国家质检总局和国家标准委最近专门颁布了一个"美丽乡村建设”标准，明确了二十一项量化指标，使原来比较模糊的一些概念有了硬指标。但是又有一种说法，建设美丽乡村如果统一标准，可能就失去了味道，政府还是要低干预为好。那么美丽乡村建设要不要统一标准，是自然自发的好，还是整齐划一的好？

韩少功　可能话分两头说比较好。乡村的基础设施，比如，道路硬化，还有通电、通水、通讯等，这都需要统一的标准，需要硬指标。在这些之外，比如，房子怎么建，桥修成什么样，种什么树，栽什么花……这些问题切忌“一刀切”。一定要尊重当地老百姓的意愿，尊重他们的文化传统，他们的产业特点，他们的创造力和想象力，实现“百花齐放”。这样，哪些地方政府要管，哪些地方政府要放，这个分寸感和平衡点要掌握好。

蒋祖烜　按照您的意思，就是说美丽乡村建设，在看得见的“感观”部分，农村要搞得像农村，要像一个个有特色的、不可复制的农村，但是在看不见的、在用的“功能”部分，农村要向城市靠拢，要参照城市的标准执行，美丽乡村建设应该是有这么两个取向的。但现在一些地方就没注意这个区分，把农村全都修得像县城一样，这也是让人特别担心的地方。

韩少功　你说的这个现象我也注意到了，就是许多地方所谓的集中连片安置，把房子盖得像“火车皮”一样，这些房子很可能是将来的“建筑垃圾”。刚开始，农民可能还比较高兴，搬新房呵，热闹呵，有路灯和街道呵，差不多是城里人的感觉。但三五年后问题可能就接踵而来：第一，他们要生儿育女，房子到时会不够住，他们如何扩建？第二，他们的生产和生活方式一旦发生变化，到时候要养牛、养猪、养鸡鸭，要收藏大型农具和大宗物料，但周围没有回旋的空间，怎么办？如此等等，这样的现象在一些移民点已经出现了，值得吸取教训。

蒋祖烜　这就是要有标准，又不要标准，要一部分像城市，一部分更要像农村。如果农村所有的标准都“大一统”，如果依这样的标准模式去复制“美丽乡村”，那么看到一个农村就像看到了全中国的所有农村，这会是一件很可悲的事情。

韩少功　你说得对，这其实也牵涉到尊重文化记忆的问题，文化的记忆一定要保持它的丰富性和多样性。

蒋祖烜　您到过国外许多地方，曾经在法国农村生活过一段时间。到过国外的许多人常常会更羡慕他们的农村，而不是城市。作为一个见过很多农村的考察者，同时作为一个在乡村生活了多年的近距离观察者，您认为中国农村的理想图景应该是什么样的？如果您是一个规划家，要在现实的基础上加上一点想象的话，您如何来规划设计美丽乡村？

韩少功　我不是这方面的专家，没多少发言权，但我觉得有两条原则恐怕要把握好。第一，功能第一，实用优先，建筑的样式固然有审美的要求，但第一位的还是要适应当代社会生活的特点。像“张谷英村”，这样一个古村落它的功能特点是大家族维系和联防自卫，在过去匪患猖獗的时代，这个功能很重要。但现在土匪没有了，人员流动性大了，大家族维系已不再，就没必要建成像“张谷英”那样了。采光、通风、借景、除臭、排污等功能要求，也必然带来建筑样式的变革。第二，尊重文化的记忆和创造。我曾举过一个例子，你的母亲可能不会是世界上最漂亮的女人，但是为什么把你母亲整容成巩俐或范冰冰，很多人会接受不了？这就是一种文化记忆。人是文化动物，无论是陕北的窑洞，湘西的吊脚楼，广东的骑楼，还是北京的四合院，都保存有不一样的文化记忆，寄托了人们的情感。人们因取材的方便、地理和气候的制约，经济业态和生活习惯的需要、文化记忆和想象的差异，肯定会对家园建设形成多样性要求，于是不拘一格，各显身手，八仙过海。这都需要我们保持足够的尊重，留下足够的空间。

蒋祖烜　还有一个问题就是在乡村建设、家园建设中，究竟谁是主力？目前在家园建设中应该说有这么三支力量，首先提的最多是政府的力量，因各地的财政水平、治理能力不一样，这支力量很悬殊；第二是农民群众自己，但目前农村中青年人员大量外出，“空巢”现象严重，这支力量明显不足；第三支比较活跃的新的力量就是一些乡村实验设计师、规划师。我最近碰到一个叫孙君的人，他是美术家出身，他发起创办了“中国乡村规划设计院”，致力于为新农村建设提供综合性、系统性解决方案，先后在湖北的郝堂村、湖南会同的高椅村开展工作。但是这类群体却又很少，暂时形不成气候，那么在“美丽乡村”建设中究竟要由谁来充当主力军？

韩少功　你说的第三类人我在台湾也碰到过。一些艺术家参与进来，建成一些既好看又好用的乡村景观，带动旅游经济，让老百姓得实惠。但问题是这样的普遍性有多大？毕竟这样的义工群体和公益机构不多，而且一个村这样做赚钱了，跟进的十个村、百个村呢，则不一定，其同质化项目的利润可能迅速摊薄，甚至出现亏损。

真正做到一村一策，一村一业，一村一态，很多艺术家、科技专家是可以在其中发挥巨大作用的。不过，主力军毕竟是当地老百姓，特别是新一代乡村精英。怎样使乡村的中青年——至少是其中相当一部分，对自己的家园感兴趣，让他们心系乡村，是一个关键性也是一个不可回避的问题。据说目前法国农业人口只占到百分之三，美国只占到百分之五，在我们国家的比例则是大约百分之五十。我们能像法国、美国一样将"三农"人口减到这么低的比例吗？对这一点我很怀疑。因为某些历史的原因，使这些发达国家本身就是"世界的都市"，把全球的发展中国家当作了自己辽阔的"农村"，所以才有他们的都市化。但这样的道路不可复制。中国失去了成为"世界都市"的历史机会和条件。那么，既然我们不可能搞欧美式的都市化，农民群体在很长一段时间内还将占很大的比例，那么我们必须坚持城乡并重，包括让农业的附加值提高，让农民能够自我"造血"，实现可持续的发展。"有恒产者才有恒心"，只要有了恒产，农村精英才会把这里当作家园，才会有建设"美丽乡村"的心理动力。

蒋祖烜　农业附加值的提高除了价值提升，还需要价值发现，解决这个问题不可能一蹴而就，也没有现成答案，这会是唯一的根本出路吗？

韩少功　至少是基本保障。近些年，很多地方的农民增收大体上靠两条，一是国家"输血"，政府补贴的项目越来越多；二是打工价格的一路升高。但目前这两个增收因素都在减弱，比如政府补贴毕竟有限，务工价格上涨也有"天花板"。我们这里附近一个砖厂老板，最近就买了四个机器人，既减少了雇工成本，也提高了生产效率。这就对务工价格形成了压力。从长远来说，乡村发展还是要靠科学技术。比如基因技术、互联网+等等，重新让农业成为一个朝阳产业或准朝阳产业，并非不可能。韩国以及中国台湾就出现了这种迹象，一些年轻人回流乡村，比他们在城市里做得更成功，被媒体称为“新乡村运动”。可以想象，如果这样的青年多了，乡村就人气旺了，内功练好了，生产要素活跃了，乡村的冷落、破败以及凋敝才能从根本上予以避免。

蒋祖烜　人们都在期望乡村变得美好，但乡村变美变好却是个庞大工程。近年来，国家的建设开始向乡村发力，要再一次推动农村生产力大释放，这是农村发展的机遇。但不生产何以发展，不安居何以乐业，不乐业何以美丽，美丽乡村建设其实是一个由表及里的，既要有面子也要有里子的复杂工程，不然美丽乡村建设就会成为一个幻影。

韩少功　你说得很对。表面上看，“美丽乡村”建设好像只是一个村容村貌的净化、绿化、美化的问题，但它其实牵涉到深层的方方面面。有时候，条件的“一二三四”都有了，就缺一个“五”，事情就可能功亏一篑。我在海南有些地方见沼气池打得很好，但就是没有气，原来要保证产气量，就得喂几头猪，还要定期出粪渣。但有些农户没有圈养生猪的习惯，还懒惰，还“空巢”，政府资助的沼气池就成了漂漂亮亮的“形象工程”，投入打了水漂。可见，美丽乡村建设要根据每个地方的特点，包括它的环境特点、产业特点、民风和人性的特点，来做通盘考虑，做到一村一策，一乡一策，因地制宜，借势用力，切忌机械照搬和盲目跟风。政府拿钱做几个样板其实很容易，但要形成内生的、造血型的模式，形成可复制、可推广、可持续的经验就比较难。

蒋祖烜　其实这些现象已经出现了，比如，我们之前采访过的一个农村，村庄修得很现代、很气派，当地也很得意，农民也确实受益。但私下一打听，投入花费竟达上亿元，这就让人感觉变了味。

韩少功　要我说，这种现象就是“土豪文化”的灾难，一些地方干部因文化见识受限，喜欢大拆大建，靠摸脑子拍板，稍有不慎就会扰民、祸民、“坑爹”。有个贫困县，拿出财政支出的一半建了好些假牌坊，字都写错了，“美丽”在哪里？农民能不怨声载道？在乡村建设中，政府要有担当但又不能太任性，要特别防止短期行为、急功近利的心态，要有“成功不必在我”的政绩观，真心实意为农民办好事。

蒋祖烜　在我看来，美丽应该有这么三个层面，除了看起来要很美，用起来很美，还有就是心灵也应该很美，要有文化的美才是真美。一个人每到一个地方除了看到美丽村庄，还要能感受到不一样的乡情乡俗和乡风民风，比如，有的地方古道热肠、有的地方急功好义等。但现在让人特别担忧的是，随着“大一统”的建立，随着湖湘文化的流失，一些好的传统渐渐丢失了，一些不好的东西渗透进来了，人们的乡愁无处寄托，这个时候应该怎么办？

韩少功　这是个天大的问题，乡村之魂的问题，放大了说就是中国之魂的问题。打开国门之后，外来文化的冲击是一种机遇，也确实会带来一时的无序、混乱、同化、蜕变，成功的消化需要一个过程。比如，以前我们这里唱山歌的人很多，但现在山歌几乎失传，年轻人都唱刘德华或周杰伦。这让人很无奈。乡村里有些人以前的孝道靠雷公来维系，比如，一听到打雷，就会大声问，“娘老子，我给你称肉吃好不好，我给你做棉衣好不好”——其实这是说给雷公听的，因为他怕遭雷劈。但现在有避雷针了，人们也相信数理化了，那么新的道德敬畏感又从哪里来？新的道德标尺该如何建立？我们既不可能重新关上国门，也不可能重新回到迷信，那么就进入了一个艰难的转型时期。眼下乡村里活跃着一些宗教，其实就是来填补空白。它正负两方面的作用暂且不论，但在我们这个宗教传统薄弱的国家，光靠这个力量肯定不行。

蒋祖烜　这跟过去确实不太一样，过去农村靠宗法制度，靠族规村约的约束，靠乡间贤达、德望高的人的教化影响，但现在情况不一样了，这些传统的东西几乎都已解体，这个时候乡村道德人心要靠什么来支撑？

韩少功　在一个市场化时代重建世道人心，是“中国道路”的一大战略性难题。市场鼓励逐利，这没有错；但要实现整个社会的义利并举，那就不能止于市场，还要辅以平衡这种市场化的制度体系和制度力量。让有义者荣，让无义者辱；让有道者路宽，让失道者路窄——这就需要大胆的制度创新，从模仿资本主义走向超越资本主义，走出一条社会主义的制度化新路。这远远超出了学校、媒体、宣传部的工作范围。当然，在这一个综合性工程里，除了硬约束，还有软实力；除了制度，还要教化。比如，从政治精英和知识精英开始，从社会最基本的细胞家庭开始，相当于我们过去说的“天地君亲师”，官员要像官员，师长要像师长，父母要像父母，成为组合性的道德表率。孟子说过：小吏可谋食，大官一定要谋道。柏拉图也说过：老百姓可以发财，但治国的哲学家一定不能有私产，还应天天在公共食堂吃饭。他们的意思就是上下有别，对下可以宽，对上一定要严。我理解中新的“乡间贤达”就是这样一些人，一些有影响力的乡村精英，包括党政干部、教师、医生、企业家等等，承担起一种道德身教的责任。

道德是文化的核心。精英队伍的道德身教是核心的核心。核心价值观有效释放能量了，民风正、民气旺，许多问题会迎刃而解。这当然不是一朝一夕的问题。怎样适应现代的市场经济，同时又能重建一个与市场经济相适应的，并能超越市场经济的一个可靠而坚实的道德体系，还需要城乡各界长期的实践探索。在这个意义上，“美丽乡村”建设过程中，城市居民其实也是一个责任的密切关联方。

二〇一五年五月

最初发表于二〇一五年《湖南日报》。

差异、多样、竞争乃至对抗才是生命力之源

——答翻译家高方

高　方　韩少功先生，感谢您能抽出时间，接受我的访谈，请先生就文学创作、文学翻译，特别是就中国当代文学在海外的译介问题，谈谈自己的想法和观点。实际上，关于文学交流与译介，您有着切身的经验和持续的思考。自二十世纪八十年代以来，您的作品先后被译为法、英、越、日、德、俄、荷、意、波兰等十多国文字，在海外广泛传播，有很大影响，能否请您谈一谈，您的第一部作品是在怎样的语境下被翻译出去的？

韩少功　最早是一些作品被译成俄文，比如《月兰》和《西望茅草地》，但俄方给两本样书就完事了，没有更多联系。当时中国也没有加入国际版权条约。后来，第一本法文版中短篇小说集《诱惑》出版。那是一九八八年我到法国开会和访问，遇到了汉学家安妮·居里安女士，她后来又介绍出版商与我见面，三方共同敲定了这一件事。我的第二本法文版小说《女女女》也是在这家出版社出版的，也是安妮·居里安女士译的。当时中国的国门初开，改革开始发力，法国知识界和社会公众对中国的“文革”和改革开放都不无好奇感，小说成为一个认识入口，大概是很自然的。在西方国家中，法国的“多元文化”视野大概最为开阔，也是重要条件之一。

高　方　二十世纪八十年代，中国新时期文学蓬勃发展、多元共生的状态引发了外部的关注与兴趣，一批代表性作家纷纷被介绍到国外，而您作为“寻根文学”的倡导者和践行者，得到汉学家、域外中国文学研究者的关注是一个必然。必然之中，也有着相遇的机缘，我们知道，您的作品最早被译成的外国语言是法语，被译得最多的外国语言也是法语，这应是离不开您的法译者，特别是安妮·居里安女士的持续努力。她是学者型译者，对您每个阶段的写作探索都有追踪和研究，通过翻译来进行介绍，译的作品包括《女女女》（一九九一）、小说集《诱惑》（一九九〇）、《山上的声音》（二〇〇〇），《马桥词典》（二〇〇一，节选发表）和《暗示》（二〇〇四，节选发表）等。安妮·居里安为推动中法文学交流做出了许多实绩性的工作，您和她有近三十年的交情了，一直有着良好的互动，您也在不断见证中法文学之间的互动、交流与对话，因着您作品在法国的影响以及您对中法文化交流做出的贡献，您于二〇〇二年获得法国文化部颁发的“法兰西文艺骑士勋章”。能否请您谈一谈翻译在文学、文化交流中所起到的作用？

韩少功　说实话，翻译是文化交流中的重中之重，最实质性的工作。相比之下，开会、展演、旅游等，要么是缺乏深度，要么是参与面小，充其量也只是一些辅助形式。就说开会吧，一个人讲十几分钟，讲给几十个人听听，可能还夹带不少客气话和过场话，能有多大的信息量？翻译好一本书，其功德肯定超过几十个会。我们很难设想，如果没有林纾、傅雷、王道乾、李健吾、郑克鲁等翻译家，中国人心目中的“法国”是个什么样子，将会何等的空洞和苍白。在这个意义上，我们要特别感谢翻译家。你提到的安妮·居里安女士，当然是我的朋友和优秀的合作者。她对语言、文学、中国文化都有良好的修养，持续和广泛的兴趣非同寻常。《马桥词典》全书也由她译完了，最近将要出版。还有杜特莱先生，他翻译的《爸爸爸》再版多次，可见译文质量不错，受到了读者欢迎。这些汉学家隐身在作者身后，不大被一般读者注意，其实是默默无闻的英雄。

高　方　您曾撰文《安妮之道》，专写自己的译者居里安女士，是一幅很形象的人物小品，文中，您说“如果说翻译也是创作，那么法国人心目中的这些作家已非真品，其实有一半是她的血脉，她的容颜”，这是否能够理解为您对于原作和译作、作者和译者之间关系的一个隐喻？

韩少功　当然是这样。一位西方学者说过，翻译不是 production（制造品），而是 reproduction（再造品），相当于二度创作，并不是照瓢画葫芦的那种机械性转换。译者处在差异性很大的两种语言、两种文化背景、两种生活经验之间，要兼顾“信达雅”，实现效益最优化的心智对接，并不是外行想象的那么简单。现在有了翻译软件和翻译机，在商务、新闻、日常用语的翻译等方面大体还行，可提供一定的帮助，但对文学翻译基本无效，甚至往往坏事。原因就在于文学的感受太丰富了，一词多义，一义多解，微妙意味的变数太多，经常出现超逻辑或非逻辑的状态，很难固化为机械性的线性编码。常见的情况是，有些好的原作被译坏了，有些比较弱的原作则可能被译强了。依据同一本原作，不同的译本也都面目各异，特别是在语言风格上可能形同霄壤。最近有人拿不同译者笔下的泰戈尔《飞鸟集》来比较，就吃惊得大跌眼镜。这都证明，文学译者有“自选动作”的更大空间，有很大的个人裁量权，说他们是半个作家并不为过。

高　方　在当代作家群体中，您是为数不多的做翻译的小说家。您曾倾力译过昆德拉的《生命中不能承受之轻》和费尔南多·佩索阿的《惶然录》，通过翻译实践，您对于语言也有着更为深切的体会。在不同场合您曾表达过这样的观点，大致归纳应是这样：文学中的人物美、情节美、结构美等大体上是可译的，而对语言特别下工夫的作家，往往面临着美不可译的挑战。那么，在您看来，在您自己的作品中，有哪些语言或语言之外的因素有可能体现出一定的或绝对的抗译性？

韩少功　一般来说，器物描写比较好译。但有些器物在国外从未有过，比如蓝诗玲女士做《马桥词典》英译时，我把一些中国特有的农具画给她看，她也无法找到合适的译名。中国的成语更难译。外语中也有或多或少的成语，但中文的成语量一定最大和超大——这与中文五千多年来从无中断的历史积累有关。一个成语，经常就是一个故事，一个实践案例，离不开相关的具体情境和历史背景，要在翻译中还原，实在太麻烦，几乎不可能。中文修辞中常有的对仗、押韵、平仄等，作为一种文字的形式美，也很难翻译出去——类似情况在外译中的过程中也会碰到，比如，原作者利用时态、语态、位格等做做手脚，像美国作家福克纳和法国作家克洛德·西蒙那样的，意义暗含在语法形式中，因中文缺少相同的手段，也常常令译者一筹莫展。还有些差异，来自一种文化纵深和哲学积淀，浓缩了极为丰富的意蕴，比如英文中的 Being 很难译，中文中的“道”也很难译。把“道”译成“道路”“方法”“态度”等都不对，都会顾此失彼，离“道可道，非常道”的意境太远。因此，我们可能不必对译作要求过苛。古人说“诗无达诂”，文学大概也没有绝对的“达译”。我个人的看法是，能够把损耗管控在一定的程度，就应该算成功。

高　方　《马桥词典》是您创作历程中又一力作，它以语言为叙述对象，阐述了一个中国文化寓言。这在语言和文化两个层面对传译都带来了极大的挑战。然而，从接受的角度来看，这部作品的英译本是成功的。二〇〇三年英国汉学家蓝诗玲推出了《马桥词典》的英译本，由美国哥伦比亚大学出版社（Columbia University Press）出版，获得媒体广泛好评，一方面是对您作品的认可，另一方面是对译者翻译质量的认可；二〇〇四年和二〇〇五年，该译本又相继由澳大利亚的珀斯·哈林斯出版集团和美国的兰登书屋旗下的矮脚鸡–戴尔集团再版，这也从市场的角度证明了该书在英语世界的成功。二〇一一年，《马桥词典》获得美国第二届纽曼华语文学奖，译者蓝诗玲可谓功不可没。不过，蓝诗玲在“翻译说明”中特别指出，原文中有五个词条，因传译的困难，需增加大量补偿性翻译信息，会影响读者阅读效果，得到您的允许后，在翻译中得以略去，这五个词条是“罢园”“怜相”“流逝”“破脑”“现”以及最后一个词条“归元”的最后一段。我想，您精通英文，应能够理解翻译的具体困难，从这个角度来看问题，翻译的本质是否是妥协呢？除英译外，《马桥词典》还有荷兰、波兰、西班牙、瑞典及越南等多个语种的译本，您和不同语种的译者是否都有这样深入而有效的沟通？

韩少功　世界上的事物很难完美。实践者不是相对超脱的理论家，常常面临“两害相权取其轻”的现实难题。在完全不交流和交流稍有折扣之间，可取的恐怕是后者。我在《马桥词典》英译过程中同意拿掉的五个词条，都比较短小，不是太重要，拿掉了不影响全局，所以我就妥协了。翻译过程中的妥协或多或少难免，是否接受，要看情况，不能一概而论。我的原则是保大弃小，以传达作品的主要内容和艺术特点为底线。另一条是宁减不增，其意思是译者要是难住了，可在双方同意的情况下少译一点，但切切不可随意增加。我不能接受译者的改写和代写，因为那样做涉嫌造假，搞乱了知识产权——中国的有些原作者都碰到过这种令人尴尬的情况，比如，已故作家周立波曾告诉我，他的英译本《暴风骤雨》就被译者代写了不少。你提到的那些译本，其中西班牙文、波兰文的版本是依据英译本转译的，可能那里汉学家少，合适的译者不容易找到。其他版本的译者都与我有过沟通，大体上沟通得都不错。特别是蓝诗玲女士，她做得很谨慎很仔细，跟着我到“马桥”现场考察了好几天，上山下乡呵，吃了不少苦头。很多英文读者盛赞她的译文，我对此一点都不感到奇怪。

高　方　学界有着一致的认识，《马桥词典》能够在域外广受好评，广泛传播，主要在于这部作品的内在价值，在本土文化书写中体现出世界诗意，是民族文学走上世界之路的成功个案。文学走出去是近年来的热点话题，您对这个问题很早就有着思考，也一直有着冷静而清醒的认识。在您看来，就文化立场而言，是不是越能体现出异质性的书写，就越能吸引国外出版界和读者的关注？从世界文学这个角度来看，您三十年前写的《文学的根》是否还有着现实的意义？

韩少功　重复总是乏味的，不管是重复古人还是重复外国人。这就需要写作者扬长避短，各出新招，形成个性，术业有专攻，打造特有的核心竞争力，即你说到的某种“异质性”。三十年前我写《文学的根》，就是希望中国的写作者做好自己，用好本土资源，形成“中国风”的美学气质和精神风范，不能满足于“移植外国样板戏”式的模仿，不能满足于做“中国的卡夫卡”或“中国的海明威”。但话分两头说，所谓“越是民族的”，并不一定就“越是世界的”。这个定律完全不能成立。长辫子和裹小脚是民族的，但它们能是世界的吗？创造个性并不是猎奇，不是搞怪，不是搞一些文学上的“民俗一日游”。相反，在回应人类精神重大问题上，在思想和艺术的创新贡献上，各国同行其实都有共同的价值标尺，几乎是进入同一个考场应考，有同质性的一面，或说普遍性的一面。“口之于味，有同嗜焉”。人家做汉堡包，你做阳春面，但不管做什么，口感和营养不能掉到六十分以下，否则你的标新立异就一钱不值。很多中国写作者在这一点上恰恰还做得不够，常常把追求特色变成了狭隘和封闭。

高　方　目前，尽管我们的很多作家都拿过国际性的文学奖项，各界对促进文学走出去也做出了很多实质性、实绩性的工作，而中国文学在世界文学格局中边缘化的地位还没有得到根本性的改变。二十世纪末，法国有学者对世界文学的等级性结构有过论述，得到比较文学学界的广泛关注。她认为文学间的中心–边缘关系，源自语言间的文学资本较量，源自语言间的中心–边缘关系，而汉语与阿拉伯语和印地语一道，虽然广泛被使用，但因在国际市场上很少被认可，被归入“小”语言和被统治语言的行列。我想，她指的汉语，应是现代汉语。您对于这一论述是如何看的呢？语言因素是否是影响中国文学走向世界的最大障碍？

韩少功　“资本较量”是一个很清醒的说法。西班牙曾代表第一代西方资本主义，因此西班牙语成了全球性大语种。英、美代表了第二、第三代西方资本主义，因此英语继而风行全球，在很多地方还抢了西班牙语的地盘，比如，在菲律宾。可见决定等级性结构的，有语言所覆盖的人口数量，有语言承载的文化典籍数量，但最重要的一条：还是资本的能量。语言后面有金钱，有国力和国势。普通话以前在香港边缘化，一旦内地经济强盛了，商铺、宾馆、公司、机场、银行就都用普通话来吸引和取悦于内地客，普通话教学成了热门生意。这是同样的道理。汉语、阿拉伯语、印地语之所以是弱势语言，就是因为含金量低，因为相关国家曾经很穷，或眼下依旧很穷。人们学习语言首先是为了生存，为了吃饭穿衣，其次才是为了艺术、宗教、哲学之类，因此“含金量”高的语言会成为他们的首选，全球语种的等级性结构也无法避免。如果你说这是人的“势利”，当然也无不可，算是话糙理不糙。据说现在全球有一亿多外国人在学中文，原因当然不用说，是因为中国发展了，大量商机涌现了。但人们这样学的首要目的是来做生意、找饭碗，比如签合同什么的，不是来读小说和诗歌。将来怎么样？不知道。但有一条可以确定：什么时候他们乐意读原版中国文学作品了，就是中文最终摆脱弱势地位了，进入全球市场的语言障碍最小化了。对这一过程，我们不妨抱以谨慎的乐观。

高　方　有国内评论家称您为“考察中国当代文学的标尺性作家”。在近四十年的写作过程中，您一直得到评论界的关注，国内的和国外的。请您谈一谈国外研究者对您的解读是不是有不一样的地方？透过来自异域的目光以反观自身的文学创作，是否有所启示呢？

韩少功　两个读者的解读都不可能一样，不同国家的读者群当然更难全面对齐。我有一个短篇小说《暗香》，里面有一段描写两老头之间的互相问候，问遍了对方的全家老少，问得特别啰嗦，欧美读者觉得非常有趣，但中国读者对此基本上无感觉。另有一本《山南水北》，记录了很多乡村生活中的体验和感受，在国内市场卖得很好，比《爸爸爸》更受读者欢迎，但除了韩文译本以外，进入西方市场并不顺利。似乎很多西方读者更能接受《爸爸爸》的那种“重口味”，更能接受神秘、痛苦、惨烈一点的中国——这当然只是我的一种揣测。我了解情况有限，也没法对双方差异做出一个像样的全面梳理。我的想法是，写作者就像一个厨子，按理说不能不顾及食客的口味，但一味迎合食客反而会把菜做砸。这是常有的事。何况食客口味像月亮，初一十五不一样。如果一一顾及，哪是个头？这样，厨子最好的态度可能就是埋头做菜，做得自己心满意足就行，不必把食客的全体鼓掌当作一个努力目标；恰恰相反，应该明白那是一个危险的诱惑。

高　方　您曾多次出访国外，法国去得最多，应该在不同场合和读者有直接的接触。能谈谈您对外国读者的认识吗？法国汉学家程艾兰在谈中国思想、文学、文化在法国接受时，有一段关于读者的描述，她说：“对于法国读者，我觉得还要防备另一种性质的双重危险。一方面要抵制猎奇的诱惑，这种猎奇的渴望长期以来将中国变成一副巨大的屏幕，在这屏幕上人人都可以投射出自己最疯狂的奇思异想；另一方面也不能将自己封闭在过于深奥过于专门的寓言中，以至于吓跑那些好奇而善意的读者。”您对这段话有何感想？有无体会到类似的“危险”倾向？

韩少功　我理解她这一段话，是要提醒人们防止那些关于东方的惯性化想象。这当然是很重要的提醒。很长一段时间以来，西方对东方知之不多。他们的知识界主流先是以基督教为“文明”的标尺，后来又以工业化为“文明”的标尺，两把尺子量下来，当然就把东方划入“野蛮人”的世界。在西方国家多次举办的世博会，总是都找来一些原始人或半原始人，圈起来一同展示，就是要反衬“文明”的优越，“文明种族”的优越。连培根、孟德斯鸠、黑格尔、马克斯·韦伯等很多启蒙精英也都是这样，多少有一些“欧洲中心论”的盲区。这当然会长久影响部分读者对文学的兴趣和理解。问题是有些中国写作者也愿意把自己写得特别古怪。比如，有一本书写到中国女人到二十世纪五六十年代还在缠足。另一本书写到中国女人从未见过裙子，因此到西方后不能辨认公厕门口那个有裙子的图标，如此等等。可见“疯狂的奇思异想”也产于中国这一方，常常是某种里应外合的结果。随着东、西方经济差距逐步缩小，甚至后来者有“错肩”赶超的可能，我感觉近一二十年来双方舆论场上的情绪化因素更多了，不少人相互“恶搞”的劲儿更足了。这当然不算什么。我们要相信欧洲人的智慧肯定不会被偏见绊倒。“好奇而善意的读者”，还有同道的作者和译者，最终能纠正文明交流的失衡，化解很多过时的想象。

高　方　您的写作有着深厚的思想深度和广度，读您的文字，能体会到您对于文字、文学和文化的不断思考。“异”是翻译，是文学交流的出发点，也是交流的最大挑战。就我的个人理解，我觉得您在《马桥词典》后记中的一段话能很好地揭示翻译的使命、本质和所遭遇的悖论：“所谓‘共同的语言’永远是人类一个遥远的目标。如果我们不希望交流成为一种互相抵消和相互磨灭，我们就必须对交流保持警觉和抗拒，在妥协中守护自己某种顽强的表达——这正是一种良性交流的前提。”最后，能否请您为广大翻译工作者提一点希望或者说几句鼓励的话，谢谢！

韩少功　差异是交流的前提，否则就不需要什么交流。之所以需要持续不断地交流，就在于即便旧差异化解了，新差异也会产生。差异有什么不好？依照物理学中“熵增加”的原理，同质化和均质化就意味着死寂，只有差异、多样、竞争乃至对抗才是生命力之源。即便我们实现了“地球村”式的全球化，生活与文化还是会源源不断地创造新的差异，并且在文学上得到最敏感、最丰富、最直接的表现。在这个意义上，翻译永远是一种朝阳事业，是各种文明实现互鉴共荣的第一要务，是人类组成命运共同体的强大纽带。作为一个读者和作者，我始终对翻译家们心怀敬意。

二〇一五年十二月

高方，南京大学外语学院教授。此文最初发表于二〇一六年《中国翻译》杂志。

直面人类精神的难题

——答《文学报》记者王雪瑛

上篇：进步主义历史观的盲区正是文学最该用心用力的地方

王雪瑛　你的文学创作贯穿了新时期中国当代文学发展的脉络，你不仅仅是以小说的形式拓展中国当代小说的创作空间，同时以散文的形式深入中国当代社会的思想前沿，你以散文和小说之双翼划出广阔的文学天际线。大批富有思想含量的散文凸显着你的问题意识，保持这样一种问题意识，这是你作为当代中国作家的一种责任感，一种理性的自觉，一种慎重的选择？

韩少功　这样说吧，小说是一种“近观”方式，散文则相当于“远望”。这种“远望”比较方便处理一些散点化、大广角的材料，即不方便动用显微镜的东西。用显微镜来看黄山就不一定合适吧？在另一方面，在文学与理论之间，有一个叫做文化随笔和思想随笔的结合部，方便一个人直接表达思考。我曾说过“想得清楚的写成散文，想不清楚的写成小说”，就是针对这一点而言。我们这个时代变化得太快，心智成熟经常跟不上经济和技术的肌肉扩张，有一种大娃娃现象。很多问题来得猝不及防。在这种情况下，有时候等不起长效药，就得用速效药。思想随笔有时就是一种短兵相接的工具，好不好先用上再说。

王雪瑛　小说的形式无法给你的思考提供足够的空间，所以你越出小说虚构的掩体，选择了散文这种形式，直接面对中国经验，对当代问题提供自己的思路和看法，散文可以及时、自由、充分、深入地表达你的思想？你的散文写作对你的小说创作有什么影响？

韩少功　小说与散文不光是两种体裁，而且常常承载不同的思维方式。你说的虚构是一条，是否直接表达思想也是一条。此外可能还有其他，比如，慎于判断和勇于判断的态度差异。一般来说，小说模拟生活原态，尊重生活的多义性，作者的价值判断经常是悬置的，至少是隐蔽的。比如，安娜·卡列琳娜怎么样，林黛玉或薛宝钗怎么样，由读者去见仁见智好了，作者最好站远一点，给读者留下自由判断的空间。但散文不一样，特别是思想随笔需要明晰，有逻辑和知识的强大力量。伏尔泰、鲁迅的观点从来就不会模糊。在这里，模糊和明晰，自疑和自信，是人类认识前进所需要的两条腿。但两种态度有时候脑子里打架，怎么办？我的体会是要善于“换频道”，把相互的干扰最小化。一旦进入这个频道，就要把那个频道统统忘掉，决不留恋。

王雪瑛　二十世纪八十、九十年代到新世纪和当下，中国社会发生着深刻的变化，从你的散文中可以看见一个当代中国作家直面中国社会深刻变化中问题与矛盾，思想发展的复杂的动态过程，你对于理想与现实，传统与现代，中国与世界，市场经济、私有制与社会主义、政府廉洁等等问题的思索，那么近二十年的时光流转，社会结构的变化，时代风云的嬗变，现在的你如何评价自己的这类散文，随着时迁事移以及个人境遇的变化，你的观点和看法有什么蜕变吗？

韩少功　我给两个出版社编过作品的准全集，有机会回头审视一下自己新时期以来的写作。还算好，我删除了一些啰嗦、平淡的语句，基本上还未发现过让自己难堪的看法，没发现那种忽东忽西赶潮流的过头话。有个关于原油价格可能涨到每桶两百美元的预测，现在看来没说对，但这种情况不多。虽然在不同的时段，聚焦点不一样，兴奋点有转移，但正像一个青年评论家说的，三十多年前的《西望茅草地》其实已是《革命后记》的先声，前后是一脉相承的，好像不同的圆弧和半径组成了同心圆。对于几十年来核心的立场和方法，自己还是有信心的。

王雪瑛　你的思路沿着怎样的轨迹在发展着？你常常会自我回望和审视吗？你如何看待一代作家的局限？

韩少功　生活现实总是推着你匆匆往下走，是现实倒逼思考。比如，我们这一代从“文革”中走出来，最初是忍不了僵化。后来见多了资本和市场，又忍不了腐化，包括权力和资本的交叉腐化。这事初看像是道德问题，细看就还有制度问题、文化问题等。制度和文化又都是大题目，水深得很，随便找一个知识点进入，都有纵比较和横比较的不同角度，这就带出了更大的思考面。在这一过程中，每个人其实都是瞎子摸象，局限性断不会少。因此我一直希望摸象者们相互包容和理解，比如，编杂志时我就喜欢组织不同意见对手练，相互给予“破坏性检验”。“我讨厌无聊的同道，敬仰优美的敌手。”这也是我说过的话。当然，我看不出胡搅蛮缠的也该被包容的理由，比如，明明摸到了象腿，却定要说是鸡腿或鸭腿，这就破了底线。多元化的各方必须在六十分及格线以上，才能构成优质的多元化，否则就是比烂，好像在球场上拍砖和泼粪，再怎么对抗也没意义。

王雪瑛　《完美的假定》《多义的欧洲》《哪一种大众》《第二级历史》《进步的回退》这样一批散文更是显示了你视野的广阔、思想发展的脉络、思想的锋芒和力度，这些散文成为当时文坛关注，同行热议的重要作品，你如何评价自己的散文创作？

韩少功　评价的权利在读者手上，我自己说什么没意义。再说那些只是些零散的想法，谈不上多重要。

王雪瑛　你的散文生动地记录了你如何遭遇当代中国问题，如何进行思想上的突围，你没有愤怒的情绪、悲观的绝望，也没有浅显的乐观和简单的判断，而是让大家看到了你权衡、比较、分析、阐释、探究的过程，你被认定为一个思想型、学者型的作家。你如何看待这一评价？

韩少功　我哪算得上什么学者？充其量是喜欢琢磨一点事，不大满意某些标签化的大话，有时来一点较真和抬杠。我甚至一直在躲避“理论化”，写作时总是避免大段的引文和考究。如果确实遭遇理论，也只是点到即止，不习惯学院派的某种套路。相比之下，我最有兴趣的是把一些概念拉回到生活实践的情境中，尽可能还原成具体的人和人的活法。这不是什么文学修辞的需要。其根本原因是我不擅长也很怀疑抽象概念的纠缠，比如，抽象的“自由”是什么意思？是指奴隶解放的“自由”，还是指随地吐痰和乱闯红灯的“自由”？要澄清其含义，就免不了要情境和条件的还原，免不了夹叙夹议。我知道，这种重细节、重形象、重情境的思想描述，在很多学者眼里不过是“野路子”，拿不到课题费和学位的，但这没关系。

王雪瑛　在《进步的回退》中，我看到了你多年思索体悟后，明确而肯定的思想："不断的物质进步与不断的精神回退是两个并行不悖的过程，可靠的进步必须也同时是回退。这种回退，需要我们经常减除物质欲望，减除对知识、技术的依赖和迷信，需要我们一次次回归到原始的赤子状态，直接面对一座高山或一片树林来理解生命的意义。"你理性探索的收获让我联想到了你的一部重要的充满感性的散文长卷《山南水北》。

韩少功　以前恋爱靠唱山歌，现在恋爱可能传视频。以前杀人用石头，现在杀人可能用无人机……这个世界当然有很多变化，但变中有不变，我们不必被"现代""后现代"一类说法弄得手忙脚乱，好像哪趟车没赶上就完蛋了。事实上，经济和技术只是生活的一个维度，就道德和智慧而言，现代人却没有多少牛皮可吹。这是进步主义历史观常有的盲区，恰好也是文学最该用心用力的地方。

王雪瑛　文学应该探讨人的多种可能性，有生命力的文学创作不断丰富民族的记忆与文化，现代化也不是只有一种模式。

韩少功　很对。人们曾经认为用化肥是进步，现在则可能认为农家肥代表了更好的现代化，可见对现代化的理解本身是不断变化的。这种变化的后面，是更复杂和更广阔的历史条件在变，比如，美国的高能耗生活方式在以前不成为问题，但一旦中国人、印度人、非洲人等也要开汽车了，也要高能耗了，资源和环境就受不了，人们不得不重新判断和规划。

王雪瑛　在《山南水北》中，你以生动质朴的语言记叙了你的乡村生活，这是从一九九九年开始的吗？每年的春末夏初，你从海南飞往长沙，来到湖南汨罗八溪峒，开始你悠然真实的乡村生活。每到秋末冬初，你又带着春夏劳动的果实，飞回海南，开始城市生活。

韩少功　我在那时已住过十六个半年。最初只是想躲开都市里的一些应酬、会议、垃圾信息，后来意外发现也有亲近自然、了解底层的好处。说实话，眼下文坛氛围不是很健康的，特别是一个利益化、封闭化的文坛江湖更是这样。总是在机关、饭店以及文人圈里泡，你说的几个段子我也知道，我读的几本书你也读过，这种交流还有多少效率和质量可言？相反，圈子外的农民、生意人、基层干部倒可以让你知道更多新鲜事。这里的个人原因是，我从来就有点“宅”，不太喜欢热闹，经常想起一个外国作家的话：每当我从人多的地方回来，就觉得自己大不如以前了。

王雪瑛　其实，你不是回避现实，而是开辟自己的现实，看见现实的多样性。面对那些“回避现实”的疑问，你发现自然之美，感受乡村中的人际关系，对于个体生命的意义，还是安心踏实地过着你的乡村生活，九十九篇文章，二十三万字的容量，让大家感受到了你晴耕雨读的生活方式，山里人的日子。你当时开始动笔的时候有整体构想吗？

韩少功　没有。很多章节不过是日记，后来稍加剪裁，有了这一本。当然，我从不认为这里就是现实的全部，但这种现场感受至少是现实的一部分，比某些名流显贵那里的“现实”更重要，比某些流行媒体东抄西抄嚼来嚼去的二手“现实”可能更可靠。中国一大半国土是乡村，至少一半人口是村民，这些明明就在我们身边，为什么被排除在“现实”之外？

王雪瑛　是的，作家的眼睛应该看见更多人的现实。我细读过

《山南水北》，质朴而内蕴诗意的文字，让我感到了一种融入山水的生活，流汗劳动的生活，接近土地和五谷的生活，我分明读到了一个与以往不同的韩少功，一个对现实的问题反复思量，不懈探究截然不同的韩少功，你似乎不再批判和怀疑，而是投入和享受，但这两种形象不是分裂的，而是有着内在联系的，构成更完整，真实的你。《山南水北》是你对思想和理念的一种感性的实践和体悟，是你个人对现代化的一种自由选择，一种个性化的文学表达。这是我的一种理解，不知你怎么看？从此书出版至今九年过去了，你如何评价《山南水北》对你的意义？

韩少功　怀疑和批判永远都是重要的，但这并不意味着批判者必须成天活得怒气冲冲，洒向人间都是怨。就思想文化而言，十八世纪以来不论左派右派都是造反成癖，反倒最后是易破难立，有破无立，遍地废墟，人们生活中的自杀、毒品、犯罪、精神病却频频高发，价值虚无主义困扰全世界。文学需要杀伤力，也得有建设性，而且批判的动力来源，一定是那些值得珍惜和追求的东西，是对美好的信仰，对美好一砖一瓦的建设。缺了这一条，缺了这一种温暖的思想底色，事情就不过是以暴易暴。用廉价的骂倒一切来给自己减压，好像别人都坏透了顶，那么自己学坏也就有了理由。这是一种明骂暗赞的隐秘心理。《日夜书》里有一句话："最大的战胜是不像对方，是与对方不一样。"就是针对这一点说的。

王雪瑛　无论是质疑与批判，还是投入与享受都是为了辨析、呈现、珍惜美好。《群体寻根的条件》是你对八十年代的《文学寻根》的回望与审视，但这是一个开放的思想空间，你只分析文化寻根产生的主体条件和文化环境的因素，而不做文化寻根的价值评估，你在文中指出，文化寻根其实是不同文化之间的对话，那么在三十多年后的今天，价值多元，资讯过剩、传播快捷的全球化，自媒体时代，文化寻根是不是更有必要？文化寻根是不是一个值得深入探讨的命题？

韩少功　多到国外看一看，走到景区和宾馆之外，多去与当地的华裔和老外聊聊，就会发现“中国道路”“中国文化”眼下是一个越来越绕不过去的话题。文学界有幸在三十多年前最先触及破题，现在倒几乎成了沉默的一群，发言机会让给了法学、哲学、史学、经济学界了。文学界就算要谈，也常常流于“民族特色”“本土元素”一类皮相，比如，要不要用孙大圣或大红灯笼去赚外国人一笔钱。曾经以《历史的终结》而著名的美国学者弗朗西斯·福山(Francis Fukuyama)，这些年关注中国文明传统，可算是“寻根”讨论的外来接棒手之一，但我发现文学界很少有人提到他，更别说其他人，比方海峡那边许倬云、邹至庄、吕正惠那些学者。我说这话的意思是，大陆文学界起了个大早，赶了个晚集。也许很多作家过度沉迷于“自我”，对稍微远一点、大一点的事情都提不起兴趣了。这有点可惜。

王雪瑛　在全球化的语境中，如何保持民族文化的多样性？如何呈现民族文化的生命力？抵御全球化带来的由消费潮流导致的文化一体化倾向，这是值得我们深入探讨的命题，也是当代作家需要面对的挑战。

韩少功　就文化演进而言，趋同化和趋异化是并行不悖的两个轮子，全球化不过是这两个轮子的古老故事，从村庄级上升为全球级，单元边界扩大而已。人都要吃饭，这是普适性。但什么饭好吃，人们的不同的口味受制于各种条件和相关历史，就有了多样性，其中包括民族性。我曾经以为舞蹈是最不需要翻译的，最普适性的，后来才知道肢体语言也有深刻的族群差异，我的语汇你可能无感，你的语法我可能不懂。舞蹈尚且如此，运用民族文字的文学怎么可能完全“一体化”？歌德说的“世界文学”，如果有的话，肯定是趋同化与趋异化在更高层面上重新交织，决不是拉平扯齐、越长越相像。否则，那个同质化世界一定乏味透顶，失去成长的动力。

王雪瑛　近些年来，哪些思想性的散文或者学术著作引起你的关注？

韩少功　我有点怕开列书单。原因是年龄、职业、阅历、积学、阶段性兴趣的不同，同样一本书却有不同的边际效应，你的“破书”却可能是我的好书。比如，《红楼梦》适合成年人，但肯定不适合小学生；读过亚里士多德、康德、马克思的，最好要读点后现代主义，但如果没有前面那些东西垫底，“解构”“祛魅”什么的就可能是毒药。这里没有一定之规，没有适合所有读书人的阅读“菜单”。

王雪瑛　清代诗学家叶燮在《原诗》中认为，“诗人之本”有四——“才”“胆”“识”“力”，“大凡人无才则心思不出，无胆则笔墨萎缩，无识则不能取舍，无力则不能自成一家”。你如何理解和定义“作家之本”？有评论家认为在“才”“胆”“识”“力”，这四个字中，需要特别强调的是“识”，“识”就是作家把握生活的洞察力和思想穿透力，而这也是中国当代小说最缺乏的。你同意这样的看法吗？

韩少功　他说的都很重要，讲得也精辟，或许可以再加一条，也是老祖宗说过的“修辞立其诚”。你说的洞察力和穿透力，也许都有赖于一种实事求是的谦卑态度，否则就会先入为主，戴有色眼镜，把什么都看歪。眼下很多糟糕的求知者不是失在智商上，而是失在心胸上；不是看不到，是不愿意看到。

王雪瑛　极为认同“修辞立其诚”，这是写作的出发点。心态和立场会影响人对自我、社会和时代的认识。阎连科曾经说过：“现实的荒诞正在和作家的想象力赛跑，想象力跑不过现实的传奇和丰富，但你不能因此退场和停赛。如同运动员在一个跑道上飞奔向前的时候，你如果不跟着跑，而是站在他边上看，你就无法把握现实的脚步。”中国的社会正在发生剧烈的震荡，历史的巨大转折冲破了历史描述的传统框架。如何认识正在发生的“现实”，如何认识正在巨变的“历史”？对于当代作家而言是不可回避的考验。你怎么认识当代作家面临的考验和挑战？

韩少功　中国是一个千面之国，恶心和开心的事情都有，都是一抓一大把。村里一个农民感激惠民政策，说“政府不能再好了，再好就得派干部下乡来喂饭了”。但同一天我又看到某位名人的微信：“这是中国历史上最黑暗的时代。”你相信哪一种判断？在这里，要避免片面性，最好是多实践，多比较，手里多几把尺子。要构成一个坐标系，就得有两把以上的尺子。拿腐败这事来说，用工业化程度这把尺子一量，拉美、印度、中国的共同烦恼就毫不奇怪；再拿文化板块这把尺子一量，中国的“人情风”“家长制”等农耕文明的传统，与游牧/海洋民族不同的国情特性，也就顺利进入视野。这样比较下来，该怎样下药治病，就有了个谱，至少比那些道德家的嘴炮要靠谱。

王雪瑛　各种媒体强劲散发出的商业化与大众文化中娱乐化的倾向，国际国内的出版业的倾向性等多种因素影响着作家的创作。网络文学、类型文学以及各种奖项的涌现，扩大着文学的外延，也追问着文学的内涵，望着自己的作品目录，回首三十多年的创作历程，写作对于你来说意味着什么？文学的内涵是什么？

韩少功　在一个物质化的时代，很多人没有理由需要文学。文学以情和义为核心内涵。他们觉得情义这东西好累人，甚至好害人，不能帮自己一夜暴富。那么，有些没心没肺的娱乐化快餐就够了。这种情况在历史上其实并不少见。我们常说的那些经典，放到大历史和大世界里一摊，其实是蛮稀薄的，扎堆的情形并不太多，可见纸媒也并不是文学经典的专卖区，与网络一样，都是鱼龙混杂，甚至都是鱼多龙少。但眼下不会是历史的终点。危机和灾难是最好的老师，总是帮助人类一次次纠正和调整自己。我们不必预测拐点何时出现，无须预测人类社会在什么情况下，会重新出现对情和义的精神饥渴，但我们至少可以守住自己，做一点将来不后悔的事。这与采用哪种小说形式没有太大关系，与用不用网络工具也没有太大关系。

王雪瑛　处在纷繁芜杂的现实之中，如何冷静而独立地认识和分析现实，如何真切而深入地揭示现实，这就是作家创作在深入现实题材的时候，不得不面临的真实考验。你在散文中对中国经验和现实问题的思索、分析、阐释、探究，形成自己思想的果实，我想这些思索和识见是不是构成了你创作现实小说的丰富的思想资源？阅读你的散文，我会对你的小说创作更加期待。

韩少功　我经常把小说与散文轮换着写，不过是换换脑子，互为休息和准备，或者是相机处理一些剩余材料，有点像“一鸭两吃”，找一种实惠的、方便的吃法而已。

中篇：小说的净收入是时间淘汰到最后能留下的东西

王雪瑛　《马桥词典》是你的第一部长篇小说，你将马桥隐秘的历史分解为一个个词条，没有使用传统长篇小说的叙事模式，而是提交了一种独特的历史叙述形式，马桥的生活就通过这本词典而生动地留存。你是一个喜欢追问和探索小说的形式、定义和功能的作家，你在这样的追问、探索、挑战中获得写作的快感？十几年过去了，你现在对当年的探索有什么评价？当年围绕《马桥词典》的一些是是非非，也成为你的一种自我历练？

韩少功　我的主要作品几乎都引起过争论，都习惯了。当时有人认为《马桥词典》不算小说，那又怎么样？你说这不是苹果，就当萝卜吃好了。至于有人宣布这萝卜是偷来的，那就得摆证据，不然就是耍赖。当过国际比较文学学会主席的佛克玛（Douwe Fokkema）说过，《马桥词典》比《哈扎尔词典》更好，两者扯不上关系。但这话，洋人说了，很多国人也不信。其实我也没觉得《马桥词典》有多好，只是这种词条展开方式，相当于有了新的筐，很多东西方便放进去。有了近似“语言考古学”的维度，一锹一锹挖下去。对语言和生活会有一种双重发现，值得一试。

王雪瑛　我想真正的作家的每一次创作都是对小说内涵与形式的挖掘和探索。在你的第二部长篇小说《暗示》中，你又一次抛弃了传统长篇小说的叙事方式，没有紧张的悬念，没有固定的主人公，通过对日常生活中具象的描述，展开了生活的诸多片段，这些片段是独立的，非连贯的，它们分别是故事、人物速写、历史记忆，等等，你分析和提取其中的意义和文化内涵，流露着你的睿智与洞察。如果说《马桥词典》是你以词典的方式呈现了马桥人的日常生活，那么《暗示》中，你以具象的描述，来解析现代人的种种文化密码。小说完全打破传统长篇小说的叙述方式，是不是让你在写作中享受了充分的自由，写起来得心应手，充分发挥你的多方面才能？思想和分析的爱好让你十分享受这样的文体创新吧，这是你认识现代人，揭示现代人内心与现代社会文化脉络的一种方式吗？

韩少功　《暗示》最初是一些零散笔记，写着写着成了一本书，自己始料未及。很多哲学家喜欢谈语言/存在的二元关系，从维特根斯坦到福柯，大多是这样。我的野心打破这一架构，展示语言/具像/存在的三元关系。从“不可言说”之物出发，引导出具像论，然后是感觉论，然后是实践论……一条与逻各斯主义全面闹别扭的路线。这个任务超出了预想，甚至超出了文学。采用笔记小说这种体裁，也可能不是最合适的方式。是不是应该干干脆脆写成一本理论？我后来也拿不准。这本书留下了不少遗憾，好在有些小众读者还认可，比如一个香港的理科读者居然认为它“建立一个新学科”。这种抬举不敢当，但多少给我一些鼓励。

王雪瑛　《日夜书》不是一个夺人眼球的作品，而是一个让人深长思之，可以不断深入探讨，提出多方面问题的作品。你曾说，现在中央政治局的七个常委，有四个当过知青。除了他们四个人以外，中国的知青百分之九十五以上已经退出“历史”。而你也是知青一代，在人生的这个阶段，在这个多媒体全球化的时代，以小说的形式来回望一下他们走过的路，也是你走过的路，这是你的选择。你会如何思索，梳理，呈现自己以往的记忆？你会以怎样的小说形式来展开？让我们看到怎样一批人物的形象？体现怎样的精神特征、生命状态和人生机遇？对于期待你作品的评论家和读者来说，这是一个很大的悬念。你完成于二〇一三年的《日夜书》，打开了这些悬念的大门，让我们从中寻找答案。你对自己的这部作品满意吗？你用了多长时间来酝酿和写作？这部长篇小说对于你来说是不是意义不同寻常？毕竟你是以小说的形式来回望、描摹知青这一代，来审视和思索自己的人生。

韩少功　有些书主要是写给别人看的，志在卓越。有些书主要是写给自己看的，意在解脱和释放。《日夜书》大概属于后一种。这本书写作耗时一年多，触动了一些亲历性感受，算是自己写得最有痛感的一本。这一代人已经或正在淡出历史。我对他们——或者说我们——充满同情，但不想迁就某种自恋倾向，夸张地去秀苦情，或者秀豪情。我把他们放在后续历史中来检验，这样他们的长和短才展现得更清晰。由这一代人承重的时代，为何一面是生龙活虎而另一面是危机频现，才有了一个可靠的解释线索。“中国故事”难讲，最难讲的一层在于人和人性。没有这一层，上面的故事就是空中楼阁。“苦情”和“豪情”宣示虽不无现实依据，但容易把事情简单化，比如，把板子统统打向别人，遮挡了自我审视。我的意思是，每一代人都会有或多或少的自恋，但我希望这一代人比自恋做得更多。

王雪瑛　的确，真正的自我审视，是从摆脱和超越自恋开始的。而摆脱和超越自恋对于个体和作家来说并不容易，是一种心理、理性、情感上的自我挑战和自我超越。自我审视，要从真切的自我体验开始，然后在从时代和历史的嬗变中认识自我。我觉得《日夜书》的可贵之处，正是在于摆脱了自恋，也摆脱了以往知青题材的套路，还摆脱了那种虚张声势、引人关注的设计套路，而是真正地以小说的方式，在历史的进程中，回望和审视自己的过去和现在，不回避卑微，不回避平淡，不回避内心的纠结。

韩少功　郭又军是个仁义大哥，但他曾经把“大锅饭”吃得很香，结果误了自己。贺亦民在技术上是个超强大脑，但他对社会不无智障，江湖化的风格一再惹下麻烦。马涛有忧国忧民的精英大志，但从自恋通向自闭，最后只能靠受迫害幻想症来维持自信……他们该不该把这一切的责任推给社会？在另一方面，正因为有这些人性的弱点，他们的奋争是否才会更真实、更艰难，也更让人感叹？相关的历史描述是否才更值得信任？

王雪瑛　是的，你在小说中，正视人性的弱点，也不以现在的思维方式来拔高和修饰历史语境中的人物言行。《日夜书》是一部时间跨度巨大、人物众多的长篇小说。二十世纪七十年代到二十一世纪的当下，历尽三十年中国社会与时代风云的沧桑巨变，历尽三十年中国人生命理念与生活方式的重大变化，如何认识往日的知青岁月，如何叙写那段人生的经历，正如克罗齐说的，一切历史都是当代史，个人的记忆也不可能重现当年生活的原貌，而是带着今日人生境遇、理念和心态的取舍。要驾驭这样一部长篇小说是不是面临着很大的挑战？写作这部长篇小说对于你来说最大的挑战是什么？

韩少功　因时间跨度长，需要反复的闪回和比对，材料组织上有一点技术难度。我最初试了两种结构，在海峡两岸分别出版，最后定型时采用了台湾的版本，以顺时性为主的叙事流程。这是照顾一般读者的要求。

王雪瑛　你是一个思想型的作家，但在这部小说中，你似乎收敛了思想的锋芒，而是将思想蕴含在小说的叙事中，通过一个个人物，带出往日的一段段经历，那些物质贫乏、精神亢奋的日子，同样通过人物来连接往日与今日之间那巨大的沟壑，在往日和今日，现实与记忆中塑造出一个个人物的形象，勾勒出人物在时代的风云起伏变幻中形成的命运。而不是想做什么定义和结论。你想做到是什么呢？是为当代文学留下这些人物的形象？是为历史留下一代人的人生轨迹？这是你认识时代与一代人，时代与自我的方式？

韩少功　写人物，当然是小说的硬道理。我们可能已经记不清楚《水浒传》或《红楼梦》里的很多具体情节，但那些鲜活人物忘不了，一个是一个。这就是小说的力量，小说的净收入，是时间淘汰到最后能留下的一点东西。《日夜书》是留给自己的一个备忘录。写谁和不写谁，重点写什么，肯定受制于作者的思想剪裁，但我尽量写出欧洲批评家们说的“圆整人物”，即多面体的人物，避免标签化。有人说，这会不会造成一种价值判断的模糊？问题是，如果只有面对一堆标签才有判断能力，才不会模糊，那也太弱智了。

王雪瑛　对，有的时候所谓小说中的“模糊”，是对已有的观念和认识的突破。对于一部成功的长篇小说来说，人物的塑造至关重要，阿列克谢耶维奇在谈到自己的创作时说：“我不选用某些特殊的英雄人物。著名的将领和获得‘苏联英雄’称号的人。我的书，仿佛是人民自己写的长篇小说，是普通人意识的反映。”读你的《日夜书》让我想到了这段话。你没有写英雄，而是写普通人，写已经退休，被时代的大潮淹没的知青中的大多数。在你这部长篇小说中，你塑造的人物很有特点，第一，在小说的人物塑造中没有突出的主要人物，第二也没有特别光鲜的成功人士，第三小说中有两个很典型的人物，马涛和贺亦明。贺亦明出生卑微，极度受虐的童年，缺乏爱的家庭，养成了他的叛逆与散漫，还有满身的二流子习气，后来他居然做了件惊天动地的大事，几乎成了一个英雄。而马涛貌似伟大的启蒙者，出众的才华，锐利的思想，是知青中的骄傲，在知青岁月中，疑似被人出卖，蹲了监狱，可贵的是他没出卖任何人，一个人扛下了全部案子，但他的自私、自恋和自负对他人形成伤害。在对这些人物的塑造中是不是蕴含着你对人性的认识，对时代的认识，你对知青生活的理解，你对一代人的理解？你对生活与人性复杂性的呈现？

韩少功　几乎每一个人都是社会的“全息体”，隐藏着社会的多种基因。小说的功能之一就是要打破认知成规，揭破一枚枚流行标签后面的事实纵深。这不是搞怪，不是玩反转，而是一种有说服力的实事求是，有说服力的真相唤醒。眼下有一种倾向值得注意：据说现代是一个“祛魅”时代，“真实”在文学中似乎成了“人性恶”的代名词。满世界小奸小坏或大奸大坏，不这样写好像就不谙人性，就是装孙子。我对这种时尚也不以为然。这也许是对伪善的逆反，但就人性把握而言，两头的极端模式其实是一伙的。不装孙子就无善可言——世界真是这样？如果反正都是恶，那种装孙子的恶又算得了什么？不是更有理由装下去？换句话说，如果洞察伪善在当下已经轻车熟路，甚至成了写作群众运动，那么洞察真善可能就是一种更有价值的努力。

王雪瑛　深入探究人性的真实，应该摆脱两种极端的模式。细细想来，从《月兰》《爸爸爸》《马桥词典》到《日夜书》，小人物常常是你作品中的主角，你既没有在小说的叙事中忽略这些小人物，也没有圣化这些小人物，你想呈现在社会生活中更真实的小人物，他们是在历史的大潮中真实的个体，从他们的身上，有着你对时代、社会、人性的认识？

韩少功　我没当过大人物，不写身边这些小人物还能写什么？小人物谋道，比肉食者谋道更可贵。有杂质的英雄，比高纯度的英雄——假如有的话，也更有示范意义。相反，在某些大片里，英雄们成天笑呵呵的，毫不费力，从不犯错，身边圣徒如云，三两下就把天下搞定。这种神话岂不是活生生地要激发观众的怀疑？要削弱观众的同情和亲近？历史是伟大的，恰恰因为它是拼出来、熬出来、忍出来的，充满了失败、痛苦、纠结，包括来自自己和外界的污泥浊水，并不是那么红光亮和高大上。那些“高大上”的书生想象，其实是对历史缺乏真正的尊敬。

王雪瑛　你是一个注重小说结构和形式的作家，这部小说的结构方式，似乎也隐含着你的三观。小说以“我”贯串始终，陶小布有时是叙事者，有时是参与者，串起一些不同的人物和故事，没有中心人物，没有故事的主线，都是由人物牵出故事，犹如生活的自然形态，在人的一生中有的人物出现，有的人物退场是自然的状态，小说既没有虚幻地美化过去，以青春无悔来自我安慰，也没有义愤填膺地控诉社会，揭露他人，深挖人性深处的黑暗，而是带着一种承受、悲悯、理解、认识的心态来回望过去，面对现实，有一种现实主义的苍凉和深邃，小说后面的第四十三节，器官与身体，是一种特别的叙述方法，似乎是用一种散文化的方式来完成小说的叙述，四十九节是小说的尾声部分。“我一直说服自己把下面这件事看成一个梦”，无论是叙述的方式还是内容，让我觉得有超现实的梦魇般的感觉，你想用这样的尝试来丰富小说的叙述方式，达到一直超越现实的深邃？以现实主义的创作手法，同时不拘泥于现实主义，在小说中自然运用西方现代小说的手法，时空跳跃、隐喻与超现实的场景，等等。你以这种传统与现代融合的手法，来拓宽中国现代小说创作的路径。

韩少功　写这本书，我有时当作严格的回忆录来写，尽量接近生活原态，不回避边边角角、枝枝蔓蔓、缺胳膊少腿。有时就当梦境来写，亦幻亦真，哪怕有点晕晕的失控。这是实和虚的两极，需要慢慢地揉成一团面，一不小心就成了夹生饭。古人说“文无定法，但有活法”。其最大的“活法”恐怕就是感觉资源的支持，不论写实还是写意，不论是白描还是变形，都需要鲜活的细节以及坚实的细节逻辑。我赞成写作向一切文学的主义开放，但一切主义要有真情实感打底，不能搞成技术空转，搞成别出心裁的空洞。

王雪瑛　通过《日夜书》你感到自己完成了什么？描绘出了知青一代人的心灵地图和精神谱系？此书最让你兴奋的是什么？让你感到遗憾的是什么？

韩少功　这个大话不能说。每一代都无奇不有深不可测，我充其量只是捕捉了自己较为熟悉的几个五〇后，清理了一个角落。这事对我来说当然重要，算是对自己有了一个交代。至于说遗憾，是有些部分展示得还不够充分和丰满，当时怕自己饶舌，就带住了，闪得匆忙了些。

王雪瑛　有的评论家认为，在一个普遍鄙薄当代文学的时代，要大胆肯定当代文学的价值与成就。除了短篇小说和杂文的成就，因为有鲁迅在，不能说当代超越了现代，但在长篇小说、中篇小说、诗歌、文学批评等领域，当代文学的成就显然已全面超越现代文学。但有些业内人士，对当代文学创作的生态不乐观，对创作成就的评价不高，认为在当下，文化认同的共识正在发生撕裂：一方面，主流文化、传统美学在发声；另一方面，巨量信息散发着价值的多元性，文化的多样性，但是也扩散着浮躁的气息，市场的压力，快餐式的写作，损害着作品的生命力和丰富性，大量内容空洞苍白、语言残破模糊、叙事软弱单薄、文本琐碎庸俗的文艺作品屡见不鲜。您对这两种全然不同的意见和看法，有什么评价？你如何认识当下的文学创作生态和文学创作成就？

韩少功　我总是躲避这样的讨论方式，因为我读得十分有限，没有资格来判断全称的什么“当代”和“现代”。代际之间的比较也需要特别谨慎，搞不好就是“关公战秦琼”。作为一个小说作者，出于有限阅读视野，我只能说对小说现状没法过于乐观。就说小说人物吧。小说的核心要素是人，但眼下很多小说正在出现“人的消失”。这意思是，它们多是像小资玩自拍，把自己还算拍得鲜活，却让他者和社会模糊不清，可以称之为“去广度”。它们的自拍也多是单面人和单色标，缺乏深刻的两难和自疑，可以称之为“去难度”。它们多是写得没心没肺，无悲无欣，靠絮叨饶舌来拼凑规模，可以称之为“去温度”。它们总是剪除事件的社会条件和历史逻辑，于是冷漠是自来冷（如仿卡夫卡们），爱心是天然爱（如仿村上春树们），心理和行为都变得如天降神物，来去无踪，这可以称之为“去深度”……这样，当小说人物失去了广度、难度、温度、深度，这种符号游戏离“神剧”“雷剧”还有多远？换句话说，现在的很多小说是多了小怀疑（比如，多了自嘲、恶搞、无厘头），但也多了大独断，即某种自恋、自闭、自狂的极端化个人主义美学。当然，这并不是意味着过去的托尔斯泰们就是最高峰，就没有盲区和残缺。对那个话题，我们以后可以找机会另说。

下篇：关切社会和历史的正当理由正是要关切自我

王雪瑛　二十世纪八十年代的中国文坛在冲破十年极“左”思想的禁锢后，各种文学新思潮风起云涌，寻根文学，先锋派小说，意识流等现代派文学观念风靡一时，文学创作在形式和技巧上的求变求新令人目不暇接。不少作家纷纷试水先锋实验小说，评论家对玄妙的叙述学也充满阐释的快感。中国当代文学发展至今，许多作家都回归了现实主义的创作手法，你的文学创作了贯穿了当代文学发展的三十年，你对文学思潮，小说的创作手法有过怎样的思考？你的每一部长篇都是一次小说形式的探索和创新，《马桥词典》和《暗示》从文体上来说，都不同于传统的小说形式，你的《日夜书》是不是体现了你思考的结果？

韩少功　作家多种多样，就该各就其位，各走各的路。所以人家多做的我会尽量少做；人家少做的我却不妨一试。我很愿意尝试形式感，包括对报表、词典、家谱、应用文乃至印刷空白动动脑筋，包括对新闻或神话打打主意，但我也相信任何文体、风格、技法都不是灵丹妙药。一旦写作人热衷于拼产能、拼规模，生活感受资源跟不上，眼下超现实也好，新古典也好，装神弄鬼的水货其实都太多。好的形式感，应该是从特定生活感受中孵化出来的，是一种"有意味的形式"，是有根据、有道理、有特定意蕴的。你说很多作家"回归"，可能是大家对搞怪比赛开始厌倦，去掉一些高难动作，回到了日常形态。当然，这不意味着形式实验到此止步。不会，将来还会有奇思妙想，真正的先锋说来就会来。

王雪瑛　当代中国文学中，先锋文学首先是一种文本意义上的形式探索，也是一种文学的精神和理念的探索，相对而言，比较密集的形式探索，集中在一九八五年到一九九〇年代初，你是不是认为先锋的理念和精神也贯穿在作家今后的创作过程中？我想这也是先锋文学的意义和价值。吴亮多年前提出这样一个问题，先锋的艺术只能由先锋的哲学精神来识破和鉴别，这种鉴别工作成了当代真正拥有睿智目光和洞察力的先锋理性批评面临的最大难题。

你对此怎么看？

韩少功　吴亮的说法没错。好的形式感一定是有哲学能量的，是人类精神变革的美学表现。广义的超现实主义曾经就是这样，当人类的微观和宏观手段都大大拓展，肉眼所及的日常“现实”就必然被怀疑、被改写、被重构。这不是文学技巧的问题，是人类与物质世界的关系重新确定，认知伦理的破旧立新。在这个意义上，先锋文学的幕后通常都有科学、宗教、哲学、社会的大事件在发生和推动。

王雪瑛　帕慕克说：“写长篇小说让我感觉很舒服，而一个短篇对我来说就像一首诗。诗是上帝的灵感，我认为不适合我。”你觉得自己最擅长哪种小说形式？或者是随笔？

韩少功　这要看情况。哪一块感受三言两语说不清，那就需要写长一点。哪一个想法写成三两句就够，那就不需要啰嗦。我不愿意把长度问题搞得太神秘，顺其自然最好。在这一方面倒是不妨跟着感觉走。

王雪瑛　顾彬对于中国当代作家外文程度差有过这样的批评，他说：“中国当代文学的语言有问题，其中一个重要原因是中国作家的外语不太好，无法读原著，就无法吸收其他语言以丰富自身的表达。”他认为，会很多语言，就像有了很多的家，这种感觉和只在一种语言里是不一样的。而你翻译过昆德拉《生命中不能承受之轻》等当代名著，你对他的所言有何评价？

韩少功　双语或多语当然好，方便扩大眼界，包括对语言性能给予更多比较和揣摩。中国作家圈里“西粉”不少，这些哥们学好西语的很少，岂不奇怪？我愿意从这个角度去理解顾彬的善意。不过成为一个好作家，外语不一定是必要条件。曹雪芹不懂外语，《红楼梦》就不好了？使用大语种的人，在相当范围内交流很方便，一般都缺少学习外语的动力和环境。比如，拉美被西班牙语大面积覆盖，作家们靠这个走南闯北已经足够，学好外语的也不多，但你不能说那里的好作家少吧。何况中文对于西语来说异质性太强。法国人学意大利语，难度可能低于四川人讲广东话。拿西方人掌握几门亲缘语种的能力来吓唬中国人，不是很公平。

王雪瑛　任何一种经历对于作家来说都是一种财富，以你丰富的人生经历，近四十年的写作与阅读的积累，目前应该是你写作的黄金时期，你在写作中有什么困惑吗？你对自己的创作有什么样的期待？对于你来说，目前写作中最大的挑战是什么？

韩少功　随着感受、经验、技能等各方面的消耗，自我挑战和超越的难度会越来越大。写作是一个缘聚则生的过程，有时候一、二、三、四的条件都有了，就缺一个五，作品也成不了。缺半个四，你也成不了。作家也可以敷衍成篇，维持生产规模，但那是骗自己。

王雪瑛　写自己最想写的东西，等待一部作品的机缘成熟，而不是为了维持某种产量。一个作家审美趣味是他的精神谱系中的重要向度，而审美趣味的形成，往往由他的阅读养成的。你的阅读习惯是怎样的？哪些作家的作品对你产生了重要的影响？你关注的中外的当代作家有哪些？你特别看重的现当代文学中的作品有哪些？

韩少功　我是个“杂食类”动物，阅读口味很宽，有时候左读理论右读诗，虽然不一定写理论和写诗。也许有点职业性习惯，我喜欢在知其长时也知其短。好作家大多不是全能冠军。我们不必用托尔斯泰的标准要求卡夫卡，也不必用佩索阿的尺度衡量博尔赫斯。但这并不妨碍他们都是好老师。我最乐意在书中读出实际生活，读出人。比如说，田园诗派里，谢灵运的名头很大，但他那些优雅和华美都像是在度假村里写出来的，太多小资味。杜甫就不一样了，“盥濯息檐下”——收工后在屋檐下洗手洗脚，这种细节不是亲身经历如何写得出来？“日入相与归，壶浆劳近邻”；“相思则披衣，言笑无厌时”……这里面都有人，有鲜活的生活质感，是用生命写出来的。我喜欢这种质朴但结结实实的感动。

王雪瑛　作家艾伟指出，近年来，文坛盛行个人化、边缘化写作，过分关注生活琐事，太过注重技巧，而忽略基本价值和道义上的承担，没有对时代对现实作整体性发言的气度，缺少一种面对基本价值和道义的勇气。而有的评论家认为个人化写作和关注社会并不矛盾。个人是叙事的正常起点，无论是宏大叙事还是个人化叙事，都应该从个人出发，你的意见呢？二十世纪八十年代，提出了“纯文学”概念，纯文学坚定地拒绝了工具论，热衷于自我和主体，当年似乎有这样一种想法，现实主义、典型人物、社会历史是“传统”文学，个人内心、无意识、意识流、现代主义才是“现代”小说，你现在是怎么想的呢？

韩少功　不同时代会有不同的问题焦点，病不一样，药方就不会一样。这没什么奇怪。但“传统”和“现代”的两分法太简单了，“自我”和“社会”也不是什么对撕的两方。自我当然很重要，但抽象化、极端化的自我就是新的神话。眼下好多流行作品，狗血得大同小异，矫情得大同小异，“自我”们狂欢的结果却是千篇一律。其实，没有土壤，就没有树苗的“自我”。没有锤子、钉子的“自我”也是个笑话。关切社会和历史的正当理由其实正是要关切自我，反过来说也是这样。这个道理一点儿也不高深。

王雪瑛　格非谈到经验对于作家的意义，有一种作家，比如，沈从文、狄更斯，他们的个人生活经验层面的所见所闻，实实在在地成为他们写作直接使用的叙述资源、情感资源和思想资源。但另一种作家，比如，卡夫卡终其一生他的个人生活可能并不丰富，小城里的小职员重复着日常平淡的生活，却在写作中开辟出一个魔法般的精神飞地，抵抗着日常的压抑与贫乏。你属于哪一类作家？就运用自己的人生经验而言，简略地将作家分成两类，这是一种简略的分析，更多的作家是不是介于这两者之间。

韩少功　没错，所谓“国家不幸诗人幸”，像巴别尔《骑兵军》那样的作品，是拿命赌来的，拿血写成的，很难持续也不可复制，不过是偶然和昂贵的命运馈赠。相反，在一个和平和庸常的社会，大多数作家在经验资源方面不是太多，也不是太少，只能因地制宜，让资源利用最优化。一个人不必抱怨命运，刻意更换命运也难，做好自己就可以了吧。

王雪瑛　诺奖曾经是中国作家的一种特别的关注与焦虑，莫言的获奖，缓解了焦虑，引发了大家对诺奖的热议与思考，对莫言的授奖词未翻译部分更是议论纷纷，中国作家到底凭借什么获得诺奖，以什么内容和独特的创作手法吸引西方世界的目光？始终是萦绕大家心头的问题。关注诺奖、布克奖等等奖项，是中国作家关注世界当代文学的一种方式，在一个全球化的时代，中国文学当然是世界文学的一部分，你一定也关注世界当代文学的动态，你对中国文学与世界文学的关系如何看？

韩少功　中国文学在境外多出版，多拿奖，作为促进文化交流的方式之一，肯定是好事。但“外行看热闹，内行看门道”，最大的门道应该是文学如何回应当代人类精神的难题——这方面的关注眼下可惜太少，倒是在得奖攻略、面子有无等方面的叽叽喳喳太多。太在乎别人怎么看自己，怎么礼遇自己，就是人穷志短了。如果一定要比，我们最好是纵向地同前人比，看是否刷新了莎士比亚、托尔斯泰、卡夫卡、马尔克斯等人的思想艺术纪录，是否回答了那些文学高峰未能回答甚至未能提出的问题。这才是以世界人的眼光来看世界文学，摆脱了穷酸心。否则谈“独特”“多元”就会变味。中国人搓麻将拜菩萨肯定是独特，长辫子也独特，拿这些去吸引眼球就那么重要？

王雪瑛　文学如何回应当代人类精神的难题，是否回答了那些文学高峰未能回答甚至未能提出的问题，这些都是文学的至高追求，也是一个真正的作家的雄心，从对人类精神的永恒探索中，对人性的不断探究中，体会和获得文学的意义，写作的价值。当下长篇小说每年出版的数量之多，无疑创中国小说史之最。在“最”被不断刷新的同时，各方对长篇小说的批评之声也不绝于耳。对于作家来说创作长篇小说的挑战是什么？如何认识纷繁芜杂的现实生活？如何有力地反映现实，如何生动地塑造当代人的形象？如何深入揭示当代人复杂的内心世界？如何认识他面对的时代？如何认识时代发展的动因和趋势？你经常考虑的问题是什么？

韩少功　中世纪过去，裸体艺术大量涌现。包括照相机在内的工业化，使印象派和抽象派绘画应声而起。这里的每一步，都释放出新的精神信号和精神能量，对时代形成美学回应。文学不同于其他学科，主要任务是产出新的人物形象、生活感受、思想方法、审美范式……眼下不少科幻电影，玩技术够“潮”的，但挤干水分以后，发现一个个还是男人和女人、好人与坏人的故事套路，对人的认识差不多停留在骨灰级，不过是《三侠五义》的宇宙版和科技版。文学不能搞成高科技大展销吧。文学的核心创造力，应该是揭示新的人性奥秘，哪怕得其一二也行。比如，人都成了基因工厂的产品之后，还有没有生殖？有没有爱情和性？有没有家庭、亲人、民族、价值观？……恐怕得想想这些事。否则时尚大潮退去，沙滩上一切原形毕露，骨灰级还是骨灰级。

王雪瑛　作家成熟的标志是什么？一个作家对时代的超越性的认识，对时代生活复杂的变化过程的敏感，对社会生活中人与人之间关系的洞察，善于提炼自己的经验，形成属于自己的语言风格与体系，这些都意味着一个作家的成熟与魅力吧？

韩少功　嗯，我同意你这些看法。

王雪瑛　今年是新文化运动百年，人文精神，民国范儿，之间有什么联系？今天我们依然面临这些问题，传统与现代，东方与西方，国家民族与个人，你会想起那一代作家的身影吗？你会从他们的身上汲取精神的滋养吗？你如何思考他们的选择与理念？你如何思考五四新文化运动中作家的意义和价值？你如何看中国现代文学与当代文学的关系？有一种观点认为，中国当代文学已经可以经典化了，已经超越了现代文学的成就，你怎么看？

韩少功　要是后人都重复前人，那也太惨了。后人有义务不满前人，挑剔前人，超越前人，不过这都是站在前人的肩膀上起跳，哪怕汲取前人教训也是一种沾光借力，不能赖账的。当代文学的量超大，质的方面也群星灿烂。但敬老尊贤不仅是礼貌，也是正确把握自己的智慧。好比我们吃第三个馒头时感觉饱了，但如果没有前面的第一个和第二个，第三个馒头肯定无效。我们拿“现代文学”与“当代文学”来比，具体地遇事说事可以，但如果当团体赛来打，那就像拿第一个和第三个馒头来比，其实没有太大的意义。

王雪瑛　五四启蒙与新文学，八十年代的启蒙与文学创作都有着重要而深刻的联系，那是思想史上的里程碑，也是文学史上的重要环节，你在一次座谈中指出，启蒙永远是现在时，没有完成时，这是对启蒙的意义和价值的肯定，并不是说我们当下的文学创作中也会产生一次新的启蒙运动，对吗？或者说把启蒙看成一种思想创新、文化转型以及心智的启迪，那将是真正的文学创作中需要保持的一种思想的活力和艺术的创造力？在启蒙运动中，作家以自己的创作表达他对时代的认识，他对人性的挖掘，他对未来的思索？

韩少功　即使采用狭义的“启蒙”概念，特指欧洲的启蒙主义运动，也能发现它并未一劳永逸。当初启蒙者抨击贵族时何其慷慨激昂，现在呢，“贵族范儿”回过头来迷倒了多少时尚男女？当初启蒙者抨击神学何其义无反顾，现在呢，迷信、宗教、邪教、极端的原教旨等，在很多地方不是再次朝野通吃？……何况我们说的启蒙，常常有更宽泛的含义，包括对欧洲式启蒙的再启蒙。我最近有一篇《守住秘密的舞蹈》，就写到当时启蒙思潮的一个短板：殖民暴力。事实上，日军侵华，也直接受到当时启蒙先锋（福泽谕吉等）所持文明等级论的有力推动。由此可见，启蒙从无终点，而只是现实所激活的一个个新过程。这个现实，在当前已突然变得空前的广阔和复杂了。

王雪瑛　对，更有针对性的应该是作家与作家的比较，作品与作品的分析。你在《想象一种批评》中指出，在一个正被天量信息产能深刻变革的文化生态里，批评为什么不可能成为新的增长点、新的精神前沿以及最有可能作为的创新空间？你对文学批评在当下文化生态中的价值和意义的敏感与认识。文学批评应该是当代文学重要的组成部分。你认为好的文学评论应该是怎样的？你关注的文学评论家有哪些？哪些文学评论给你留下了较深的印象？

韩少功　八十年代的文学批评，总体来说是与现实共振的，比如，有关"伤痕文学"的批评至少也是接地气的。有关"朦胧诗""寻根文学""先锋小说"的批评，虽然现在看来也有盲点，但总体上说其学理含量和知识高度得分较高，一轮轮冲击波后来才被哲学、法学、社会学等学科逐渐汲收。这有点像俄国十九世纪到二十世纪的情况，文学和文学批评领跑在前，其实是他们的哲学、史学、社会学等都融入了文学批评，各方联动，才有了大问题、大视野、大方向。相比之下，时下的很多批评者满足于寻章摘句，雕虫小技，有些不错的划船手，一直在小沟小湾里划。我的感觉之一，是教育体系的科层划分太细，"术业有专攻"变成了术业太偏食，偏到最后，钻进了脱离实际的牛角尖。很多时候，"文青"已成为生活中的贬义词，成了说话大而无当、行为逻辑怪诞的代称，与这种虚脱的文科教学也关系甚大。英国有个特里·伊格尔顿（Terry Eagleton），中国出了他好几本书。虽然我也批评过他的观点，但他的批评充满智慧、学养以及现实感，代表了“文青”的另一种可能性。

王雪瑛　中国当代文学寻找着属于自己的，呈现中国复杂经验的方法和路径，作家的创作呈现出前所未有的多样性、复杂性，这给当代文学的研究和评论提出了新课题和新挑战。你视野开阔，同时关注国外优秀评论家的评论，这也是你对文学评论的看重吧。在你的文学创作和审美倾向中，你觉得自己受中国古典文论和经典的影响更大，还是受到西方美学思潮和经典的影响更大？

韩少功　这个问题不好说，就像要分清我的皮肉哪些来自大米，哪些来自蔬菜，不大容易。

王雪瑛　在查建英的《八十年代访谈录》中，用这样一组关键词来分别描述八十和九十年代：激情、浪漫、理想主义、人文、迟到的青春属于八十年代。九十年代则步入现实、喧嚣、利益、大众、个人……相对于浪漫的八十年代，现实的九十年代似乎天生缺少魅力。九十年代以来，市场经济的迅猛发展对中国知识分子的心路历程产生了深远影响，知识分子的精神建构的变化延续至今。你的创作贯穿了二十世纪八十年代与九十年代，你对八十年代与九十年代有着怎样的看法？

韩少功　大体来说吧，八十年代单纯一些，也幼稚一些；九十年代成熟一些，也世故一些。问题在于，差异双方经常是互为因果的。我们怀念单纯，包括能比对出一种叫“单纯”的东西，恰恰是因为我们已经世故了。人们滑向世故，恰恰是因为以前过于单纯了，或者说以前那种“单纯”缺乏足够的吸引力和抗压性。可以肯定，如果没有以前的清教禁欲，就不会有后来猛烈的利益化和物质化；没有以前的极“左”，就不会有后来的极右……九十年代很多问题的根子恰恰是在八十年代，甚至更早。骗子是受骗者的产物。这里的道理是：要看到你中之我。

王雪瑛　从你对这两个十年的看法中，可见你认识问题的思路，思考问题的方式。从时代氛围的变化中，看出它们之间转换的内在因果关系，你不仅仅区分两个年代的不同，更思索它们不同的原因，以及如何演变，演变过程中的内在联系。相对于我们对八十年代意义和价值的认识，我们对九十年代还处于不断认识的过程中，九十年代市场经济赋予个人更大的发展空间，社会结构的变化，商业化、娱乐化的兴起，关于文学的标准正在发生显著的变化，九十年代到新世纪酝酿了今天文学的丰富性和复杂性，有评论家认为九十年代对文学的影响直到现在，远未终结。

韩少功　九十年代至少有两件大事，一是中国进入全球化资本主义的大市场，二是人类进入互联网时代。这两件大事带来文化生态的剧烈震荡和深刻重组。如何消化这些变化，形成去弊兴利的优化机制，找到新的文明重建方案，需要长久努力。现在只能说一切才刚刚开始。

王雪瑛　二〇一五年度诺贝尔文学奖的揭晓，世界的目光聚焦白俄罗斯作家、记者斯维特拉娜·阿列克谢耶维奇。她非虚构的写作方式成为我们认识和探讨她作品的关键词。诺奖对非虚构写作的重视，让我们又一次关注真实性这个问题。当然小说的“真实性”与非虚构作品中的“真实性”不同。一位评论家说，“真实”，涉及人对世界的认识和判断，而这个认识和判断，存在着纷繁的矛盾和分歧，这使“真实”变成了一个极具难度的目标。而现在的生活，中国经验往往比虚构的小说更复杂、更丰富，所以对作家探求、辨析、确证和表达真实的能力是一种极大的考验。你是如何考虑这个问题的？

韩少功　“真实”这个话题一听就让人头大，够写三五本大部头的。挂一漏万地说，寻找真实好比剥洋葱皮，剥到分子这一层不够，剥到原子这一层还不够，剥到原子核还不够……认识不可穷尽，那么每一层都不是绝对彼岸，都可以被怀疑。后现代主义擅长怀疑，但玩坏了就成了虚无主义，觉得垃圾也可以是宝贝，只要嗓门大，指驴为马也行。这当然是掉进了另一种绝对化。在文学这个领域，判断一种说法是不是“真”，在短期内可以各说纷纭，可以强词夺理，很难找到定案的法官。这可能给人无奈之感。但只要时间长一点，比较的范围拉大一点，人心向背这个最大的公约数，就会代表人类根本利益和长远利益的刚性制约，形成淘汰的铁门槛。这叫“天不变道亦不变”。这个“天”就是人类的存在。哪一天人类成了芯片人或外星人，真善美的基本价值规则也许会变，但那一天我们管不着，操不上心。这话的意思是，所谓真善美也是一种概率性的共约，也是历史性的产物，但我们这几代还走不出这一段历史，所以不能不心怀敬畏。

二〇一五年九月十二日

最初分拆为两部分，分别发表于二〇一六年《当代作家评论》杂志和《文学报》。

图书在版编目（CIP）数据

大题小作 / 韩少功著. -- 上海 : 上海文艺出版社, 2025. -- (韩少功作品系列). -- ISBN 978-7-5321-8417-0

Ⅰ. I253

中国国家版本馆CIP数据核字第20259CS574号

责任编辑：丁元昌　江　晔

装帧设计：付诗意

书　　名：大题小作
作　　者：韩少功
出　　版：上海世纪出版集团　　上海文艺出版社
地　　址：上海市闵行区号景路159弄A座2楼　201101
发　　行：上海文艺出版社发行中心
　　　　　上海市闵行区号景路159弄A座2楼206室　201101　www.ewen.co
印　　刷：浙江中恒世纪印务有限公司
开　　本：1240×890　1/32
印　　张：11.625
插　　页：5
字　　数：281,000
印　　次：2025年5月第1版　2025年5月第1次印刷
I S B N：978-7-5321-8417-0/I.6645
定　　价：75.00元

告 读 者：如发现本书有质量问题请与印刷厂质量科联系　T: 021-59404766